Katharina Groth

PERFECTION:
Das Ranking

Was geschieht, wenn der Wert deines Lebens von Schönheit, Sympathie und Fitnesslevel abhängig ist? Das Ranking entscheidet.

Crystals Leben ist perfekt. Trotz der zerstörten Außenwelt lebt sie in einem Apartment der Hochrangigen und fügt sich in das System, das ein weltweites Videovoting vorgibt. Die optimale Dosis Sport, Pflege, Gesundheit, Schlaf – all das entscheidet der Computer für sie.
Bis zu dem Zeitpunkt, als sie im Ranking aufsteigen und in die Zentralstadt ziehen soll.

Ks Leben ist ein tägliches Ringen mit dem Tod. Er und sein Bruder B gehören zu den Namenlosen und bewohnen die niedrigsten Etagen von Neutropolis. Sein einziges Ziel ist es, seinen schwer kranken Bruder mit ausreichend Medikamenten zu versorgen. Er hat es bereits vor langer Zeit aufgegeben, im Ranking aufzusteigen und kämpft nur noch um ihr Überleben. Doch all das wird unwichtig, als Crystal in sein Leben tritt.

Eine schicksalhafte Begegnung, eine Liebe, die nicht sein darf und eine Rebellion, die das System stürzen will. Wie weit kann man von Perfektion entfernt sein, wenn sie doch so nah ist?

Eine Dystopie, die sich unsere Jagd nach Followern zur Brust nimmt.

KATHARINA GROTH

PERFECTION

Das Ranking

GEDANKEN
REICH

GedankenReich Verlag

Denise Reichow
Heitlinger Hof 7b
30419 Hannover
www.gedankenreich-verlag.de

Perfection
Das Ranking

Cover & Umschlaggestaltung: Rica Aitzetmüller, www.coverandbooks.com
Lektorat und Korrektorat: Laura Evers
Satz & Layout: Grittany Design, www.grittany-design.de
Innengrafiken © depositphotos
Druck: BookPress

Taschenbuch ISBN 978-3-96111-695-9

Für all die Normalen, die Unscheinbaren,
die Besonderen und Einzigartigen da draußen …

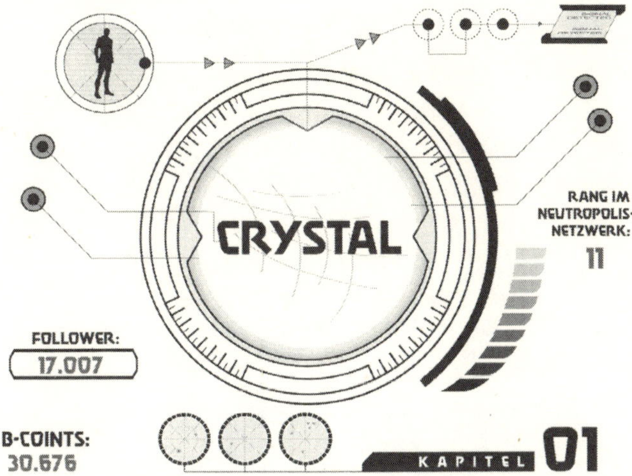

Crystal wurde vom sanften Rauschen der Wellen geweckt. Mit geschlossenen Augen sah sie vor ihrem Inneren das gemächliche Ausrollen des Wassers, wie es sich aufbäumte, in Gischt zerbrach und mit feuchten Fingern über den weißen Sandstrand fuhr. Das Kreischen von Möwen erklang leise über ihr und sie stellte sich vor, wie sie die Hand schützend über die Augen legen musste, um die Vögel am Himmel erkennen zu können. Als sie tief einatmete, stieg ihr der Geruch des Meerwassers in die Nase, und hinterließ einen salzigen Geschmack auf ihrer Zunge. Sie spürte die Wärme der Sonne auf ihrer Haut, die sie mit ihren Strahlen kitzelte und durch ihre noch geschlossenen Lider ein orangerotes Lichtspiel zauberte. Doch sie wollte noch nicht aufwachen. Nur noch zwei tiefe salzhaltige Atemzüge, ein wenig den Wellen lauschen und sich den Gedanken an Palmen hingeben, die sich im Wind bewegten.

Doch schließlich schlug Crystal die Augen auf und der Zauber, den ihre Steuereinheit jeden Morgen erschuf, verschwand. Vor zwei Tagen erst hatte sie mit ihren B-Coints diese neue Getting-up-Shade erstanden. Ein entspanntes Aufwachen, das war jeden einzelnen der sechshundertachtzig Coints wert.

Als die künstliche Sonne am oberen Teil ihres Bettgestells erlosch und auch der Meergeruch langsam dem normalen Duft ihrer Wohnung wich, öffneten sich die elektrischen Jalousien ihres Schlafzimmers. Sie streckte sich ausgiebig und ließ die angenehmen Träume von Strand und Meer nachwirken.

Guten Morgen, Crystal. Wir haben Tag 7 des Monats 16, die Sonne scheint über Neutropolis und es herrschen angenehme 27 Grad. Die Zentralstadt wünscht dir einen schönen Tag.

»Danke, Sixx«, entgegnete sie der körperlosen Computerstimme, stand auf und machte einige Dehnübungen. Ihr Blick fiel durch das Fenster hinaus auf die Stadt. Die Häuser waren so hoch, dass sie bis in die Wolken ragten und stets von einem weißen Dunst umgeben waren. Zumindest in der Höhe, in der ihr Apartment lag. Und das war gut, denn unterhalb dieser weißen Wolkenschicht lag der gelbe Nebel, der die Bewohner mit niedrigerem Rang zu erdrücken drohte.

Du hast in dieser Nacht dein Schlafprotokoll voll erfüllt, soll ich es auf dein Watchboard legen und dir die zwei verdienten B-Coints gutschreiben?

»Bitte schreib mir nur die Coints gut, auf das Protokoll will ich später zugreifen.«

Sehr wohl. Dein aktueller B-Coints-Kontostand beträgt dreißigtausendsechshundertachtundsiebzig.

»Danke, Sixx«, sagte sie schmunzelnd und betrat ihr Bad, dessen Tür sich von allein öffnete. Der Raum war ebenso schlicht weiß wie der Rest der Wohnung. Je nachdem, wie ihre Stimmung war, wechselte Farbe und Helligkeit.

Crystal legte ihre Hand auf die Sensorschale neben der Tür, die an eine handtellergroße Muschel erinnerte, verspürte einen leichten Pikser am Finger und wartete bis die Sensoren ihr Blut zu analysieren begannen. Dann erleichterte sie sich und gab dem Computer somit die übrigen Daten für die Ermittlung ihres Gesundheitszustandes. Als sie an den Spiegel trat, erschien auf der gläsernen Fläche das Auswahlmenü. Sie tippte auf Makeup und scrollte sich zum *Good-Morning-Make-up*.

Herzlichen Glückwunsch, Crystal. Deine Werte sind hervorragend. Du erhältst 3 B-Coints.

Crystal strahlte und bestätigte das Makeup-Profil.

Deinem Account werden 0,5 B-Coints abgezogen, teilte Sixx ihr mit und keinen Moment später sprang eine kleine Klappe unter dem Spiegel auf. Crystal entnahm die Tube, schraubte sie auf und verteilte den Inhalt auf ihrem Gesicht. Erst wirkte die Creme weiß und undurchsichtig, doch dann offenbarte die Pigmentsalbe nach und nach ihr Wunder. Leichtes hellrosa Rouge auf ihren Wangen und die passende Farbe auf den Lippen. Die Wimpern wirkten voller und schwärzer, die Augen strahlten förmlich. »Perfekt«, murmelte sie leise. Crystal konnte sich schon kaum noch daran erinnern, wie es gewesen war, sich das Makeup selbst auftragen zu müssen. Seitdem sie in die Rangliste der Top einhundert eingestiegen war, war das Leben wesentlich annehmlicher geworden.

Crystal wuschelte sich die Haare leicht durcheinander, gerade so sehr, dass es den Good-Morning-Look perfekt unterstrich. Das Goldblond ihrer Naturlocken war ebenfalls ein neu erstandener Luxus. Wenn Licht darauf fiel, glänzte es gesund und seidig. Außerdem hatte die mobile Friseureinheit einige echte Goldsträhnen eingeflochten. Das zwar zu einem horrenden Preis, aber einem ebenso beeindruckenden Ergebnis.

Crystal richtete ihr Nachtzeug, dessen Oberteil knapp über dem Bauchnabel endete und entschied sich dazu, den Träger des dünnen Spagettiträger-Tops über ihre rechte Schulter rutschen zu lassen. Dann lockerte sie ihre Arme und räusperte sich. »Sixx, bitte öffne mein Neutropolis-Profil.«

Sehr gern, Crystal. Möchtest du eine Live-Aufzeichnung starten oder einen Beitrag planen?«

»Live bitte«, trällerte sie, um ihre Stimme vorzubereiten. Der Bildschirm auf dem Spiegel weitete sich aus und öffnete ihr Profil im Neutropolis-Netzwerk. Es zeigte siebzehntausendzweiundzwanzig Follower, seit gestern waren es fünfzehn mehr geworden. Neben den Zahlen stand ihr aktueller Coints-Kontostand und ihr Rangplatz innerhalb des Stadtnetzwerks. Sie war auf Platz 11 und es fehlten nur noch wenige Follower, bis man sie zusätzlich in das weltweite Netzwerk aufnahm. Das bedeutete die fünffache Menge an Coints und so viele neue Follower, dass Crystals gesamter Körper zu kribbeln begann, wenn sie nur daran dachte. Zusätzlich dazu bestand ab Platz zehn die Möglichkeit, Neutropolis zu verlassen und in die Zentralstadt zu ziehen. Es stand ihr frei, ob sie Teil der Elite sein wollte. Im Falle eines Umzuges musste sie das alles hier hinter sich lassen und ein neues Leben beginnen. Sie würde ganz hinten im Weltranking starten, sämtliche Follower verlieren und sich komplett neu erschaffen. Das bedeutete härtere Arbeit, Durchsetzungsvermögen und ein Alleinstellungsmerkmal besitzen zu müssen. Natürlich gab es einige, die sich davor scheuten und lieber in ihrem Apartment in Neutropolis blieben. Diejenigen, die fürchteten, im Weltranking keine Chance zu haben und ihre beeindruckende Followerzahl nicht gegen ein leeres Konto eintauschen wollten. Doch Crystal träumte schon so lange von diesem Ziel, dass die Entscheidung ihr nicht schwerfallen würde. Genau genommen war es längst entschieden.

Das große Foto von ihr, das beinahe die Hälfte des Bildschirms einnahm, war gestern nach ihrem kleinen Umstyling entstanden und zeigte die strahlend weißen Zähne, die ihre lächelnden Lippen offenbarten; blaue Augen, die an das Türkis eines Meeres erinnerten und hohe Wangenknochen.

Ein Computerfenster öffnete sich und ein Countdown zählte von zehn langsam rückwärts. In einem kleineren Feld daneben sah Crystal sich selbst. Sie nutzte die Zeit, legte den Kopf nach links und anschließend leicht nach rechts, spitzte die Lippen und wickelte sich spaßeshalber eine goldene Strähne um den Zeigefinger. Als die letzten Zahlen herunterliefen entschied sie sich jedoch eilig gegen diese Attitüde und setzte stattdessen ein breites Lächeln auf.

»Hallo, meine Lieben«, trällerte sie und strahlte in Richtung Spiegel. Die Sensoren waren so eingestellt, dass sie ihr Gesicht im perfekten Winkel einfingen. Crystal gähnte demonstrativ und wuschelte sich noch einmal leicht durch das Haar. »Ich bin gerade aufgestanden und immer noch so müde. Aber ich dachte mir, ich mache noch schnell ein Video, bevor ich mich auf den Heimtrainer schwinge. Ihr wisst, täglich Sport zu treiben ist unheimlich wichtig und eine kleine Einheit von nur zehn Minuten bringt einem bei niedrigem Puls schon einen halben Coint.« Zeitgleich mit diesen Worten wurden unter ihrem Gesicht eine kleine Werbung für Heimtrainer und die Werte der Sporteinheiten gezeigt. Eine kleine Anzeige darunter wies sie darauf hin, dass ihr bereits über siebenhundert Follower zusahen. Sechs davon hatten ihr eine virtuelle Blume geschickt, die nun in der

Ecke des Spiegels aufploppte, dreihundertsechzig hatten ihr ein zustimmendes Häkchen zukommen lassen.

»Ich wollte euch noch mal danke sagen und alle neuen Follower begrüßen. Jetzt ist es nicht mehr weit bis ins internationale Ranking und das wäre so … Oh. Mein. Gott.« Sie strahlte in die Kamera. Ihre Live-Zuschauer hatten die Tausend inzwischen geknackt und bisher war kein schwarzes X als Rückmeldung erschienen. Ein gutes Zeichen. Dies würde ein guter Tag werden.

»Ihr wisst, dass das bedeutet, dass ich Neutropolis verlassen und in die Zentralstadt ziehen würde. Das wäre … unglaublich.« Sie versuchte so viel Begeisterung wie möglich in ihren Ausdruck zu legen. Weitere Blümchen ploppten auf und beschleunigten Crystals Herzschlag.

»Jetzt werde ich mich an meine Sporteinheiten machen. Ihr wisst, die Coints kommen nicht von allein.« Sie griff nach der weißen Trinkflasche, die neben ihr auf dem Waschtisch stand. Auf ihr war ein kleiner Bildschirm, über den das Logo der Energy-sports-drink-company flackerte. Sie hielt das Logo in Richtung Kameras. »Und vergesst nicht euren Jump'n'Run-Drink von unserer Company aus der Zentralstadt. Dadurch schaffe ich bis zu drei Einheiten mehr.« Sie zwinkerte den Zuschauern zu. »Ich melde mich später noch mal bei euch, ihr Süßen. Startet gut in den Tag!«

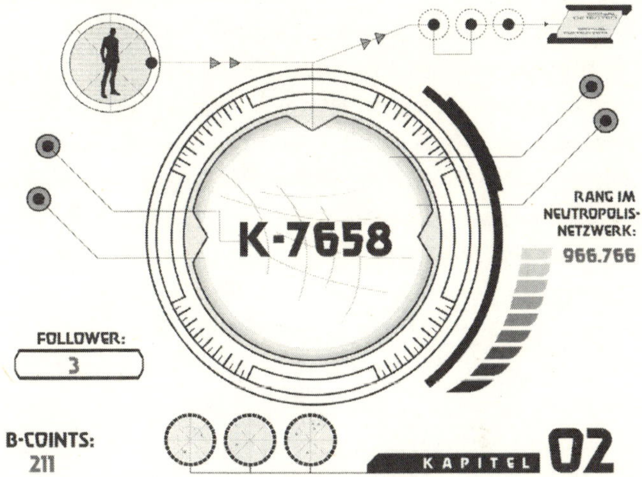

K drückte sich den Mundschutz fest auf seinen Mund. Obwohl der elektrische Biometer, der in den Stoff eingearbeitet war, die Luft weitestgehend filterte, vernahm er den beißenden Gestank von Krankheit, verpesteter Luft und Müll. Das war einer der Gründe, warum die Straßen hier unten – am Fuß der Hochhäuser von Neutropolis – so leer waren. Niemand wagte es, seine Gesundheit und zeitgleich seinen Coints-Kontostand zu riskieren für einen kurzen Weg nach draußen. Und auch K würde das nicht tun, doch heute hatte er einmal mehr keine Wahl.

Die Stadt hier unten war tot. Nein, genau genommen war sie das überall. Kaum jemand verließ sein sicheres luftgefiltertes Apartment, wenn ihn hier draußen doch nur die verseuchte Luft erwartete, die die Menschheit in den großen Kriegen erfolgreich geschaffen hatte. Seit dem Einsetzen der gelben Nebelbomben war die Welt hier draußen nicht mehr dieselbe. Für Pflanzen und die meisten Tiere ungefährlich, brachte sie den Menschen nur Tod und Leid.

So waren die schmalen Gassen zwischen den Hochhäusern lediglich von Müll, allerlei Ungeziefer und diesem gelblichen Nebel belagert, der zwischen den Gebäuden dicht über den Boden kroch. Nur selten begegnete man jemandem und wenn doch, dann war er sicherlich in einer genauso dringenden Mission unterwegs wie K.

K-7658, deinem Konto werden 2 B-Coints abgezogen, weil du dich einer hohen Konzentration Schadstoffen aussetzt. Bitte suche schnellstmöglich einen geschlossenen Raum mit Luftfiltereinheit auf, teilte ihm seine Überwachungseinheit mit, die ihren Ursprung in dem kleinen Implantat hinter seinem linken Ohr hatte.

»Ja, danke, Miststück«, knurrte er. Das war sein Name für das Ding: Miststück. Es war ein Basismodell, mit einer staccatoartig sprechenden Stimme, dessen Geschlecht sich eigentlich nicht genau ausmachen ließ. Doch in seinen Augen war es eindeutig weiblich, denn es hatte den gleichen verurteilenden Klang in der Stimme wie seine Mutter einst. Abgesehen davon beinhaltete ‚das Miststück' nur die gängigen Basisprogramme, für eine derart veraltete Hardware gab es keine Updates.

K bog in die nächste Gasse nach rechts ab. Die Fenster der Hochhäuser begannen erst ab dem vierten Stockwerk, vorher blickte man nur auf graue Betonwände, sowohl von innen als auch von außen. Das war nicht schlimm, da man ansonsten ohnehin nur auf von gelbem Nebel verschleierte Müllberge starren konnte. K war der Meinung, dass man den Leuten einen Gefallen tat, wenn man ihnen die Sicht auf diesen Teil der Welt ersparte. Ihn selbst zumindest störte es nicht. Und er hatte immerhin einige Jahre im zweiten Stockwerk gemeinsam mit seiner Mutter und seinem Bruder B gewohnt. Das war besser gewesen als seine jetzige Unterkunft. In Minus 3 hatte man nicht nur keine Aussicht, sondern zudem auch etwas, das sich mehr als ein rohrdurchsetzter Verschlag bezeichnen lassen konnte und nicht als eine Wohnung. Aber immerhin funktionierten bei K die Luftfilter. Dieses Glück hatte Ernie aus der Sechzehn nicht gehabt. Erst gestern hatten sie ihn in einem schwarzen Leichensack aus dem Gebäude geschafft. Über Nacht selig eingeschlummert. Es gab schlimmere Arten hier unten zu sterben.

Hustend stützte K sich an einer Hausecke ab, nur noch wenige Schritte und dann hatte er es geschafft. Seine Lunge brannte bereits, als würde er blanke Säure atmen. Vielleicht tat er das ja auch. Bei dem Luftgemisch hier unten ließ sich das nicht genau sagen. Doch immerhin hatte die Luft ihn bei keinem seiner kurzen Ausflüge nach draußen krank gemacht. Ihm blieb das Schicksal seines Bruders und auch das seiner Mutter erspart.

Als wüsste die Stadt, was er gerade dachte, kam er an einem verwitterten Plakat vorbei. Es war grellgelb und in großen Buchstaben stand darauf: Gebt Strippophelie keine Chance! Verbessere jetzt deinen Rang und ziehe in Apartments mit optimalem Lüftungssystem!

Daneben ein Bild von einer der hoch gelegenen Wohneinheiten. Es war nicht so, dass es einige von ihnen nicht versucht hätten. Probiert hätten, sich mit Videos einen Platz im Netzwerk zu sichern und aufzusteigen. Doch, wenn man unter die Top 50.000 im Stadtranking fiel, waren Videos ein teures Gut. Fünfhundert B-Coints kostete ein Upload auf die Plattform. Und das bei einer Zuschauerzahl, die so gering war, dass man zumeist keine neuen Coints erhielt. Niemand interessierte sich für das, was hier unten geschah, es war viel leichter sich an denen zu orientieren, die es nach oben geschafft hatten. Außerdem gehörten ein gewisser Charme, Selbstbewusstsein, gutes Aussehen, sowie eine ordentliche Portion Glück dazu. Und es gab bei Weitem genug Menschen, die mit diesen Attributen nicht gesegnet waren. Sie fielen durch das Raster, blieben am Boden und konnten nur zu denen aufschauen, die die verlangten Eigenschaften in die Wiege gelegt bekommen hatten. Von hier unten zu versuchen im Ranking aufzusteigen, war ungefähr, als versuche man, seine Grundration Essen gegen ein Drei-Gänge-Menü einzutauschen. Davon ab, dass man keinerlei Anspruch auf Hardware-Updates hatte und so eher stümperhafte Videos produzierte, wenn überhaupt.

K stieß ein Schnauben aus, blinzelte gegen das Tränen seiner Augen an und schob sich an der Hauswand weiter. Erneut überkam ihn ein Husten, das seinen gesamten Körper zu erschüttern schien. Ihm wurde schwarz vor Augen und er wartete einen Moment, bevor er weiterging.

K-7658, trotz Ermahnung setzt du dich weiterhin einer schädlichen Schadstoffkonzentration in der Luft aus. Dir werden 5 B-Coints abgezogen. Bitte begib dich schnellstmöglich in einen mit Luftfilter versehenen Raum.

»Halt die Klappe, Miststück«, murmelte er ein wenig atemlos und schwankte leicht, als er sich von der Wand abstieß. Es galt keine Zeit zu verlieren. Wenn er noch weiter trödelte, würde ihm die verdammte Maschine zwanzig Coints abziehen und dann wäre an die Medizin für B nicht mehr zu denken.

Der Zugang zu dem Haus von Dr. Zey lag in einer schmalen Gasse. Sein Name war eigentlich Z-888, doch damit es zu keinen Verwechslungen kam, hatten die Leute hier unten sich eigene Namen erwählt. So wurde aus Z-Eight, Zey. K war seines Wissens einer der Wenigen, die tatsächlich bei einem

Buchstaben blieben. Das lag an seiner Mutter. Sie hatte B und K so genannt, wie das System es ihr vorgegeben hatte, nur die Zahlen ließ sie aus Bequemlichkeit weg. Das hatte sich eingebrannt. Und da es in ihrem Hochhaus niemanden gab, der es genauso handhabte, kam es auch nie zu Verwechslungen.

K taumelte zu dem Lesegerät und kramte die weiße Kunststoffkarte aus seiner Hosentasche. Eigentlich konnten nur die Erkrankten selbst die Zugangskarten für die Gebäude benutzen. Doch aufgrund von Bs schlechtem gesundheitlichen Zustand war die weiße Karte auf K überschrieben worden. Kaum hatte er die gläserne Schiebetür erreicht, schob er die weiße Plastikkarte in den Schlitz daneben und sie öffnete sich. Er trat in die Schleuse, zischend schloss sich die Tür hinter ihm. Der Raum war fensterlos, mit weißen Wänden.

K schob sich die Atemmaske vom Mund und wartete. Auch, wenn er es nicht sah, wusste er, dass ein unsichtbarer Scanner gerade seinen Chip auslas und prüfte, ob er die Berechtigung hatte, die Karte zu benutzen. Damit vermied man, dass sich unerlaubt Zugang zu den Gebäuden verschafft wurde.

Genehmigung erteilt, sagte das Haussystem knapp in seinem Kopf.

Es dauerte einen Moment, bis der Sauerstoffgenerator ansprang und frische Luft in den Raum pumpte. Er wischte sich den Schweiß von der Stirn und wartete, bis ihn die Luft erreichte, in seine Lungen strömte und das schmerzhafte Brennen mit jedem weiteren Atemzug aus seinem Körper bannte. Erneut ergriff ihn Schwindel, doch dieses Mal hatte er den Ursprung in der Sauerstoffdröhnung, die ihm verpasst wurde.

K-7658, der Luftgehalt wurde optimiert. Du kannst nun die Sauerstoffmaske abnehmen. Bitte begib dich zu einem Arzt, um mögliche Spätschäden auszuschließen und das Risiko weiterer Erkrankungen zu minimieren.

»Ja ja, Miststück.«

Mit einem Zischen öffnete sich die zweite Tür, die mit Milchglas versehen war, und K betrat den schmalen Flur. Die kleine Praxis lag im Erdgeschoss, hinter der ersten Tür auf der rechten Seite. Auch hier musste er seine Ankunft nicht mit einem Klopfen oder Signalklingeln verständlich machen, die Tür glitt auf, nachdem er die weiße Karte eingeschoben hatte. Dieses Mal tauchte sie jedoch nicht wieder auf, sondern verschwand in dem Lesegerät. Für seinen nächsten Besuch würde er eine neue erhalten.

Wie fast überall bis Stockwerk 6 war auch diese Wohnung ein Ein-Zimmer-Apartment. Im Vergleich zu den Zimmern in den Kellergeschossen natürlich etwas größer, aber dennoch sehr beklemmend, dafür, dass man die meiste Zeit seines Lebens hier verbrachte.

Die Einrichtung war praktisch und platzsparend. Man hatte eine Liege an der Wand befestigt. Sie konnte hochgeklappt werden, genau wie der kleine Tisch, an dem Dr. Zey jetzt saß. Sein Hocker war mit massiven Schrauben am Boden befestigt, sodass er keinem Diebstahl zum Opfer fallen konnte. Das Bett, gerade so breit, dass man nicht bei jeder Bewegung herunterzufallen drohte, war ebenfalls an die Wand geklappt und mit Riemen hochgebunden – nur zum Schlafen wurde es heruntergelassen. Der Kleiderschrank war in der Wand versenkt, sodass nur hellblaue Kunststofftüren zu erkennen waren. Da es sich um eine Arztpraxis handelte, war daneben ein kleines Waschbecken für die nötigste Hygiene angebracht. Eigentlich gab es von minus 5 bis plus 6 auf den jeweiligen Etagen lediglich Sammelbäder. So war die kleine Waschmöglichkeit ein Luxus, um den K den Doktor beneidete. Es war ebenfalls in die Wand eingelassen und auch aus dem blauen

Kunststoff gefertigt. Die Wände waren weiß, wie überall bis Stockwerk sechs.

»Hallo K«, sagte Dr. Zey, ohne von seinem Watchboard aufzuschauen. Er musste sich eine der Liveschaltungen der oberen Bewohner ansehen, denn die freundliche Stimme eines Mannes berichtete in einladendem Tonfall von irgendwelchen Forschungsergebnissen, die K nicht nachvollziehen konnte. Dabei fiel ihm ein, dass er sein eigenes Watchboard mal wieder in seiner Wohneinheit vergessen hatte. Das war nicht erstaunlich, er konnte diesen Teilen nicht viel abgewinnen. Sie alle besaßen so ein Ding und die Zentralstadt war in diesem einen Fall sogar darum bemüht, dass man ihnen stets die neuste Version zukommen ließ. Dabei wäre es K lieber, wenn er Medikamente oder etwas zu essen bekommen würde, statt des A4-großen Bildschirms mit Touchscreen, der in etwa so flach wie ein Blatt Papier war.

»Hi Dr. Zey«, entgegnete K und griff in den schmalen Spalt neben der Tür. Er zog eine verborgene Sitzplatte hervor, die an der Wand befestigt war. Nicht mehr als ein Viereck aus zerschlissenem hellblauem Kunststoff, auf das er sich zumindest kurz niederlassen konnte. Der Weg hier her hatte ihn ausgelaugt und trotz des Sauerstoffs quälten ihn noch immer Halsschmerzen.

Schweigend beobachtete K den Doktor dabei, wie er sich das Video des Mannes anschaute. Er war schlau genug, ihn nicht zu unterbrechen. Für viele Menschen war dieser Kontakt nach oben der einzige wirklich lohnenswerte. Als könnten sie sich dadurch in eine bessere Welt träumen und müssten sich nicht mit dem Chaos hier unten auseinandersetzen. Oder in der Einsamkeit ihrer Wohneinheiten vergehen. K war noch nie besonders fasziniert von dem Netzwerk gewesen und auch die Hochrangigen beeindruckten ihn nicht.

Eigentlich achtete er vielmehr darauf, nicht besonders viel von ihnen mitzubekommen, statt an den Lippen dieser fremden Menschen zu hängen, die von schlichten Alltagsdingen berichteten, als hätten sie gerade ein Mittel gegen Strippophelie entdeckt. Dabei wäre das tatsächlich einmal eine wirklich sinnvolle Maßnahme, die mit den B-Coints umgesetzt werden sollte. Doch der Erfindergeist und Forscherdrang der Menschen war nach den Kriegen und dem Aufbau der Stadt fast vollständig zum Erliegen gekommen. Zumindest hatte seine Mutter das immer gesagt. Es gab jetzt andere Ziele, die es zu erreichen galt.

Endlich schaute Dr. Zey von seinem Watchboard auf und lächelte ihn an. »Kennst du Dr. Bycic? Ein faszinierender und wirklich fähiger Mann aus den Top 200.«

»Nein«, entgegnete K und versuchte dabei, nicht zu abfällig zu klingen.

»Er verfolgt einige Theorien, denen ich gern lausche, was die Krankheit deines Bruders angeht. Zwar hat er keine Zeit, sie im praktischen Sinne zu erforschen, aber manche seiner Erkenntnisse spenden zumindest etwas Hoffnung.« Der Arzt lächelte und K hatte Mühe es zu erwidern.

Dr. Zey trug einen hellblauen Zweiteiler, der bereits leicht mitgenommen aussah. Die braun-roten Spuren, die sich von seiner Schulter aus bis über seine Brust zogen, konnten entweder Erbrochenes oder getrocknetes Blut sein. Seine Hose war bereits mehrfach notdürftig geflickt worden und wies ebenfalls verschiedenste Arten von Verfärbungen auf. Doch wer konnte es ihm übelnehmen? Schließlich kostete ein Waschgang mindestens siebzig B-Coints und die Inanspruchnahme einer Schneiderleistung fast das Dreifache.

»Wie geht es ihm?«, fragte der Mann mit der herausstechenden Hakennase und den wissenden Augen.

»Er hat gute Tage und schlechte«, murmelte K. »Gestern war ein schlechter, da ist er kaum aus dem Bett gekommen und ich musste ihn fast zwingen zu trinken.«

»Dabei ist Trinken das Wichtigste. Er muss seine Ration mindestens aufbrauchen, besser noch mehr«, sagte Dr. Zey mahnend.

»Ich muss Ihnen nicht sagen, dass dafür unsere Coints nicht ausreichen, oder? Wir bekommen unsere Grundration und die reicht kaum für einen gesunden Menschen. Nebenbei muss ich auch noch Coints sichern, um überhaupt an die Medikamente zu kommen …« Er wusste selbst nicht, warum er das überhaupt erzählte. Der Doktor wusste das – genau wie er wusste, dass es um Bs Gesundheitszustand schlecht bestellt war. Der Dialog war eine Anhäufung aus Floskeln und leerer Worte.

Dr. Zey seufzte. »Ich habe hier eine Medikamentenprobe, die kann ich dir noch mitgeben. Es sind nur zwei Tabletten, aber sie sollten gegen die Schwächezustände wirken. Eigentlich sind sie nicht direkt gegen die Krankheit, aber sie bekämpfen immerhin eines der Symptome.« Er trat an eine der Klappen, die sich in der Wand verbargen und nur durch die leichten Vertiefungen in Form eines Rechtecks ersichtlich waren. »Zoe, gib mir die Medikamentenprobe von Trechnisazirin.«

Sehr gern, Dr. Zey. Ich mache Mitteilung an die Zentralstadt, dass dieses Medikament zu Probezwecken an B-7658 ausgegeben wurde, schallte es durch einen Lautsprecher. Der Doktor hatte die Möglichkeit, die Stimme in seinem Inneren für alle anderen hörbar zu machen, genau wie die Hochrangigen, die oben in ihren Wolkentürmen hausten.

»Ja, mach das«, knurrte der Arzt leise. Dann entnahm er das kleine blaue Fläschchen und reichte es K. »Aber nur eine, mit genügend Wasser und nur für den Fall, dass es ihm wieder ähnlich ergeht wie gestern.«

»Danke, Doc«, sagte er und verstaute das Medikament in seiner Hosentasche. Zey bekam nur selten Proben und so verteilte er die, die er hatte, nicht leichtfertig. Und wenn dieses Mittel B nur einen der Tage wie gestern ersparen würde, wäre K schon mehr als dankbar.

Zey seufzte und ließ sich wieder auf dem Hocker an seinem Tisch nieder. »Aber vielleicht ist es für seinen Gesundheitszustand auch ratsam, wenn dein Bruder sich aus gewissen Tätigkeiten heraushält, die seinen *Rang* angehen.«

K schluckte gegen das trockene Gefühl in seinem Hals an. *Rang* war das Codewort des Untergrundes für diese Woche. Sie umgingen so, dass das System ihre Gespräche filterte und an die Zentralstadt sandte. Die Elite bekämpfte schon so lange die Rebellenformation im Untergrund, dass die Strafen immer härter geworden waren. Inzwischen waren sie an einem Punkt angelangt, bei dem ein nachgewiesener Verdacht der Zusammenarbeit mit der Vereinigung zur sofortigen Exekution führte. Dementsprechend vorsichtig war man also, wenn dieses Thema aufkam. Dass der Doktor es ansprach, bedeutete, dass er etwas wusste, das K noch nicht klar war.

»Ich weiß nicht, was B mit seinem Rang macht. Ich halte mich da raus«, entgegnete er, vielleicht etwas harsch. Doch dieses Thema reizte ihn.

»Dann hat er es dir also noch nicht gesagt?« Der Arzt hob die Augenbrauen.

K atmete angestrengt aus. »Vermutlich will ich es gar nicht wissen.«

»Nein, vermutlich nicht. Aber in diesem Fall solltest du ihn unbedingt ansprechen. Ich selbst finde diese Art des Plans nämlich vollkommen fahrlässig. Vor allem in seinem Zustand, aber auch grundsätzlich. Du solltest ihn zumindest begleiten.«

K spürte, wie sich seine Hände zu Fäusten ballten. »Ich werde ihn fragen, danke.«

Dr. Zey warf ihm einen eindringlichen Blick zu, nickte und klatschte einmal in die Hände. Er erhob sich und trat wieder zu den Klappen in der Wand. »Kommen wir zu dem Grund, weshalb du eigentlich hier bist. Ich nehme an, dass das von deinem B-Coints-Konto abgeht?«

K nickte knapp.

»Zoe gib mir bitte die übliche Dosis Strechnisin für Patient B-7658 und buche von Konto K-7658.«

Sehr gern, Dr. Zey. Ich muss sie hiermit darauf hinweisen, dass es eine Preisanpassung bei diesem Medikament gab. Statt der bisherigen hundertachtzig B-Coints fand eine Erhöhung auf hundertneunzig Coints statt.

K spürte, wie er in sich zusammensackte und reagierte auf den fragenden Blick des Arztes mit einem schwachen Nicken. Die Preisanpassungen kamen in den letzten Monaten immer häufiger vor und machten Bs Krankheit zu einer untragbaren Last. Doch vielleicht war das auch das Ziel, denn immerhin ging es ja darum, die Kranken als Last der Gesellschaft nach und nach aus ihrem System zu bannen.

»Danke, Zoe, fahre bitte fort.«

Die Klappe sprang auf und ein größeres Röhrchen kam zum Vorschein. Der Doktor reichte es K.

K-7658, dein B-Coints-Konto wurde mit 190 B-Coints belastet. Dadurch gerät dein Kontostand in einen kritischen Bereich mit 11 B-Coints. Bedenke bitte, dass bei einem Kontostand von Null automatisch eine Exekution aufgrund untragbarer Leistung angeordnet wird.

In diesem Moment hatte K nicht einmal eine bissige Erwiderung für das Miststück parat. Eigentlich sorgte er immer dafür, dass sein Coints-Wert vor dem Heimweg nicht auf unter zwanzig Coints fiel. Ansonsten kostete es das System nur einen einzigen Impuls, und er sackte in sich zusammen, als hätte man das Leben einfach aus ihm herausgesaugt. Das wäre nicht nur sein Todesurteil, sondern auch das für B.

»Wenn du dich kräftig genug fühlst, rate ich dir, dich in den Fitnessraum zu begeben und eine halbe-Stunden-Einheit einzulegen. In Verbindung mit meiner ärztlichen Empfehlung bringt dir das 8 B-Coints.« Er sagte es nebensächlich und griff dabei nach seinem Watchboard. »Du bist jetzt neunzehn und seit deiner Volljährigkeit wird das von der Zentralstadt empfohlen. Es ist also ohnehin überfällig.«

»Das wäre … eine gute Idee«, erwiderte K. Es war eine Chance, den Weg nach Hause heile zu überstehen.

Der Doktor nickte, schaute ihn aber nicht an. Natürlich war es verboten, das System zu betrügen, doch dies war eines der Schlupflöcher, die es ihnen immerhin noch ließ.

»Zoe, ich ordne für den Patienten eine Herz-Kreislaufüberwachung an einem der Trainingsgeräte an. Eine Präventionsuntersuchung für K-7658, bitte.«

Sehr gern, Dr. Zey.

Der Arzt warf ihm ein schmales Lächeln zu, das all die Bitterkeit ausstrahlte, die K selbst verspürte.

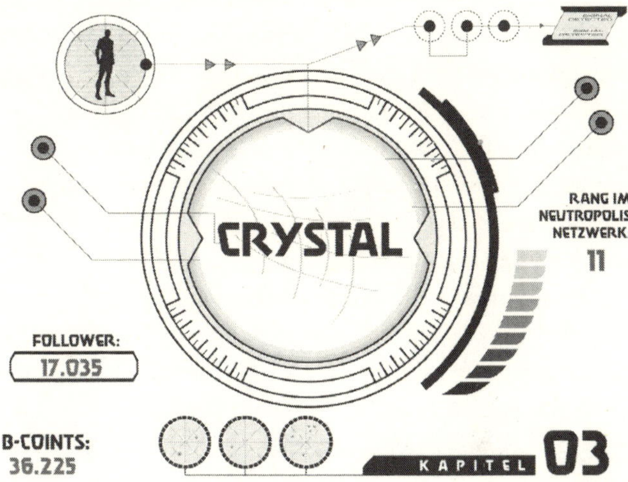

»Nein, der Rang ist noch nicht umgesprungen«, sagte Crystal und seufzte. »Ich verstehe das nicht, dabei hätte sich seit heute morgen etwas tun sollen. Wie spät ist es inzwischen? Es muss doch fast Abend sein.«

Miramays Mundwinkel zogen sich demonstrativ nach unten und die hellblau glitzernden Augenbrauen senkten sich leicht. Das Watchboard an ihrem Fahrradtrainer hatte allerdings eine so hohe Auflösung, dass ihr nicht die kleinste Regung im Gesicht ihrer besten Freundin entging. Und in diesem Moment sah Crystal deutlich den amüsierten Funken, der in den hellgrünen Augen aufblitzte. Sie überging ihn jedoch gekonnt mit einem Lächeln. Wenn man in diesen Kreisen verkehrte, gewöhnte man sich schnell daran, dass ein Lächeln nicht unbedingt ein Lächeln und ein Kompliment genauso gut eine Beleidigung sein konnte.

»Die Schwelle bis in die Top 10 ist die größte, das weißt du doch.« Miramay runzelte die Stirn. »Sag mal, schwitzt du?«

Eilig tippte Crystal auf das Display und ließ sich eine Sicht von sich selbst anzeigen. Tatsächlich hatten sich ihre Wangen leicht rötlich verfärbt und ein Schweißfilm ließ ihre Stirn glänzen. Eilig hörte sie auf zu strampeln und wischte sich mehrfach über das Gesicht. »Ich trainiere vielleicht etwas lange heute«, murmelte sie fahrig.

»Du solltest warten, bis du das nächste Live-Video hochlädst, die denken sonst, dass du dein Fitnesslevel verloren hast. Dann kannst du die Top 10 vergessen.« Auch jetzt sah Crystal die leichte Schadenfreude im Gesicht von Miramay. Doch sie schluckte die aufkeimende Wut schnell herunter und rutschte von dem Fahrradsattel. Bei ihren üblichen Dehnübungen spürte sie tatsächlich, dass sie ihre Muskeln überanstrengt hatte. Doch Sport half gegen die Nervosität. Und das war bereits ihr zweites Training an diesem Tag.

Du hast zwei Stunden auf der Sporteinheit verbracht und dir B-Coints im Wert von 32 antrainiert. Leider werden dir wegen Übersäuerung der Muskeln sieben Coints abgezogen, teilte ihr Sixx mit ihrer freundlichen Stimme mit. *Soll ich dein Sportprotokoll in dein öffentliches Profil laden?*

»Nein«, murmelte Crystal genervt. Es wurde einem hoch angerechnet, wenn man seine Leistung entsprechend des eigenes Körpers einschätzte und sie langsam steigerte. Wenn jedoch zu sehen war, dass sie es übertrieben und auch noch bewusst das Warnsystem ausgeschaltet hatte, würde sie das einige Follower kosten. Und das konnte sie sich jetzt nicht leisten.

»Du solltest aufhören, dir Gedanken zu machen. Das gibt nur Falten«, erklang Miramays Stimme. Crystal nahm das Watchboard aus der Halterung am Sportgerät und ging herüber zu ihrer Couch. Ihre Freundin war gerade dabei, sich die hellblauen Haare zu richten und ihr Make-up zu kontrollieren. Während Crystal es eher schlicht mochte, war Miramay jedes Mittel lieb, um aufzufallen. Ihre Haarfarbe wechselte fast wöchentlich, ihre Schminke war immer grell und extravagant. Zudem war die Tonlage in ihren Videos viel zu schrill und laut. Sie liebte das Extreme und bot ihren Followern entsprechend tiefe Einblicke. In einem Jahr hatte sie ihre Videos einmal ausschließlich nackt veröffentlicht, was ihr einen Haufen männlicher Zuschauer einbrachte. Doch das war nur eine der Möglichkeiten, die sie gefunden hatte, um die Aufmerksamkeit der Menschen zu erringen. Crystal war es häufig zu viel, was ihre Freundin für eher zweifelhaften Ruhm tat und dennoch war sie ihr auch dankbar. Ohne sie wäre Crystal nicht dort, wo sie jetzt stand. Miramay, die zu diesem Zeitpunkt auf dem Rankingplatz dreihundertzwei gestanden hatte, hatte zufällig eines ihrer Videos gesehen, als Crystal gerade in die Top 1000 eingestiegen war. Sie hatte ihr daraufhin vorgeschlagen, ein paar Videos zusammen zu drehen. Das war der Moment, in dem Crystals Aufstieg im Ranking rasend schnell vonstattengegangen war.

Crystal ließ sich auf die Couch fallen. Dort steckte sie das Watchboard in die entsprechende Vorrichtung und richtete sie so aus, dass sie sich gegenseitig anschauen konnten.

»Ich mein damit: entspann dich«, fügte Miramay hinzu.

»Das kann ich nicht, ich bin so aufgeregt.« Ihr Herzschlag beschleunigte sich erneut, als sie an den bevorstehenden Umzug dachte. Sie schenkte Miramay ein breites Lächeln. »Hast du die neuen Bilder aus der Zentralstadt schon gesehen? Sie haben den Marktplatz erneuert. Mit so stylischen Fliesen; schwarz und glänzend. Dazu ein Brunnen und eine Skulptur von diesem Künstler … ähm …«

»Brinn, Rang 251 im Weltranking«, vervollständigte Miramay ihre Überlegung. »Jeder hat die Bilder gesehen, Crystal. Wir kriegen sie alle per Message. Damit wir auch bloß daran erinnert werden, was sie haben und wir nicht.« Der letzte Satz klang eindeutig genervt und so voller Missgunst, dass Crystal kurz erschrak. Doch es war nur ein Sekundenbruchteil, denn dann strahlte Miramay sie wieder zuckersüß an. »Ich freue mich so für dich, meine Süße!« Den letzten Buchstaben zog sie in einem schrillend quietschenden Tonfall in die Länge.

»Du bist schon Rang zwanzig, es ist eine Frage der Zeit, bis du mir Gesellschaft leistest«, sagte Crystal lächelnd. »Dann treiben wir uns zusammen auf dem neuen Marktplatz rum und bestaunen die vielen kleinen Läden.«

»Sicherlich«, murmelte Miramay und atmete hörbar aus. Natürlich wusste Crystal, dass ihre Freundin es schon wesentlich länger als sie versuchte, in das Weltranking einzusteigen. Doch ihre teilweise eher zweifelhaften Aktionen warfen sie auch immer wieder zurück.

»Was meinst du wie es ist? Sich draußen frei bewegen zu können und nicht an sein Apartment gefesselt zu sein?«, sagte Crystal in schwärmerischem Tonfall.

»Naja, unter dieser Kuppel ist ja nicht wirklich unter freiem Himmel …«

»Du weißt, was ich meine«, erwiderte Crystal leicht genervt. Dennoch lächelte sie ihre Freundin an. Diese Art der Missgunst umgab Miramay erst, seitdem Crystal in die Top 15 eingestiegen war und sie überholt hatte.

»Wie soll es schon werden, Crystal? Genau so wie sie es uns versprechen, deswegen machen wir doch diesen ganzen Blödsinn hier.« Sie schnaubte und wischte sich eine hellblaue Strähne aus dem Gesicht. »Eine riesige Stadt, jeder bekommt ein Haus, tolle Nachbarn und Bewegungsfreiheit in der gesamten Stadt. Außerdem eine Highspeed-Leitung, um uns den dauerhaften Kontakt zu unseren neuen Followern zu sichern.« Sie zählte die Dinge mit einer Wehmut in der Stimme auf, die Crystal nur allzu gut nachvollziehen konnte.

In diesem Moment erklang ein Signalton und kurz darauf die Stimme von Sixx: *Eine eingehende Live-Botschaft von Wizzle. Möchtest du annehmen, Crystal?*

Sie grinste breit und sah, wie Miramay die Augen verdrehte. »Lass mich raten? Wizzle, der Wizzler? Dann bin ich raus! Bye Bye!«

Das Fenster schloss sich, noch bevor Crystal sich verabschieden konnte, doch für den Moment überwog die Freude über den neuen Live-Kontakt. Eilig richtete sie ihre Haare und trällerte dann: »Annehmen, Sixx!«

Keinen Augenblick später öffnete sich das Fenster mit dem Videochat. Einmal mehr war Crystal von diesen perfekten Gesichtszügen fasziniert. Hohe Wangenknochen, markante Gesichtszüge und so tiefblaue Augen wie der Ozean, von dem sie heute Morgen noch geträumt hatte. Wenn er lächelte, waberte ein warmes Kribbeln durch Crystals Bauchgegend und ihre Wangen fühlten sich heiß an. Sie hatte mit Wizzle erst seit einigen Wochen regelmäßigen Kontakt und allmählich schien sich eine kleine Video-Beziehung anzubahnen. Zumindest hoffte sie das.

»Hey Schönheit«, sagte er und lächelte sie an. Ein Lächeln, durch das er immerhin nur knapp zweihundert Follower weniger hatte als sie selbst.

»Hi, Wizzle.«

»Ich habe dein Video heute Morgen gesehen, du sahst wundervoll aus. Ich war ganz enttäuscht, dass du noch kein neues hochgeladen hast.« Er zwinkerte ihr zu und sorgte für einen neuen Schwarm Schmetterlinge, der in ihrer Bauchgegend durcheinanderflatterte.

»Ich war … etwas gestresst«, murmelte sie und hoffte, dass ihr Gesicht nicht die tiefrote Färbung angenommen hatte, die zu der Hitze ihrer Wangen passte. »Diese Sache mit dem aktuellen Rang macht mich vielleicht ein wenig nervös.«

»Rang elf, oder? Jetzt ist es nur noch ein kleiner Sprung und dann ist meine Süße im Weltranking gelistet«, sagte er stolz. Doch die Worte ‚meine Süße' hallten immer wieder durch ihren Geist und machten alles andere, was er gesagt hatte unwichtig. Mit Mühe konnte sie das alberne Kichern zurückhalten, das ihre Kehle hinaufkroch.

»Naja, noch tut sich nicht viel.« Sie war dazu geneigt, erneut ihre Followerzahl zu kontrollieren, doch dann entschied sie sich dagegen. Stress schlug sich auf Aussehen und Schlaf nieder und das war das Letzte, was sie gebrauchen konnte.

»Was hältst du von einem Spiel, um dich abzulenken?«, fragte er sanft und schenkte ihr wieder ein Lächeln, das sie mitten ins Herz traf.

»Gern.«

Wizzle suchte *Bones* für sie aus. Ein virtuelles Kartenspiel, bei dem es um das Sammeln von Karten ging. Eigentlich langweilten Crystal diese Spiele, doch für Wizzle machte sie gern eine Ausnahme. Außerdem stand für den übrigen Tag ohnehin nichts weiter an. Ihre Trainingsleistung hatte sie fast doppelt erfüllt, ihr Gedächtnistraining hatte sie hinter sich gebracht. Sie hatte nach der morgendlichen Sporteinheit einen wissenschaftlichen Abschnitt aus einem Themengebiet gelesen, das ihr gänzlich unbekannt war und einen Fragebogen dazu korrekt beantwortet. Außerdem hatte sie bereits den Kontakt zu ihren Usern gepflegt, indem sie auf Fan-Mails geantwortet und einige Fremdvideos angeschaut und bewertet hatte. Den Mittagsschlaf für innere Ruhe und Stressabbau hatte sie auch folgsam hinter sich gebracht. Und das, obwohl ihr bei all der Aufregung gar nicht nach Schlafen zumute gewesen war.

An diesen Tagen bemerkte Crystal, wie langweilig ihr Leben zwischenzeitlich war. Der Luxus war wundervoll und sie versuchte ihn Tag für Tag immer im gleichen Maße zu schätzen zu wissen, doch auch wenn sie sich noch so sehr anstrengte, nutzte der Alltag ihn zur Selbstverständlichkeit ab. Umso dringlicher wurde ihr Bedürfnis, das Apartment in Neutropolis endlich gegen ein Haus in der Zentralstadt einzutauschen. Für den Luxus, einfach aus der Haustür zu treten und einige Schritte spazieren gehen zu können, würde sie definitiv mindestens die Hälfte ihrer Coints abgeben. Wenn nicht sogar noch mehr.

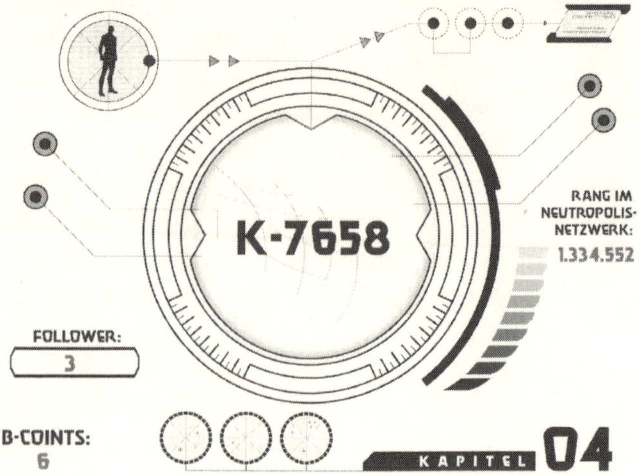

K lehnte an der Wand im Erdgeschoss seines Hochhauses. Er hatte die Augen geschlossen, spürte den kalten Schweiß auf seiner Stirn und atmete den Geruch von Urin und verdorbenen Lebensmitteln ein. Sein Herz raste so sehr, dass es sich wie das Flattern eines Kolibris anfühlte, der hinter seinen Rippen gefangen war. Außerdem brannte sein Hals, als hätte er pure Säure getrunken. Und dennoch. Er hatte den Weg überstanden und sein Konto wies noch 6 B-Coints auf. Das war nicht viel – man könnte sagen, er klopfte bereits an die Tür von Gevatter Tod – doch es reichte, um weiterzumachen.

Blinzelnd öffnete er die Augen. Er stand vor dem Fahrstuhl. Das Absperrband flatterte vor dem halb geöffneten Schacht und ein Schild war schräg daran befestigt: Außer Betrieb. Eigentlich konnte er sich nicht daran erinnern, dass es jemals anders gewesen war. Erst ab Stockwerk 6 wurden die

Fahrstühle auch regelmäßig gewartet und da das ein anderer Schacht als dieser hier war, blieb den unteren Bewohnern nichts anderes übrig, als Treppen zu steigen.

Er stieß sich von der Wand ab und lief nach rechts den Gang entlang, bis er an einer weißen Tür angelangte. Früher hatte hier einmal ‚Downstairs' gestanden, doch ein Spaßvogel hatte sich mit einem schwarzen Filzstift verewigt, die Buchstaben durchgestrichen und stattdessen »Way to hell« hingeschmiert.

K drückte die Tür auf und stellte fest, dass wieder ein Teil der Beleuchtung ausgefallen war. Einige Lampen in dem schmalen grauen Kellergang flackerten und warfen ein beinahe gespenstisches Licht auf die Betonstufen. Der Geruch von Schweiß und Mensch schlug ihm entgegen, als er hinabstieg. Die Feuchtigkeit des Wasserdampfes, der hier unten vorherrschte, legte sich heiß auf seine Haut. Als er in Minus 2 angelangte, musste er über jemanden steigen, der sich in einen Schlafsack am Fuß der Treppe eingerollte hatte. Eigentlich wagten es die Obdachlosen nicht, sich in den Gängen zum Schlafen hinzulegen, zu groß war die Angst vor einer überraschenden Kontrolle durch die elektronischen Sicherheitseinheiten. Wenn man sich zwischen den anderen Menschen befand, war die Chance, noch rechtzeitig zu entkommen zumindest ansatzweise gegeben.

»Bitte, Mann …«

K warf einen flüchtigen Blick zu dem Schlafsack, der diesen heiseren Laut ausgestoßen hatte. Der Mann – er schätzte ihn auf Mitte fünfzig – befreite sich leicht aus der raschelnden Hülle. »Kann ich nur eine Nacht bei dir unterkommen? Bitte?«

K wunderte es nicht, dass der Mann ihn das fragte. Morgen stand die wöchentliche Routinekontrolle an und alle, die keine feste Unterkunft nachweisen konnten, waren zum

Tode verurteilt. K presste die Zähne fest aufeinander, als ihm die Ungerechtigkeit ein weiteres Mal bewusst wurde. Warum brachte man nicht einfach gleich alle um, statt sie lange dahinsiechen zu lassen?

»Ich würde dir helfen, aber wir sind zu zweit in einer Halbparzelle«, sagte er zähneknirschend.

Der Mann wusste, was das bedeutete. Denn selbst für zwei Menschen war eine Halbparzelle nur dann zulässig, wenn ein direkter Verwandtschaftsgrad bestand.

»Macht nichts, Mann. Trotzdem danke.« Der Versuch eines Lächelns zog an seinen ausgefranzten Mundwinkeln, verlor sich jedoch in einem unwilligen Zucken. K presste die Zähne so fest aufeinander, dass es in seinem Kopf knirschte. Eilig wandte er sich ab, wollte gerade die letzten Stufen hinabsteigen, um das Elend schnellstmöglich hinter sich zu lassen, als er noch einmal stehenblieb.

Er holte tief Luft und sagte: »Gestern ist Ernie aus der sechzehn in Minus 3 gestorben. Ich glaube nicht, dass sie seine Wohneinheit schon umprogrammiert haben und er hat bereits für die nächsten zwei Wochen bezahlt.«

Hoffnung schwamm in dem Blick des Mannes, als er sich aufrichtete.

K biss sich fest auf die Zunge. Das, was er jetzt tat, war mehr als verboten. Tödlich verboten. »Sein Schloss ist noch keines von den biometrischen, sondern ein Codeschloss. Der Code ist 4583. Mit Glück ist das System offen und du kannst dich einfach einloggen, dann bekommst du auch ein paar Coints gutgeschrieben.« *Falls du weg bist, bevor das Räumungskommando kommt*, fügte er in Gedanken hinzu. Doch die ließen sich in den Untergeschossen gern mal ein paar Tage Zeit, bis sie die Einheiten der Verstorbenen säuberten, also vielleicht hatte er tatsächlich eine Chance.

»Danke«, brachte der Mann, teils fassungslos, teils gerührt hervor und starrte K an, als wäre er nicht von diesem Planeten.

K nickte nur und lief dann weiter die Stufen hinab. Er fühlte sich nicht als Wohltäter – brachte es dem Mann doch nur kurze Zeit, bis er wieder an dieser Stelle stehen und um sein Leben bangen müsste. Er trat an die Tür auf der Minus 3 stand und griff nach der Klinke. Der kleine Scanraum stank nach Exkrementen und K vermied es, darüber nachzudenken wieso das der Fall war. Seine persönliche Karte, die die Daten seines Chips enthielt, trug er immer bei sich. Sie baumelte an einer silbernen Kette um seinen Hals, jederzeit griffbereit, alles andere war strafwidrig. K zog sie unter seinem Hemd hervor und musterte kurz den zerschlissenen Kunststoff, der einst weiß gewesen war, jetzt aber mehr einen gelb-braunen Farbton hatte. In schwarz stand sein Name: K-7658 in der unteren rechten Ecke. Ansonsten gab es keinen Hinweis darauf, dass auf diesem Ding in Kombination mit dem Chip in seinem Kopf sein ganzes bisheriges Leben aufgezeichnet war. Er schob seine Karte in die kubusartige Vorrichtung in der Mitte des Raumes und ließ es zu, dass der Scanner seinen Körper abtastete und den Chip auslas. Wie schon beim Hochhaus von Doktor Zey prüfte das System erneut seine Zugangsrechte.

K-7658, herzlich Willkommen zu Hause. Deinem Konto wird 1 B-Coint gutgeschrieben. Gute Bürger vermeiden es, ihr Haus zu verlassen und suchen die Sicherheit ihres Gebäudes auf. Danke, dass du ein Teil davon bist.

Der leicht ratternde und zerrissene Klang dieser Worte gab ihnen einen ironischen Beigeschmack.

Erst, wenn man die Flure der Einheit betrat, bekam man die Armut dieser Wohnabschnitte mit seiner gesamten Macht zu spüren. Die engen grauen Kellerflure waren besetzt von den

Heimatlosen, die sich dem System bisher erfolgreich entzogen hatten. Die Bewohner der Einheiten hier unten wechselten ständig, es gab keine feste Zuweisung der Apartments. Dementsprechend schwer ließ sich danach fahnden, wer tatsächlich irgendwo untergekommen war und wer nicht. Genau wie es möglich war, die Eingangskontrolle zu überlisten. Zumindest in den unteren Stockwerken, wo die Systeme meist veraltet waren. Die Essenszuteilung und die Sicherheit in einem der Bunker waren streng kontrolliert, doch ob jemand tatsächlich heimatlos war, wurde ausschließlich mithilfe der wöchentlichen Kontrollen durch die elektronischen Sicherheitseinheiten überprüft. Meist gelang es dem Großteil der Obdachlosen, für diesen Tag bei einem der Bewohner unterzukommen.

Jetzt jedoch lagen sie auf den Gängen und schliefen oder verspeisten ihre Grundration. Einige blickten aus trägen Augen zu ihm herauf, als K sich an ihnen vorbeischob, andere schienen ihn gar nicht zu bemerken. Ein stetiges Raunen, verbunden mit atemlosem Husten erfüllte den Gang. Zu beiden Seiten gingen zahlreiche Türen ab. Einige waren bereits mit dem biometrischen Schloss versehen, andere hingegen waren durch schlichte Codes gesichert. Erst nach und nach wurden die neuen Systeme angebracht. Meist immer dann, wenn jemand verstorben war.

Die Wohneinheit von B und K trug die Nummer 15889. Die Klappe neben der grauen Tür war mit einem kleinen viereckigen Leuchtfeld versehen, das nun grün aufblinkte. Was bedeutete, dass seine Essensration bereits darin auf ihn wartete. K atmete angestrengt aus. Wenn er gekonnt hätte, hätte er sie einfach darin stehen lassen. In Anbetracht seines Kontostandes wäre dies auch ratsamer gewesen und Hunger hatte er ohnehin nicht. Doch er hatte eben keine Wahl.

Also legte er die Hand auf die graue Metallklappe, wartete bis sie aufsprang und öffnete sie. Die Aluschale und eine Flasche Wasser standen darin. K griff nach beidem und holte es heraus. Daneben lag noch eine frische Montur Kleidung, doch die würde er sich wieder einmal nicht leisten können. Er blickte an sich herunter. Die schwarze Hose und das dazu passende Hemd waren dankbar, was Flecken angingen. Und der Gestank kümmerte hier unten sowieso keinen.

K-7658, deinem Kontostand werden 3-B-Coints für die Grundration abgezogen. Dein Kontostand befindet sich im kritischen Bereich.

»Danke für die Info, Miststück.« K trat an die Tür, schob die Karte in die Prüfvorrichtung, die statt eines altertümlichen Zahlenschlosses angebracht war und wartete, bis sie sich surrend öffnete. Er wurde von Bs keuchendem Husten in Empfang genommen. Ihr Apartment maß gerade einmal fünf Quadratmeter und enthielt ein Bett, einen klappbaren Tisch und einen Stuhl. Die Wände waren grau und von Versorgungsrohren durchsetzt. Auf den Tisch stellte er die Essensration ab und reichte seinem Bruder die Flasche Wasser. »Du musst trinken, hat Zey gesagt.«

B saß auf der Kante ihres Bettes und presste sich die Hand auf den Mund. Sein dunkles Haar war durcheinander, die Gesichtshaut fahl und leicht bläulich verfärbt. Auf seinem Schoß lag sein Watchboard, es war noch immer eines für Kinder, maß also nur etwa A5. Für Kranke gab es auch hier keine Upgrades. K hatte ihm erlaubt, seins zu benutzen, wenn er es nicht brauchte, doch B hing irgendwie an dem kleinen Ding. Er stoppte durch antippen das Video, das er sich gerade angesehen hatte und rollte sein Watchboard zusammen. Durch ihre Flexibilität ließen sich die kleinen Computer gut transportieren, da sie durch knicken und biegen keinen Schaden nahmen. B verstaute seines in der Hosentasche und hob eine Augenbraue, als er K ansah. »Dann soll Zey uns ein paar Coints schenken und ich trinke alles, was er mir vorsetzt.« Die für die Krankheit charakteristisch heisere Stimme war inzwischen so gewohnt für K, dass er gar nicht mehr wusste, wie B damals mit klarer Tonlage geklungen hatte.

»Der hat auch nicht viel mehr als wir.« Er griff in seine Tasche, beförderte die Röhrchen hervor und warf sie B zu. Der fing und grinste ihn breit an. »Drogen …«

In diesen kurzen Momenten wirkte er tatsächlich wie sechzehn und nicht schon wie der alte Mann, den die Krankheit aus ihm machte.

»Es ist schon wieder teurer geworden«, knurrte K und setzte sich neben B auf das Bett. Der öffnete gerade die kleine blaue Plastikflasche und schüttelte eine der Pillen heraus. Er hustete noch einmal, bevor er sich die Tablette in den Hals warf und eilig mit Wasser nachspülte. Dann schloss er die Augen und tat einige rasselnde Atemzüge. K wartete gemeinsam mit ihm, bis der Schmerz und der Hustenreiz nachließen. Die Medikamente wirkten schnell, meist innerhalb von Minuten.

Schließlich öffnete B wieder die Augen, lächelte sanft und nickte. »Verdammt, das ist schon viel besser.« Er nahm das zweite, kleinere Röhrchen und musterte es interessiert. »Was ist das?«

»Eine Probe mit liebem Gruß vom Doktor. Es hilft gegen die Müdigkeitszustände. Es sind aber nur zwei, also wirklich für den absoluten Notfall.«

»Biestig«, sagte B grinsend, was so viel bedeutete wie: cool oder toll.

Auch K spürte Erleichterung in sich aufsteigen, rückte auf dem Bett so weit zurück, dass er sich an die Wand lehnen konnte und ließ seinen Hinterkopf dagegen sinken. »Mein

Coints-Kontostand geht fast gegen Null. Teil dir die Tabletten gut ein, die müssen eine Weile reichen.«

In Bs Gesicht trat nun wieder dieser hasserfüllte Ausdruck, der Ks Nerven reizte. Er ahnte bereits, was jetzt kam.

»Umso wichtiger wird es, dass wir endlich etwas unternehmen. Zet hat gesagt, dass …«

»Ich habe gesagt, dass ich von dem Scheiß nichts hören will«, knurrte K. Genau genommen wollte er nichts von Zet hören. Der Rebellenführer, der eigentlich Z-8895 hieß, war zu Ks Leidweisen zu einem von Bs absoluten Idolen geworden. Mit seinen verqueren Ansichten und den falschen Hoffnungen, die er in den Jüngeren schürte, gab es absolut keinen Grund, diesen Typen derart zu vergöttern. Fürchten wäre das richtige Wort.

»Aber es ist wichtig. Es geht um unsere Zukunft, die von uns allen. Deswegen wird jetzt auch endlich etwas unternommen …« B unterbrach sich, seine Augen weiteten sich und er wich eilig dem Blick von K aus.

K schaute seinen Bruder eindringlich an. »Ach? Ich habe von Zey gehört, dass da was im Gange ist. Soll ich dir erst eine reinhauen oder nachdem du es mir erzählt hast?«

»Fuck, du willst es doch ohnehin nicht wissen, oder?«

»Wenn du dich an irgendeinem sinnlosen Scheiß beteiligen willst, dann *muss* ich das wissen!«

Die sonst so fahle Haut seines Bruders nahm an den Wangen einen rötlichen Farbton an. »Das ist kein *Scheiß*. Scheiße ist es, dass wir hier unten sitzen und auf unseren Tod warten. Wir dürfen nicht raus und haben kaum genug zum Leben, aber doch zu viel, um zu sterben. Wir siechen dahin wie …«

»Sag es nicht, B«, sagte K in mahnendem Tonfall und biss sich so fest auf die Zunge, dass es schmerzte.

»Wie unsere Mutter. Doch ich sage es.«

K holte aus und verpasste B einen Schlag auf den Hinterkopf. Der Blick, der daraufhin folgte, war tödlich und K bereute es sogleich. »Tut mir leid. Das war einfach ein … furchtbarer Tag.«

»Wie jeder Tag. Immer und immer und immer wieder …«

K wollte etwas erwidern, aber es gab einfach kein gutes Argument, das er dem entgegensetzen konnte. Mehr als einmal hatte er daran gedacht, wie einfach es wäre sich aus dem Leben zu schleichen und all das hier aufzugeben. Sterben fühlte sich manchmal leichter an als weiterzuleben. Und doch war es keine Option. »Ich verstehe, dass du frustriert bist und wütend. Glaub mir, das bin ich auch.« Er seufzte. »Aber Zet ist ein Arschloch. Er hat nicht unser aller, sondern vorrangig sein eigenes Glück im Sinn. Dabei ist es ihm egal, wie viele Leute für sein Ziel draufgehen.«

»Woher willst du das eigentlich wissen? Ich dachte, du hältst dich aus allem raus?«, zischte B gereizt. Die Wut beförderte einen weiteren Hustenanfall zutage. Einen von denen, die sich trotz des Medikaments ab und an ihren Weg bahnten. Vor allem dann, wenn B sich zu sehr anstrengte. Und diese Diskussion war anstrengend. Für beide.

»Was plant er?«, fragte K in einem möglichst ruhigen Tonfall, nachdem der Hustenanfall abgeebbt war.

Eine Weile starrte B ihn finster an, dann wandte er den Blick ab und starrte leer auf die Leitungen, die aus der grauen Betonwand vor ihnen wuchsen. »Ein Angriff auf eines der Hochhäuser. Wir wollen in die oberen Stockwerke eindringen.«

»*Was?*«

»Es geht darum, ein Zeichen zu setzen, K. Wir müssen etwas tun, damit sie uns für voll nehmen.«

K war geneigt seinem Bruder einen weiteren, noch festeren

Schlag zu versetzen. Doch auch, wenn er es häufig genug androhte, schlug er B nicht. Das eben war ein absoluter Ausrutscher gewesen, der wohl daher rührte, dass der Tod ihrer Mutter noch in ihrer beider Seelen vor sich hin schwelte.

»Und du willst da rausgehen? Du, der es nicht einmal schafft zum Arzt zu gehen, möchtest dich dem Nebel aussetzen …« K bemerkte, dass seine Stimme vor Wut zitterte. Er versuchte, den Blick seines Bruders einzufangen, doch der starrte noch immer auf die Leitungen an der Wand.

»Ich werde das schaffen. Z hat spezielle Atemmasken besorgt. Die können mehr, als die dämlichen Dinge, die sie an uns ausgeben. Außerdem habe ich jetzt Medikamente.«

»Und wie wollt ihr in das Haus reinkommen? Ohne Karte?«

»Zet hat eine manipulierte besorgt, hat ihn einiges gekostet, aber das ist eben Zet.« Da war es wieder, dieses bewundernde Lächeln.

Wut grollte, einem heftigen Gewitter gleich, in Ks Innerem. Nicht die harmlose Sorte, der man gern zusah, wie sie über dem Himmel zuckte und ein leises Rumoren mit sich brachte. Nein, ein richtiger Blizzard mit Regen, Hagel und einem tsunamiartigen Sturm. Er sprang vom Bett auf und seine Hände ballten sich zu Fäusten. »Bist du eigentlich bescheuert? Meinst du, ich lasse das zu?«

Nun erhob B sich ebenfalls. Die Krankheit hatte seinen Körper sichtlich ausgezehrt, sodass die schwarze Kleidung viel zu locker saß und ihn schmächtig wirken ließ. Doch das machte er durch die Entschlossenheit in seinem Blick wieder wett. »Es ist mir scheißegal, was du davon hältst. Ich lasse mich hier nicht anbinden, um auf meinen Tod zu warten. Wenn ich schon gehe, dann wenigstens bei etwas Sinnvollem und nicht während ich an graue Betonwände starre und den Geruch von Pisse einatme!«

»Oh bist du jetzt der große Held, ja?«, spie K voller Ironie aus. »Dann will ich dich mal auf den Boden der Tatsachen zurückholen, kleiner Bruder. Du bist kein Held, sondern ein Idiot, wenn du dabei mitmachst. Es gibt einen bedeutenden Unterschied zwischen Mut und Dummheit und den scheinst du noch nicht verstanden zu haben.«

»Nein, du hast nicht verstanden«, brachte B heiser hervor und musterte K so voller Abscheu, dass es einen Punkt in seinem Inneren berührte, von dem er lieber nichts erfahren hätte. Es schmerzte. Und es trieb ihn fast dazu, B an den Schultern zu packen und den schmächtigen Körper einmal kräftig zu schütteln.

»Du bist ein verdammter Feigling, K!« Und noch bevor K ihn aufhalten konnte, drückte B sich an ihm vorbei und stürzte aus dem Apartment. K sah ihm einen Moment hinterher, atmete dann angestrengt aus und spürte, wie sich seine Schultern ergeben senkten. Er wusste, wo B hingehen würde und er würde einen Teufel tun und ihm in Minus 5 folgen. Zu Zet und den anderen Idioten, die ein Ziel verfolgten, das schon vor Beginn zum Scheitern verurteilt war.

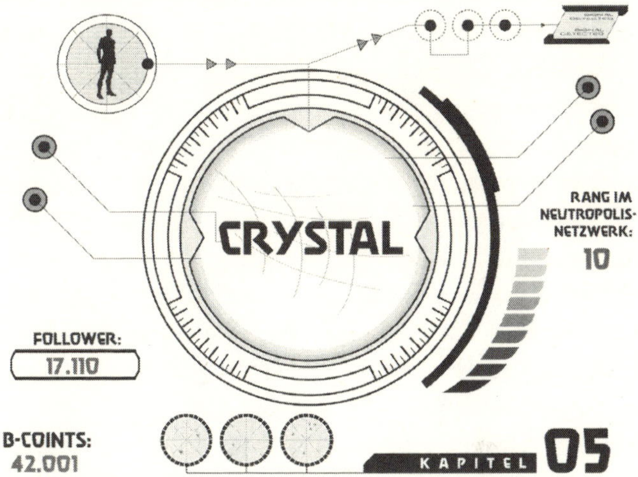

»Musst du dann runtergehen?«, fragte Miramay und rümpfte die Nase. Ihre Haare waren seit heute pink, genau wie die Augenbrauen. Dazu passend hatte sie ein Glitzermakeup aufgelegt.

»Nein«, entgegnete Crystal voller Aufregung und scrollte sich nun schon zum dritten Mal durch die Menüliste. Eigentlich hatte sie keinen Hunger, doch sie konnte es sich nicht leisten, jetzt Follower zu verlieren. Nicht, wo sie es endlich geschafft hatte und ihr Umzug kurz bevorstand. Mit Erreichen der Top 10 war sofort die Message von der Zentralstadt bei ihr eingegangen, die sie als neue Bewohnerin begrüßte. Endlich. Endlich dieses Apartment verlassen zu können, war wie ein lang ersehnter Traum. »Ich muss runter in Stockwerk 11 und dort holt mich einer der Glider von der kleinen Plattform ab.«

»Oh, ich hatte schon befürchtet, dass du wirklich nach

ganz unten musst«, sagte Miramay und klang dabei tatsächlich erleichtert. Wahrscheinlich dachte sie an ihren eigenen Umzug in die Zentralstadt, immerhin war sie gestern auf Platz dreizehn geklettert.

»Ich auch«, murmelte Crystal und entschied sich schließlich für ein Steak mit Kartoffeln. Man sagte, dass die künstlich hergestellte Kost nicht einmal ansatzweise ihrem damaligen Abbild ähnlich war, was den Geschmack betraf, doch sie war genießbar. Auch, wenn die meisten Dinge gleich schmeckten, waren sie lecker und schön anzusehen.

Crystal, deinem Account werden sechzig B-Coints abgezogen. Ich wünsche dir einen guten Appetit, verkündete Sixx.

Keinen Moment später erklang ein leiser Signalton und das Licht über der weißen Lebensmittelklappe blinkte. Crystal öffnete sie und holte den Teller mit dem dampfenden Essen heraus. Daneben stand ein frisches Wasser mit hohem Vitamingehalt. Ihre letzte Mahlzeit in diesem Apartment. Dann würde sie hinuntergehen und ihr neues Leben beginnen.

»Wirst du dich überhaupt noch bei mir melden, wenn du erstmal in der Zentralstadt wohnst?«, fragte Miramay leicht schmollend, als sie das Tablett auf dem Tisch abstellte und sich wieder im Blickfeld ihrer besten Freundin befand. Das Watchboard steckte in der Halterung ihr gegenüber.

»Natürlich, meine Süße, warum sollte ich das nicht tun?« Sie griff nach der Gabel und schob sich ein Stück Kartoffel in den Mund. Es schmeckte nach nichts, doch das lag wohl daran, dass Crystal aufgeregt war und sich jeder Bissen zu viel anfühlte.

»Na, wenn du dann nur noch draußen unterwegs bist und Leute triffst, hast du gar keine Zeit mehr für diese langen Videochats.«

»Jetzt dauert es ja ohnehin nicht mehr lange. Dann können wir uns endlich richtig sehen. So in Wirklichkeit, ohne den Bildschirm.« Ihre Stimme überschlug sich fast bei den letzten Worten.

Miramay grinste. »Nur noch drei Ränge …«

»Ja«, entgegnete Crystal strahlend. Es schien alles so perfekt, dass sie es selbst kaum glauben konnte. Zum ersten Mal würde sie … eine tiefe Erkenntnis schlich sich in ihr Bewusstsein, breitete sich langsam aus und weckte ungewohnte Gefühle. Noch nie in ihrem Leben war sie anderen Menschen als ihren Eltern lebendig und leibhaftig begegnet. Bisher waren Kontakte ausschließlich über ihr Watchboard erfolgt. Natürlich konnte sie Daten über Größe und Gewicht, sowie ein Ganzkörperprofil bei ihren Freunden einsehen, aber das war irgendwie nicht dasselbe. Was war das? Nervosität? Angst? Was, wenn sie diese Nähe zu Menschen überforderte? Was, wenn es dann doch ganz anders war, als sie es sich vorstellte? Panik vibrierte durch ihren Geist und sie spürte, wie sich ihr Herzschlag beschleunigte. Seit ihre Eltern vor einigen Jahren in eine der Altersresidenzen gezogen waren, war sie allein. Nun, genau genommen war sie das nie, es war ja immer jemand da. Aber nicht mit Haut und Haaren, sodass sie ihn berühren konnte. Sie erinnerte sich daran, wie ihre Mutter ihr über den Kopf gestreichelt hatte, als sie ein Kind gewesen war, aber nicht daran wie es sich tatsächlich angefühlt hatte.

»Crystal? Ist alles klar?«

Erst als sie Miramays Stimme vernahm, erwachte sie aus ihren Überlegungen. Sie war mitten in ihrer Bewegung erstarrt, sodass die Gabel auf dem halben Weg zu ihrem Mund in der Luft stehengeblieben war. »Ich … ja«, murmelte sie.

Crystal, geht es dir gut? Dein Herzschlag ist leicht erhöht und ich zeichne ein gewisses Stresslevel auf. Wie wäre es mit einem Tee, um dich zu beruhigen?

Sie kam nicht dazu zu antworten, denn ihre Gedanken begannen erneut einen wilden Tanz, der sie weiter in ihre Panik trieb. Was, wenn die Berührung von fremden Menschen sie abstieß oder Ängste in ihr auslöste? Wenn der Geruch ihr übel aufstieß? Sie würde den Kontakt zu Menschen scheuen und …

»Du kriegst jetzt aber keine Panikattacke, oder? Ich habe in meinem letzten wissenschaftlichen Absatz darüber gelesen und du wirkst gerade ähnlich wie sie es beschrieben haben«, erklang dumpf Miramays Stimme.

Crystal blinzelte mehrmals, legte die Gabel zurück auf den Teller. Dann atmete sie tief durch und erschrak fast, als neben ihr die Klappe für die Lebensmittel aufsprang. Darin stand eine dampfende Tasse Tee, die Sixx wohl eigenmächtig geordert hatte, weil Crystal nicht reagiert hatte. Mit zitternden Fingern griff sie danach und nahm einen Schluck des Beruhigungstees.

»Soll ich den Medical Service rufen?«, fragte Miramay.

»Nein, nein«, sagte Crystal schnell und setzte eilig ein Lächeln auf, das sich irgendwie zittrig anfühlte. Langsam breitete sich das warme Gefühl des Tees in ihrem Inneren aus und brachte Ruhe mit sich. »Ich war nur … ich bin nur aufgeregt.«

Miramay hob skeptisch eine Augenbraue. »Du drehst jetzt aber nicht durch, oder?«

Crystal nahm einen weiteren tiefen Schluck und hoffte, dass das Zittern ihrer Finger bald nachließ. »Nein, alles in Ordnung.«

Als Crystal vor ihrer Tür stand, waren die Ängste fort. Die Aufregung über diesen Neuanfang überwog. Doch die Furcht schlummerte noch immer tief in ihrem Inneren, wie ein Mahnmal, das jederzeit wieder aus ihr herauszubrechen drohte. Mehr als einmal hatte sie überlegt, erneut ihre Mutter per Videochat anzurufen, damit sie diese Ängste ausräumte. Doch nachdem Crystal ihr heute Morgen den Umzug in die Zentralstadt offenbart hatte, wagte sie es nicht ein zweites Mal. Zwar war der Kontakt zu den Eltern erlaubt und aufgrund der positiven Gefühle auch erwünscht, doch zu häufiger Kontakt wurde eher negativ gewertet. Denn die Zentralstadt wollte unabhängige Bürger, die keinerlei Probleme hatten sich von Bindungen zu lösen. Es wäre ein Negativeintrag in ihrem Profil, den Crystal nicht riskieren wollte. Stattdessen kam ihr eine andere Idee.

»Sixx, bitte öffne mein Neutropolis-Profil.«

»Sehr gern, Crystal. Möchtest du eine Live-Aufzeichnung starten oder einen Beitrag planen?«

»Live.« Sie richtete ihren Blick auf die Kamera, die neben der Tür angebracht war. Sie befanden sich überall in der Wohnung und Crystal kannte jeden einzelnen Standort. Jede war so ausgerichtet, dass sie sie im perfekten Winkel einfing. Ein letztes Mal griff sie nach ihrem Watchboard und verstaute es in der Wandhalterung neben der Tür. Diese hier hatte sie tatsächlich noch nie benutzt. Es würde das erste und letzte Mal sein. Aber auch ihr Watchboard würde sie zurücklassen, da sie in der Zentralstadt die aktuellste Version erhalten würde. Dabei besaß sie diesen flexiblen Computer bereits seit einigen Jahren und war sehr zufrieden damit. Crystal blickte sich noch einmal in ihrer Wohnung um. So viele Jahre war das alles ihr Leben gewesen und nun ging sie. Einfach so. Und ließ alles zurück, als wäre es nie ein Teil von ihr gewesen.

In diesem Moment erschien auf dem Watchboard das Bild von ihr. Sie blickte leicht nach oben, während der Countdown rückwärtslief. Crystal lächelte zufrieden. Perfekt. Sie sah aus, als wäre sie bereit für die Zentralstadt.

3 …

2 …

1 …

»Hallo meine Süßen, das hier wird mein letztes Video.« Sie zog einen leichten Schmollmund und lächelte dann breit. »Ich habe mich zwar schon von euch verabschiedet, aber jetzt geht es jeden Augenblick los und das wollte ich mit euch teilen. Ich bin so unglaublich aufgeregt.« Zahlreiche Blumen und Häkchen flatterten über das Watchboard. Sie nahm es nur im Augenwinkel wahr und widmete ihre Aufmerksamkeit ganz der Kameralinse. »Obwohl ich mich riesig darüber freue in die Zentralstadt zu ziehen, werde ich euch sehr vermissen.« Sie legte ihre rechte Hand flach auf Höhe des Herzens ab. »Aber ihr seid alle hier drin und ich werde immer an euch denken.« Eine Weile ließ sie die Worte wirken, dann lächelte sie wieder. »Und natürlich sind alle von euch eingeladen, mir weiter zuzuschauen. Zwar könnt ihr mir dann nicht mehr folgen, aber gegen eine kleine Coints-Gebühr habt ihr natürlich Zugriff auf das Netzwerk der Zentralstadt.« Unten rechts auf dem Bildschirm ploppte ein Fenster auf. Crystal wusste ohne hinzuschauen, dass es sich um eine kleine Angebotsliste über die Exklusivvideos handelte, die sie eben erwähnt hatte.

Sie atmete hörbar aus und warf einen letzten sehnsüchtigen Blick in die Kamera. »Aber ich werde nie vergessen, was ihr für mich getan habt. Ohne euch wäre ich nicht da wo ich jetzt bin.« Sie tippte auf das Watchboard und unzählige Herzen tanzten über den Bildschirm. Dasselbe würde im gleichen Moment bei den Followern geschehen, die ihr zusahen. »Ein letztes Tschüss.« Sie winkte und warf einige Handküsse in Richtung Kamera. »Eure Crystal.«

Kurz bevor sie die Verbindung unterbrach, sah sie noch zahlreiche Blumen über ihr Videofenster tanzen. Dann war es vorbei. Crystal seufzte. Irgendwie fühlte sie sich merkwürdig melancholisch.

Crystal, der Glider ist auf dem Weg zu dir, du kannst dich jetzt in den 11. Stock begeben.

»Danke, Sixx«, murmelte sie fast andächtig. Und dann glitt die Tür auf und sie trat über die Schwelle. Erst wenige Male war sie in den weiten Fluren des Gebäudes gewesen. Jedes Mal dann, wenn ein Umzug angestanden hatte. Ihre Kindheit hatte sie in Stockwerk 15 bis 23 verbracht. Erst nach ihrem Aufstieg in 25 war sie nicht noch einmal umgezogen.

Die Flure waren mit dickem rotem Teppich belegt, der sich durch die dünnen Stoffschuhe weich anfühlte. Sie hatte für den Umzug in die Zentralstadt eine komplett neue weiße Kleidermontur erhalten, die nach Blumen duftete. Die Wände waren hier weiß und nur von den Türen durchbrochen, hinter denen die Leute auf das warteten, was Crystal nun bevorstand. Sie atmete einmal tief die saubere Luft ein und schritt dann den Flur entlang. Hinter ihr schloss sich die Tür zu ihrem Apartment, das schon bald jemand anderes bewohnen würde. Jemand, der die gleichen Hoffnungen und Träume hegte wie sie und sie vielleicht auch eines Tages erreichen würde. Ihr Hab und Gut ließ sie zurück, denn genau genommen besaß sie nichts, was sie nicht neu bekommen würde, wenn sie erst einmal ihr Haus in der Zentralstadt bezog. Es war genauso vergänglich wie dieser Ort, an dem lediglich Erinnerungen hafteten, die sie bald schon durch neue ersetzen würde. Neue, schönere Erinnerungen.

Die Türen des Fahrstuhls waren aus silbernem Metall und glitten lautlos auseinander, als Crystal sich näherte. Der rechteckige Raum war ebenfalls mit dem Teppich belegt, die Wände waren glatt und weiß. Crystal trat ein und spürte, wie sich ihr Herzschlag abermals beschleunigte. An ihren Lippen zerrte ein Lächeln, das sich einfach nicht zurückhalten ließ. Sie holte die Karte hervor, die sie heute früh erhalten hatte und schob sie in den dafür vorgesehenen Schlitz neben der Stockwerkanzeige. Crystal blieb still stehen, während der Scanner sie abtastete, dann erschein ein grünes Aufleuchten auf dem Display und sie konnte ihre Karte wieder herausziehen.

Der Fahrstuhl wird bis Stockwerk 11 fahren, teilte ihr Sixx mit. Die Türen schlossen sich, es gab einen Ruck und Crystal verspürte ein leichtes Kribbeln im Bauch. Ihre Finger krampften sich um die weiße Kunststoffkarte.

Es schien ewig zu dauern, bis der Fahrstuhl tatsächlich stehenblieb und die Türen sich öffneten. Crystal atmete ein letztes Mal hörbar aus und trat dann auf den Flur. Der Teppich war dunkelgrün und nicht ganz so weich, doch ansonsten glich der Korridor dem von oben. Vor ihr flimmerte ein an der Wand angebrachtes Watchboard, das ihr den Weg nach rechts wies, zur Abholplattform. Sie wollte gerade den ersten Schritt wagen, als sie plötzlich Stimmen vernahm. Männliche Stimmen, die sie in ihrer Bewegung erstarren ließen.

»… ich habe es dir gesagt, B. Ich werde deine Scheiße nicht für dich ausbaden!«

»Das musst du auch nicht! Wir gehen in dieses Apartment, holen uns, was wir brauchen und dann sind wir wieder weg. Niemand hat uns gesehen und uns wird nichts passieren! Genau wie Zet es gesagt hat.«

»Ich bin nicht wegen Zet hier, sondern deinetwegen«, sagte die zweite, deutlich aufgebrachte Stimme. Etwas stimmte hier nicht. Sie sollten nicht hier sein. Sie durften nicht …

»Du brauchst nicht auf mich aufpassen! Ich bin kein Kind mehr, K!«

»Dann führ dich nicht wie eines auf! Lass den Scheiß mit dem Apartment, wir gehen und gut! Du hast bewiesen, dass du mutig genug für solche Aktionen bist!«

»Darum geht es doch gar nicht!«

Crystal wusste nicht was sie tun, geschweige denn denken sollte. Das hier lief nicht so wie geplant. Da waren Fremde, die hier nicht hingehörten. Fremde, die nicht so redeten wie Menschen, die sie kannte.

»Ach scheiße – das ist schon das Signal von Zet. Wir müssen zurück, aber das geht noch nicht …«, sagte die erste, heiser klingende Stimme.

»Wieso sollte das nicht gehen? Dann kommen wir ja vielleicht gerade noch mal so davon. Was denkst du, was sie mit uns machen, wenn sie uns erwischen? Anhand der optischen Beschreibungen können sie ganz leicht unser Profil aufspüren.«

»Ich … sie erkennen uns doch gar nicht unter den Masken.«

»Draußen ja, aber hier drinnen hast du keine auf, du Idiot! Was wolltest du machen? Den Bewohner töten, wie Zet es gesagt hat? Einen Menschen? Wirklich, B?«

Es erfolgten die Laute von Gerangel und Crystal drückte sich rücklings gegen den Fahrstuhl. Ihr Atem ging flach.

Liebe Bewohner von Haus 336, bitte bleiben Sie ruhig und verweilen in Ihren Wohneinheiten. Es gab ein ungenehmigtes Eindringen in Ihr Gebäude, doch Hilfe ist bereits unterwegs. Bitte bewahren Sie Ruhe.

Diese Stimme, die nicht zu Sixx, sondern zu dem hauseigenen Warnsystem gehörte, bestätigte ihre schlimmsten Vermutungen. Diese Fremden waren nicht einfach nur falsch an diesem Ort. Es waren Eindringlinge, Rebellen.

Crystal fuhr zu dem Fahrstuhl herum, wartete, dass die Tür sich öffnete, doch nichts dergleichen geschah. »Sixx, Tür bitte öffnen«, wisperte sie panikerfüllt. Sie schob die Karte in die Scanvorrichtung, doch nichts geschah.

Tut mir leid, Crystal. Dein Abtransport wurde bereits eingeleitet, diesem Wunsch kann ich leider nicht nachkommen.

»Jetzt mach die verdammte Tür auf, ich bin in Gefahr.« Sie zog die Karte heraus, steckte sie wieder herein. Nichts.

Das ist leider nicht möglich. Bitte warte, bis der Glider dich abholt und zur Zentralstadt bringt.

Ein Fehler im System. Eindeutig. Sie legte beide Hände flach auf die Metalltüren und klopfte vorsichtig dagegen. »Bitte …«, flüsterte sie.

Bitte begib dich in Richtung der Plattform und warte auf den Glider, Crystal.

»Nein, nein, nein …«, wimmerte sie.

Auf dem Gang waren Schritte zu hören und ihr Herz schien beinahe aus der Brust zu springen, so schnell hämmerte es. Der Gang, aus dem die Stimmen gekommen waren, führte in einiger Entfernung nach links, was bedeutete, dass sie sie nicht sehen konnten. Noch nicht, denn wenn ihr Gehör sie nicht täuschte, bewegten sie sich in ihre Richtung. Abermals murmelte sie: »Sixx bitte, ich bin in Gefahr.«

Keine Sorge, in der Zentralstadt erwartet man dich bereits mit einem Mittel gegen die innere Unruhe. Es wird für dich gesorgt.

»Du sollst mich in den Fahrstuhl lassen, verdammt«, zischte sie.

»Ach du scheiße …«

Sie fuhr herum. Am Ende des Ganges standen zwei junge Männer. Der eine etwas mager und mit dunklem Haar. Der andere größer gewachsen mit breiten Schultern, einem markanten Gesicht und ebenfalls dieser dunklen Haarfarbe. Während der Schmächtige sie voller Abscheu betrachtete, lag im Ausdruck des Großen blanke Fassungslosigkeit. Ihre Kleidung war schwarz, wie es nur die der niedrigsten Ränge war. Rebellen. Und sie hatten sie entdeckt.

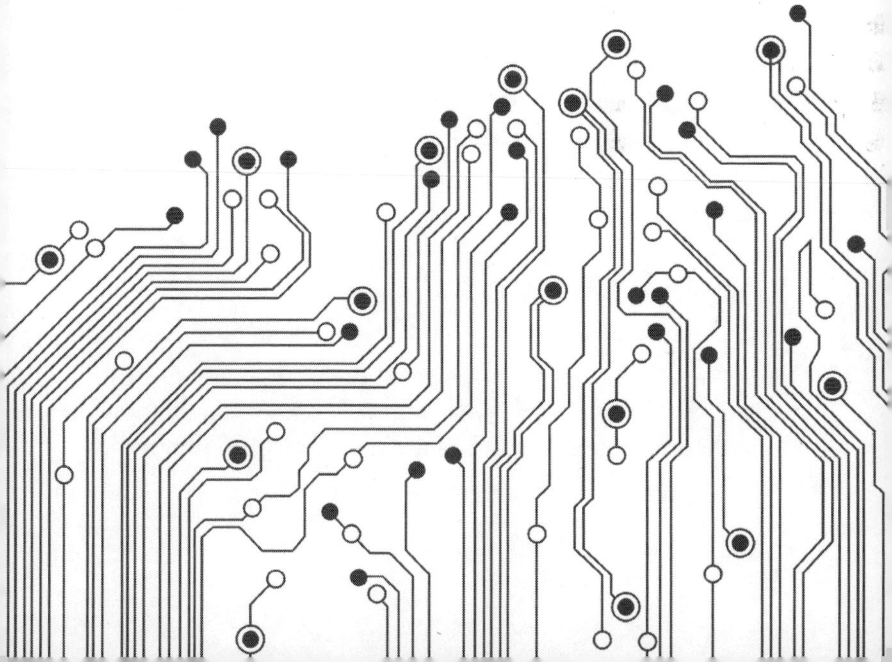

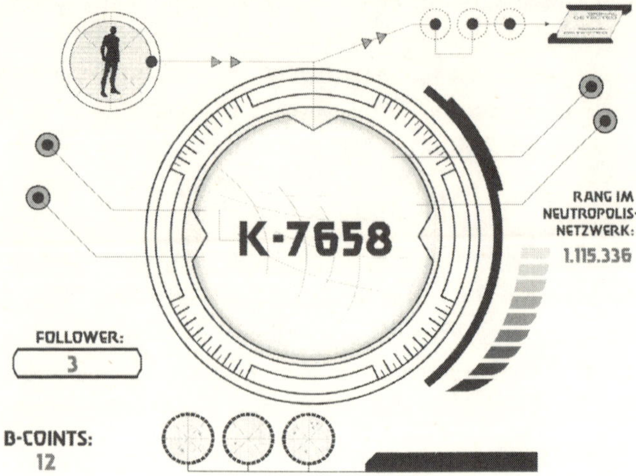

K starrte in Richtung der Blondine, die am Ende des Flurs stand. Sie erwiderte den Blick nicht minder erschrocken: die Augen weit aufgerissen, das Gesicht blass. Dennoch war sie so schön, wie es diese Menschen nun einmal waren. Hochrangige. Man merkte ihr den Status nicht nur an der weißen Kleidung an, sondern auch an ihrem restlichen Aussehen. Die perfekten Gesichtszüge, die selbst die Angst nicht zu entstellen vermochte. Goldene Strähnen, die sich durch ihr blondes Haar zogen. Einen Moment war K gefangen zwischen Faszination und Schreck. Was machte sie hier draußen? Diese Menschen verließen nie ihr Apartment.

In diesem Moment setzte sich B in Bewegung und lief mit weiten Schritten in die Richtung der jungen Frau. Es dauerte einen Moment, bis K sich aus seiner eigenen Starre befreien und seinem Bruder folgen konnte. Die Frau stieß einen erschrockenen Laut aus und flüchtete. Doch sie würde nicht weit kommen, denn dieser Weg endete in einer Sackgasse. Das hatten sie vor wenigen Minuten selbst festgestellt.

Als er B einholte, packte er seinen Bruder an der Schulter und brachte ihn zum Stehen. »Was glaubst du eigentlich, was du hier machst?«, fuhr K ihn an.

»Na, ihr hinterher! Sie hat uns gesehen und du hast mir doch gerade recht deutlich erklärt, was geschieht, wenn man uns erwischt.« Er riss sich von K los und rannte weiter.

Diese ganze Situation geriet außer Kontrolle. Eigentlich war er nur mitgekommen, damit er zumindest dafür sorgen konnte, dass seinem Bruder nichts geschah. Denn ihn davon abzubringen, war ein schier aussichtsloses Unterfangen.

»Tut mir bitte nichts!«

Wie erwartet, waren sie am Ende des Flurs angelangt und hatten die junge Frau so in die Enge getrieben. Ihrem Äußeren nach zu urteilen, schätzte K sie etwa so alt wie sich selbst, vielleicht auch etwas jünger. B stieß neben ihm einen japsendes Husten aus und stützte sich auf den Knien ab. Der Blick, den die junge Frau seinem Bruder daraufhin zuwarf, traf K mitten ins Mark. So voller Abneigung, Ekel und vielleicht auch Furcht, dass sein Mitleid für sie augenblicklich verrauchte. Und B hatte recht. Selbst wenn sie es aus dem Gebäude schafften, bevor die Sicherheitseinheiten sie erwischten ... Das Mädchen hatte ihre Gesichter gesehen. Und wenn sie sie verriet, würde man K und B früher oder später finden. Von der Wut geleitet, trat er einen Schritt vor und packte ihren Oberarm. Sie stieß einen wimmernden Laut aus und starrte ihn aus schreckgeweiteten Augen an.

»B? Geht's wieder?«, fragte er, versuchte die Panik des Mädchens zu ignorieren und umfasste ihren Arm fest. B hustete noch einmal und richtete sich auf. Dann nickte er, griff in seine Hosentasche und holte ein scharfes Metallstück hervor, das am Ende mit einem Tuch umwickelt war. Verwirrt blickte K ihn an, als er näherkam.

»Was hast du vor?«

»Ich beseitige das Problem«, sagte B, packte das Mädchen am Handgelenk und entriss sie Ks Händen. Sein Bruder war nicht besonders stark, aber K war einfach zu überrascht, um rechtzeitig zu reagieren. Sie schrie laut auf. Im nächsten Moment presste B die Klinge gegen den Hals der jungen Frau.

»B, was soll der Scheiß?«

»Ich beseitige das Problem, das willst du doch, oder?« Bs Gesicht war von Hass verzerrt.

»Lass den Mist! Willst du exekutiert werden oder was?« Kalte Panik floss durch seine Adern und er hob beschwichtigend beide Hände.

»Nein, das will ich eben nicht. Deswegen muss sie weg, sie hat uns gesehen.« Die junge Frau wimmerte, als er leicht zudrückte.

»B. Ernsthaft. Lass sie los.« K sagte es ernst und möglichst ruhig.

»Bitte …«, flüsterte die junge Frau und eine Träne lief über ihre Wange.

Sein Bruder zitterte und hustete unterdrückt. Nein, er wollte das nicht. B war kein Mörder. Zumindest nicht der B, den K so gut kannte. »B«, sagte er noch einmal und tat einen Schritt in seine Richtung. Schweiß stand K auf der Stirn. »Lass das. Ich werde nicht zulassen, dass sie uns kriegen.«

»Und wie willst du das machen?«, fauchte B ungehalten. Er zögerte noch immer, doch die Klinge hatte sich keinen Millimeter von ihrem Hals entfernt.

»Wir nehmen sie mit.«

»Was?« B starrte ihn fassungslos an.

»Wenn sie mitkommt, kann sie uns nicht verraten. Aber sie

muss nicht sterben.« Den letzten Satz sprach er überdeutlich aus.

»Bitte …«, wimmerte sie wieder. Inzwischen hatte sie leise zu weinen begonnen.

B zögerte noch immer, aber man sah ihm seine innere Zerrissenheit deutlich an. In ihm ging ein Kampf vor, den K nicht nachvollziehen konnte. Was war nur mit seinem Bruder los? Konnte er tatsächlich so von Hass auf die Hochrangigen zerfressen sein? Kalter Schweiß lief Ks Nacken hinab, während er seinen Bruder nicht eine Sekunde aus den Augen ließ. »Mach das nicht, B.«

Es dauerte noch einen Moment, doch dann ließ B tatsächlich die Waffe sinken. Sein Gesicht glänzte verschwitzt. K nutzte den Moment, packte wieder den Arm des Mädchens und zog sie zu sich herüber. B brauchte einen Augenblick, schien dann aber zu begreifen, dass er verloren hatte. Seine Stimme hatte einen scharfen Unterton, als er fragte: »Aber was willst du da draußen mit ihr machen?«

»Ich bringe sie zu Zet. Immerhin hat der uns den Scheiß eingebrockt, dann kann er sich auch drum kümmern«, knurrte K. »Aber ich bin dir für Vorschläge dankbar. Du bist doch der mit dem ausgeklügelten Plan, oder nicht?«

B presste die Lippen aufeinander und sagte nichts, stattdessen setzte er sich in Bewegung. Das Ziel war das Treppenhaus auf der anderen Seite des Flurs. K hoffte bloß, dass das Treppensteigen nicht einen weiteren Hustenanfall bei B heraufbeschwor, der bedeuten würde, dass sie nicht vorankamen. Die Blondine wehrte sich nur mäßig gegen seinen festen Griff, viel schlimmer waren die Schreie, die sie dabei ausstieß. Schrill und laut dröhnten sie durch seine Ohren. Er fürchtete nicht, dass sich eine der Türen öffnen würde, denn keiner dieser Menschen hier würde es riskieren, seinem

Coints-Konto ein Minus einzubringen. Seine Sorge galt auch nicht diesen Leuten, sondern eher den Sicherheitskräften, die auf dem Weg hier her waren. Das Geschrei würde sie direkt zu ihnen locken. Gereizt folgte er B hinaus ins Treppenhaus und erst als die Tür hinter ihnen zufiel, fuhr er zu der Blondine herum und schüttelte sie einmal kräftig, bis sie schließlich verstummte. Ihre Augen waren so weit aufgerissen, dass sie leicht aus den Höhlen traten, das Gesicht war blass. Es faszinierte K, dass sie selbst in diesem entrückten Zustand nichts von ihrer Schönheit verlor. Eilig schob er den Gedanken beiseite und starrte sie wuterfüllt an. »Willst du lieber doch sterben? Denn wenn du noch einen einzigen Mucks machst, schlage ich dir den Schädel ein.« Er hoffte, dass diese Drohung nicht so leer klang, wie sie sich in seinen Ohren anhörte. K würde niemals Hand an sie anlegen und sie schwer verletzen, doch das musste sie ja nicht wissen. Für den Moment galt es, dieses Geschrei zu unterbinden.

Statt zu antworten, schüttelte sie so hastig den Kopf, dass die blonden Haare wild um ihren Kopf wippten. Sie war wesentlich kleiner als er und ihr Oberarm so dünn, dass er ihn mit seiner Hand komplett umfassen konnte. Ihre blauen Augen glänzten ängstlich zu ihm hinauf. Sie wirkte so … zerbrechlich. Das erkannte er nicht nur an ihrer Statur, sondern auch an den feinen Gesichtszügen. Irgendwie weckte sie in ihm eher das Bedürfnis sie zu beschützen, statt zu verachten.

»K?«, fragte B unruhig.

Er riss sich von ihrem Anblick los. »Ja. Weiter.«

Dieses Mal zerrte er sie nicht so grob mit sich und sie lief folgsam neben ihm her. Etage um Etage stiegen sie hinab. Da hier ohnehin niemand die Treppen benutzte, war das Treppenhaus denkbar schlicht gehalten; weiß angestrichen, schmucklose Stufen aus Beton. Es ähnelte dem, was

K kannte. Nur, dass es hier nicht nach Urin und Menschen stank. Und Müll suchte man auch vergebens.

»Bitte … ich werde euch nicht verraten … ich verspreche es …« Erst als sie Stockwerk 5 erreichten, fand sie ihre Stimme wieder und stammelte vor sich hin.

B stieß ein Schnauben aus. »Na sicher, Süße. Und ich zieh morgen in die Zentralstadt.«

»Nein, wirklich … bitte …«

K spürte, wie er sich innerlich verkrampfte, als er die Tränen in ihrer Stimme wahrnahm. Er hatte Mühe, seiner Miene weiterhin diesen strengen Ausdruck zu verleihen und alles in ihm sperrte sich dagegen, sie weiterhin mitzunehmen. Doch selbst wenn er Mitleid mit ihr empfand, sein Wille weiterzuleben und vor allem das Leben seines Bruders zu beschützen war größer, als dieses andere Gefühl. Und immerhin hatte er sie vor dem Tod bewahrt, oder? Nein. Eigentlich hatte er seinen Bruder davor bewahrt, zum Mörder zu werden.

Er vernahm Bs rasselnden Atem neben sich, doch noch hustete er nicht. Sie hatten inzwischen das vierte Stockwerk erreicht. Ab hier nahm man langsam wieder den leicht fauligen Geruch von unten war. Der verdorbene, der ihn daran erinnerte wer er war und wo er hingehörte. Ob das Mädchen jemals so weit unten gewesen war? Er konnte es sich nicht vorstellen. Die Gedanken reizten ihn und verdrängten jegliches Mitleid in die hinterste Ecke seines Bewusstseins.

»Ich kann da nicht raus … ich werde krank …«, wimmerte sie.

»Wenn wir nicht krank werden, wirst du das auch nicht«, knurrte K.

Immer weiter. Immer tiefer tauchten sie in den Gestank ab. Er sickerte aus den Minus-Stockwerken heraus, kroch durch jeden schmalen Spalt und erfüllte wie selbstverständlich die

Luft. Erst jetzt wurde K klar, wie lange es her war, dass er zuletzt wirklich klare und geruchsneutrale Luft eingeatmet hatte. Man gewöhnte sich sehr schnell an den Gestank, aber anscheinend noch schneller an die Luft dort oben, denn ihm wurde leicht übel und es brannte in seiner Nase.

Neben ihm hatte sich die junge Frau die freie Hand auf den Mund gepresst, ihre Augen tränten. Ob sie weinte, oder ob es von dem beißenden Gestank herrührte, ließ sich nicht genau sagen. Um sich nicht in einen weiteren Gewissenskonflikt zu stürzen, beschloss er, es auf das Zweite zu schieben.

»Da seid ihr ja endlich!« Zet warf ihm einen scharfen Blick zu, den K jedoch ungerührt an sich abprallen ließ. Bei B sah es hingegen anders aus, denn er zog leicht die Schultern an und senkte den Blick. Die kleine Gruppe Männer war voll beladen; prall gefüllte Beutel und einer von ihnen trug sogar eine Stehlampe über der Schulter. »Ich wollte euch gerade fragen, was ihr erbeutet habt, aber ich sehe schon …« Zet verzog das Gesicht.

»Sie stand auf einmal im Flur vor uns«, erwiderte K, bevor sein Bruder eine unterwürfige Entschuldigung vorbringen konnte. Denn das würde er tun, sein Blick sprach Bände. Gerade wurde er von einem Husten geschüttelt, der K einen Schauer über den Rücken jagte.

»Und deshalb hast du sie mitgenommen? Bist du bescheuert?«

»Sie hätte uns sonst verraten«, knurrte K. »Das mag dir scheißegal sein, aber mir nicht.« Er baute sich vor Zet auf, das wimmernde Mädchen noch immer fest im Griff. Der glatzköpfige Mann überragte ihn um einige Zentimeter, war wesentlich massiver gebaut und eine dicke schwulstige Narbe verlief von der Stelle, wo einst sein Haaransatz gewesen sein musste, bis herunter zum Kinn.

»Ich habe gleich gewusst, dass es ein Fehler war, dich mitzunehmen«, knurrte Zet.

K wollte gerade zu einer Erwiderung ansetzen, als neben ihm ein Würgen erklang. Die Blondine krümmte sich leicht zusammen, beugte sich nach vorn und einen Moment später ergoss sich ihr Mageninhalt platschend auf dem Betonboden. Angewidert ließ K ihren Arm los und beobachtete stirnrunzelnd wie ihr Körper immer wieder krampfte und eine halbverdaute Mahlzeit auf dem Boden landete.

»Scheiße«, fluchte B, der sich gerade von seinem Hustenanfall erholt hatte, und musterte angewidert den Fleck am Boden. »Anscheinend gab es heute Mittag Kartoffeln und Fleisch. Ich würde für so eine Portion töten.«

»Alter …«, knurrte K und schüttelte angewidert den Kopf.

»Zet, sie kommen!« Einer der Männer, K glaubte sein Name wäre Het, schob die manipulierte Karte in den Schlitz und die Tür zur Schleuse öffnete sich.

»Masken auf und dann geht's los«, zischte Zet, die wütenden Augen auf K gerichtet. »Dann hoffen wir mal, dass deine Kleine den Kulturschock verkraftet.«

K warf ihm einen gereizten Blick zu und riss sich dann die Atemmaske vom Kopf, die eben noch unnütz um seinen Hals gebaumelt hatte. B und K blieben zurück, als die Männer das Gebäude verließen. Das Mädchen hatte sich gerade aufgerichtet und wischte sich sichtlich benommen über den Mund. »Hier.« Er reichte ihr seine Atemschutzmaske. »Setz das auf.«

Sie starrte ihn einen Moment an, als würde er eine fremde Sprache sprechen und verharrte still in ihrer Position. »Aufsetzen!«, donnerte er und schon kam Leben in das Mädchen. Sie griff nach der Maske und streifte sie sich etwas ungelenk über, sodass sie sich teilweise in den Haaren verfing. Doch das war egal.

»Du brauchst auch eine Maske, so kannst du da nicht raus!« Bs Stimme klang dumpf, da er sich ebenfalls schon den Schutz übergezogen hatte.

K entgegnete nichts, packte das Mädchen wieder am Arm und riss im Vorbeigehen eine der Standartmasken aus dem Halter an der Tür. Sie hielt beileibe nicht so viel ab wie die, die Zet besorgt hatte, aber es würde reichen müssen. »Los jetzt!«, rief er und dann rannten sie. Er kam nicht so schnell voran, weil er das Mädchen mit sich schleifen musste, aber es würde reichen. Nein, es *musste* reichen.

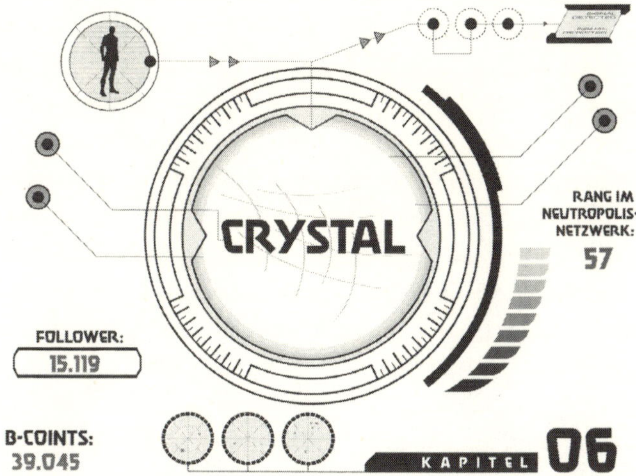

Crystal, für widerrechtliches Verlassen des Gebäudes werden dir erneut 67 B-Coints abgezogen. Bitte kehre augenblicklich in deine Wohneinheit zurück, damit über deinen Umzug in die Zentralstadt neu verhandelt werden kann.

Crystal sah alles verschwommen und die zahlreichen Eindrücke wogten in ihrem Bewusstsein durcheinander. Immer wieder hallte Sixx‘ Stimme durch ihren Kopf und verkündete einen weiteren Abzug von Coints. Für das Verlassen des Stockwerks, für die fehlende Reaktion auf die Anweisung zurückzukehren. Für die Schadstoffe, denen sie sich aussetzte. Für ihren körperlichen Zustand. Es war wie eine Endlosliste, die ihr die Stimme immer und immer wieder vorbetete, damit sie ja nicht vergaß, was hier gerade geschah. Mit einem entscheidenden Unterschied; Sixx schien ihr die Schuld an all dem zu geben. Als wäre sie nicht entführt worden, sondern geflohen.

Alles verloren. Ihr Leben schien innerhalb der letzten halben Stunde vollständig an Wert verloren zu haben. Wussten diese Kerle nicht, was sie ihr damit antaten? Was sie gerade zerstörten?

Crystal würde alles tun, um den Moment wieder rückgängig zu machen, als die beiden sie in dem Flur gesehen hatten. Jetzt atmete sie durch ein Atemgerät die verdorbene Luft ein und kämpfte dauerhaft damit, sich nicht erneut übergeben zu müssen. Niemals hatte sie etwas Vergleichbares gerochen, ein derartiges Brennen in ihrer Lunge verspürt. Und niemals etwas Vergleichbares gesehen. Die Hochhäuser standen so dicht nebeneinander und ragten so weit in die Höhe, dass kaum Sonnenstrahlen zwischen ihnen hindurchdrangen. Die schmalen Straßen waren aus Beton, der jedoch an den meisten Stellen aufgerissen war und allerlei gräulichen Gewächsen einen Weg an die Oberfläche bot. Als hätten sich die Pflanzen gewaltsam durch den Stein gebohrt. Unkraut brauchte nicht viel Licht, um zu gedeihen, sondern nur Platz. Und somit glich es auf seine eigene Art und Weise den Menschen der unteren Rankings.

Zwischenzeitlich war der gelbe Nebel dicht und undurchsichtig, sodass er ihr das Gefühl gab, sie würden durch eine breiige Masse waten. Doch das war nicht unbedingt schlimm, denn so verbarg er immerhin die Abfälle die sich am Rand der Gassen auftürmten; alte Nahrungsmittelschalen, in denen die Grundeinheiten geliefert wurden, Möbelstücke, leere Wasserflaschen und hier und da ein verstorbenes Tier. Die Hochhäuser sahen alle gleich aus, denn sie waren aus diesem grauen glatten Material beschaffen. Das kannte sie bereits. Nur, dass die Gebäude hier unten schmuddelig waren und unheimlich wirkten wie Bäume in einem eng stehenden Wald, deren Kronen man aufgrund der Höhe nur schemenhaft erkennen konnte. Außerdem war hier niemand. Es war so still, dass der Klang ihrer Schritte von jedem der Häuser zurückgeworfen wurde und zu einem unendlichen Echo in den Himmel stieg. Crystal fühlte sich, als wäre sie in einer anderen Welt. Auf einem fremden Planeten. An einem Ort, der vor kurzer Zeit noch so unendlich weit entfernt gewesen war und doch die ganze Zeit so nah.

Crystal ließ sich durch dieses unheimliche Labyrinth zerren. Der feste Griff an ihrem rechten Arm war nicht nur die erste Berührung seit Jahren, sondern auch die gröbste, die sie je erfahren hatte.

Dein Gesundheitszustand ist in einem kritischen Bereich, bitte suche schnellstmöglich einen Raum mit Luftfiltereinheit auf, Crystal. Deinem Konto werden erneut 150 B-Coints abgezogen.

Tränen verschleierten ihr erneut die Sicht.

»Sixx, ich brauche Hilfe«, wimmerte sie und hoffte, dass die körperlose Stimme sie mit dem Schutz auf dem Mund überhaupt wahrnahm. »Bitte …«

»Hältst du jetzt die Klappe«, zischte der Kerl, der sie noch immer am Arm festhielt. K hatte der andere ihn genannt. Ein Namenloser. Jemand, der einen so niedrigen Rang bekleidete, dass er nicht einmal das Wert war. Er war eine Nummer, ein Nichts. Und doch war er seit kurzer Zeit alles; der Zerstörer ihres sorgsam aufgebauten Lebens. Doch er hatte ihr Leben gerettet. Wenn er nicht gewesen wäre, wäre sie nun tot. Kurz fragte sie sich, ob das nicht tatsächlich besser gewesen wäre. Sie starrte ihm gebannt in die braunen Augen, die jetzt glasig wirkten und das Weiße leicht gerötet. Die saure Luft, die sicherlich in dem gelben Nebel ihren Ursprung hatte, schien auch an ihm nicht spurlos vorbeizugehen.

»Sie soll bloß still sein«, brachte der Schmächtige der beiden hervor. Der Gefährliche. Der, der sie beinahe umgebracht hatte. Dass er erneut hustete, war ein deutliches Zeichen dafür, dass er an der Seuche erkrankt war.

»Wieso lasst ihr mich nicht einfach gehen?«, fragte sie und erkannte ihre eigene, von Panik gezeichnete Stimme kaum wieder. Als Antwort erntete sie genervtes Schnauben. Sie gingen immer weiter, bogen in eine Gasse rechts ab, dann links, dann wieder rechts. Crystal hatte längst die Orientierung verloren. Eigentlich waren ihre Sinne was das anging sehr gut ausgeprägt, doch sie war einfach zu geschockt, um sich zu konzentrieren. Ihr Leben zerbrach gerade und sie wagte nicht einmal daran zu denken, wie weit sie im Ranking bereits gefallen war. Ob man im Netzwerk bereits über sie sprach?

»So, Prinzessin, rein mit dir!« Die Stimme des Schmächtigen klang höhnisch verzerrt. Anscheinend waren sie am Ziel ihrer Reise angelangt. Die Tür zu dem Hochhaus wurde durch seine Karte geöffnet und sie traten ein. In der verschmutzten Lobby erwartete sie bereits der glatzköpfige Anführer, der nun nicht mehr wütend wirkte, sondern mit einem fiesen Grinsen zu ihnen herunterstarrte. »Sie ist noch da und sie lebt. Gut. Ich bin nämlich gerade auf eine ausgezeichnete Idee gekommen, wie wir euer Dilemma für uns nutzen können.«

Kalte Schauer liefen Crystal über den Rücken. K löste die Maske von ihrem Gesicht, nicht grob, sondern so vorsichtig, dass es nur leicht ziepte, als er ihre wirren Haare befreite. Dabei schaute er ausdruckslos an ihr vorbei. Sie suchte seinen Blick, doch er schien alles daran zu setzen, um sie aus seiner Welt auszuschließen. Obwohl er sie mitgenommen hatte, erschien es ihr eher eine reine Verzweiflungstat gewesen zu sein. Crystal sah nicht den Hass, mit dem die anderen sie anschauten.

»Bringt sie runter. Ich will ein ernstes Wort mit unserem neuen Hausgast reden.«

Crystals Handgelenke schmerzten. Sie waren mit einem schwarzen Kabel hinter ihrem Rücken aneinandergebunden worden. Genau wie ihre Beine, die an den Stuhl gefesselt worden waren. Ein säuerlich schmeckender Knebel verbat ihr, auch nur einen Ton von sich zu geben. Sie befand sich so tief unter der Erde, wie noch nie in ihrem bisherigen Leben. Es roch nach Schweiß, Menschen und Krankheit. Ihr Stuhl stand inmitten einer größeren Gruppe der Namenlosen, die sie von allen Seiten finster anstarrten. Ihre schwarze Kleidung war zerschlissen, teilweise mit undefinierbaren Flecken versehen. Ein röchelndes Husten erfüllte die Stille und erinnerte an die Krankheit, die hier unten wütete.

Crystal, du hältst dich in einem Bereich auf, der für dein Ranking nicht vorgesehen ist. Es werden weitere 700 B-Coints deinem Konto abgezogen. Bitte begib dich schnellstmöglich auf Etage fünfzehn, damit dir ein neues Apartment zugewiesen werden kann.

Tränen ließen sie blinzeln. Etage fünfzehn. Alles verloren. Eindeutig ein Zeichen dafür, wie weit ihr Ranking abgefallen war. Innerhalb weniger Stunden war sie so tief abgesackt, als hätte es ihr bisheriges Leben gar nicht gegeben.

»So meine Süße, dann wollen wir mal ein wenig Spaß haben, oder?« Der Mann mit der Glatze trat mit einem schmierigen Grinsen vor sie. Boshaftigkeit sprach aus seiner Mimik, doch Crystal konnte nur auf die Waffe starren, die er in seiner Hand hielt. Es war ein scharfkantig wirkendes Stück Metall, das an der Stelle, wo er es umfasste, mit einem schwarzen Stück Stoff umwickelt war. Ähnlich dem, das sie heute bereits zu spüren bekommen hatte.

Als er sich ihr näherte, wollte sie schreien, doch der Laut drang nur dumpf durch das schwarze Stück Stoff in ihrem Mund.

Eine Weile stand er einfach nur da und starrte sie an, doch dann machte er einen schnellen Schritt in ihre Richtung. Crystal wollte zurückweichen, doch die Fesseln ermöglichten ihr gerade mal ein leichtes Zucken. Sie wimmerte, als Zet grob ihre Haare packte und ihren Kopf zur Seite riss. Schmerz jagte über ihre Kopfhaut und Panik explodierte in ihrem Körper. Sie versuchte sich zu wehren, ihm den Kopf zu entziehen, doch das brachte nur noch mehr Schmerz und ein heiseres Lachen seinerseits. Crystal atmete seinen sauren Geruch nach Schweiß und Schmutz ein, spürte seine körperliche Nähe warm und abstoßend. Doch das wurde alles nichtig, als sie die Klinge an ihrer Kehle fühlte. Schon zum zweiten Mal heute war sie dem Tod so nah, wie sie es nie sein wollte.

»Vielleicht sollte ich dich erst skalpieren … dir deine Hübschen goldenen Löckchen vom Kopf schneiden. Was meinst du?«, knurrte er dicht bei ihr und blies ihr seinen stinkenden Atem ins Gesicht.

»Muss das wirklich sein, Zet?«

Eine Stimme, die für einen kurzen Moment Rettung bedeutete. K, ihr Entführer, war aus der Menge getreten und starrte finster in ihre Richtung. Nicht nur Entführer, sondern auch Retter und das anscheinend schon zum zweiten Mal.

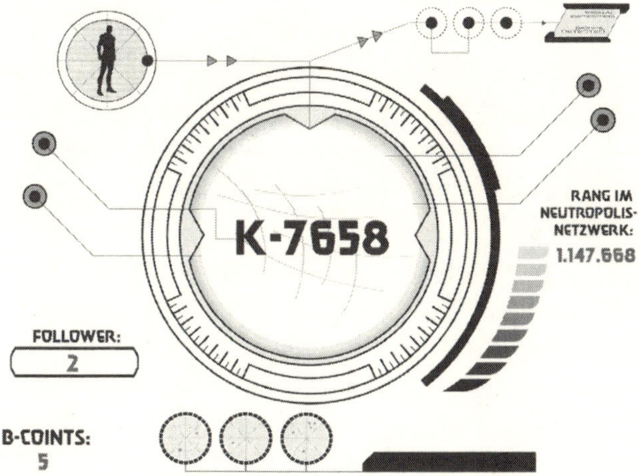

K wusste selbst nicht genau, warum er das tat. Eigentlich versuchte er sich immer so gut es eben ging aus allem rauszuhalten, doch irgendwie verspürte er Mitleid mit der jungen Frau. Denn immerhin war sie erst wegen ihm in diese Situation geraten. Es lag also irgendwie in seiner Verantwortung, dass sie nicht übermäßig gequält wurde. Irgendwie …

»Halt dich da raus, K«, knurrte Zet, das Haar des Mädchens noch immer fest umklammert. »Immerhin hast du uns den Scheiß eingebracht.«

»Und was hast du nun vor?« K versuchte gelangweilt zu klingen, als würde die Situation ihn nicht persönlich betreffen. Er spürte die feindseligen Blicke der anderen auf sich. Als sie eingetroffen waren, hatte er mit Schrecken festgestellt, wie sehr die Rebellenbewegung inzwischen angewachsen war. Ganz Minus 5 schien voll zu sein mit Menschen der unteren Ränge, die Aggression verströmten.

»Ein Exempel statuieren. Wir werden die kleine Puppe hier

schön zurechtmachen und dann der Zentralstadt vor die Tür setzen.« Er fuhr mit der Schneide des Messers demonstrativ über die Wange der jungen Frau. Die Haut schien so zart zu sein, dass sie unter dem geschliffenen Metall sofort nachgab. Ein blutiger Striemen blieb zurück und bildete einen auffälligen Kontrast zu ihrem hellen Gesicht, als Zet das Messer wegzog. Gegröle erklang und er hob grinsend seine Waffe in die Höhe. K wurde schlecht, als er sah, dass auch B jubelte. Sie verhielten sich wie verdammte Tiere.

»Und was soll das bringen? Was willst du damit erreichen? Du machst sie mit so einer Aktion nur wütend und bewirkst rein gar nichts. Wenn du ihnen schon eins auswischen willst, dann mach es wenigstens richtig«, rief K gegen die Schreie der Zustimmung an.

Zets Blick war hasserfüllt und sein Grinsen zu einem Zähnefletschen erstarrt. »Wenn du so einen schlauen Plan hast, dann willst du ihn doch sicher mit uns allen teilen, nicht wahr, K?«

»Habt ihr schon mal geschaut, wie sie im Ranking dasteht? Sie scheint mir nicht eine der Mittleren zu sein.« K machte noch ein paar Schritte in den Kreis und vernahm hinter sich, wie B leise zischte, dass er das bleiben lassen sollte, doch er ignorierte es.

»Ihr habt sie in Stockwerk 11 aufgegabelt, oder nicht?« Zet warf einen gereizten Blick in Richtung B, der klein in sich zusammengefallen war und nun neben K stand. »Zumindest war das die Anweisung, die ich deinem Bruder gegeben habe.«

»Ja, das stimmt auch. Aber schau sie dir doch an. Diese verdammten goldenen Strähnen und die grellweißen Klamotten. Allgemein ist sie viel zu …« *Zart*, hatte er sagen wollen, doch das Wort kam ihm einfach nicht über die Lippen. Es war zu nett, passte nicht zu dem, was er eigentlich empfinden sollte.

»Ich glaube, sie ist mindestens eine aus den Top 100.« Ein anerkennendes Raunen ging durch die Gemeinschaft, einzig Zets Miene blieb ungerührt. K wusste, dass er grausam sein konnte. Seine Feinde fürchteten ihn nicht grundlos, auch wenn er ein Idiot war.

Eine Weile starrten sie sich an und K ließ den Blick über sich ergehen. Auch wenn er angespannt war und das Risiko einging, direkt neben dem Mädchen auf einem Stuhl zu landen, versuchte er sich das nicht anmerken zu lassen.

Schließlich wandte Zet sich wieder dem Mädchen zu. Langsam steckte er sein Messer in den Bund der Hose, griff nach ihrem Knebel und zog ihn leicht zurück. »Ich schwöre dir, ein scheiß Mucks von dir und die Zentralstadt bekommt dich in kleinen Streifen zurück.«

K sah die blanke Panik in dem blassen Gesicht, aber dennoch nickte sie hastig.

»Sag mir deinen Namen«, forderte Zet sie auf.

Das Mädchen schwieg, sodass er einen gereizten Laut ausstieß. »Sag deinen *scheiß* Namen!«, brüllte er und zerrte noch einmal fest an ihren Haaren.

»Crystal …«, flüsterte sie, kaum zu verstehen.

Ruckartig ließ Zet ihren Haarschopf los. Einige der goldenen Haarsträhnen segelten zu Boden und blieben dort liegen. Sie wirkten genauso falsch an diesem schmutzigen Ort wie das Mädchen mit dem weißen Zweiteiler.

»Schaut jemand vielleicht mal in seinem Watchboard nach dem Profil dieser Schlampe?«

Es dauerte eine Weile, bis jemand hervortrat. Ein Zugriff auf die kompletten Profile und nicht nur die Videoansicht kostete für Menschen wie sie einige Coints und die wenigsten von ihnen besaßen genug, um sich das leisten zu können.

»Ich hab sie.« Der Junge war kaum älter als B. K kannte ihn

nicht. Vermutlich einer von denen, die dieses Stockwerk so gut wie nie verließen. Er war schmutzig und sehr schmächtig, außerdem hatte seine Haut jenen leichten Blaustich, der auf die Krankheit hindeutete. »Sie ist auf Rang zweihundertdreißig im Stadtranking.«

Zet warf K einen triumphierenden Blick zu, doch der sagte mit ruhiger Stimme: »Schau wo sie heute Morgen stand.« Er hatte das Zucken des Mädchens bemerkt, als ihr Rang vorgelesen wurde. Es wirkte nicht, als hätte sie mit solch einer Zahl gerechnet.

Bevor der Junge wieder etwas sagte, weiteten sich seine Augen und er starrte den Rebellenführer verdattert an. »Sie war auf zehn.«

»Zehn?« Selbst Zet wirkte einen Moment perplex.

K lachte auf, als Erleichterung seinen Körper flutete. Er hatte sie weitaus höher eingeschätzt, aber eine 10 war noch besser als erhofft. Die Top 10 im Stadtranking waren jene, die in die Zentralstadt ziehen durften und zusätzlich in das Weltranking aufgenommen wurden. Es geschah äußerst selten, dass jemand in solche Höhen aufstieg. Die Top 10 blieben meist unverändert, wenn sie nicht gerade etwas taten, das ihre Follower dazu bewegte, ihr Abo zu beenden. »Was hab ich gesagt? Vermutlich war sie gerade auf dem Weg in die Zentralstadt, als wir sie erwischt haben.«

Zet stieß ein Schnauben aus und beugte sich wieder weit zu Crystal herunter. »Hast du dich dafür entschieden, ja? Hattest wohl keine Lust mehr in deinem Apartment zu hocken, was?«

Das Mädchen antworte nicht, sondern stieß stattdessen ein Schluchzen aus.

»Sie ist etwas wert. Wenn du sie verstümmelst und bei ihnen vor der Tür absetzt, wird sie das nicht mehr sein. Dann machst du sie zu einer von uns und für die Zentralstadt uninteressant.«

»Aber jetzt ist ihr Rang schlechter«, murmelte Zet.

»Natürlich. Wir haben sie ja auch aus dem Gebäude geschleift und damit vermutlich gegen alle Regeln verstoßen, an die sich diese Hochrangigen halten müssen.« K zuckte mit den Schultern. »Glaub mir, sobald die erfahren, wie es zu dem Ganzen gekommen ist, ist sie schneller wieder oben, als du Zentralstadt sagen kannst.«

»Und woher sollten sie das erfahren?«

K setzte ein Grinsen auf, das sich falsch anfühlte. »Wir werden ihnen ein Video schicken. Und dann stellst du Forderungen. Im Austausch gegen deine erfüllten Bedingungen, bekommen sie Crys… das Mädchen zurück.«

»Nein.«

K fuhr überrascht herum, als er die Stimme von B erkannte. Sein Gesicht war gerötet und er atmete röchelnd aus. »Warum bringen wir sie nicht einfach um und beseitigen das Problem? Sie kann uns immer noch alle verraten.«

Er starrte B fassungslos an. Wann war sein Bruder so blutrünstig geworden? Hatte er den Moment versäumt oder einfach nur übersehen, wie sehr sein Hass auf die Hochrangigen sich bisher gesteigert hatte?

»Mir gefällt die Idee von deinem Bruder, B. So sehr ich deine Abneigung gegen sie auch verstehen kann …« Er runzelte die Stirn und musterte das Mädchen.

B schnaubte und ballte die Hände zu Fäusten. Man sah ihm eindeutig an, wie sehr er das hier wollte und in diesem Moment entfernte sich Ks kleiner Bruder noch ein Stück weiter von ihm.

Zet wandte sich wieder zu ihnen um, zog sein Messer aus dem Bund und deutete mit der Spitze in Ks Richtung. Er begann laut zu lachen. Einen Moment erfüllte dieser unpassende Laut die kleine Freifläche hinter den Wohneinheiten. Dann stimmten einige der Männer verhalten ein. K presste die Lippen fest aufeinander und wartete.

»Du bist gar nicht so dumm, K. Mir gefällt deine Art zu denken«, sagte Zet grinsend, dann wandte er sich wieder dem Mädchen zu. »Aber vorher muss ich trotzdem noch etwas erledigen.« Er hob das Messer.

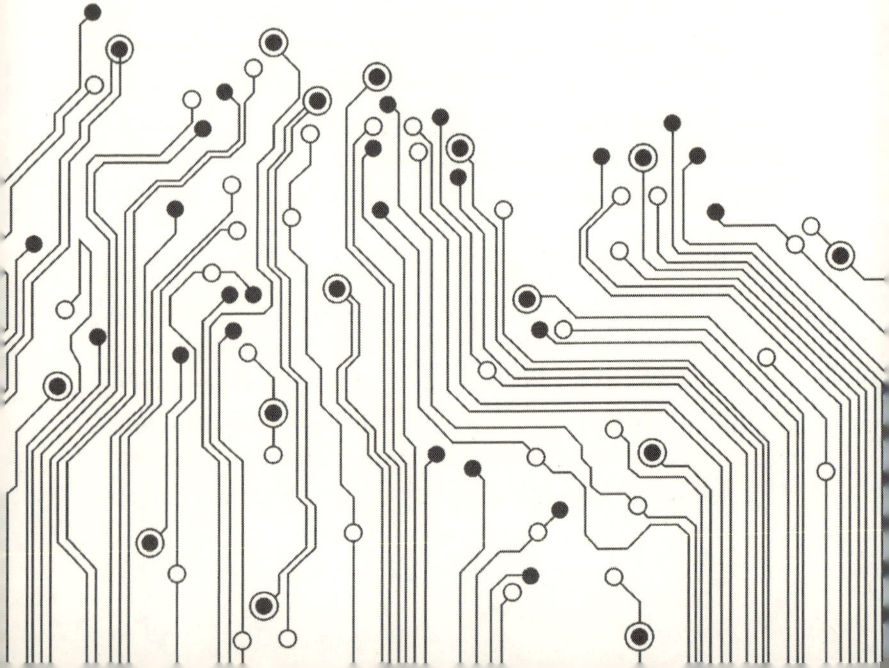

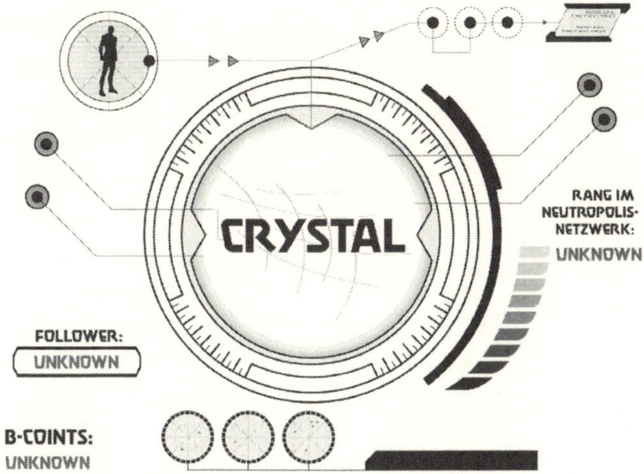

Das Zittern wollte einfach nicht aufhören, genauso wenig wie die Tränen, die sich unerbittlich den Weg aus ihren Augen bahnten. Feucht liefen sie über ihre Wangen und wurden von einem heiseren Schluchzen unterstützt, das ihrem Mund entwich. Crystal saß in einem kleinen Verschlag, der ein schmales Bett mit einer kratzigen Decke, einen schäbigen Tisch aus hellblauem Kunststoff und einen dazu passenden Hocker enthielt. In der Ecke stapelten sich leere Nahrungsmittelschalen und verströmten einen verdorbenen Geruch. Sie hatten Crystal von dem Stuhl losgemacht und hier hergebracht. Die Tür gesichert mit einem Code. Alles nachdem er … Sie fühlte immer noch ihr warmes Blut, wenn sie die Hand auf die Stelle hinter ihrem Ohr presste. Dorthin, wo einst ihr Implantat gewesen war. Ihre Verbindung zur Zentralstadt, zu ihrem Ranking, zu allen anderen, zu ihrem Leben. Der Schmerz, den sie beim Rausschneiden verspürt hatte, konkurrierte noch jetzt mit ihren inneren Qualen. Es war nicht bloß, als hätten sie ihr einen Chip genommen, sondern auch ihre Identität aus ihr herausgeschnitten. Denn wer war sie ohne das Implantat, ohne einen Rankingplatz? Niemand. Eine von den Namenlosen. Zu keiner Zeit war es in Crystals Kopf so still gewesen. Keine Stimme, die sie anleitete, was sie als nächstes zu tun hatte. Kein Kontakt zu der Welt, die sie so sehr liebte.

Ihr Blick fuhr hoch, als die Tür zu ihrem Verschlag sich öffnete. Es war K. Der Mann, der sie erst an diesen furchtbaren Ort gebracht und dennoch davor bewahrt hatte, dass noch schlimmeres geschehen war. Seine dunklen Haare waren durcheinander, als wäre er mit den Händen mehrmals hindurchgefahren. Das markante Gesicht hatte einen ernsten Ausdruck angenommen: mit schmalen Lippen, hervortretender Kiefermuskulatur und einem angespannten Funken in den Augen. Leicht schwankend kam Crystal auf die Beine. »Du musst mich hier rauslassen … bitte … ich …«

»Halt den Mund«, knurrte er und setzt sich auf den Hocker, der ihr gegenüber an dem Tisch stand. Er legte ein altertümlich wirkendes Kameraset und ein Watchboard auf dem Tisch ab. »Hinsetzen«, forderte er knapp.

Verunsichert ließ sie sich wieder auf die Kante des Bettes sinken. In seinem Gesicht standen weder Mitleid noch Freundlichkeit. Crystal wrang die Finger in ihrem Schoß ineinander. Vielleicht würde er sie ein weiteres Mal retten, wenn sie nett zu ihm war? Er schien ein guter Mensch zu sein, zumindest besser als die übrigen in diesem stinkenden Loch. Vielleicht könnte sie noch ein letztes Mal an sein Mitleid appellieren. Das bedeutete, dass sie ihre Wut auf ihn herunterschlucken musste. Denn er mochte sie zwar gerettet haben – und das gleich zwei Mal – aber er war dennoch derjenige, der ihr das hier eingebracht hatte. Er und sein Begleiter hatten ihr alles genommen, wofür es sich bisher zu leben gelohnt hatte. Sie ballte unwillkürlich die Hände zu Fäusten, um ihre Wut zu kompensieren.

»Denk bloß nicht, dass ich dein Freund bin«, sagte er mit einem Tonfall, der keinen Zweifel an seinen Worten ließ. »Ich habe nur keine Lust, dass dein Blut an meinen oder Bs Händen klebt, so einfach ist das. Ich bin kein Wohltäter und ich habe dich auch nicht gerettet.«

Obwohl dieser K wesentlich massiver gebaut war und auch etwas größer, bestand eine deutliche Ähnlichkeit zwischen den beiden, woraus Crystal eine Verwandtschaft schloss. Vielleicht war B sein Bruder oder ein Cousin?

»Was … willst du dann hier?«, fragte sie und versuchte das Beben in ihrer Stimme zu unterdrücken.

Er atmete hörbar aus und fuhr sich durch das dunkle Haar. Dann schaute er sie an. Es war seltsam, dass diese braunen Augen sie so anzogen. Sie sahen aus wie Schokolade mit kleinen hellen Sprenkeln darin und passten irgendwie nicht zu den sonst so harten Gesichtszügen. »Ich muss jetzt dafür sorgen, dass du eine Botschaft für die Zentralstadt absetzt. Eine, auf die wir uns vorher geeinigt haben.«

»Aber, ich habe keinen Kontakt mehr zum Netzwerk«, sagte sie und versuchte ihrer Stimme einen festeren Klang zu geben. Sie wollte nicht das wimmernde Mädchen sein, in das sie sich hier zunehmend verwandelte. Innerhalb des Rankings hatte sie sich von Hatern nie einschüchtern lassen. Natürlich war das hier noch etwas anderes, aber zeitgleich brachte es sie in eine ähnliche Situation. Wenn sie den Leuten nicht die Stirn bot, würde sie untergehen und niemand würde je wieder von einem Mädchen namens Crystal hören.

»Deshalb werden wir das offene Netzwerk nutzen und den Beitrag auf dein Profil laden«, erklärte K und hob eine Augenbraue. Dann griff er nach der Kamera und begann sie über eine Halterung an den Rand des Tisches zu schrauben. Dieses Ding war wirklich aus dem letzten Jahrtausend. Es wunderte sie, dass es so etwas überhaupt noch gab.

»Aber … das offene Netzwerk hat keine Reichweite und es wird in den täglichen Fanvideos untergehen, die auf meiner Seite landen. Niemand wird es sehen …« *Niemand wird mich sehen*, wollte sie hinzufügen, schwieg jedoch. Wenn keiner sie sah, würde auch keiner sie retten kommen.

»Wir können es uns leider nicht leisten, fünfhundert Coints auszugeben, um selbst das Video auf unsere Kanäle zu laden«, sagte K und seine Stimme hatte einen beißenden Klang angenommen. »Daher geht es nur so.«

Sie biss sich fest auf die Unterlippe. Tatsächlich stimmte es, dass für Niederrangige der einzig kostenlose Dienst des Uploads die Fanplattform war. Dabei konnte man kurze Videosequenzen auf das Profil des jeweiligen Hochrangigen laden und sich kurz zu den Videos äußern oder Grüße dalassen. Doch niemand schaute in das Fanprofil. Natürlich wurde es nach außen hin anders kommuniziert, aber auch Crystal hatte sich nie dafür interessiert, was in diesem Bereich ihres Profils passierte. Denn immerhin gab es dort auch nicht nur freundliche Nachrichten, sondern auch viele Hassbotschaften. Wer tat sich das freiwillig an?

»Das wird niemand sehen«, wiederholte sie daher mit Nachdruck.

K warf ihr einen feurigen Blick zu, den sie mit der gleichen Intensität zu erwidern versuchte. Was recht aussichtslos war, da in seinen Augen viel zu deutlich die tiefliegende Abneigung schlummerte. Sie hatte sich tatsächlich getäuscht, als sie glaubte, er hätte sie aus reiner Nächstenliebe vor dem Tod bewahrt. Dafür stand zu viel Missachtung in seinem Gesicht.

Es ging ihm nicht um sie, er wollte tatsächlich nur seine eigene Haut retten.

Als er wieder sprach, hatte seine Stimme einen leisen und bedrohlichen Tonfall angenommen. »Wir haben Zeit, Goldlocke. Irgendwann wird jemand das Video sehen.«

Aber *sie* hatte keine Zeit. Wenn ihr Ranking noch weiter fiel, würde sie genau dort enden, wo sie sich in diesem Moment bereits befand. Für immer. Abgeschnitten von der Außenwelt und auf Dauer zum Tode verurteilt. Ein Teil der Gesellschaft, den sie eigentlich nicht mehr tragen konnte und es auch nicht wollte.

»Man wird es nachverfolgen können, wenn ihr es hochladet«, versuchte sie es abermals.

»Lass das unsere Sorge sein«, knurrte K und richtete die Kamera auf sie aus.

»Und wenn ich mich weigere?«

Ks Mundwinkel zuckten leicht, was im harten Kontrast zu der Ernsthaftigkeit in seinen Augen stand. »Dann ist dir auch nicht mehr zu helfen.«

»Ich dachte, du hilfst nur dir selbst und diesem … B.« Wut schwang in ihren Worten mit und verdrängte die Angst.

Er schüttelte den Kopf. »Sagen wir, im Moment decken sich unsere Interessen.«

Crystal schnaubte. Doch das beeindruckte ihn anscheinend nicht, denn er tippte stattdessen auf dem Watchboard herum, hob es hoch und drehte es ihr so zu, dass sie den Text lesen konnte, der in grüner Schrift darauf erschien. Sie presste die Lippen aufeinander, suchte nach einem Ausweg, doch genau genommen gab es keinen.

»Es geht los. Denk dran, du hast nur dreißig Sekunden«, sagte K und drückte auf einen Knopf, der auf der Oberseite der Kamera war. Sofort begann ein rotes Licht darauf zu blinken.

Crystal räusperte sich und kämpfte abermals mit den Tränen. Die hatten ihren Ursprung allerdings vielmehr in Trotz und Wut über diese aussichtlose Situation als in Angst und Trauer. Und dann las sie ab, was das Textsystem ihr vorgab: »Mein Name ist Crystal und ich wurde von einer Untergrundorganisation entführt und verschleppt. Wenn die Zentralstadt die Forderungen dieser Gruppierung nicht erfüllt, dann werde ich …« Sie stockte kurz und K warf ihr einen scharfen Blick zu. »… getötet. Sie fordern das Abschaffen der Ränge, ausreichend Medikamente für die Erkrankten und ein gerechtes System mit genug Nahrung, Lebensraum und einem nachvollziehbaren Strafsystem. Werden diese Dinge innerhalb der nächsten zwei Wochen nicht erfüllt, werde ich … sterben … und ich werde nicht die Letzte sein.«

K drückte auf den Knopf der Kamera und das Blinken hörte auf. Er nickte und legte das Watchboard auf dem Tisch ab.

»Das sind vollkommen dumme Forderungen. Selbst wenn sie das wollen, wird sich das niemals innerhalb weniger Wochen erfüllen lassen«, zischte sie. Wie konnte er nur so ignorant sein? Abneigung in einer Form, wie sie sie noch nie verspürt hatte, brodelte in ihr hoch und schürte ihre Wut.

K zuckte mit den Schultern. »Es wäre zumindest ein Schritt in die richtige Richtung, wenn sie es versuchen.« Er löste die Schraube, mit der die Halterung der Kamera an dem Tisch befestigt war und stand auf.

»Was passiert jetzt?«, fragte Crystal hastig, weil es ihr unterschwellig neben der Wut auch Angst bereitete, dass er sie gleich wieder allein lassen würde. So wenig Sympathie sie auch füreinander empfanden, war da immerhin jemand gewesen. Die Einsamkeit und die Stille in ihrem Kopf drohten sie zu erdrücken.

»Wir laden das Video hoch und warten«, entgegnete er in einem Ton, als wäre sie geistig zurückgeblieben.

»Aber … ich …«

K schüttelte den Kopf und stöhnte. Dann verließ er den Raum und ließ nichts als Stille zurück.

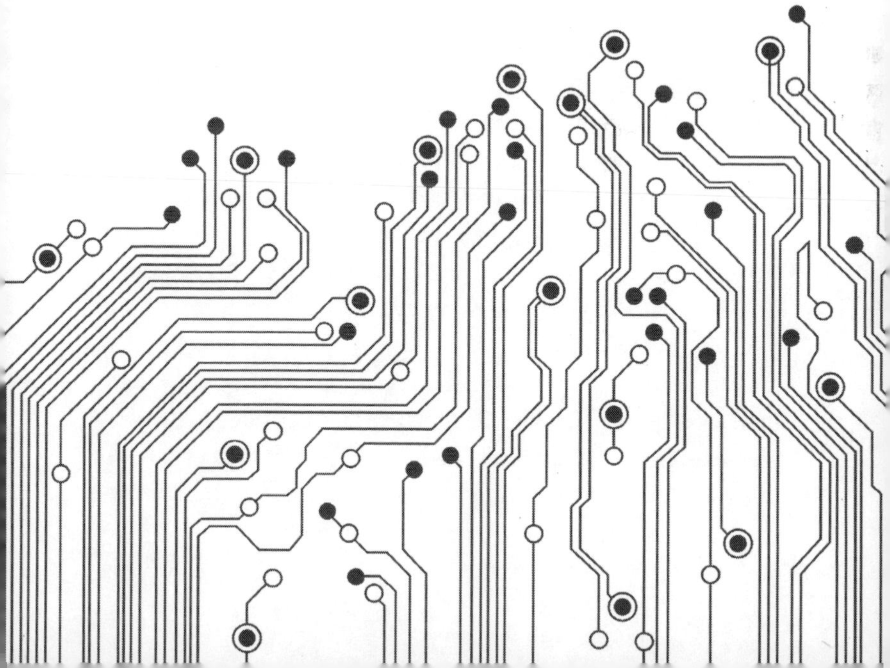

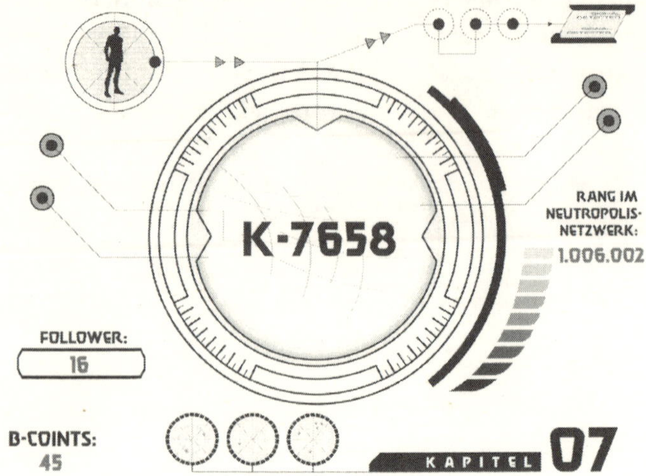

Sein Vorschlag, wie mit Crystal verfahren werden sollte, hatte ihm einige Follower beschert und Ks Konto aufgestockt. Selbst wenn diese Sache der reine Albtraum zu sein schien, waren einige der Rebellen anscheinend begeistert von seinem Vorschlag gewesen und zollten ihm so ihren Tribut. Das war mehr als absurd, da sie damit ein System unterstützten, das sie selbst abgrundtief hassten. Doch vermutlich waren sie alle Gefangene dieses Rankings und Crystal hatte recht. Es wäre nicht möglich, das System einfach abzuschaffen und einen neuen Weg zu gehen. Dafür war es zu sehr in den Köpfen der Menschen verankert. Selbst in denen, die darunter litten.

»Ich hab's«, sagte er, als er die Freifläche betrat, an der sich der Großteil der Rebellen scharte, als wäre Zet ihr verdammter Messias. Sie hockten am Boden auf alten Matratzen, Kleidung oder einfach nur so auf dem blanken Beton. Auch B saß in unmittelbarer Nähe zu dem mächtigen Glatzkopf und starrte bewundernd zu ihm auf. Sein Husten war seit ihrem kleinen Ausflug schlimmer geworden. Er klang verschleimt und kurzatmig. Es war Zeit für eine Tablette, die er eigentlich erst nächste Woche hätte nehmen sollen.

»Hat die Kleine das gesagt, was sie sollte?«, fragte Zet und zahlreiche Augen ruhten auf K, als er ihm das Watchboard überreichte.

K nickte nur.

»Gut, ich wusste, dass du das hinbekommst.« Zet grinste und B senkte den Blick. K fluteten merkwürdige Gefühle. Anscheinend war sein Bruder immer noch nicht mit der Entscheidung einverstanden, das Mädchen am Leben zu lassen. Dieser Umstand schockte ihn erneut und stellte alles, was er über B zu wissen geglaubt hatte in Frage.

»Wie willst du es jetzt hochladen?«, hakte K nach. Natürlich gab es die Plattform, doch anonym waren auch dort keine Postings möglich. Nichts in Neutropolis war anonym. Und wenn es jemand von hier tat, wäre nicht nur die Person zum Tode verurteilt, sondern sie alle drohten aufzufliegen.

»Ich habe in Hochhaus 6685 einen Heimatlosen aufgetrieben, der gerade unter Strippophelie im letzten Stadium leidet. Er wird ohnehin bald draufgehen und sein genauer Ursprung ist nicht auszumachen.«

Ks Magen verkrampfte sich. »Gut«, sagte er dennoch, auch wenn es sich nicht so anfühlte.

»Jetzt müssen wir nur noch auf eine Reaktion warten.« Zet grinste in die Runde. Er erntete zustimmendes Gemurmel.

»Was passiert mit dem Mädchen?«, fragte K und wusste nicht einmal warum. Vermutlich, weil er es nicht ertrug, sie noch länger in seiner Nähe zu haben. Sie erinnerte ihn an den Fehler, den er begangen hatte. Sie hier herzuschaffen, hatte etwas ausgelöst, dessen Ausmaß ihm erst nach und nach bewusst wurde. Als er sie da hatte sitzen sehen; in sich zusammengesunken, mit dem blutigen Striemen auf der Wange. Und der Wunde an ihrem Hals, aus der immer noch ein leichter Blutfaden sickerte und sich zu der roten Verfärbung gesellte, die ihr weißes Oberteil infiltriert hatte. Sicherlich hatte das System der Zentralstadt bereits Meldung darüber bekommen, dass ihr Implantat entfernt worden war. Eine Straftat, die mit sofortiger Exekution verurteilt wurde. Und zudem bedeutete, dass Crystal sämtliche Ansprüche an das System verloren hatte.

»Ich schätze, wir haben nur die eine Woche, bis es zur nächsten Kontrolle kommt, dann müssen wir sie woanders unterbringen«, sagte K.

Zet nickte. »Ich habe Beziehungen zu einigen anderen Hochhäusern. Sie wird umziehen müssen. In 9988 finden die Kontrollen entgegen unserem Rhythmus statt.«

K ließ sich ebenfalls auf der Kante einer alten Matratze nieder. Zu gern würde er einfach in sein Apartment zurückgehen und diese Geschichte wenigstens für einige Stunden hinter sich lassen. Doch er wagte es nicht, Zet mit dem Mädchen allein zu lassen. Der schaute sich gerade die aufgenommene Botschaft an und lachte schallend.

»Perfekt. Wenn das nicht ziemlich mitleiderregend ist, dann weiß ich es auch nicht.«

Einige der Anwesenden stimmten in das Gelächter ein, ausgenommen B, dessen Blick noch immer starr auf den Boden gerichtet war. Dann reichte Zet das Watchboard an einen seiner Untergebenen. »Mach es so, wie ich es dir gesagt habe.« Der Junge nickte hastig und lief davon. Es fiel auf, dass es hauptsächlich die Jüngeren waren, die Zet um sich scharte. Vermutlich waren sie leichter für sich zu gewinnen und waren dankbar für einen Anführer, der ihnen zumindest in seinen großspurigen Reden eine bessere Zukunft versprach.

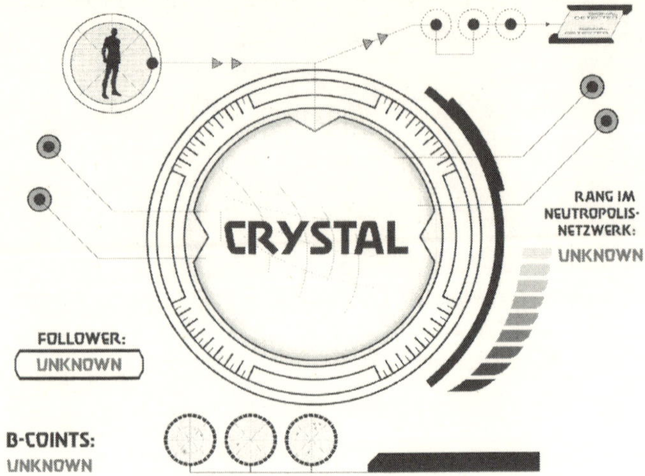

Die Zeit zog sich in die Länge, so als versuche man ein Highquality-Video bei schlechter Netzwerkverbindung zu laden. Stockend, langsam. Crystal saß da und starrte auf die Rohre, die aus der Wand stachen. Oder sie lag und versuchte zu schlafen. Ihr Magen knurrte, denn seit ihrer Entführung hatte sie nichts mehr gegessen. Ein Junge hatte ihr eine Flasche Wasser gebracht, doch das war der einzig menschliche Kontakt, seitdem K ihre Zelle verlassen hatte. Die Stille in ihrem Kopf drohte sie in den Wahnsinn zu treiben. Sie erwischte sich immer wieder dabei, wie sie Selbstgespräche führte, nur um die Leere mit etwas zu füllen. Doch eine Antwort blieb aus. Man hatte Sixx, die ihr vertrauteste Stimme, einfach aus ihrem Kopf geschnitten. Absurderweise war das Schlimme nicht nur, dass sie nun vom System getrennt war, sondern auch, dass es sich so anfühlte, als hätte sie eine Freundin verloren. Oder als hätten sie mit Entfernen des Implantats auch einen Teil von Crystal umgebracht.

Gerade als sie sich wieder hinlegen und in ihre Traumwelt flüchten wollte – dort, wo alles noch war wie früher – ging die Tür auf. K. Sie richtete sich hastig auf und in ihrem Inneren flackerte eine wilde Mischung aus Abneigung und Erleichterung auf. Eine merkwürdige Kombination. Erleichterung, weil die Einsamkeit ihr die Lust zum Atmen raubte. Abneigung, weil er immer noch der Mensch war, der für das hier verantwortlich war.

Seine Miene war wieder ernst, bestenfalls ausdruckslos. In seiner Hand hielt er eine jener Grundration-Schalen, wie sie sich leer und mit kleinen Schimmelwölkchen bedeckt in einer Ecke des Zimmers stapelten. Seltsamerweise hatte sie sich an den Gestank hier fast gewöhnt, was vielleicht auch daran lag, dass ihr Körper inzwischen selbst nach saurem Schweiß roch.

Die Alu-Abdeckung war geöffnet und er stellte die zur Hälfte geleerte Portion auf dem Tisch ab. Sie enthielt einen gräulich wirkenden Brei, ein undefinierbares rechteckiges Stück in Braun und einige weiße Stangen, die in einer durchsichtigen Soße schwammen. Allein beim Anblick wurde Crystal übel.

K legte das Besteck mit Nachdruck auf den Tisch und warf ihr einen gereizten Blick zu. Auch ohne dass er etwas sagte, erkannte Crystal, dass er in ihrem Ausdruck vermutlich recht deutlich gelesen hatte, was sie von diesem Mahl hielt.

»Danke«, brachte sie mit dünner Stimme hervor, als er sich abwandte. Er blieb stehen und kurz rechnete sie damit, dass er etwas zu ihr sagen würde, doch dann machte er Anstalten den Raum wortlos zu verlassen.

»Haben sie schon reagiert?«, fragte Crystal schnell und vernahm ihre eigene Verzweiflung, die darin mitschwang. Nur wenige Minuten gefüllt mit einem Gespräch. Nur ein paar Worte für ihren leeren Kopf. Dieses Bedürfnis überwog sogar die Wut auf ihn.

Er drehte sich halb zu ihr um. »Nein, sie lassen sich Zeit.«

»Vielleicht zeichnen wir noch ein Video auf? Nur um zu zeigen, wie ernst es euch ist …« Kaum, dass sie die Worte ausgesprochen hatte, wurde ihr bewusst, was sie da gerade vorgeschlagen hatte. Sie war sogar bereit, ihren Entführern zu helfen, nur um ein paar Minuten weniger dieser erdrückenden Einsamkeit erleben zu müssen. Oder vielleicht hegte sie einfach die Hoffnung, dass alles wieder normal werden würde, wenn man sie endlich entdeckte.

Ks Ausdruck veränderte sich leicht. Sie konnte ihn nicht recht deuten, aber er wirkte auf einmal nicht mehr so abweisend. »Wir können nicht riskieren, noch ein Video hochzuladen. Das erste hat schon …«

Ein lautes Krachen unterbrach ihn. Ihre Köpfe fuhren zeitgleich in Richtung Tür herum. Lautes Geschrei folgte und K setzte sich in Bewegung. Die Tür öffnete sich, als er die Karte einschob. Er lehnte sich leicht nach vorn.

»Scan abgeschlossen«, sagte eine metallisch klingende Stimme. Dann ging alles sehr schnell und K riss seinen Kopf zurück. »Scheiße!«

Sie waren da. Gekommen, um sie zu retten. Crystal sprang auf. »Ich bin hie..!« Weiter kam sie nicht, denn in diesem Moment presste K seine Hand auf ihren Mund und packte sie grob am Arm.

»Bist du bescheuert?«, zischte er.

Sie schnaubte verärgert, wehrte sich gegen seinen festen Griff mit Leibeskräften. Wenn sie jetzt nicht freikam, dann nie. Sie musste …

»Das sind Überwachungseinheiten … scheiß Metallkästen ohne Seele … wenn die … rausfinden … dass du keinen Chip mehr hast … exekutieren die dich …«, brachte er hervor, während sie miteinander rangen. Natürlich war K stärker als sie und so umfasste er sie schließlich fest mit beiden Armen und zwang sie zur Bewegungsunfähigkeit.

»Hilfe! Ich bin hier!«, brüllte sie, sobald ihr Mund wieder frei war.

Die Tumulte wurden lauter.

Schreie.

Schritte.

Schüsse.

»Jetzt halt sofort deine Klappe. Für diese Steuereinheiten bist du eine von uns. Niemand wird dich erkennen!«

»Die sind hier, um mich zu holen und nicht …«

Er lachte und es klang bitter, so dicht an ihrem Ohr. »Jetzt sei doch nicht so naiv. Die sind hier, um die Rebellen auszulöschen, du bist denen scheißegal. Die überwachende Sicherheit benutzt keine Waffen. Oder hast du echt gedacht, die schicken Menschen hier her, um nach dir zu suchen?«

Crystals Gedanken rasten, versuchten den Sinn aus diesen Worten zu ziehen. Das konnte nicht sein. Er log sie an. Erneut tat sie einen verzweifelten Versuch, um von ihm loszukommen. Aussichtslos.

»Ich bring dich hier raus. Versprochen. Wir werden das regeln.« Und dann ließ er plötzlich von ihr ab. Crystal stolperte einige Schritte vorwärts und starrte ihn verdattert an. Er zerrte das Bett hastig zurück, die metallenen Füße schabten kreischend über den Betonboden. Dahinter offenbarte sich eine Lüftungsklappe, die mit einer weißen Kunststoffabdeckung versehen war. K umfasste die Kanten, ruckelte mehrfach daran und die Abdeckung löste sich. Sie machte die Sicht auf ein Loch frei, das gerade einmal genug Platz bot, um auf dem Bauch hindurchzukriechen.

»Was …?«, begann sie, wurde jedoch von einem Schuss ganz in der Nähe unterbrochen. Sie fuhr heftig zusammen.

»Los, rein da«, sagte K und deutete auf das Loch.

»Was? Nein …« Sie würde diesem Kerl nirgendwo hin folgen.

Er schüttelte den Kopf. »Dann ist dir auch nicht zu helfen.« Und dann ging er in die Knie und zog sich in die Dunkelheit.

Draußen erklang ein Schrei: »Nein! Bitte! Ich habe nichts …« Ein Schuss ließ den verzweifelten Ruf verstummen. Sie erzitterte heftig. Es war ein letzter Impuls, der Crystal dazu brachte sich auf die Knie zu werfen und K in die Dunkelheit zu folgen. Denn das Risiko, dass er recht hatte, war einfach zu groß. Sie wusste, dass in den unteren Bereichen hauptsächlich die elektronischen Überwachungseinheiten agierten; runde große Kugeln aus Metall – vollständig künstliche Intelligenzen – , die knapp über dem Boden schwebten und ihre Umgebung scannten. Sie wären für den Notfall mit einem Waffensystem ausgestattet. Damals hatte man ihnen erklärt, dass sie zum Schutz dienten und so zu weniger Übergriffen auf den menschlichen Wachschutz führten.

Es war eng und roch leicht muffig, doch vor allem war der schmale Metallgang komplett in Dunkelheit getaucht. Auf Knien und Händen krabbelte sie vorwärts. Ihr rauer Atem wurde von den Metallwänden zurückgeworden. Irgendwo vor ihr war K. Sie sah ihn nicht, aber sie wusste, dass er da war. Hinter sich vernahm sie das Echo des Angriffs. In ihren Gedanken drang die Steuereinheit gerade in das Zimmer ein, suchte mit ihren Sensoren den Raum ab und stieß vermutlich auf das offene Lüftungsgitter. Crystal war sich beinahe sicher, dass sie, wenn sie sich umschauen würde, direkt in das rot glühende Auge blicken würde, das ihnen hinterher sah. Nur um dann …

Sie war so auf ihre Bewegungen konzentriert gewesen, dass sie das Ende des Ganges zu spät bemerkte und Crystal den halben Meter in Ks Arme fiel. Er fing sie auf und stieß sie dann gleich von sich. Ein merkwürdiger Ausdruck stand in seinem Gesicht; Abneigung kombiniert mit etwas, das sie nicht verstand. Sie wischte sich ein wenig unwirsch über die Arme, als könnte sie so die Spuren seiner Berührung verschwinden lassen.

Der Raum, in dem sie sich befanden, wurde von Technik dominiert. Überall in dem runden Zimmer blinkten Schalttafeln und Computerbildschirme zeigten ein unverständliches Durcheinander an Zahlen an. Eine Leuchtröhre schuf matte Helligkeit. Die Decke lag weit über ihren Köpfen und so erinnerte das Zimmer mehr an einen Schacht. Sie erkannte eine schmale Leiter aus Metall, die nach oben führte, bis zu einer Luke.

»Ja, Miststück«, knurrte K plötzlich und Crystal starrte ihn verdattert an. Er schien ihren Blick zu bemerken und schüttelte dann nur den Kopf. »Ich mein dich nicht.«

Sie runzelte die Stirn, ging jedoch nicht darauf ein. Es würde sie nicht wundern, wenn bei dem Kerl psychisch nicht alles in geordneten Bahnen verlief. »Wo sind wir?«, fragte sie.

»Ein Steuerungsraum der Luftfiltereinheiten.« Er machte sich an einem schwarzen Kasten aus Kunststoff zu schaffen und öffnete eine Klappe. Im Inneren befanden sich drei dieser schlichten Atemmasken und ein kleines blaues Kästchen. Als Erstes griff er nach dem blauen Gegenstand und öffnete ihn.

»Was ist das?«, fragte sie mit heiserer Stimme.

»Ein Werkzeugset«, murmelte er und holte etwas hervor, das wie eine Klinge aussah. Sie war aus silbernem, dünnen Metall und stach aus einer kleinen Plastikhalterung hervor.

»Was hast du vor?«

»Ich muss das Implantat loswerden«, murmelte er und tastete mit der freien Hand nach der leichten Erhebung hinter seinem rechten Ohr. Ihr war das Zittern seiner Finger nicht entgangen.

»*Was*?« Crystal starrte ihn fassungslos an. »Das … das kannst du nicht.«

»Sie haben mich, als ich nach draußen gesehen habe, gescannt. Sobald die Daten an die Stadt übermittelt sind, löschen sie mich aus. Ich habe keine Wahl.«

Crystal beobachtete fassungslos, wie er den Kopf leicht zur Seite neigte und die Spitze der Klinge auf den Punkt legte, wo sich das Implantat unter der Haut verbarg. Dann schnitt er. Sie presste eine Hand auf den Mund und konnte nur starren. Dabei zuschauen, wie er das Gesicht verzog, Blut über seinen Hals lief und in der schwarzen Kleidung versickerte. Ein keuchender Laut kam über seine Lippen, gefolgt von einem laustarken Fluch. Keine Sekunde später landete die kleine Kapsel, nicht größer als der Nagel ihres kleinen Fingers, auf dem Boden. Umgeben von Blut und Fleisch wirkte sie wie ein kleiner schleimiger Klumpen. K hatte die Augen geschlossen, seine Lippen bildeten eine schmale Linie, während er die Hand auf die frische Wunde presste.

»Du … du … was hast du gemacht?«, fragte sie in leicht schrillem Tonfall.

»Ich habe mir immerhin ein paar Stunden mehr verschafft«, flüsterte er und öffnete die Augen. Man sah ihm den Schmerz deutlich an, auch wenn er sichtlich versuchte, es zu verbergen. »Und jetzt werde ich dich zu deinem Hochhaus zurückbringen. Im Gegenzug sorgst du dafür, dass ich einen neuen Chip bekomme und B und mir nichts geschieht. Wir hatten hiermit nichts zu tun.«

»Ihr hattet damit nichts zu tun«, wiederholte sie monoton und konnte zeitgleich ihr Glück kaum fassen. Es gab einen Ausweg aus diesem Albtraum. Vielleicht würde es einen Weg zurück in ihr Leben geben.

»Ich vertraue dir nicht, nur damit das klar ist. Aber …« Er stockte. »Dadurch, dass sie meine Daten haben, bist du meine letzte Chance. Und ich plädiere einfach ein wenig an dein Mitgefühl.«

»Ich vertraue dir auch nicht«, erwiderte sie. Das alles war so fremdartig. Es passte nicht in ihre Weltvorstellung, dass jemand durch einen Fehler, den er begangen hatte, gleich mit dem Tod zu rechnen hatte. Vielleicht neigte K einfach dazu, zu überdramatisieren.

»Gut«, sagte er und Frustration stand in seinem Gesicht. Er löste zwei der Atemmasken aus dem Kasten und reichte eine davon Crystal. Perplex nahm sie sie entgegen. Blut verschmierte das weiße Material. Ks Blut.

»Hey – Erde an Crystal! Wir müssen jetzt nach oben. Setz das Ding jetzt schon auf. Wenn wir an der Außenluke angekommen sind, muss es schnell gehen.«

»In Ordnung.« Sie folgte Ks Anweisung und starrte dabei auf die blutende Wunde an seinem Hals. Als sie seinen eisigen Blick bemerkte, senkte sie ihren eilig auf den Boden. Doch da lag noch immer die blutige Kapsel und erinnerte sie daran, was sie verloren hatte.

»Komm schon, verdammt!«, zischte K. Seine Stimme erklang dumpf durch die weiße Atemmaske, die auch bei ihm von den Blutspuren seiner Finger besetzt war. Er hatte sich bereits die ersten Sprossen hochgezogen.

Und Crystal folgte ihm. Ihre Finger fühlten sich taub an, als sie sich die Leiter hochzog. Sie wagte es nicht, einen Blick nach unten zu werfen, sondern starrte nur auf Ks Füße. Er blieb erst stehen, als sie die Luke erreichten. Anscheinend war sie manuell zu öffnen, denn K umfasste einen Griff, zog fest daran und die Luke sprang mit einem Zischen auf. Dann zog er sich nach oben und verschwand aus ihrem Blickfeld.

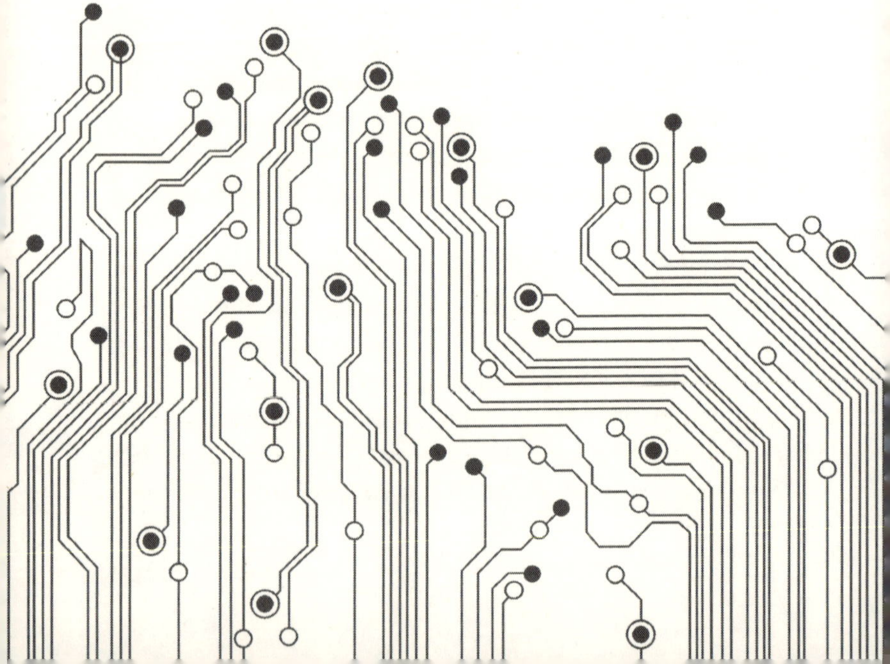

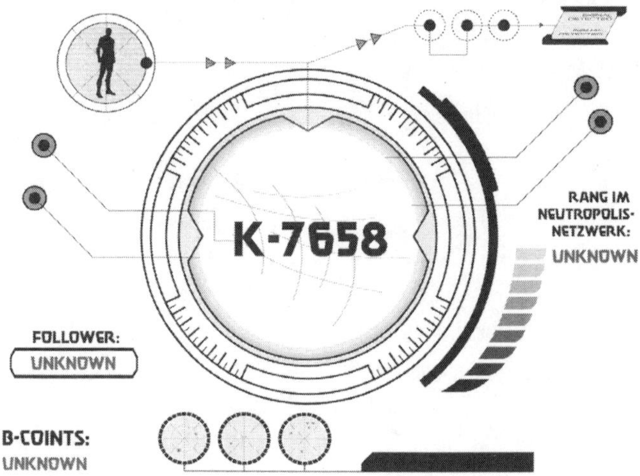

Er reichte ihr die Hand, sie griff danach und ließ sich von ihm hochziehen. Noch immer schoss brennender Schmerz durch seinen Hals und er fühlte sein warmes Blut aus der Wunde sickern.

Ihre Finger fühlten sich kalt an und in ihrem Gesicht war noch immer deutlich der Schrecken abzulesen, den sie durchlitt. Außerdem war ihr goldenes Haar vollkommen durcheinander, sodass es wie ein wildes Vogelnest aussah. Dazu das getrocknete Blut und die Blässe … Doch er hatte jetzt kein Mitleid mit ihr. Seine Gedanken galten einzig B und der Hoffnung, dass er es geschafft hatte, sich über einen der Fluchtwege zu retten. Ohne, dass ihn jemand gescannt hatte. B sollte eine Chance haben, die besser war als seine.

Als das Miststück ihm mitgeteilt hatte, dass das System gerade über seine Exekution wegen des Verdachts auf Zusammenarbeit mit einer terroristischen Vereinigung entschied, hatte er keine Wahl gehabt. Wenn das Implantat nicht wegkam, wäre es eine Frage der Zeit gewesen, bis er leblos in sich zusammenbrach. Dann wäre es vorbei, noch bevor er seinen Fehler wieder gut machen konnte. So war die Hochrangige nicht länger eine Geisel, sondern seine letzte Chance zu überleben.

Es gab nur wenige Wege, um unentdeckt aus den Gebäuden zu kommen und das einzig Gute an der Rebellenformation war, dass er und B darüber Bescheid wussten. Da sein Bruder nicht hier war, hoffte K, dass er den leeren Fahrstuhlschacht genommen hatte. Es gab für die Flucht einen Plan und einen Ort in einem der benachbarten Hochhäuser, wo er die anderen finden würde. Und hoffentlich auch B. Aber erst, wenn er wieder an das System angeschlossen war. Denn dauerhaft ohne Implantat, war er zum Sterben verurteilt. Kein Anspruch auf Nahrung, keine Unterkunft, keine Medikamente für B. Man konnte sich dem Rangsystem nicht entziehen. Entweder man spielte nach ihren Regeln oder man starb.

»Das bedeutet, wir gehen gleich zu meinem Hochhaus?«, fragte Goldlöckchen gerade, als er die Luke geschlossen hatte und im Begriff war, sich an der nächsten Leiter hochzuziehen.

»Erstmal müssen wir hier lebend rauskommen«, knurrte er leise. Es sollte ihn nicht überraschen, dass ein Mensch wie sie als erstes daran dachte, wie er seine eigene Haut retten konnte. Statt sich dankbar zu zeigen, behandelte sie ihn, als wäre er ihr Fremdenführer. »Aber ja. Wenn wir da sind, will ich, dass du die menschliche Sicherheitseinheit rufen lässt. Wir werden ihnen eine glaubhafte Geschichte auftischen müssen …« Selbst in seinen Ohren klang dieser Ansatz furchtbar dünn. Er rechnete sich selbst nicht besonders hohe Chancen aus.

»Aber …«

»Los jetzt, weiter. Wir haben wirklich keine Zeit, zu diskutieren.«

»Sind sie immer noch hinter uns her?«

»Wenn sie erstmal auf der Suche sind, dann geben sie auch nicht so schnell auf …«, entgegnete er sehr leise, mehr an sich selbst gewandt und schob den Hebel beiseite, um die nächste Klappe zu öffnen. »Wir sind gleich draußen«, sagte er, während er sich hochzog. »Dann muss es schnell gehen.«

Er griff wieder nach Crystals Hand, um ihr auf die nächste Plattform zu helfen. Erneut fiel ihm auf, wie weich sie sich anfühlte. Als hätte Crystal ihre Haut in den letzten Jahren in Handschuhen davor bewahrt, von ihrer Geschmeidigkeit zu verlieren. Unwillkürlich stellte er sich die Frage, ob das überall so war; ihr Gesicht, ihr Hals … Weich, glatt und so weiß wie der Schnee früher gewesen sein musste, bevor die Chemie in der Luft für seine gräuliche Farbe gesorgt hatte.

Ein Räuspern ließ ihn aus seinen Gedanken fahren. Crystal schaute ihn aus weit aufgerissenen Augen an und es dauerte einen Moment, bis K begriff, dass er ihre Finger noch immer in seinen hielt. Als hätte er sich daran verbrannt, ließ er sie los und trat einen Schritt zurück. Hitze schoss ihm in die Wangen und er wandte sich eilig ab. Dann deutete er nach oben. »Siehst du die Klappe auf halbem Weg? Das ist der Zwischeneinstieg vom Erdgeschoss aus. Da müssen wir raus.« Seine Stimme hatte einen harschen Ton angenommen, der wohl in seinem Ärger über sich selbst ihren Ursprung hatte. Wieso verhielt er sich ihr gegenüber so? Sie war beileibe nicht das erste weibliche, attraktive Wesen, das ihm begegnete. Und bisher hatte er sich nie wie ein dämlich dreinschauender Teenager angestellt, wenn er ihnen nähergekommen war. Noch absurder war allerdings die Tatsache, dass es sich bei ihr um eine Hochranginge handelte. Denn auch, wenn sein Hass nicht so tief verwurzelt war, wie der von B, empfand er für diese Gesellschaftsschicht nicht mehr als Verachtung. Das schloss sie ein. Egal wie weich ihre Haut war und wie schön ihr Gesicht.

»Gut«, sagte sie und klang ein wenig atemlos.

K nickte und sie setzten ihren Weg nach oben fort. Der Schmerz an seinem Hals strahlte auf die gesamte rechte Schulter aus und es war, als würde er seinen eigenen Herzschlag in der Wunde fühlen. Man hatte die Implantate nie besonders tief unter die Haut gesetzt, da sie so im Fall eines Hardware-Austausches den Zugang erleichterten. Aber dennoch bündelten sich an dieser Stelle die Nervenbahnen und einige wichtige Arterien pumpten sauerstoffreiches Blut zum Gehirn. K hoffte bloß, dass er keine von ihnen erwischt hatte. Dann wäre er verblutet, noch bevor sie an ihrem Ziel angelangten.

Sie erreichten die Luke und K musste sich leicht strecken, um den Mechanismus für das Öffnen zu betätigen. Von außen war die Luke mit einem Code verschlossen, doch von innen kam man problemlos aus dem Gebäude. Als er den Arm streckte, explodierte erneut Schmerz darin und ließ ihn aufkeuchen.

»Alles klar?«, fragte Crystal mit zittriger Stimme unter ihm.

»Bestens«, brachte er zwischen zusammengepressten Zähnen hervor und atmete erleichtert aus, als die Luke zischend aufsprang. Kalter Schweiß stand ihm auf der Stirn, als er nach dem Rand griff und sich nach draußen zog.

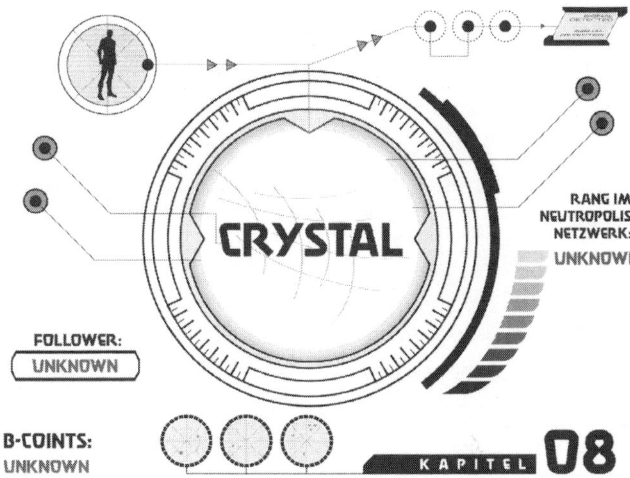

Sie rannten und Crystals Atem dröhnte beinahe so laut wie ihr Herzschlag durch ihren Kopf. Rechts. Links. Über eine Gasse in die nächste Straße. Sie hatte längst die Orientierung verloren und vertraute einzig auf Ks Führung. Seit sie aus dem Loch in der Wand in die kleine Gasse zwischen den Hochhäusern gelangt waren, waren sie nicht ein einziges Mal stehengeblieben. Die Blicke huschten suchend zwischen den Gassen hindurch und fahndeten nach den runden Überwachungseinheiten. Sie waren hier irgendwo, man vernahm das schrille Zischen, das ihr Antrieb verursachte. Für Crystal hatten sie nie eine Bedrohung, sondern immer nur Schutz bedeutet, umso absurder war es, dass sie sich nun wie eine Gejagte fühlte. Es erschien ihr auf einmal falsch, dass dieser Job nicht von Menschen vollzogen wurde. Lebendige Wesen, mit denen man reden konnte. Denen man erklären konnte, was geschehen war.

Der spröde Betonboden flog unter ihren Füßen hinweg und … K fiel. Es kam so plötzlich, dass Crystal beinahe über ihn gestolpert wäre. Er sackte einfach in sich zusammen und wurde von einem gelben Meer aus Nebel verschluckt, der hier besonders dicht den Boden bedeckte. Tastend glitten Crystals Hände über den Boden, fanden etwas Weiches und zerrten daran. »K!«

Er fühlte sich schwer an und so schlaff, dass Crystal Panik befiel. Als sie seinen Kopf aus dem Dunst zerrte, waren seine Augen geschlossen. »K!«, rief sie wieder und tätschelte seine Wange. Ihr Herzschlag ging so schnell, dass es sich anfühlte, als würde er sich überschlagen. Ks Haut war erschreckend fahl.

»Bitte …«, murmelte sie und als hätte er sie gehört, öffnete er blinzelnd die Augen. Er hustete krächzend und Crystal stieß unter ihrer Atemmaske einen keuchenden Laut aus. Erleichterung. Wer sollte sie wieder nach Hause bringen, wenn nicht er? Einen Moment blickte er sich irritiert und leicht benommen um, dann richtete er sich auf. Der Nebel umwaberte sie dicht und undurchdringlich.

»Du musst aufstehen«, sagte Crystal und half ihm, auf die Füße zu kommen. Er schwankte leicht und stützte sich auf ihr ab, aber schließlich kam er zum Stehen.

»Verdammt, was …?«

In diesem Moment fiel Crystal das Blut auf. Es war überall an ihren Händen und sickerte in einem stetigen Strom aus Ks Hals. »Du … blutest sehr stark«, brachte sie angestrengt hervor und ihr wurde übel. Sie hatte in ihrem bisherigen Leben nur einmal Blut gesehen und das war ihr eigenes gewesen. Als sie sich an einem Messer geschnitten hatte, Sixx hatte ihr augenblicklich ein Medi-Plast geschickt und einen Bluttest gefordert. Doch das, was sie jetzt sah, überforderte ihren Geist.

K presste die Hand auf die Wunde und verzog schmerzerfüllt das Gesicht.

»Wir müssen einen Arzt aufsuchen …« Sie wusste selbst nicht, warum sie das sagte. War der eigentliche Plan nicht gewesen, schnellstmöglich zu ihrem Hochhaus zurückzukehren? Doch das erschien ihr jetzt einfach nur noch falsch. Er hatte ihr geholfen und jetzt war sie es ihm zumindest schuldig dasselbe für ihn zu tun, oder?

»Da …« Ks Stimme klang schwach, als er vor sich deutete. Sie folgte seinem Fingerzeig. An einigen Hochhäusern im Block waren große Videotafeln befestigt, die sie schon bei ihrer Entführung bemerkt hatte. Doch sie waren ausgeschaltet gewesen. Jetzt leuchtete der Bildschirm in ihre Richtung und zeigte etwas, das Crystal den Atem raubte und ihr Schicksal besiegelte. Benommen tat sie einige Schritte näher an die Anzeigentafel.

Es war ein großes Foto von ihr darauf abgebildet. Sie, wie sie ausgesehen hatte, bevor das alles geschehen war. Mit einem Strahlen im Gesicht, der neu gemachten Frisur und einem glücklichen Ausdruck in den türkisblauen Augen. Doch das eigentlich schockierende dabei war der Text, der daneben eingeblendet wurde:

Gesucht! Mögliche Überläuferin zu rebellischer Organisation. Bitte Hinweise über ihren Verbleib unverzüglich an die Sicherheitszentrale oder an die Zentralstadt. Hinweise, die zum Auffinden der Täterin führen, werden mit siebenhundert B-Coints belohnt.

»Aber … das kann nicht sein«, stammelte Crystal, las den Text wieder und wieder. Und doch blieb der Sinn derselbe.

Plötzlich verwandelte sich das starre Bild zu einem Video. Ein ihr allzu bekannter Vorspann setzte ein, bei dem Herzen im Takt zu einer langsamen Musik aufstiegen und wie Seifenblasen zerplatzten. Crystal schluckte, doch ihr Hals war vollkommen trocken. Einen Moment später zeigte sich die junge Frau, für die sie in den letzten Jahren nichts als Bewunderung empfunden hatte. Rowina war schon seit geraumer Zeit in die Zentralstadt gewechselt und war die Beauftrage für Neutropolis. Crystal verfolgte ihren Channel schon seitdem sie aufgestiegen war und ließ sich die Videos einiges kosten. Denn wenn man die Uploads von Zentralstädtern anschauen wollte, bezahlte man dafür einen hohen Preis. Nur allgemein gehaltene Nachrichten von Rowina waren gratis.

»Hallo meine Süßen!« Rowina zog die Vokale lang, wie sie es immer tat. Um ihren Kopf tanzten kleine gezeichnete Koalas und reckten im Takt der leisen Musik im Hintergrund immer wieder die kurzen Ärmchen hoch, während sie von einem Bein auf das andere sprangen. Ihr Markenzeichen. »Ich wende mich an euch, um zu sagen, dass ihr euch keine Sorgen machen braucht, die Zentralstadt hat alles im Griff. Es gab einen kleinen Zwischenfall und sie sind gerade dabei, alles wieder in Ordnung zu bringen.« Sie grinste breit und legte den Kopf schief, wobei ihre pinken Zöpfe leicht hin und her wippten. »Für alle meine Süßen, die weiter unten leben, ist dieses Gratis-Video. Bitte meldet den Sicherheitseinheiten sofort, wenn ihr diese Frau seht, denn sie ist für dieses kleine Durcheinander verantwortlich.« Wieder wurde ein Foto von Crystal gezeigt und ihr Herz blieb für einen Sekundenbruchteil stehen, nur um dann wild in ihrer Brust zu hämmern. Ihre Finger fühlten sich auf einmal taub an. Sie japste nach Luft. »Ihr würdet mir echt einen persönlichen Gefallen tun. Wir wollen doch alle, dass alles schnell wieder normal wird.« Rowina seufzte. »Denn wer gegen das System ist, ist auch gegen uns.« Einer der kleinen Koalas fasste sich an die Kehle, verursachte einen krächzenden Laut, drehte sich einmal um sich selbst und kippte dann um. Was dazu führte, dass die anderen niedlichen Tiere einen Freudentanz aufführten. Crystals Magen krampfte. Ihr wurde bewusst, dass sie früher über diese Art der Darstellung gelacht hätte. Doch jetzt, wo es um sie ging, hatte es seine Komik verloren. Es war vielmehr abartig. Abstoßend.

»Crystal!« Jemand packte sie am Arm, doch sie konnte den Blick nicht von dem Bildschirm losreißen.

»Jeder, der der Sicherheit einen Hinweis liefert, der dazu führt sie aufzufinden, bekommt ein Monatsabo meines Channels *gratis*«, sagte Rowina. Die Koalas um ihren Kopf taten kleine Purzelbäume und ihre gezeichneten Münder öffneten und schlossen sich. Im Hintergrund setzte ein bizarrer Chor ein, der skandierte: *Findet sie! Findet sie!* »Ist das nicht was?«, fügte Rowina hinzu und kicherte. Früher hatte Crystal dieses charakteristische Geräusch als vertraut und niedlich empfunden. In diesem Moment, wo die Koalas noch immer: »Findet sie!«, quietschten, wirkte das alles jedoch nur falsch und bedrohlich. Rowina wirkte bedrohlich. Crystal fühlte sich, als hätte man das Leben aus ihr herausgesaugt. Leer. Taub.

»Crystal! Verdammt noch mal!«

Sie fuhr herum und blickte K an. Tränen schwammen in ihrem Blick. »Warum?« Sie stellte diese Frage laut, weil sie immer und immer wieder in ihrem Kopf hin und hergeworfen wurde und es einfach keine plausible Antwort darauf gab.

»Ich habe keine Ahnung«, erklang Ks Stimme, den sie bereits vollkommen aus ihrer Gedankenwelt ausgeschlossen hatte. »Aber wir sollten zusehen, dass wir schnellstmöglich irgendwo unterkommen.« Seine Stimme klang schwerfällig und teilweise gebrochen vor Anstrengung.

»Aber das kann nicht sein. Ich wurde entführt und bin nicht Teil der Rebellen. Das Video, das ihr hochgeladen habt, beweist doch …« Sie brach ab und schüttelte den Kopf, als könnte sie sich so gegen das wehren, das sich dort offenbarte. »Nein, nein, nein …«

Er berührte wieder ihren Arm. »Crystal. Bitte. Wir müssen weiter. Dafür gibt es sicher eine nachvollziehbare Erklärung. Aber wenn dieses Video überall erscheint, hat die Sicherheit sogar noch mehr Augen, als uns lieb ist. Wir sind hier nicht sicher.«

Das stimmte. Alle liebten Rowina und selbst sie hätte alles getan für ein Gratis-Abo ihres Channels. Ein Monat. 30 Tage lang gratis etwas anschauen, das sie sonst gut und gern 700 B-Coints pro Videoeinheit kostete. Für die Leute hier unten musste das der verdammte Goldtopf am Ende des Regenbogens sein.

Sie vernahm Ks japsenden Husten. Ein Teil von ihr wusste, dass sie weiter mussten. Dass sie hier nicht stehenbleiben durften und sie sich von dem Anblick losreißen sollte. Doch ihr Körper schien diese simple Tatsache nicht begreifen zu wollen. Rowina war wieder verschwunden und stattdessen hatte man die stumme Warntafel wieder eingeblendet.

»Los komm.« Finger gruben sich tief in ihre Haut und Schmerz zuckte durch ihren Arm. Ein Impuls, der sie herumfahren ließ. Sie sah K durch einen Tränenschleier, spürte heiße Feuchtigkeit auf ihren Wangen.

»Ich bin keine Rebellin.« Ihre Stimme war so verzehrt, dass sie sich selbst nicht wiedererkannte.

»Wir werden das klären«, sagte K mit Nachdruck. Und dann sah sie wieder das Blut an seinem Hals; hellrot und dickflüssig rann es über seine Haut. Der Anblick war wie ein rettender Anker, der sie in ihr Bewusstsein zurückholte. Der es schaffte, all die furchtbaren Gedanken von sich fortzuschieben und wieder klar zu werden. Zumindest für den

Moment. »Wir müssen zu einem Arzt«, sagte sie, noch immer mit diesem fremdartigen Klang in der Stimme.

»Ich kenne einen.« K drückte die Hand wieder auf die Wunde. »Und er ist nicht weit entfernt von hier.«

Crystal hatte Ks Arm um ihre Schulter geschlungen und schleppte ihn mehr, als dass er eigenständig ging. Schon bald war ihre Kleidung schweißgebadet und nun spürte auch sie diesen rauen Husten ihren Hals hinaufkriechen, den auch K ausstieß. Zum ersten Mal weckte der körperliche Kontakt nicht diese seltsamen Gefühle der Fremdartigkeit in ihr. Das Adrenalin verdrängte ohnehin sämtliche klare Gedanken. Sie spürte, dass K an ihrer Seite immer schwächer wurde, doch sie brauchte ihn. Ohne ihn an seiner Seite, wäre das auch ihr Todesurteil.

»Da ist … es«, sagte K so leise, dass sie ihn kaum verstand. »6685.«

Sie sah das Hochhaus mit der angekündigten Bezeichnung. Es war so nah und schien zeitgleich unendlich weit entfernt zu sein. Denn K wurde immer schwerer auf ihren Schultern. Sie keuchte. »Du musst … bei Bewusstsein … bleiben«, brachte sie zwischen angestrengten Atemzügen hervor.

»Ich bin da …« Der leicht schleppende Tonfall strafte seine Worte Lügen. Seine Augen waren bereits halb geschlossen und das blasse Gesicht von glänzendem Schweiß benetzt.

»Denk an B«, sagte sie keuchend. »Du kannst ihn doch nicht allein lassen.«

»B …«

Stück für Stück schleppten sie sich vorwärts und Crystal

spürte, wie der schlaffer werdende Körper ihren Händen bei jedem Schritt ein Stück mehr entglitt. Seine Schritte fühlten sich weich neben ihren an, als besäßen die Beine kaum noch Knochen und Muskeln. Vor ihnen lagen noch zehn Meter, vielleicht mehr, vielleicht weniger. In diesem Zustand war es in jedem Fall zu weit.

»Durchhalten«, flehte sie und zerrte ihn weiter. Doch ihre Kräfte verließen sie und K fühlte sich auf einmal untragbar schwer an. »Komm schon … ich brauche deine Karte.«

Zu spät. Als K das Bewusstsein verlor, sackte sie haltlos mit ihm auf die Knie. Immerhin war der Nebel hier nicht so dicht, dass sie in einer gelblichen Wand versanken. K sackte bewusstlos auf den Rücken, die Augen geschlossen. Crystal gab dem kratzenden Gefühl in ihrem Hals nach und stieß einen bellenden Husten aus. Mit tränenverschleierter Sicht blickte sie in Richtung des Gebäudes, das jetzt so schmerzhaft nah war, dass es einem üblen Streich des Schicksals glich.

»K, bitte«, murmelte sie und rüttelte an dem leblos daliegenden Körper. Keine Reaktion. Vielleicht war er bereits … Nein. Crystal kam schwankend auf die Beine und rannte zu der Glastür, die den Eingang zu dem Gebäude bildete. Doch die Türen öffneten sich nicht für jemanden, der nicht die Zugangskarte besaß. Als sie das begriff, stieß sie einen Laut der Verzweiflung aus. Sie blickte zurück zu K, der noch immer bewegungslos dalag und gerade vermutlich seine letzten Atemzüge tat.

»Das ist nicht fair«, brach es aus ihr heraus und dann trommelte sie gegen die verschlossenen Glastüren. Es war ein Impuls und keine wirklich sinnvolle Handlung, denn natürlich passierte nichts. Niemand kam. Die Türen öffneten sich nicht. Crystal stieß ein frustriertes Schnauben aus und rannte zurück zu K. Sie fiel vor ihm auf die Knie, packte sein schwarzes Hemd, das sich feucht von dem ganzen Blut anfühlte und rüttelte an ihm. Nichts geschah, sein Kopf schlackerte nur leblos von der einen auf die andere Seite. »Wie hast du dir das gedacht, hm? Wir kommen da ohne Karte gar nicht rein!«, schrie sie ihn an. Dabei war es ihr egal, wer sie hörte. Denn die Verzweiflung saß so tief und hatte jede Hoffnung darauf, dass sie noch heil aus dieser Sache herauskommen könnte, zerstört. Sie war als Terroristin gebrandmarkt. Der Einzige, der ihr hier unten hätte helfen können, lag im Sterben und sie selbst würde vermutlich auch bald nicht mehr auf dieser Erde wandeln. Tränen rannen über ihre Wangen und ein weiterer Hustenschauer überwältigte sie.

»Du solltest hier nicht so herumschreien.«

Ihren Lippen entkam ein überraschter Laut, als die fremde Stimme an ihr Ohr drang. Das Gesicht des hakennasigen Mannes wirkte freundlich gesinnt, aber dennoch geschäftig. Er trug einen hellblauen Zweiteiler, der beschmutzt und mehrfach geflickt worden war. »Hilf mir«, bat er und griff nach Ks Schulter. »Wir müssen ihn schnell reinbringen.«

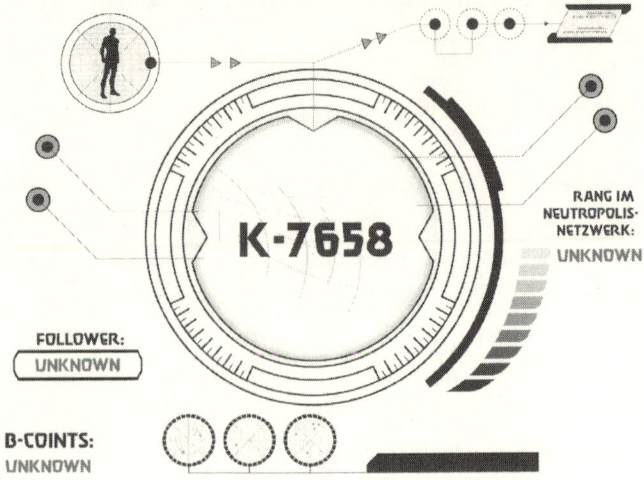

Murmelnde Stimmen hallten durch den Schleier seiner Benommenheit. Sie schienen weit entfernt und doch sehr nah. K fühlte keinen Schmerz mehr, sondern nur alles erdrückende Schwäche. Als würde eine schwere Last auf seinem gesamten Körper liegen. Er wollte die Augen öffnen, doch irgendwie gehorchten seine Lider dem Befehl nicht. Es kostete ihn unmenschliche Anstrengung, gegen die er sich schließlich nicht mehr zu wehren versuchte. Stattdessen lag er da und probierte die wirren Gedanken zu sortieren, die sein Innerstes erfüllten. Es waren nur Fetzen, die keinen Sinn ergaben, als wäre sein Gehirn so sehr in Aufruhr, dass klare Überlegungen zu schnell an ihm vorbeizogen, um sie tatsächlich zu erfassen. K konzentrierte sich auf seine Atmung.

Einatmen.

Ausatmen.

Einatmen.

»Wenn er wach wird, dann sag ihm, dass er sich nicht von der Stelle rühren soll.«

»Natürlich.«

Die Stimmen wurden klarer, verständlicher. K erkannte sie und konnte sie dennoch nicht richtig erfassen.

»Ich bin innerhalb einer Stunde wieder da.«

»Danke.«

Die erste Stimme war männlich, die zweite zart und weiblich.

»Wird er es schaffen, Dr. Zey?«

»Er hat viel Blut verloren.« Ein schweres Seufzen erklang. »Wenn er wieder zu Bewusstsein kommt, ja. Wenn nicht …« Der Arzt ließ den Rest des Satzes unausgesprochen. Der erste klare Gedanke erfüllte Ks benommenen Geist: es ging um ihn. Der Arzt und die weibliche Stimme sprachen von ihm.

Einatmen.

Ausatmen.

Ein Teil von K drängte danach, aus dieser weichen Welt aus leeren Gedanken aufzutauchen und ein anderer forderte zur selben Zeit, sich tiefer darin treiben zu lassen. K war sich uneins, welchem Wunsch er nachgeben sollte.

Dann spürte er auf einmal etwas. Warm und vorsichtig berührte es ihn an seiner Hand. Es fühlte sich gut an. Vertraut und doch vollkommen neu. »Du musst durchhalten, hörst du K? Du kannst mich hier nicht allein lassen.«

In seiner Welt lächelte er. Denn irgendwie waren die Gedanken schön, die diese Worte mit sich brachten. Warm wie die Berührung.

Einatmen.

Ausatmen.

Einen Moment – oder war es länger? – ließ er sich in diese Berührung fallen und dachte nicht daran, all dieser Unklarheit zu entweichen. Es schien ihm viel schöner zu sein, sich nicht der harten Realität zu ergeben. Denn er wusste, dass diese ihn schlagartig einholen würde, wenn er die Augen aufschlug.

Doch irgendwann war der Zeitpunkt gekommen, wo er sich entscheiden musste. Das war ihm klarer denn je. Und er tat es. Als er dieses Mal versuchte seine Augen zu öffnen, gelang es ihm. Eine verschwommene Gestalt offenbarte sich in seiner Nähe. Blondes Haar umgab ihren Kopf. Nach und nach wurde die unscharfe Welt wieder klarer und strukturierter. Und damit kam auch wieder das Bewusstsein. Crystal. Sie stand neben ihm und blickte auf ihn herab. Ihre Finger waren mit seinen verflochten. Was sich eben noch gut und richtig angefühlt hatte, irritierte ihn auf einmal.

»K …«, sagte sie und strahlte ihn an. Erleichterung stand auf den feinen Gesichtszügen.

»Was … ist passiert?«, flüsterte er, weil seine Stimme sich merkwürdig unbrauchbar anfühlte. Er machte sich von ihrer Hand los und rieb sich durch das Gesicht. Unerträgliche Kopfschmerzen pochten hinter seiner Stirn.

»Du hast so viel Blut verloren, dass du ohnmächtig geworden bist. Dr. Zey hat uns im richtigen Moment gefunden.«

Und tatsächlich erkannte er um sich herum das Behandlungszimmer des Arztes wieder. Er lag auf der Liege, an seinem Arm klebte eines der viereckigen Medi-Packs. Dieses hier war eines der älteren Generation und vermutlich aus der privaten Sammlung des Doktors. Es versorgte seinen Körper mit den notwendigen Aufbaupräparaten, Blut und Flüssigkeit. Als er den Kopf leicht bewegte, verspürte er einen scharfen Schmerz durch seinen Hals zucken. Unwillkürlich legte er die Hand an die Stelle, wo nun ein Rep-Pflaster klebte.

»Nicht anfassen«, sagte Crystal und K zog verwundert die Finger zurück. »Hat Dr. Zey gesagt«, fügte sie schnell hinzu.

K keuchte. »Mein Kopf fühlt sich an, als wäre er mehrfach mit einer Wand kollidiert.«

Crystal nickte geschäftig, wandte sich ab und hielt ein orangefarbenes Röhrchen und eine Wasserflasche in der Hand, als sie sich wieder zurückdrehte. Das Medikament war ebenfalls eine der alten Rationen, denn heute waren die Dosen alle hellblau. Sie schraubte den Deckel von der Wasserflasche, schüttete eine Tablette aus der Packung und hielt ihm beides hin. »Zey sagte, es ist zwar schon etwas alt und die Wirkung ist sicherlich nicht mehr die beste, aber es wird dir die Schmerzen erstmal nehmen.«

K nickte, nahm beides entgegen und warf sie sich in den Mund. Dann nahm er einige gierige Schlucke aus der Wasserflasche. »Wo ist Zey?«

»Er sagte, dass es einen Notfall gab und er als Arzt angefordert wurde …«

»B …« Hastig wollte K sich aufrichten, doch eine erstaunlich starke Hand presste ihn zurück auf die Liege.

»Du sollst liegen bleiben. Wir dürfen hier ohnehin nicht weg, bis Dr. Zey wieder da ist«, sagte sie gewissenhaft.

»Ich muss nach meinem Bruder sehen«, grollte er und versuchte sich erneut aufzurichten. Keine Chance. Entweder hatte Crystal in den letzten Stunden deutlich an Kraft zugenommen oder es lag an ihm, dass er ihr kaum etwas entgegenzusetzen hatte.

»Du kannst dich kaum auf den Beinen halten, wie willst du das machen? Wir warten hier.«

K stieß einen grummelnden Laut aus und ließ seinen Kopf wieder auf das unbequeme kunststoffbezogene Kissen der Liege sinken. »Wenn ihm etwas passiert ist, dann …«

»Kannst du das jetzt auch nicht ändern«, sagte sie harsch und setzte sich ein wenig plumpsend auf den Hocker, der neben dem Tisch am Boden befestigt war.

»An dir ist ein Diktator verloren gegangen«, murmelte K, doch sie zuckte nur mit den Schultern. Eine Weile sagten sie nichts und K ließ es zu, dass die Erinnerungen allmählich alle zurückkehrten. Er sah alles wieder vor sich: ihre Flucht, das viele Blut und auch dieses Bild von ihr auf einer der Warntafeln und dieses verdammte Video von dem pinkhaarigen Miststück. K konnte sich nicht daran erinnern, wann die Dinger das letzte Mal zum Leben erwacht waren. Er meinte zu glauben, dass sie geleuchtet hatten, als er noch ein Kind gewesen war. Es hatte Aufstände in einem der Viertel gegeben, weil der Plan der Zentralstadt eine groß angelegte Massenexekution der unteren Ränge war. Doch sie hatten nicht damit gerechnet, dass die Menschen derartig darauf reagieren würden. Der Aufstand war niedergeschlagen worden und die Niederrangigen blieben ab diesem Zeitpunkt da, wo sie auch vorher gewesen waren. Dass die Menschen der unteren Ränge langsam vor sich hinsiechten, schien besser von der Gesellschaft angenommen zu werden als groß angelegte Massenexekutionen. Vermutlich hatte man davor besser die Augen verschließen können. Außerdem waren es ja erst die Niederrangigen, die das System stärkten und die Hohen wirklich weit hinausbrachten. Jeder Gott brauchte jemanden, der ihn anbetete oder?

»Du wirst gesucht«, sagte er laut, als brauchte er eine Bestätigung für das Gesehene.

»Ja«, erwiderte Crystal tonlos. »Und ich verstehe immer noch nicht, wie es dazu kommen konnte.«

»Anscheinend will jemand nicht, dass du einfach zurückkehrst, nach dem was geschehen ist.«

»Aber warum?«

K schüttelte den Kopf. »Ich weiß es nicht. Vielleicht ist es auch nur ein Missverständnis, das wir aus der Welt schaffen müssen.«

Sie schwieg eine Weile und sagte dann mit leiser Stimme. »Wir?«

Er drehte den Kopf leicht und ignorierte das schmerzhafte Ziehen an seiner Wunde. »Ich habe dir versprochen, dass ich dir helfe, das zu klären. Keine Ahnung, wie das bei euch da oben üblich ist, aber wir halten uns an unsere Versprechen.« Zeitgleich mit diesen Worten fragte er sich, ob er vollkommen bescheuert war. Es wäre viel einfacher sie ihrem Schicksal zu überlassen, B zu suchen und irgendwo unterzutauchen. Doch das konnte er nicht. Was auch immer vor sich ging, er war schuld daran, dass es so weit gekommen war. Hätte er B davon abgehalten, sich an diesem Überfall zu beteiligen, würden sie beide hier nicht sitzen. Stattdessen hatte er keinen großen Streit mit seinem Bruder riskieren und ihm zeigen wollen, dass er einen Fehler beging. Dabei war er derjenige gewesen, der Fehlentscheidungen getroffen hatte.

»Danke«, flüsterte sie sehr leise und senkte den Blick. »Wenn sich das irgendwie klärt, werde ich einen Weg finden, dass für dich und B gesorgt wird. Ich verspreche es dir und halte es ganz genauso wie du mit solchen Dingen.« Sie blickte ihn aus ihren türkisblauen Augen an und er wollte ihr einfach glauben. Alles in ihm sperrte sich dagegen daran zu denken, dass Crystal wie all die anderen Hochrangigen nur an ihrem eigenen Wohl interessiert war. Er wollte einfach, dass sie anders war. Warum, war ihm unerklärlich.

K riss sich von den Augen los und räusperte sich. »Dann haben wir weiterhin einen Deal. Ich helfe dir und du hilfst mir. Das klingt fair.«

»Stimmt.« Ihre Stimme hatte einen nervösen Unterton, der ihn irritierte.

»Aber zuerst müssen wir B finden. Ich kann nichts machen, ohne …«

»Das musst du nicht.« Dr. Zeys Stimme unterbrach ihn. Der Arzt war gerade durch die Tür getreten. An seiner Kleidung waren zahlreiche neue Blutspuren zu sehen, das Gesicht wirkte angespannt. »Das musst du nicht, weil es ihm gut geht.«

»Was? Wo ist er?«

Zey stellte seine Medi-Tasche vor Crystal auf dem Tisch ab und warf K einen stirnrunzelnden Blick zu. »Er ist bei Zet und den anderen. Sie sind in einem der unteren Stockwerke von Hochhaus 6889. Er ist nicht verletzt, im Vergleich zu vielen anderen.« Das Gesicht des Arztes war von Sorge gezeichnet.

»Was ist los?«

Zeys Miene wirkte ernst, als er ihn ansah. »Das weiß ich auch noch nicht, aber etwas stimmt nicht. Es passieren Dinge, Unstimmigkeiten. Dieser Angriff auf euer Hochhaus war unkontrolliert. Die Steuereinheiten haben hoch bis Stockwerk sieben beachtlichen Schaden hinterlassen.«

»Was? Aber das ist doch vollkommen unsinnig. Es ging doch um die Rebellen und …«

»Das dachte ich zunächst auch. Doch da steckt mehr dahinter. Es scheint auch Fehler im Rankingsystem zu geben. Alles ist durcheinander. Ein Zustand, der sehr gefährlich ist, weil sich die Anhänger um Zet nur so scharen. Er plant etwas ... Großes.«

»Das ist Wahnsinn.« K versuchte gegen die Sorge anzuatmen, die ihn erfasste.

»Natürlich ist es das. Es wird viele Tote geben und das Grundproblem bleibt ungeklärt.«

»Was ist das Grundproblem?«, fragte Crystal leise.

Zey musterte sie eingehend. »Du.«

»Was? Ach, Zey, dass …«

»Nein«, unterbrach der Arzt K. »Das gesamte Netzwerk ist voll von Suchfahndungen, für die angebliche Überläuferin zu den Rebellen. Es werden Videos hochgeladen, in denen einige Leute in den Top 100 dazu aufrufen, das Mädchen zu finden. Nachdem was Crystal mir erzählt hat, ist das genauso unlogisch wie der massive Angriff auf das Hochhaus. Die Menschen wurden nicht einfach exekutiert, K, sie wurden erschossen. Das wiederspricht komplett der üblichen Vorgehensweise. Teilweise wurden die Leute sogar angeschossen, sind aber zeitgleich im Ranking gestiegen. Es ist ein Fehler, wie ein Virus, der sich durch das System gräbt.«

K sah zu Crystal, die nun irgendwie noch blasser wirkte und leicht in sich zusammengesunken war.

»Das muss geklärt werden und zwar an dem Ort, wo die Befehle herkommen; in der Zentralstadt«, sagte Zey und atmete hörbar aus. »Wenn das so weitergeht, bricht entweder das System zusammen oder Zet führt eine Armee aus kranken und schwachen Menschen in einen Krieg, den sie nicht gewinnen können. Die Frage ist, was schneller vonstattengeht.«

»Wir werden zur Zentralstadt gehen«, sagte K entschlossen.

»Das müsst ihr auch.« Zey nickte. »Da die einzige Alternative zu sein scheint, dass Crystal stirbt.«

Sie sog scharf Luft ein und auch K war einen Moment verdattert in Anbetracht dieser harten Worte. »Wieso …?«

»Der Zentralstadt scheint viel daran gelegen, dass Crystal aus dem System verschwindet. Sie hängt ihr den Fehler an.

Wenn sie nicht sterben soll, dann müsst ihr hingehen und mit den Menschen sprechen, die dem System überstehen.«

»Was ist… wenn die mich auch töten wollen?« Wieder war ihre Stimme ganz leise und von Angst gezeichnet. »Ich verstehe das alles nicht. Nichts rechtfertigt das alles. Ich bin keine Rebellin und habe mich immer an die Regeln gehalten.«

Aus ihren letzten Worten sprach deutlich Verzweiflung heraus und K konnte sie verstehen.

Zey zuckte mit den Schultern und ein Ausdruck trat in sein Gesicht, den K nicht recht deuten konnte. »Es kann blanker Zufall sein, aber das lässt sich nicht sagen. Ich bin nicht firm genug in diesen Dingen.«

Crystal seufzte.

Zey warf ihr einen langen Blick zu. »Ich habe die Hoffnung, dass die Menschen besser funktionieren als das Rankingsystem zurzeit. Es ist fest in unseren Grundgesetzen verankert, dass niemand grundlos stirbt. Dieser Grundsatz wurde heute gebrochen. So wenig mir das auch gefällt, ihr müsst flüchten und zeitgleich zu dem Ort, von wo aus alles gesteuert wird.«

K sah die Angst in Crystals Augen aufflackern. Doch auch er kämpfte mit diesen neuen Entwicklungen. Jetzt ging es anscheinend nicht mehr bloß darum, dass er sein Versprechen einlöste, sondern um mehr. Er und Crystal hatten etwas verursacht, dessen Ausmaße er noch nicht ganz begriff.

K hielt still, während Zey mit einem altertümlichen Stethoskop seinen Herzschlag abhörte. Wenn sie nicht wollten, dass das System diese Untersuchungen erfasste und an die Zentralstadt sandte, mussten sie kreativ werden. Das Medi-Pack, war bereits von seinem Arm entfernt worden und K fühlte sich wesentlich besser. Die Schmerzen waren durch die Medikamente fast vollständig verschwunden und auch die Trägheit war aus seinem Geist gewichen.

Schließlich trat der Arzt zurück und nickte zufrieden. »Soweit es diese … Methode zulässt, klingt es gut. Aber ich gebe dir dennoch die übrigen Schmerzmittel mit.«

K rutschte von der Liege und fing von Crystal einen Blick auf, der besorgt aussah. Er weckte in ihm ein merkwürdiges Gefühl, das eigentlich nicht da sein sollte. Hastig löste er sich davon und versuchte sich stattdessen damit zu befassen, wie sie nun vorgehen sollten.

»Moment, bleib sitzen, ich bin noch nicht fertig«, sagte Dr. Zey. Er war an den Kleiderschrank getreten und holte ein schwarzes Kästchen hervor, das klein genug war, um in seine Handfläche zu passen. Perplex rutschte K wieder auf die Liege.

»Leg den Kopf leicht auf die Seite, murmelte Dr. Zey und stellte das Kästchen auf dem Tisch neben der Liege ab. Dann räusperte er sich. »Ich habe mich geschnitten Zoe, bitte stell eine Ration Systenum bereit und zieh den Betrag von meinem Konto ab.«

Sehr wohl, Dr. Zey. Soll ich einen zweiten Arzt aktivieren, um sich ihre Verletzung anzusehen?

»Nein, danke, Zoe.« Eine Klappe sprang auf und Zey holte eine kleine Tube mit Drehverschluss hervor, die wie gewöhnliche Creme wirkte.

Ihrem Konto werden 87 B-Coints abgezogen.

»Zey, ich …«, sagte K, als ihn das schlechte Gewissen packte, doch der Arzt ließ ihn nicht ausreden.

»Ich kann euch da so nicht rauslassen. Ohne an das System

angeschlossen zu sein, kommt ihr nicht einmal heile durch die Stadt, geschweige denn auch nur in die Nähe der Zentralstadt.« Er zog sich schwarze Latexhandschuhe über. Dann öffnete er das schwarze Kästchen und auch Crystal streckte sich, um den Inhalt zu erfassen. Es lagen zwei gesäuberte Implantatkapseln darin. Crystal japste nach Luft.

»Wo hast du die her?«, fragte K, als der Arzt die erste zwischen Zeigefinger und Daumen klemmte und im Licht betrachtete.

»Vor zwei Monaten ist hier im Haus ein Ehepaar an Strippophelie gestorben. Ihr letzter Wunsch war es, dass ihre Kapseln nicht zerstört werden. Und ich gewehrte ihnen diese Bitte.« Er trat vor K.

»Aber … aber warum sollte man das wollen?«, erklang die stockende Stimme von Crystal. K und auch Zey warfen ihr einen fragenden Blick zu.

»Na, weil die Menschen aus dem System verschwinden, wenn ihre Kapseln zerstört werden. Bleiben die Kapseln, überlebt auch ihre Seite«, erklärte K.

»Das ist verboten, die Steuereinheiten zerstören doch eigentlich …«

»Es ist klar, dass du das nicht verstehen kannst. Denn die oberen 10.000 bleiben ja so oder so im System erhalten. Aber wenn wir sterben, dann verschwinden wir, als hätte es uns nie gegeben«, fuhr K sie harsch an. Es war einer der Momente, in denen ihm bewusst wurde, dass zwischen ihm und ihr eine weite Kluft existierte.

»K«, sagte Dr. Zey mahnend und warf ihm einen eindringlichen Blick zu. Natürlich wusste sie es nicht besser, aber dennoch wirkte ihre Weltanschauung so naiv und so von diesem kranken System geprägt, dass ihm übel wurde. Das verging ihm jedoch schnell, als der Arzt Hand an das Pflaster auf seinem Hals anlegte und die Ränder löste. »Ich habe deine Wunde bewusst nur mit einem Medi-Plast abgedeckt, ohne es zu aktivieren, es hat also nur die Blutung gestoppt. Dennoch wird es schmerzhaft werden.«

K stieß statt einer Antwort nur ein Schnauben aus, das zwischen seinen fest zusammengepressten Zähnen hervorklang.

»Natürlich wird es dem System nicht entgehen, dass zwei Tote plötzlich wieder zum Leben erwacht sind, aber ich habe die Hoffnung, dass es etwas dauern wird.«

K sog scharf Luft ein, als Zey die Finger auf seine Wunde legte. Scharfer Schmerz schoss über seine Schulter hinweg in seinen Nacken. Er schloss die Augen und presste die Zähne fest aufeinander. Ein weiterer Schwall warmen Blutes lief an seinem Hals hinab.

»Wenn du meine Identität veränderst, wird man in der Zentralstadt doch nicht mehr feststellen können wer ich bin, oder?«, fragte Crystal.

Zey blickte auf. »Dieser Chip wird keiner genaueren Untersuchung standhalten. Wenn ihr in den richtigen Bereichen angelangt, wird sich sehr deutlich zeigen, wer du bist.«

»Ich weiß nicht, ob mir das gefällt«, brachte K gepresst hervor.

Der Arzt zuckte mit den Schultern. »Eine andere Wahl haben wir nicht.«

»Hast du das schon einmal gemacht?«, erklang Crystals leise Stimme.

»Nein. Es ist ein Versuch, euch Zeit zu verschaffen. Verschwendet sie nicht unnötig.«

Ein unterdrückter Schmerzenslaut kam K über die Lippen, als der Arzt das Implantat in die Wunde presste. Ihm wurde schwindelig und der Schmerz war so allesumgreifend, dass es ihm einen Moment die Luft raubte. Dann fühlte er etwas

Kühles auf seinem Hals und das Brennen nahm ein erträglicheres Maß an. Blinzelnd öffnete er die Augen.

»Das wird genügen.«

Syphom, willkommen im System. Wir haben Tag 15 des Monats 16, es ist leicht bewölkt und es herrschen 16 Grad. Die Zentralstadt wünscht dir einen angenehmen Tag.

»Syphom?«, fragte K, mit schmerzverzehrter Stimme.

Zey zuckte mit den Achseln. »Es waren Mittelrangige der unteren Stufe. Sie haben es nie geschafft in die Top 10.000 zu kommen, aber einen Namen hatten sie sich verdient.« Er wandte sich zu Crystal um. »So, jetzt du.«

Ihr Ausdruck war von Angst gezeichnet als sie sich erhob, doch sie tat es. In ihrem Gesicht erkannte K den inneren Zwiespalt. Was sie hier machten, wiedersprach sicherlich vollständig ihrer bisherigen Art zu denken. Doch sie hatte genau so wenig eine Wahl wie K.

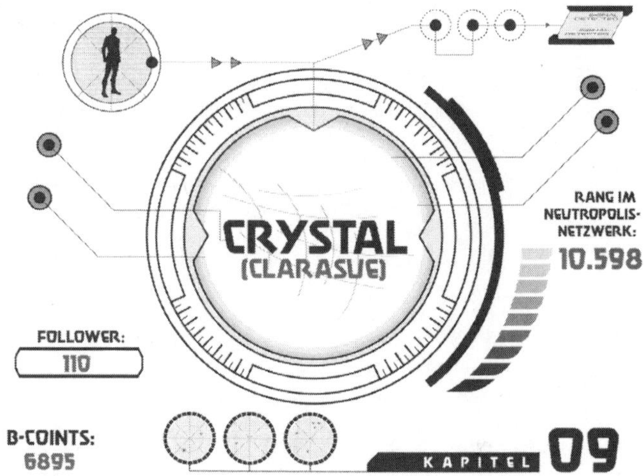

»Ich muss euch nicht sagen, dass ihr nichts ins Netzwerk laden solltet«, sagte Zey und reichte ihnen die zwei zugehörigen Karten. Crystal hatte eine Hand fest auf die frisch geschlossene Wunde gelegt und musterte irritiert das weiße Stück Plastik. Ab den Top 5000 waren diese Karten nicht mehr notwendig, da man sein Apartment ohnehin nicht mehr verließ. Jetzt erschien es ihr, als würde sie ein Relikt aus einer alten Zeit in der Hand halten. Umständlich legte sie sich die Kette um den Hals und schob die Karte unter ihr Oberteil. Dann erst wagte sie es, ihre Finger von der frischen Wunde zu nehmen. Sie hatte bei K gesehen, wie sie sich nach auftragen der Creme vollständig geschlossen hatte. Doch den Schmerz konnte die Creme ihnen nicht nehmen. Sie schaute an sich herunter auf die hellblaue Kleidung, die zu ihrem Rang passte. Laut Aussage des Arztes war sie ebenfalls von den beiden Verstorbenen, was in ihr ein Gefühl von

Ekel weckte. Sie versuchte sich nichts anmerken zu lassen, doch in ihrem Inneren sträubte sich alles gegen das, was gerade geschah.

»Clarasue war in der Zentralstadt in der Reinigung beschäftigt und Syphom war als Techniker für die Belüftungssysteme angestellt. Wenn ihr es tatsächlich dorthin schafft, ohne dass das System den Missstand bemerkt, kommt ihr so hinein.« Zey seufzte. »Aber das sind viele Vielleichts.«

»Danke, Zey. Ich … weiß gar nicht, was ich sagen soll«, murmelte K. Crystal schaute ihn an. Seitdem er wieder bei Bewusstsein war und seine Gesichtsfarbe sich zunehmend normalisierte, spürte sie, wie der unangenehme Druck auf ihrem Brustkorb nachließ. Langsam sickerte durch ihren Geist, dass es nicht bloß die Sorge um ihre eigene Zukunft gewesen war, die ihr diese Gefühle eingebracht hatte. Der Gedanke, dass K gestorben wäre, hätte sie irgendwie persönlich getroffen. Es hatte sogar für kurze Zeit die innere Verzweiflung bezüglich ihrer Situation überschattet. Das war absurd, da es sich bei ihm schließlich um denjenigen handelte, der ihr das alles überhaupt erst eingebracht hatte. Und doch… wenn er sie mit Blicken aus seinen braunen Augen streifte und dieses leichte, sehr unscheinbare Lächeln um seine Lippen zuckte, bewegte er etwas in ihr. Sie konnte es nicht genau beschreiben, aber es war warm. Und angenehm.

»Dieser Fehler muss behoben werden. Ich habe nie viel davon gehalten, wie Zet die Dinge anpackt, war aber immer genau wie er der Meinung, dass sich etwas ändern muss. Vielleicht …«, sagte Zey gerade. Er blickte von Crystal zurück zu K, vollendete den Satz jedoch nicht. »Ihr solltet die Einspurbahn nehmen. Das ist der schnellste Weg.« Dann reichte er ihnen zwei dieser Mundschutze und die Cremetube. »Falls die Wunden wieder aufgehen, dürfte das noch für euch beide reichen, wenn ihr sie sehr dünn auftragt.« K nickte dankbar und verstaute die kleine Tube in der Tasche seiner Hose.

Crystal nahm ihren Mundschutz entgegen. In ihr drängte alles danach, etwas dazu zu sagen. Darauf hinzuweisen, wie falsch es war, was sie hier gerade taten. Das System zu betrügen war für sie vor Kurzem noch so undenkbar gewesen, dass es sich jetzt wie ein Betrug an sich selbst anfühlte.

Die Sonne verschwand allmählich am Horizont, als sie sich aufmachten. Und erst jetzt fiel Crystal auf, dass es kaum Beleuchtung gab, da die meisten Lampen entweder nicht funktionierten oder flackerten.

»Du bist so still«, sagte K nach einer Weile, die sie ihm durch das Labyrinth zwischen den Hochhäusern folgte.

»Ich … vergiss es«, sagte sie hastig und presste die Lippen aufeinander. Das war der falsche Moment für eine Grundsatzdiskussion.

»Du hast ein Problem damit, was Zey getan hat.« Es klang wie eine nüchterne Feststellung. Als sie ihm jedoch einen Seitenblick zuwarf, sah sie die Gereiztheit deutlich aus seinen Augen sprechen.

»Ich finde einfach, dass es keinen Sinn macht, sich über ein System zu beklagen, in das man sich selbst nicht einfügt.« Es war raus, bevor sie es aufhalten konnte.

K blieb abrupt stehen und sie tat es ihm gleich. »Dir ist schon klar, dass das ziemlich albern aus dem Mund von jemandem klingt, der unter diesem *System* noch nie zu leiden hatte? Jemand, der alles bisher geschenkt bekommen hat.«

Crystal schnaubte. »Ich habe mir meinen Rang hart erarbeitet, K.«

K schüttelte den Kopf und stieß ein bitteres Lachen aus. »Sicherlich war es sehr schwer für dich, dir ein paar mehr Follower zu sichern, um endlich zwischen 4-Gänge statt 3-Gänge-Menüs entscheiden zu können. Was war dein niedrigster Rang bisher? Zehntausend? Ich kann deinen innerlichen Stress dabei vollkommen verstehen, wirklich Crystal.« Seine Stimme troff vor Ironie, die sie tiefer traf, als sie angenommen hätte.

»Ich bin nicht schuld daran, dass ihr hier unten leben müsst. Und ich kann auch nichts dafür, dass es bei mir bisher anders war. Aber nur, weil das bei dir der Fall ist, heißt das nicht, dass du alle Regeln außer Kraft setzen kannst.«

»Wenn das in meiner Macht liegen würde, hätte ich es schon längst getan, glaub mir«, grollte er. »Denn das hier ist absoluter Schwachsinn…«

»Es ist kein Schwachsinn. Es hat dafür gesorgt, dass nach den Kriegen die Menschen überlebt haben, die gesund sind. Menschen, die gesunde Kinder bekommen und …«

K hob unterbrechend die Hand und lachte fast schmerzerfüllt auf. »Vielleicht wäre der Ansatz ein besserer, wenn man die Kranken gesundpflegen würde, statt sie hier unten vor sich hinsiechen zu lassen.«

»Oder man kümmert sich mit unseren wertvollen Ressourcen lieber um die gesunden und lässt die Kranken …« Sie stockte, weil sie spürte, dass das folgende, was aus ihrem Mund kommen wollte, zu weit gehen würde. Aber es war zu spät, denn in Ks Augen stand bittere Erkenntnis.

»Sterben. In ihrem Dreck verrecken?«, vollendete er auf seine ganz eigene Art und Weise ihren Satz.

»Das habe ich nicht gesagt.«

»Aber du wolltest es.« Blanke Abneigung stand in dem Teil seines Gesichts, der nicht von der Atemmaske belegt wurde. »Ist dir in deiner bunten Videowelt vielleicht schon mal in den Sinn gekommen, dass sie die Menschen hier unten krank halten? Dass wir an den Folgen des Krieges sterben, weil wir hier unten leben *müssen*. Im Dreck.«

Es fühlte sich an, als würde er versuchen, ihr die gesamten Missstände der Gesellschaft aufzuladen. »Das habe ich nicht entschieden. Das macht jeder für sich selbst. Dein Rang könnte besser sein und die, denen es nicht gelingt, schaffen es auch nicht zu überleben. Das ist wie eine natürliche Anpassung der Bevölkerungsgröße. Wir haben nicht mehr viel und das, was wir haben, müssen wir denen geben, die eine Chance haben. Außerdem ist so vieles besser geworden, seit wir uns auf das Rankingsystem konzentrieren. Es gibt keine Kriege mehr aufgrund von ungleichen Machtverhältnissen, denn der Fokus der Menschen liegt auf ihren Rängen.«

»Das glaubst du wirklich, ja?« Und wieder schaute er sie so an, als wäre sie nichts weiter als ein naives Mädchen. »Crystal, mach die Augen auf. Wir befinden uns doch längst wieder im Krieg. Das hast du auf deinem Thron da oben nur leider nicht mitbekommen.«

Crystal spürte, wie die Wut unerbittlich durch ihren Körper pochte. Sie hatte das Bedürfnis, K an seinen Schultern zu packen und kräftig zu schütteln. Das System hatte ihnen Frieden geschenkt und es hatte geholfen wieder eine funktionierende Art zu leben aufzubauen. Kannte er denn die alten Aufzeichnungen nicht? Jene, die beschrieben, wie die Welt in Trümmern lag? »Nein, K, ich glaube, du verwechselst etwas. Das hier ist kein Krieg, bei dem Kollateralschäden ein notwendiges Übel sind. Wir leben strukturiert und nach einem funktionierenden System. Diejenigen, die sterben, sind keine Kriegsopfer, sondern natürliche Auslese.«

Ks Blick war so kalt, dass ihr ein Schauer über den Rücken jagte. Sie war erneut zu weit gegangen. Aber in ihr pochte noch immer die Verzweiflung darüber, dass man sie für eine Rebellin hielt, verstoßen hatte und sogar jagte. Es machte einfach keinen Sinn und das Grübeln und Ergründen dieser Situation verwandelte sie in einen sehr dünnhäutigen und gereizten Menschen. Das konnte man ihr doch nicht übelnehmen, oder? Immerhin war ihr komplettes Leben zerstört. Alles, an das sie geglaubt hatte, sollte nicht mehr wahr sein. Ihre Pläne. Ihre Zukunft. Es war innerhalb weniger Stunden nichtig geworden.

»Natürliche Auslese, ja? Jetzt redest du wirklich wie eine wahrhaftige Hochrangige. Als ob wir überhaupt eine Chance hätten.«

»Ich *bin* auch eine«, sagte sie leise. Ihre Hände hatten sich zu Fäusten geballt. »Und das macht mich nicht zu einem schlechten Menschen.«

Er fuhr sich durch das dunkle Haar und wandte den Blick von ihr ab. Einen Moment war es still. Sie standen in einer der schmaleren Gassen, die von der Hauptstraße abging und der gelbliche Nebel umwogte sie bis zu ihren Knien. Als K sie wieder ansah, wirkte er nicht mehr wütend, sondern fast traurig. Sie sah es in seinen dunklen Augen, die sie von oben bis unten musterten. Plötzlich wünschte sie sich, er würde sie wieder anders ansehen. Nicht, als würde er Mitleid und Abscheu für sie empfinden. »Nein, das macht dich zu keinem schlechten Menschen. Der bist du, weil du anscheinend deine Gabe verloren hast, über den Tellerrand zu blicken. Glaub mir, ich würde mich auch im System wohlfühlen, wenn ich so gelebt hätte wie du bisher. Und auch ich habe schon eine der Plus-Etagen bewohnt. Ich hätte eine Chance gehabt. Doch dann wurde mein Bruder krank und das System hat entschieden, dass es ihm nicht helfen will. Nur ich konnte ihm helfen und kämpfe seither jeden verdammten Tag. Also, sprich nicht von Chancengleichheit, der Gerechtigkeit des Systems und Überbevölkerung, wenn du keine Ahnung hast, wie es ist sich auf dieser Seite des Rankings rumschlagen zu müssen.« Er sagte es ganz leise und irgendwie fühlte es sich an, als würde er sich mit jedem Wort ein Stück weiter von ihr entfernen. »Und außerdem möchte ich dich daran erinnern, dass dein geliebtes System dich im Moment verstoßen hat und jagt, als wärst du eine von uns. Es ist krank, dass du das noch verteidigen willst. Und nur ein weiterer Beweis dafür, was für eine Gehirnwäsche sie dir verpasst haben.« Er setzte sich wieder in Bewegung und Crystal schaute ihm hinterher. Und dann begriff sie, wieso das System ihren aktuellen Standort als Fehler ansah. Weil es einer war. Es war falsch, dass sie hier bei K war und über solche Dinge sprach, weil das einfach nicht zusammenpasste. Sie würden sich nie einig sein. Und Uneinigkeit verursachte Kriege. Sie musste endlich wieder zurück an den Ort, wo sie hergekommen war, damit alles wieder so funktionierte, wie es sollte. Denn das tat es schon zu lange, um es jetzt in Frage zu stellen.

Der beißende Husten wurde schlimmer mit jedem Schritt, den sie taten. Jedes der Hochhäuser um sie herum wirkte gleich, es gab keine Abweichung von der Norm. Der Geruch nach Müll und dem chemischen Nebel war inzwischen zu einem Beiwerk geworden, das sie nur noch nebensächlich wahrnahm. Die Eintönigkeit und Einsamkeit dieser Gegend schlug auf Crystals Seele. Hinzu kam, dass K nicht mehr mit ihr sprach. Das einzige, was er von sich gab, war der regelmäßige Husten. Sie hätte nicht gedacht, dass sie das Schweigen zwischen ihnen so stören würde. Auch konnte sie diesen abfälligen Blick, mit dem er sie versehen hatte, einfach nicht aus ihrem Gedächtnis streichen. Bisher hatte in den braunen Augen immer etwas Mildes gelegen, das sich hinter einer gewissen Härte zu verbergen versuchte. Doch dieser Funken war bei ihrem letzten Gespräch gänzlich verschwunden. Und das störte sie. Sie wollte nicht, dass K sie so sah. Nein, es war ihr sogar ein dringendes Bedürfnis, das sich nur schwer in Worte fassen ließ.

Clarasue, du setzt dich zu lange der schlechten Luftkonzentration aus. Begib dich bitte schnellstmöglich in eine luftgefilterte Räumlichkeit. Deinem Konto werden weitere 20 B-Coints abgezogen.

Die Stimme in ihrem Kopf war wieder da, auch wenn sie der von Sixx nicht wirklich ähnelte. Sie war blechern und monoton.

»Wir müssen irgendwo Schutz suchen«, sagte K zwischen einem weiteren Hustenanfall. »Es sind noch einige Blocks bis zur Station. Das schaffen wir heute Nacht nicht. Außerdem wird es langsam zu dunkel …«

Crystal nickte und musterte angespannt seine Augen. »Ich habe Durst.« Auch jetzt war der interessierte Funken noch nicht zurückgekehrt und statt Wut fand sie eine gewisse Resignation darin.

»Da noch niemand die falschen Chips registriert hat, dürften wir an eine Ration kommen.« Er sah sie nicht an, als er sprach und steuerte nun das nächste Hochhaus an. »Und mit unserem neuen Rang dürften wir uneingeschränkten Zugang in jedes der Gebäude haben, zumindest in das untere Stockwerk, für eine Notfallversorgung.«

Sie entnahm seinen Worten, dass das für die unteren Rankings nicht galt und ein unangenehmes Gefühl machte sich in ihrem Nacken breit. Bedeutete das, dass jemand wie K hier draußen sterben musste, wenn er sich zu weit von seinem Hochhaus entfernte? Gegen ihren Willen stieß ihr dieser Gedanke übel auf.

K schob seine Karte in den Schlitz neben den Schiebetüren und der Eingang glitt tatsächlich problemlos auf, was bei Crystal für ein erleichtertes Aufatmen sorgte. Sie befanden sich in einer Art Schleuse, die frische Luft in den Raum pumpte, bis sie sie schließlich in den unteren Flur des Hauses entließ.

Auch hier war es schmutzig, doch immerhin konnten sie die Masken abnehmen.

»Aber höher kommen wir nicht?«

Er schüttelte den Kopf und deutete an das Ende des Flurs auf eine schwere Metalltür, neben der eine Lesevorrichtung blinkte. »Die Türen nach oben lassen sich nur mit der entsprechenden Karte öffnen. Nach unten ist der Weg natürlich immer frei, aber wer will da schon hin?« Er lächelte bitter.

»Wie habt ihr das gemacht … als ihr mich …?« Sie beendete die Frage nicht, weil es sie daran erinnerte, was seitdem geschehen war. An die Ungerechtigkeit und wie falsch das alles hier war.

»Zet hatte eine umprogrammierte Karte besorgt. Die konnte zwar nicht den Fahrstuhl austricksen, aber für den Zugang zum Treppenhaus hat es gereicht.«

Bei dem Gedanken, dass Rebellen einfach so in eines der Hochhäuser eindringen konnten, wurde ihr leicht mulmig. K schien es zu bemerken, denn er blickte sie mit gehobener Augenbraue an. »Keine Sorge. Das Lesegerät an dem Durchgang war veraltet, davon gibt es nicht mehr viele. Ich wette, sie hätten es ohnehin die nächsten Tage ausgetauscht und dann hätten wir keine Chance gehabt.« K stellte sich vor eine Klappe für die Notrationen und schob seine Karte in den Sicherheitskasten, der daneben angebracht war. Und tatsächlich blinkte die Leuchtdiode darüber grün auf, doch als er sie öffnete, war der in die Wand eingelassene Kasten leer. K stöhnte, schloss die Klappe wieder und widerholte den Vorgang. Wieder nichts. Er probierte es noch einmal, indem er den Überträgerabschnitt der Karte mit seinem Shirt sauber rubbelte, doch auch dieser Versuch endete auf die gleiche Art und Weise. Auch in dem Schacht, der die Nahrungsmitteleinheiten über Laufbänder herantransportierte, war es erstaunlich still. Eigentlich war immer ein leises Rattern zu hören und Crystal beschlich ein ungutes Gefühl.

»Scheiße«, fluchte er und schlug die Klappe mit Nachdruck zu.

»Wieso klappt das nicht?«, fragte sie unruhig. Der Durst hatte sich inzwischen zu einem schmerzhaften Drängen gemausert. Warum hatten sie Zey nicht gefragt, ob er ihnen eine Wasserration mitgab? Das hätte er doch sicherlich gemacht, oder?

»Die Notfallklappen funktionieren in den wenigsten Hochhäusern, weil die Wohnungslosen immer wieder versuchen, sie zu manipulieren.« Eine Stimme mit einem merkwürdig rauen Klang ließ sie beide herumfahren. Er lehnte lässig gegen die Wand in dem schmalen Flur, der in Richtung Treppenabgang führte. Seine Kleidung war schwarz wie die der Namenlosen, doch seine Ärmel hatte er abgeschnitten, sodass muskulöse Arme daraus hervortraten. Auch die Hose hatte er gekürzt. Seine blonden Haare waren kurz und leicht durcheinander, was jedoch irgendwie zu diesem verwegenen Gesicht passte; schmale Augen, mit einem vorwitzigen Blitzen darin und ein schräges Lächeln. Gerade hatte er die Arme vor der Brust verschränkt und musterte sie so lässig, als würde er dies bereits tun, seitdem sie das Gebäude betreten hatten. Vor seinem rechten Auge befand sich eine rechteckiges, kleines Stück Glas, das mit einem Draht hinter seinem Ohr befestigt war.

»Wir sind nur auf der Suche nach etwas zu Essen, Mann«, sagte K.

»Sicher. Wir alle.« Wieder ließ er seinen Blick über sie gleiten und Crystal fühlte sich augenblicklich nackt. »Da stellt sich mir nur die Frage, was zwei Mittelranginge hier unten machen.«

»Wir sind auf dem Weg zu unserem Job in der Zentralstadt«, sagte Crystal schnell und fing sich einen scharfen Blick von K ein.

»Ich weiß, Clarasue und Syphom«, stellte der Kerl trocken fest und runzelte die Stirn.

»Wir brauchen nur Wasser und dann verschwinden wir wieder, kein Grund irgendwelchen Stress zu machen«, sagte K beschwichtigend und Crystal nickte.

»Das wäre es auch nicht«, entgegnete der Typ und stieß sich von der Wand ab. Langsam ging er in ihre Richtung. K blieb stehen und reckte dem Fremden das Kinn entgegen, nur Crystal wich einen Schritt zurück. »Das wäre es nicht, wenn ich mich nicht fragen würde, warum ihr mit fünfundfünfzig und zweiundsechzig noch so verdammt jung ausseht.«

Crystal und K tauschten einen schnellen Blick und sie bemerkte, wie er die Hände zu Fäusten ballte. Er machte einen Schritt in Richtung des Fremden, doch der hob in ergebener

Geste die Hände und stieß ein heiseres Lachen aus. »Schön ruhig bleib. Ich tu euch doch gar nichts.«

»Was willst du dann?«, knurrte K.

»Ich will euch nur darauf hinweisen, dass es grob fahrlässig ist, was ihr hier macht.« Er schaute Crystal an und zwinkerte ihr kess zu. »Nicht nur, dass eure Chips einfach nicht zu dem passen, was ich hier sehe. Es ist auch ziemlich dämlich, wie freizügig die meistgesuchte Person in ganz Neutropolis hier durch die Gegend stapft.«

Crystal wich dem Blick des Fremden aus und fixierte einen Punkt am Boden. Besonders weit waren sie ja nicht gekommen.

»Lass uns einfach gehen, wir machen dir keinen Ärger«, sagte K.

»Nein, den macht ihr euch schon selbst.« Er lachte auf. »Aber vielleicht kann ich euch helfen.«

»Warum solltest du?«

Als Crystal aufsah, bemerkte sie erneut den Blick des Fremden auf sich ruhen. Es war, als würde er ihr direkt unter die Haut gehen. Doch es war nicht so, wie wenn K sie anblickte, sondern es kratzte an einem Gefühl von Unwohlsein.

Er grinste. »Gegen Bezahlung helfe ich den Leuten. Und ihr beide seht aus, als könntet ihr das dringend gebrauchen.«

»Ich glaube, da schätzt du uns falsch ein.« K schüttelte den Kopf. »Komm, wir gehen«, fügte er an sie gewandt hinzu.

Doch Crystal folgte ihm nicht, sondern schaute den Mann an. »Wie willst du uns helfen?«

»Crystal …«, murmelte K mahnend, doch sie ignorierte ihn. Wenn dieser Typ sie ohne Weiteres identifiziert hatte, würde das den Leuten von der Zentralstadt erst recht gelingen und eine zweite Chance würden sie nicht bekommen, dessen war sie sich sicher. Und es musste einfach eine Möglichkeit geben, um zu klären, warum man sie jagte. Warum man sie für eine Rebellin hielt. Wenn sie keine Antworten fand – und das möglichst schnell – dann … Was war dann? Sie wusste es nicht. Aber zumindest würde dieses brennende Unwissen, das ihrem Geist keine Ruhe gab erst einmal aufhören. Es musste einen Grund geben für all das. Und wenn dieser Typ dafür sorgen konnte, dass sie diesen Antworten näherkam, dann würde er ihnen helfen, egal was K davon hielt.

Wieder folgte dieser unangenehme Blick, der wie eine scharfe Klinge über ihre Haut schabte. »Nun, Prinzessin, ich kann dafür sorgen, dass eure Chips und die Karten zu dem passen, was ich hier sehe. Außerdem habe ich Wasser und etwas zu essen …«

»Tatsächlich?« Sie hob die Augenbrauen.

»Crystal, glaub dem Spinner nicht. Der würde dir alles erzählen …«

Ks Worte schienen dem Typen vollkommen egal zu sein, denn er zuckte nur gelangweilt mit den Schultern.

»Und wenn nicht?«, murmelte sie.

»Genau, was wenn nicht?«, widerholte der Fremde sichtlich belustigt.

»Niemand kann einen Chip ändern«, behauptete K.

Er lachte und schüttelte den Kopf. »Nein. Das ist nicht ganz richtig. *Ich* kann eure Chips ändern, aber sonst niemand.«

»Wer bist du?«, flüsterte Crystal.

»Casus, ich freue mich sehr dich kennenzulernen, Crystal«, sagte er und tat eine grinsende Verbeugung. »Ich kenne alle deine Videos, sie sind *mega*.« Den letzten Teil sagte er so voll beißender Ironie, dass sie sich augenblicklich ein wenig beleidigt fühlte.

»Selbst wenn du das kannst. Was willst du dafür?«, zischte sie. K war wieder neben sie getreten.

»Sie ist also nicht nur hübsch, sondern auch schlau. Jackpot!« Er vollführte eine Siegergeste, indem er die rechte Hand zu einer Faust ballte und an seinen Körper heranzog.

»Gut, Spaßvogel«, schaltete sich K wieder ein. »Was willst du?«

Er zuckte mit den Schultern. »Was habt ihr denn?«

»Ich habe noch gut zweitausend B-Coints …«

»Alter«, unterbrach ihn Casus mit einem Stirnrunzeln. »Erstens habe ich dein Konto längst gescheckt und da sind noch weit über siebzehntausend drauf. Und zweitens sind B-Coints eine Währung, die ich nicht akzeptiere.«

»Sondern?«

»Hey, ich bin Geschäftsmann und stehe auf Tauschhandel. Wenn ihr etwas habt, das für mich von Wert sein sollte, nehme ich es und wir schauen, was wir damit machen.«

»Wir haben nichts«, erwiderte K.

Einen Moment verzog sich Casus' Mund unwillig, dann zuckte er mit den Schultern, grinste wieder und wandte sich ab. »Dann viel Glück da draußen. War mir eine Freude euch kennenzulernen.« Er schritt lässig in Richtung Kellerabgang.

Crystal warf K einen fragenden Blick zu. Was sollten sie jetzt tun? Innerhalb von Sekunden hatte dieser Typ alles über sie herausgefunden. So würden sie niemals unentdeckt in die Zentralstadt kommen. In Ks Gesicht stand derselbe Unwillen, wie sie ihn spürte.

»Warte!«, rief er schließlich.

Casus blieb stehen und drehte sich mit einem breiten Grinsen zu ihnen um. »Na, doch noch etwas in deiner Tasche gefunden?«

Tatsächlich griff K in diesem Moment in seine Hosentasche und beförderte die kleine Tube mit dem Rest der Heilcreme zutage. Er hielt sie in seine Richtung. »Was kriegen wir dafür?«

Das Lächeln im Gesicht von Casus schwand und wurde geschäftig. »Systenum? Ernsthaft? Wo habt ihr das her?«

»Ein Freund hat es uns gegeben«, erwiderte K und verstaute die Tube eilig wieder in seiner Tasche, bevor der Fremde danach greifen konnte.

Casus verharrte vor ihnen und musterte sie eingehend. »Wie viel ist noch drin?«

»Etwa ein Viertel«, entgegnete K.

Casus nickte. »Dafür bekommt ihr von mir die Chips neu programmiert und eine Ration, die ihr euch teilen könnt.«

»Was ist mit einem Schlafplatz?«, hakte K nach.

Casus lachte atemlos auf und schüttelte den Kopf. »Hört euch das Bürschchen an. Jetzt wird er übermütig. Kann ich vielleicht noch irgendwas für euch tun? Wollt ihr euer eigenes Schlafgemach? Eine persönliche Eskorte? Sehr gern, Sir. Geben Sie mir nur fünf Minuten!«

»Wir brauchen nur eine Ecke, wo wir eine Nacht unterkommen können«, beharrte K. »Es fällt auf, wenn wir nachts da draußen rumschleichen.«

Casus deutete mit der Hand auf seine Brust. »Sehe ich aus, als wäre das mein Problem?«

Crystal griff in ihre Hosentasche und beförderte das kleine Röhrchen mit Schmerzmitteln zutage, das Zey ihr gegeben hatte. »Und wenn wir das dazu packen?« Sie hielt es in seine Richtung.

Ein Lächeln breitete sich auf seinem Gesicht aus. »Das wiederum verändert eure Verhandlungsposition.«

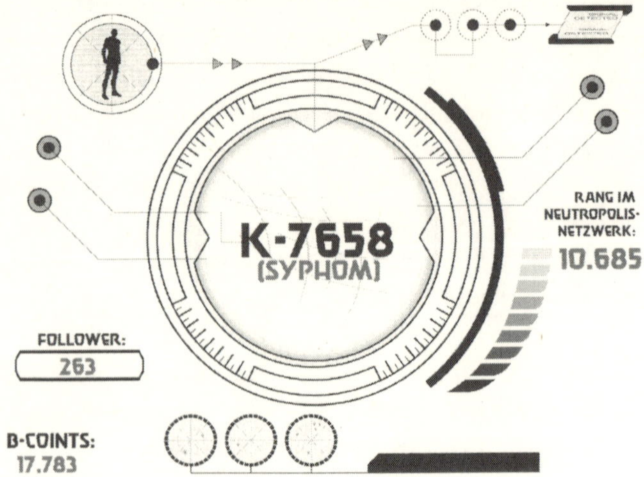

K mochte den Kerl nicht. Er wirkte wie ein aufgeblasener Idiot, der sich selbst gern reden hörte. Außerdem war ihm nicht entgangen, wie er Crystal musterte und das reizte ihn.

Als sie den ersten Treppenabsatz hinuntergestiegen waren, versperrte ihnen ein Vorhang aus merkwürdigen Drähten den Weg. Die roten Kabel und silbernen Schnüre waren an einem Metallgestell befestigt und bewegten sich im leichten Luftzug, den sie von oben mitbrachten. »Was ist das?«, fragte K, während Casus in die Kabel fasste und sie beiseiteschob. Dahinter standen zwei Männer mit massivem Körperbau, die grimmig zu ihnen herüberstarrten.

»*Das* ist Privatsphäre«, erwiderte Casus kryptisch, mit diesem Grinsen auf den Lippen, das K ihm am liebsten aus dem Gesicht schlagen wollte.

»Prinzessin«, sagte er und hielt Crystal den Vorhang auf, als sie hindurchtrat. Als K ihr folgen wollte, ließ Casus die Strippen los, sodass sie vor K zufielen.

»Ups«, sagte Casus, als er den wütenden Blick auffing.

K schob die Drähte beiseite und trat an den massiven Männern vorbei, die ihn finster musterten. Dann folgte er Crystal und Casus die Treppenstufen herunter. Das hier gefiel ihm ganz und gar nicht. Er konnte nicht genau sagen warum, aber er hatte einfach ein verflucht schlechtes Gefühl bei dem Kerl.

»Wieso hast du einen Namen, wenn du hier unten lebst?«, fragte Crystal.

»Wir haben alle Namen. Jeder Mensch hat einen Namen«, grollte K und wunderte sich selbst über seinen gereizten Tonfall. »Und nur weil das System uns keinen zuweist …«

Sie ließ ihn nicht aussprechen. »Ich meine aber einen richtigen«, entgegnete Crystal nicht minder gereizt. »Oder ist K ein Name?«

K wusste keine Antwort darauf, sondern schnaubte nur.

»Aus demselben Grund, weshalb ich euch aus der Patsche helfe. Seit es Computersysteme gibt, gibt es auch Menschen, die wissen wie sie sie austricksen können. Und naja, was soll ich sagen? Hier unten bin ich das Genie, das das System beherrscht, Baby.« Er lachte und K presste die Zähne so fest aufeinander, dass seine Kiefermuskulatur krampfte. Eine Reihe Antworten kamen ihm in den Sinn, doch keine davon sprach er aus. Stattdessen musterte er die massiven Kabelschächte, die neben ihnen die Treppen hinabführten.

»Was ist das?«, fragte er.

Casus warf ihm einen Blick über die Schulter zu und folgte seinem Fingerzeig. »Das ist der Saft, mit dem mein Reich funktioniert.«

Im nächsten Stockwerk stießen sie erneut auf Wachmänner, die Casus mit strenger Miene zunickten. Anscheinend gab es dort unten einiges, das er zu beschützen hatte. Als sie in Stockwerk Minus 4 angelangt waren, blieb er stehen. Die Tür schloss nicht vollständig, weil die Kabel sich an dieser Stelle in das Innere drängten. Grinsend drehte sich Casus zu ihnen um und breitete die Arme aus. »Willkommen in meinem Reich, verirrte Reisende.«

Spinner.

Dann öffnete er mit einer Hand die Tür und trat ein. Sie folgten ihm. Gegen seinen Willen war K beeindruckt. Dahinter offenbarte sich ein großer Raum, aus dem offensichtlich die meisten der Wohnparzellen entfernt worden waren. Stattdessen war auf der rechten Seite ein übergroßes XL-W-Board befestigt, das fast die halbe Wand einnahm. So etwas hatte K noch nie gesehen. Davor saßen einige Leute mit Kopfhörern und nickten zu dem stummen Beat. Jede Menge Leute mit Watchboards liefen umher und einige, die Drähte oder Werkzeug durch die Gegend schleppten. Überall waren Kabel verlegt worden, die zu andere Bildschirmen oder zu aufgetürmten Haufen aus Technik führten. Auf dem Boden waren die schlichten Matratzen ausgelegt worden und bildeten jetzt eine Sitzlandschaft für die zahlreichen Menschen, die an ihren Watchboards herumbastelten oder in Gespräche vertieft waren. Als er das sah, wurde K bewusst, dass er seines einfach in der Wohneinheit zurückgelassen hatte. Bei ihrer Flucht hatte er nicht einen Gedanken an das Ding verschwendet.

Casus strahlte, als er hinter ihnen über die Schwelle trat. »Ja, ihr seht richtig, es ist das Paradies.«

K runzelte die Stirn und verkniff sich erneut einen Kommentar. Sein Blick fiel auf eines der näheren XL-W-Boards, das neben der Tür angebracht war und Bilder von dem Flur des Hochhauses zeigte. K hatte noch nie einen der großen Datenträger Live gesehen, wusste aber, dass diese Bildschirme hauptsächlich in der Zentralstadt Verwendung fanden. Für

Bewohner von Neutropolis waren die Bildmatten einfach zu teuer. Auch wenn dieses hier etwas kleiner war als das an der rechten Wand, maß es immer noch einen Meter im Durchmesser. Ein Typ mit schwarzem Haar saß an einem Tisch davor und nickte ihnen zu, als er Ks Blick bemerkte.

»So hast du also gesehen, dass wir das Haus betreten haben«, sagte er.

»Ich bin beeindruckt von deinem Scharfsinn«, erwiderte Casus und deutete vor sich. »Wenn ihr dann mitkommen wollt? Ich geleite euch in mein Büro.«

Auch wenn sich in K noch immer alles dagegen sträubte, sie folgten ihm durch die kleine Halle, an Menschen vorbei, die Casus beinahe ehrfürchtig grüßten und Frauen, die ihm schmachtende Blicke zuwarfen. Kein Wunder, dass er sich so aufführte. Selbst in Crystals Augen stand jetzt ein Hauch Bewunderung, der nur noch weiter zu Ks schlechter Laune beitrug.

Sie erreichten die hintere Ecke der Halle, bei der die Matratzen wie eine Couchgarnitur angelegt worden waren. Es saß nur ein Mädchen dort, dessen rote Haare wild zu allen Seiten von ihrem Kopf abstanden. Sie hatte sich über einen kleinen Tisch aus alten Kunststoffpaletten gebeugt, der über und über mit Kabeln, Werkzeug und zwei halb auseinandergebauten Watchboards belegt war. Sie wirkte sehr konzentriert, denn die kleine Stubsnase zog sich in sichtbare Falten, die Lippen waren schmal zusammengepresst und die Augen unentwegt auf das technische Gerät gerichtet, von dem sie gerade eine der Verschraubungen löste.

»Leute, das ist Kimmy, meine rechte Hand«, stellte Casus sie vor, während er sich neben ihr auf die Couch fläzte. Sie war durchaus hübsch anzusehen, was wohl auch daran lag, dass sie ihre schwarze Kleidung so weit mit einer Schere bearbeitet hatte, dass sie nur noch das Nötigste bedeckte; ihr Oberteil endete nun knapp unterhalb ihrer Brüste und ihre Hose reichte nicht einmal bis auf die Hälfte ihrer Oberschenkel. Doch sie konnte das durchaus tragen, denn ihre Statur war sehr schmal, beinahe trainiert. Länger als vermutlich nötig starrte er auf ihre entblößten Oberschenkel.

»Kimmy, das sind A-Hörnchen und B-Hörnchen, sie wollen unsere Dienste in Anspruch nehmen.«

Doch Kimmy schaute nicht einmal auf, sondern murmelte nur gelangweilt: »Herzlich Willkommen.«

»Ist es nicht herrlich. Sie strotzt immer vor Euphorie, deswegen liebe ich sie so«, sagte Casus grinsend. »Nehmt Platzt.« Er deutete neben Kimmy und sie setzten sich. K fing einen Blick von Crystal auf. Sie wirkte leicht gereizt, denn ihre Lippen waren aufeinandergepresst und auch ihre Augen waren etwas schmaler geworden. Dann wandte sie sich auf einmal eilig an Casus. »Das hier ist wirklich beeindruckend.«

K wünschte sich, sie hätte das nicht gesagt, denn sofort wurde das arrogante Grinsen noch breiter. »Danke, Prinzessin, es ist mein Heiligtum.«

»Wie schafft ihr es, das vor den Kontrolleinheiten zu verbergen?«, fragte K.

Er erntete ein einstimmiges Lachen der beiden, wobei Kimmy noch immer nicht von ihrem Tun aufsah. »Wie ich schon versucht habe anzudeuten, ich unterliege nicht dem System, es unterliegt mir. Wenn ich nicht will, dass hier jemand herkommt, dann geschieht das auch nicht.«

»Das kann nicht sein«, sagte K und schüttelte den Kopf.

Dieses Mal antwortete Kimmy, in demselben gelangweilten Tonfall wie eben schon. Es wirkte beinahe, als würde ihr die Tatsache, überhaupt etwas zu sagen, schon unheimliche Mühe bereiten. »Die Kontrollen durch die Einheiten erfolgt mit einem wiederkehrenden Code, sie sind nicht durch Menschen gesteuert, sondern ein eigenständiger computerbasierter Prozess. Wenn wir die B-Langs neu konfigurieren, in die Y-Systeme eindringen und den QRB3-Code rebooten, ergibt das einen kry-Knoten in der Basis.«

Weder K noch Crystal sagten etwas, sondern starrten nur in Richtung des Mädchens, das gerade diese merkwürde Abfolge von Worten so selbstverständlich von sich gegeben hatte, als wüssten sie genau, wovon sie sprach. Casus lachte amüsiert. »Kimmy, die sprechen nicht deine Sprache.« Er schüttelte den Kopf. »Im Klartext heißt das einfach, dass wir das System austricksen, indem wir ihm vorgaukeln, dass die Kontrolle bereits erfüllt wurde.«

»Und das funktioniert?«, fragte K, wenig geistreich und musste sich schon wieder eingestehen, dass er beeindruckt war.

»Ich denke, sonst würden wir hier nicht sitzen.«

K sah ungläubig von Kimmy zurück zu Casus. »Wisst ihr was das bedeutet? Wie viele Menschen ihr damit vor der Exekution bewahren könntet?«

»Mag sein.« Casus zuckte mit den Schultern.

»Aber das muss doch auch im größeren Rahmen möglich sein«, sagte K. Er dachte an seine alte Heimat, wie es wäre, nicht den lästigen Kontrolleinheiten zu unterliegen.

Auf einmal wurde das Lächeln von Casus schmaler. »Ich bin nicht der große Wohltäter, für den du mich anscheinend hältst. Ich mache das hier für mich. Für diesen Ort und sonst für niemanden.«

K stieß ein verächtliches Lachen aus, schwieg jedoch. Als er wieder aufschaute, war das Lächeln aus dem Gesicht von Casus vollends verschwunden. »Was meinst du eigentlich, wie das hier funktioniert? Ich arbeite mit Schlupflöchern im System, die nur dann vorhanden sind, wenn das System läuft. Wenn ich das für jeden Hochhauskomplex in der Stadt machen würde, würde das alles außer Kraft setzen. Kein Schlupfloch; kein Datenparadies wie dieses. Das Ergebnis wäre Chaos und Krieg. Niemand will das.«

»Warum hilfst du uns überhaupt, wenn du das alles hier nur für dich machst?«

Casus seufzte. »Erstens sagte ich bereits, dass ich ein Geschäftsmann bin und zweitens hat *sie* mein Interesse geweckt.« Er deutete auf Crystal.

»Ich?« Ihre Augen weiteten sich.

»Ja, Prinzessin. Seitdem du nicht mehr da bist, wo du hingehörst, läuft alles etwas durcheinander. Unser System hat einen Schaden. Ich weiß zwar noch nicht in welchem Ausmaß, aber es hat Einfluss auf das Ranking und alles, was ich mir aufgebaut habe.«

K gefiel es nicht, dass er jetzt schon zum zweiten Mal gesagt bekam, dass Crystal für die Probleme im System verantwortlich war. Die Last dieses Fehlers nagte an ihm und schien ihn nicht in Ruhe zu lassen.

»Es gibt Menschen, die es für ratsam halten, wenn du einfach stirbst, um den Fehler wieder zu beheben.«

K spürte, wie Crystal neben ihm die Luft anhielt. »Und was sind das für *Menschen*?«, hakte er scharf nach.

Casus lehnte sich entspannt zurück und musterte ihn mit einem schrägen Grinsen. »Ziemlich dumme, wenn du mich fragst. Wenn sie einfach verschwindet, wird das nur für noch größeres Durcheinander sorgen. Sie muss zurück dorthin, wo sie eigentlich hingehört.«

»Sie kommt nicht zurück in das Hochhaus, wenn sie gesucht wird …«

»Das weiß ich, ich bin ja nicht dämlich, oder?«, unterbrach

ihn Casus. »Sie muss in die Zentralstadt, in die Steuerungseinheit. Die Leute dort müssen sie wieder in das System einpflegen und das Leben geht ganz normal weiter wie bisher.«

»Ach, so einfach ist das?« K hob eine Augenbraue.

»So die Theorie«, erwiderte Casus schmunzelnd. »Es gab noch nie einen Fall dieser Art, deswegen ist er ja so … interessant.«

»Also, hilfst du uns, dass wir in die Zentralstadt kommen?«, fragte Crystal. Ihre Stimme klang irgendwie dünn.

»Ich gebe euch den entsprechenden Chip, damit ihr da auch ankommt. Den Rest müsst ihr selbst erledigen.« Er blickte zu Kimmy, die nun das Watchboard wieder zusammenschraubte. »Kimmy-Schatz, kann ich vielleicht ein paar Minuten deine Aufmerksamkeit bekommen?«

Sie hob den Kopf und blinzelte mehrfach, als wäre sie aus einer Art Trance aufgewacht. »Was?«

Casus grinste. »Wir brauchen jetzt all dein Können, um den beiden ihre eigentliche Identität zu verschaffen.«

Sie schaute zu ihnen herüber und musterte die beiden gelangweilt. »Kinderspiel.«

Casus rieb sich die Hände. »Sehr gut. Dann brauchen wir noch Bonnie und dann sind die beiden wie neu.«

Kimmy stand vor ihm, sodass es einige Mühe machte, nicht ständig auf ihre entblößte Haut zu starren. Sie hatte einen kleinen silbernen Ring im Bauchnabel, der immer wieder seine Aufmerksamkeit auf sich zog. Gerade hielt sie ein technisches Gerät an seinen Hals auf Höhe des Chips, aus dem zahlreiche Kabel wuchsen und das mit einem Watchboard verbunden war. Seine Karte hatte sie ebenfalls in dieses merkwürdige Ding gesteckt. Kimmy selbst schien diese körperliche Nähe nicht wirklich zu stören.

»Warum macht ihr das nicht bei mehr Menschen? Gerade denen mit niedrigem Rang, könntet ihr so einen besseren Platz im Ranking und Medikamente verschaffen?«, fragte er, nur um überhaupt etwas zu sagen. Vielleicht auch nicht nur, denn dieses Thema beschäftigte ihn tatsächlich. Diese Leute hier hatten eine Macht, die sie in seinen Augen nicht einmal ansatzweise ausschöpften.

»Du hast es immer noch nicht verstanden, hm?«, brummelte Kimmy, rückte wieder von ihm ab und ließ sich neben ihm auf der Couch nieder, um auf dem Watchboard rumzutippen, das mit dem merkwürdigen schwarzen Kasten verbunden war. »Derartige Eingriffe beschädigen das System. Ich kann das hier nur machen, weil ihr bereits Fremdchips implantiert habt. Das Einzige was ich mache, ist die Daten anzupassen.« Neben ihm auf der Couch hatte sich Crystal zusammengerollt und war eingeschlafen, nachdem sie die angebotene Essensration und ihre Flasche Wasser zu sich genommen hatte. Casus hatte ihnen zwei Wassereinheiten und eine Nahrungsmittelration ausgegeben und sich dabei aufgespielt, als wäre er ein Wohltäter. Seit er weg war, hatte K zum ersten Mal wieder das Gefühl, durchatmen zu können. Er hatte sie bereits vor einiger Zeit verlassen, weil er angeblich noch Geschäfte zu erledigen hatte. Obwohl es mitten in der Nacht sein musste, schien dieser Ort nicht zur Ruhe zu kommen. Zwar taten es einige der Leute Crystal gleich und gaben dem Schlaf noch an Ort und Stelle nach, doch die meisten hetzten noch immer geschäftig durch die Halle.

»So. Das hätten wir.« Kimmy nahm etwas vom Tisch auf, das aussah wie eine halb auseinandergenommene Kamera, aus der die Kabel wie Innereien herausfielen. »Bitte recht freundlich.«

Es blitzte und K zuckte überrascht zusammen. Mit hochgezogener Augenbraue betrachtete Kimmy das Ergebnis auf dem Watchboard. »Ein wenig … verstörend, aber es wird für dein Profil reichen.«

K erhaschte nur einen kurzen Blick auf das Bild, auf dem er tatsächlich mehr zum Fürchten aussah als alles andere. Hitze schoss ihm in die Wangen und er räusperte sich. »Hauptsache es erfüllt seinen Zweck«, murmelte er. Kimmy entgegnete nichts, sondern vertiefte sich stattdessen wieder in ihre Arbeit.

»Wie lange gibt es das hier schon?«, fragte K. Auch er spürte, wie die Müdigkeit ihn allmählich zu übermannen drohte, doch er wollte nicht schlafen. Irgendwie hatte er das Gefühl, an diesem Ort besser nicht die Augen schließen zu sollen.

»Du bist Weltmeister im Fragenstellen, was?«, grollte sie leise und seufzte dann. »Schon seit fünf Jahren.«

»Und Casus war von Anfang an der Chef.«

»Es war seine Idee, ja«, entgegnete sie knapp und trat wieder vor ihn, um den Kasten an seinen Hals zu halten.

»Arbeitet ihr mit den Rebellen zusammen?« Es musste doch irgendwas aus ihr herauszubekommen sein. Der gesamte Ort war genauso suspekt wie Casus selbst.

»Wir arbeiten mit niemandem zusammen, nur für die Sache an sich. Also, für das, was Casus geschaffen hat.« Sie schnaufte unwirsch. »Und jetzt halt die Klappe, ich muss mich konzentrieren.«

K schwieg und schaute an ihrem Körper vorbei auf das Geschehen. Sobald Crystal wach war, wollte er fort von hier. Er glaubte noch nicht daran, dass Casus ihnen helfen wollte. Denn wie er bereits mehrfach betont hatte; er war kein Wohltäter.

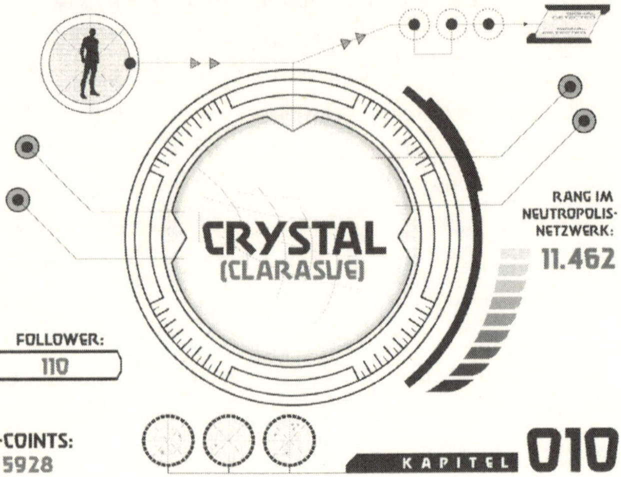

Als sie erwachte, brauchte sie einen Moment, um zu begreifen, wo sie sich befand.

»Ah, das Goldlöckchen ist wach.«

Casus saß neben ihr auf der Couch, ihr Kopf berührte ihn beinahe. Er hatte die Hände im Nacken verschränkt, während er mit einem breiten Grinsen auf sie herabstarrte.

»Wo ist K?«, fragte sie, richtete sich eilig auf und rutschte etwas von ihm ab.

»Der macht einen kleinen Rundgang mit Kimmy.« Er grinste breit. »Wenn du mich fragst, sind sie schon ganz schön lange weg …«

Ein Funken regte sich in Crystal. Sie hatte schon, als sie hier eingetroffen waren, bemerkt, wie er das knapp bekleidete Mädchen angesehen hatte. »Ach ja?« Sie versuchte beiläufig zu klingen, während sich der Funken in ihrem Inneren ausbreitete und einen bitteren Beigeschmack hinterließ.

»Du brauchst nicht eifersüchtig zu sein … Kimmy wird ihn schon nicht beißen. Oder vielleicht doch? Man weiß ja nicht, worauf der Kerl so steht.«

»Ich *bin* nicht eifersüchtig«, zischte sie und spürte, wie Hitze in ihre Wangen schoss. »Die beiden können machen … was sie wollen.«

»Meinst du, man würde nicht bemerken, wie du ihn zwischendurch anstarrst?« Casus grinste breit. »Oder deine Blicke, als ihre rechte Hand sich an seinem Chip zu schaffen gemacht hat?«

Sie presste die Lippen aufeinander und schwieg. Als Kimmy begonnen hatte an Ks Implantat herumzuhantieren, war sie ihm automatisch nähergekommen. Schließlich hatte sie sich auf der Couch zusammenrollt und die Augen davor verschlossen, doch in ihrem Inneren hatte es gebrodelt, bis sie schließlich doch vom Schlaf übermannt worden war.

»Entspann dich. Ihr kommt aus zwei verschiedenen Welten, es ist vollkommen normal, dass er sich an jemandem orientiert, der ihm ähnlich ist.«

»Ich glaube, dass du mein Interesse vollkommen falsch deutest«, antwortete sie gereizt. »K hat versprochen, mich in die Zentralstadt zu bringen und wir können uns keine … Verzögerungen leisten.«

Casus lachte auf und hob in ergebener Geste beide Hände. »Ist ja gut. Dann nehme ich das natürlich zurück.« Die Lüge stand ihm offensichtlich ins Gesicht geschrieben, doch dann wandte er den Blick ab, als sich ihnen eine Blondine mit kurzem Haar näherte. »Bonnie, da bist du ja.« Er grinste und die zierliche Blondine errötete. In der Hand hielt sie eine zerschlissene Tasche und blickte etwas unschlüssig von Crystal zu Casus.

»Ich möchte, dass du sie hübsch machst.« Er lachte. »Gut, heiß ist sie ja schon. Vielleicht eher … unscheinbar.«

Crystal blickte Casus irritiert an, sodass der erklärte: »Das ist Bonnie, unsere … hm … in deiner Welt würde man wohl Stylistin sagen.«

Sie nickte Bonnie zu, die jetzt freundlich lächelte, aber noch immer etwas unschlüssig dastand.

»Und was soll sie mit mir machen?«

»Sie soll dich unsichtbar machen«, sagte er. »Du bist überall im Netzwerk, es ist beinahe unmöglich, dich nicht zu erkennen.« Als wollte er ihr das Gesagte beweisen, drehte er ihr das Watchboard zu, das bis eben neben ihm gelegen hatte. Es zeigte die Videoübersicht, der neusten hochgeladenen Werke aus den Top 100. In den Überschriften war so häufig ihr Name zu lesen, dass sie das früher sicherlich gefreut hätte. Jetzt bereitete es ihr Angst. Einige Gesichter erkannte sie natürlich wieder, doch eines sorgte dafür, dass ihr der Atem kurz stockte. Auf dem Ranking ganz oben, prangte sein Gesicht, breit grinsend. Das Video hatte die Überschrift: *Mein Blick hinter Crystals Fassade …*

»Wizzle«, stieß sie hervor und eine üble Vorahnung machte sich in ihr breit.

»Ah, der …« Casus lachte. »Ja, der ist dank dir jetzt ganz groß im Kommen. Lädt ein Video nach dem anderen über dich hoch und hat ordentlich an Followern zugelegt. Willst du meine Meinung dazu hören?«

Anscheinend erwartete er eine Antwort, doch Crystal starrte ihn einfach nur an. Die Informationen sickerten langsam in ihren Geist und lösten ein wahres Inferno aus.

»Also, ich mein nur, ich weiß ja nicht was da bei euch abgeht. Wenn man dem Geschwafel von dem Typen Glauben schenkt, dann wart ihr ja schon fast virtuell verheiratet.«

»Ich, nein … wir waren nur … Freunde«, brachte sie angespannt hervor. Das Anfangsbild des Videos zeigte Wizzle, wie er schräg in die Kamera grinste. Früher hatte sie diesen Ausdruck sexy gefunden, jetzt wirkte er falsch.

»Gut, dann kann ich dir ja sagen, dass er ein absoluter Idiot ist.« Casus lachte wieder.

»Darf ich … darf ich das sehen?«, fragte sie vorsichtig.

»Klar, man könnte sagen ich habe eine Art Flatrate.« Er grinste und reichte Crystal das Watchboard. Ihr Herzschlag beschleunigte sich, als sie es entgegennahm. »Aber du solltest dir von dem Mist echt nicht die Laune verderben lassen. Das ist alles Bullshit.«

»Kann ich dann anfangen?«, fragte Bonnie ungeduldig.

»Bau dein Zeug schon mal auf. Wir brauchen eine neue Haarfarbe, der goldene Kram muss weg, viel zu auffällig. Und dann …« Der Rest seiner Worte verlor sich im Nichts. Crystal tippte auf das Video. Wizzle hatte nur einen kurzen Vorspann, der Fotos von ihm in verschiedenen Posen zeigte. Er sah noch immer verdammt gut aus, das musste sie sich eingestehen. Doch dann wechselte das Bild von starr zu beweglich. Wizzle lag auf seinem Bett, anscheinend eine der mobilen Kameras in der Hand. Er hatte immer gesagt, dass er die starren Einrichtungen nicht mochte, da seine Follower so das Gefühl hatten, näher bei ihm zu sein. Es war sein eigener Stil, den er mit den leicht verwackelten Bildern erzeugen wollte.

»Hey Leute«, sagte er grinsend und tippte sich mit den Fingerspitzen der flachen Hand kurz gegen die Stirn. Ein Begrüßungszeichen, das vor geraumer Zeit durch einen Hochrangigen eingeführt worden war und sich bei vielen etabliert hatte. »Ich melde mich wieder, um euch ein paar Hintergrundfacts über Crystal zu liefern. Denn ich merke das interessiert euch und hey – dafür bin ich ja da.«

Ein bitterer Geschmack stieg ihr in den Mund und ihr Magen krampfte.

»Also, Crystal und ich waren uns ja sehr vertraut, ich hatte Einblick in ihre tiefsten Gedankengänge«, erklärte er und zwinkerte seinem Publikum zu. Dabei richtete er sich auf, was für einige verwackelte Bilder sorgte. »Also, sie war – oder ist, man weiß es nicht – schon immer sehr eigenartig. Anders als alle, die ich kannte. Deswegen hat sie mein Interesse geweckt. Versteht mich nicht falsch, ich war nicht verliebt oder so, es war mehr wie ein Experiment.« Er verzog das Gesicht und kratzte sich am Kinn. »Eigentlich hat man ihr immer angesehen, dass da etwas unter der Oberfläche schlummert. Etwas, das man nicht richtig greifen kann.« Wizzle vollführte eine Bewegung mit der freien Hand, als würde er etwas Imaginäres, das vor ihm in der Luft schwebte, packen. Crystals Herzschlag ging schnell. Die Worte trafen sie unvorbereitet und sie konnte den Blick nicht von diesen tiefblauen Augen abwenden, die jetzt nicht mehr schön, sondern voller Niedertracht schienen. »Sie war anders, geheimnisvoll… wenn man mit so etwas konfrontiert wird, ist man manchmal blind für das Offensichtliche. Seitdem das mit ihr rausgekommen ist, frage ich mich dauerhaft: Warum hast du nichts gesagt, Wizzle?« Er verzog das Gesicht zu einer schmerzerfüllten Geste. Aufgesetzt. Falsch. »Ich mein, trage ich dann nicht Mitschuld? Man hat deutlich gemerkt, dass sie anders ist. Hätte ich die Zentralstadt kontaktieren sollen? Dann wäre es vermutlich nicht so weit gekommen.« Wizzle stöhnte übertrieben und schüttelte den Kopf, sodass ihm einige seiner blonden Strähnen ins Gesicht fielen. Zum ersten Mal wurde Crystal bewusst, wie theatralisch und überzogen sein Auftreten wirkte. War das erst jetzt so oder lag es an den Worten, die er aussprach? Verrat. Das war es, was ihr dazu in den Sinn kam. Er verkaufte sie an sein Publikum, als wäre sie heiße Ware. Ihre Wangen glühten vor Hitze, und Scham paarte sich in ihrem Inneren mit Wut.

»Ich sag euch das, weil ich mit dieser Schuld echt nicht leben kann.« Er legte seine freie Hand auf Höhe seines Herzens ab. »Ich mein …« Wizzle unterbrach sich und fuhr sich durch das Gesicht. »Scheiße, ich hätte das System vor dieser Verrückten beschützen können und …« Crystal beendet mit zitternden Fingern das Video und gab Casus das Watchboard zurück. »Danke«, brachte sie mit bebender Stimme hervor. Tränen stiegen ihr in die Augen und sie blinzelte sie eilig fort. In ihrem Kopf gerieten die Gedankengänge durcheinander, überschlugen sich und hinterließen schmerzhafte Wunden. Ihr war so übel, dass sie fürchtete sich jeden Moment übergeben zu müssen.

»Der Typ labert nur scheiße«, sagte Casus, als würde es das besser machen. »Den ganzen verfluchten Tag, du solltest dich davon nicht beeindrucken lassen. Sei lieber froh, dass du ihn los bist.«

Crystal nickte lediglich. Mehr konnte sie nicht tun, denn ihre Stimme schien nicht in der Lage zu sein, auch nur einen Ton auszustoßen. *Versteht mich nicht falsch, ich war nicht verliebt oder so, es war mehr wie ein Experiment.* Ein Zittern ging durch ihren Körper.

Casus seufzte. »Prinzessin, es tut mir echt leid, dass dich das so auf den Boden der Tatsachen zurückgeholt hat. Aber so ist es da oben nun mal. Ein verdammtes Haifischbecken, wenn ich mal ein altes Zitat wieder herauskramen darf.«

Crystal schaute auf. Sie verstand kein Wort. »Was?« Ihre Stimme klang gebrochen, erneut kämpfte sie mit den Tränen, doch die Blöße würde sie sich nicht geben. Nicht hier. Nicht jetzt.

»Na ja, es geht um das Ranking, um Follower und vor allem um die Rückmeldung der User. Du bist das Thema im Netzwerk. Jeder von den Hochrangigen, der dich nicht in seine Videos nimmt, hat das System nicht begriffen. Denen ist dein Schmerz egal, einfach nicht wichtig. Sie machen sich keine Gedanken darüber, dass dich das … ähm ja, irgendwie treffen könnte.« Casus lächelte schmal und schüttelte den Kopf. »Und so wenig ich den Typen auch leiden kann, wenn er die nächsten zwei Tage so weitermacht, entert er die Top 10 und zieht in die Zentralstadt. Er weiß schon wie er sich vermarkten muss. Du bist sein Sprungbrett. Nimm das nicht persönlich.«

»Willst du ihn jetzt in Schutz nehmen, oder was?« Es brach einfach so aus ihr heraus. Genau genommen konnte Casus nichts dafür, doch die Wut war besser zu ertragen als die verletzten Gefühle.

Casus lachte wieder und hob beide Hände, als würde er sich ergeben. »Hey, hey, ich bin derjenige, der rein gar nichts für den Videoscheiß übrig hat. Aber darum geht es doch gar nicht. Dort oben gibt es nur Sprungbretter und flüchtige Bekanntschaften. Und so soll es schließlich auch sein. Dieses ganze Videosystem macht das Leben flüchtig und schnell. Die Leute sind still, weil sie das Gefühl haben da oben Freunde zu haben, die mit ihnen das ganze Leben teilen. Aber scheiße – sowas wie Freundschaft kennt man dort doch gar nicht. Die gibt es nur hier, im wahren Leben.«

Eigentlich hätte sie widersprechen sollen, doch in diesem Moment fiel ihr einfach kein passendes Argument ein. Nicht nach dem Video. Nicht nachdem, was Wizzle gesagt hatte. Ob Miramay die Umstände ebenfalls für sich nutzte, um mehr Follower zu generieren? Crystal wollte nicht darüber nachdenken, denn irgendwie hatte sie das Gefühl, dass sie zu einem Schluss kommen würde, der ihr nicht gefiel.

»Können wir dann jetzt mal anfangen, Casus? Ich habe echt keine Lust, hier die ganze Zeit nur rumzustehen.«

Crystal hatte die Blondine vollkommen aus ihrer Welt ausgeschlossen und erst jetzt registrierte sie, dass sie noch immer dastand, die Arme vor der Brust verschränkt. Ihre Tasche hatte sie auf dem kleinen Tisch ausgepackt; Tiegel, Tuben, eine Bürste, eine Schere und allerlei anderes Zeug, das Crystal nicht kannte.

»Natürlich! Verwandle sie in eine Fremde«, sagte Casus grinsend, der ernste Ausdruck war von seinem Gesicht verschwunden, als wäre er nie da gewesen.

»Sie sieht … anders aus«, sagte Casus. »Das ist gut.« Er und Bonnie standen vor ihr und musterten ihr Gesicht. Als sie beiseitetraten, blickte sie auf das kleine Häufchen mit den goldenen Strähnen, die Bonnie aus ihren Haaren entfernt hatte. Die Blondine reichte ihr grinsend einen zerschlissenen Spiegel. Als sie sich betrachtete, dauerte es einen Moment, bis sie sich erkannte. Ihre Haare waren zu einem Bob gekürzt worden, doch die drastischste Veränderung bildete wohl die schwarze Farbe. Sie machte ihre Haut noch blasser und ließ sie fremdartig wirken. Als hätte sie eine vollkommen andere Person vor sich.

»Bonnie ist genial, oder?«, sagte Casus und lachte.

»Ich …« Sie wusste nicht, was sie sagen sollte. Das was Crystal sah, war nicht schön, sondern einfach fremd. Ungewohnt. Als hätte sich eine zweite Crystal aus ihrem Inneren erhoben, die zwar ähnliche Gesichtszüge hatte, aber sonst vollkommen anders wirkte.

»Ah, na dann schauen wir mal, was B-Hörnchen zu dieser Veränderung sagt.«

Crystal hob den Blick und spürte wie Bonnie ihr den Spiegel entzog. K und Kimmy gingen sehr dicht nebeneinander, doch nichts ließ darauf schließen, dass etwas zwischen ihnen geschehen war, das Casus angedeutet hatte. Und auch wenn sie es vor diesem Wichtigtuer nicht zugeben würde; etwas hatte sich an ihrem Blick auf K verändert. Er sah gut aus, das war ihr bereits früher aufgefallen, doch irgendwie mochte sie ihn. K wirkte ehrlich und das Wohl seiner Mitmenschen schien ihm am Herzen zu liegen. Das war nichts, das auf den ersten Blick offensichtlich war, sondern sich erst zeigte, wenn man genau hinschaute und in seinen Augen nach den entsprechenden Antworten suchte. Er war nicht wie Wizzle, der sie mit ihrer Schönheit von Beginn an beeindruckt hatte. Bei K war es etwas, das unter der Oberfläche schlummerte und viel interessanter war. Irritiert stellte sie fest, dass sie ihn gerade tatsächlich mit ihrer anbahnenden Video-Beziehung verglichen hatte. Dabei waren sie in Wahrheit sogar noch weiter voneinander entfernt, als sie und Wizzle es jemals gewesen waren. Denn sie und K trennte nicht bloß die Oberfläche des Watchboards, sondern etwas viel Entscheidenderes: ihr Leben, ihre Grundeinstellung und wenn alles wieder beim Alten wäre, auch ihr Rang. Umso absurder war es, dass sie sich Wizzle nun genauso fern fühlte. Als würde sie zwischen den Welten schweben und in keiner Halt finden.

»Ich muss gestehen, dieser Ort ist … besonders«, sagte K gerade und ließ sich neben ihr auf die Couch fallen. Auf einmal kam ihr die Nähe zu ihm seltsam vor. »Allein wie ihr die Nahrungsmitteleinheiten umprogrammiert habt.«

»Ja, es erlaubt uns zumindest ab und an Zugriff auf die Menüs der Hochrangigen. Zumindest in solchem Maße, dass es nicht weiter auffällt«, entgegnete Casus grinsend, schaute jedoch durchgehen Crystal an. Sie wich den forschenden Blicken so gut es ging aus, doch seine Worte hatten Spuren in ihrem Inneren hinterlassen.

Sie räusperte sich leise und K sah sie an. Sein Gesichtsausdruck war erst fragend, dann sah sie die Erkenntnis und schließlich stieß er ein Keuchen aus. »Du … siehst anders aus.«

Es klang nicht wirklich begeistert und so spürte Crystal wie ihre Laune noch weiter sank. »Toll«, sagte sie tonlos.

»So wird dich keiner erkennen«, fügte er hinzu und musterte sie noch immer mit weit aufgerissenen Augen. Sie wusste nicht genau, was sie sich erhofft hatte, aber das war es nicht.

Crystal wandte eilig den Blick ab, ihre Wangen glühten vor Hitze. Unsicher griff sie nach einer der kurzen Haarsträhnen. Casus stieß ein unterdrücktes Lachen aus.

»Also, es sieht gut aus. Ist nur ungewohnt«, fügte K hinzu. Als sie ihn ansah, lächelte er, doch es wirkte noch immer überrascht.

»Wollen wir bald aufbrechen?«, fragte sie und vernahm selbst den leicht gereizten Unterton.

Ks Augen weiteten sich. »Ist deine Umprogrammierung schon durch?«

»Nein, ist sie nicht, aber ich glaube Crystal fühlt sich unwohl.« Casus lachte auf. »Aber keine Sorge. Kimmy wird sich gleich darum kümmern und dann hat unsere Gastfreundschaft auch schon ein Ende.«

Sie konnte nichts gegen die Gefühle tun, als Kimmy ihr nachkam, um sich an ihre Umprogrammierung zu machen. Immer wieder tauchte vor Crystals innerem Auge auf, wie K sie ansah. Sie schaute an Kimmys entblößtem Bauch vorbei zu Casus, der sie breit grinsend musterte. Ihre anfängliche Sympathie für ihn war vollends verflogen. Und auch das hatte keinen nachvollziehbaren Grund. Vielleicht lag es daran, dass er ihren Blick auf das Ganze verschoben hatte. Nicht vollständig, aber so weit, dass es unbequem wurde. Es war nicht schön, ihre ehemaligen Freunde und – Wizzle – in diesem neuen Licht zu sehen. Das machte ihr bisheriges Leben irgendwie bedeutungsloser, als sie es empfunden hatte. Außerdem geisterte in ihrem Kopf immerfort die eine Frage: Hätte ich anders gehandelt? Wäre Wizzle, wenn er in ihrer Situation gewesen wäre, genauso Inhalt ihrer Videos gewesen? Dass ihr darauf keine Antwort einfiel, machte ihr genau so sehr zu schaffen wie das Video von ihm.

Sie riss sich von den Gedanken los und blickte zu Casus. »Mit diesem Aussehen wird mich niemand wiedererkennen und erst recht nicht, wenn du meine Identität noch weiter verschleierst.«

Casus zwinkerte ihr zu. »Die Umprogrammierung ist wie eine zweite Oberfläche, die das darunterliegende verbirgt. Die Sensoren könnt ihr damit austricksen, aber keiner genauen Prüfung standhalten. Ihr solltet also zusehen, dass ihr nicht auffallt. Zumindest nicht, bevor ihr im Rechenzentrum angelangt seid. Aber mit der vorherigen Lösung wärt ihr nicht einmal in die Nähe eures Ziels gekommen.«

»Schön, dass du uns das mitteilst«, zischte K.

»Ein Restrisiko ist immer dabei«, sagte Casus leichtfertig. »Doch wie das Prinzesschen hier schon gesagt hat; irgendwie müsst ihr ja auch glaubhaft machen können wer ihr seid.«

»Hat es denn schon mal geklappt?«, fragte Crystal. »Hat eine von euren Umprogrammierungen schon mal jemanden in die Zentralstadt gebracht?«

Casus fuhr sich durch das kurze Haar. »Dieses Privileg ist bisher nur mir vorbehalten gewesen.« Er grinste.

»Du warst schon mal in der Zentralstadt?«

»Ab und an … immer mal wieder …« Sein Grinsen wurde schmaler. »Aber meine Tickets sind meist nur von kurzer Dauer.«

»Wieso?«, hakte K nach, die Stirn in Falten gelegt.

»Weil ich mein Implantat nicht ausgetauscht habe, sondern nur meinen Rang verändert habe. Aber wie ich schon häufiger versucht habe zu erklären; solche Dinge schaden dem System und das kann ich mir nicht leisten.«

»Warum hast du dir nicht einfach einen neuen Chip eingesetzt? Wie bei uns?«, hakte Crystal nach.

»Weißt du wie viel Arbeit in der Neukallibrierung meines Chips steckt? Selbst, wenn ich an einen Alt-Chip gekommen wäre …« Er schüttelte den Kopf und setzte wieder dieses schräge Lächeln auf. »Außerdem, wieso sollte ich hier dauerhaft weg wollen?« Casus breitete die Arme aus. »Ich weiß schließlich, wo mein Platz ist und der gefällt mir ausgesprochen gut.«

»Kannst du dann nicht mitkommen?« Kaum, dass Crystal die Frage gestellt hatte, fing sie sich einen gereizten Blick von K ein.

»Ich habe hier Geschäfte, die ich am Laufen halten muss, Prinzessin.« Er zwinkerte ihr zu. »Ich bin sicher, dein K wird schon auf dich aufpassen.«

Hastig wich sie dem Blick von Casus aus, ihre Wangen glühten unangenehm.

»Hey, stillhalten.« Kimmy griff nach ihrem Kinn und richtete ihren Kopf wieder gerade.

»Ist ja gut«, entgegnete Crystal gereizt.

»Hach, Zickenterror. Was haltet ihr davon, wenn ihr das beim guten alten Schlammcatchen austragt? Ich kann da sicher etwas organisieren.«

Casus war der einzige, der über seinen eigenen Witz lachte. Ein Geräusch, das davon unterbrochen wurde, dass ein Zucken durch seinen Körper ging. Er legte eine Hand gegen das Glas vor seinem Auge und schien auf einen entfernten Punkt zu starren. Dann räusperte er sich und stand auf. »Wenn ihr mich entschuldigt, ich muss mich um weitere Gäste kümmern.« Und damit ging er. Ein ungutes Gefühl machte sich in Crystal breit, doch ihre Sicht wurde noch immer von Kimmys Bauch verdeckt, während sie an dem Implantat hinter ihrem Ohr herumhantierte. Sie spürte, wie K sich neben ihr anspannte.

»Wer kommt da?«

»Ich weiß es nicht«, knurrte K und sie bemerkte im Augenwinkel, wie er sich erhob. Sie versuchte an Kimmy vorbeizuschauen in Richtung Eingang, doch die stieß ein gereiztes Knurren aus. »Kannst du deinen Kopf jetzt vielleicht mal ruhig halten, meine Güte!«

Eine Weile geschah nichts. Sie warteten und Kimmy tat verbissen ihren Job. Zwischendurch machte sie ein Foto, das sie Crystal kurz zeigte und ihr erneut dieses absonderliche neue Aussehen vor Augen führte. Sie hatte ihr erklärt, dass das Bild in Clarasues Profil, das zu dem Chip gehört, eingesetzt werden würde.

»Scheiße.« Das Wort kam K tonlos über die Lippen. Crystal stieß die Hände von Kimmy beiseite und ignorierte den gereizten Laut, den diese ausstieß. Eilig kam sie auf die Beine und sah das, was K sah.

»Verdammt, ich bin jeden Moment fertig …«, zischte Kimmy, doch Crystal hörte ihr kaum zu.

Durch den Eingang traten einige junge Männer, von denen sie zwei viel zu gut kannte. B, und an seiner Seite der glatzköpfige Zet, der ihr den Chip herausgeschnitten hatte.

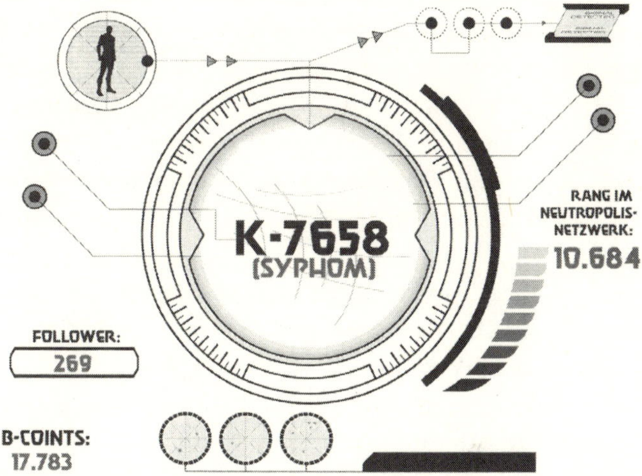

K tat einige mechanische Schritte von der Plattform. Sein Bruder lebte, es war tatsächlich wie Zey gesagt hatte. Bisher hatte er den Gedanken noch nicht zugelassen, dass es anders sein könnte. Ihn jetzt leibhaftig zu sehen war, als würde eine riesen Last von ihm abfallen. Gerade sprach Zet mit Casus, und B stand neben ihnen. Ks Körper reagierte nicht auf den stummen Befehl, weiter in seine Richtung zu gehen, er kämpfte immer noch mit der Erkenntnis, dass nun vielleicht doch alles gut werden würde. Doch dann streifte Bs Blick seinen. Einen Augenblick starrten die beiden sich an.

»K!«

Der Ausruf brachte Leben in Ks Körper. Er lief los, spürte noch eine Hand an seinem Arm, die ihn aufhalten wollte, doch er riss sich los. B kam ihm entgegen und keinen Moment später drückte er seinen kleinen Bruder an sich.

»B, verdammte Scheiße«, fluchte er und spürte, wie ein erleichtertes Auflachen seine Kehle hinaufkroch.

»Ich dachte, du hast es nicht geschafft. Einer der Jungs sagte, dass du verletzt bist«, murmelte B und hustete erstickt über seine Schulter hinweg.

K ließ ihn los, trat einen Schritt zurück und musterte ihn. B war blass und die Augen wirkten müde, darüber konnte auch das Grinsen nicht hinwegtäuschen. »Geht es dir gut?«

»Jetzt schon viel besser«, sagte B heiser und hustete abermals.

K kannte die Krankheit und seinen Bruder lange genug, um zu bemerken, dass es gar nicht gut um ihn stand. »Hast du noch Medikamente?«

»Die habe ich bei der Flucht über die Fahrstuhlschächte verloren«, knurrte B gereizt.

»Fuck. Wie lange ist die letzte …?«

»Zu lange.« B hustete abermals heftig und K vernahm deutlich den schleimigen Unterton, der darin mitschwang. »Aber Zet hat gesagt er beschafft mir neue.«

K trat einen Schritt zurück und wurde sich der Aufmerksamkeit durch Zet auf einmal allzu bewusst. Er stand neben Casus und starrte in ihre Richtung, während er leise mit ihm sprach. »Und was will er dafür?«

»Nichts«, entgegnete B. »Er will mir nur helfen.«

K hob die Augenbrauen und musterte seinen Bruder. »Zet macht nichts umsonst oder als Freundschaftsdienst. Also, was will er dafür?«

B schnaubte und das Grinsen verschwand von seinem Gesicht. »Nichts!«

»B, ich …«

»Sieh mal einer an.« Zets Stimme hallte ihm laut entgegen, als er und Casus zu ihnen aufschlossen.

»Zet«, sagte K knapp und nickte.

»Hier hast du dich also verkrochen.« Sein Grinsen erinnerte an das eines Raubtieres. »Freut mich sehr, dass du der Kontrolle entkommen bist.« Die beißende Ironie entging K nicht.

»Danke, ebenso.«

Zet legte den Arm um B. »Und wie ich sehe, hast du dich auch um unseren Gast gekümmert.« Er nickte in Crystals Richtung. »Wenn sie das noch ist. Meine Güte, ihr habt ganz schön an ihr rumgebastelt. Nicht schlecht.«

»Wir sind zusammen geflohen.«

»Es freut mich, dass sie wohlauf ist, dann können wir unseren Plan ja wie angedacht fortführen.«

Der Plan. K schluckte trocken. Anscheinend hielt Zet noch immer an der dämlichen Idee fest, Crystal gegen das System einzusetzen. »Daraus wird wohl nichts.« K ballte die Hände zu Fäusten.

»Ach?« Seine Augen wurden schmal und ein bedrohlicher Unterton schwang in seinen Worten mit.

»Ich werde sie in die Zentralstadt bringen, damit dieses Problem ein für alle Mal beseitigt ist.«

»Was?«, zischte B und starrte ihn voller Unglauben an. »Sie ist unser wichtigstes Druckmittel.«

K schüttelte den Kopf. »Es war ein Fehler, sie mitzunehmen. Ich werde das wieder geraderücken.« Dabei blickte er erst B und dann Zet an, dem die Wut offen ins Gesicht geschrieben stand. Es war ein Sekundenbruchteil, in dem Zet nach vorn schoss und K an seinem Oberteil packte und hochriss.

»Jetzt hör mal zu, du kleines Arschloch, du machst die Regeln hier nicht, klar?«

»K!« Crystals Stimme drang dumpf an sein Ohr, doch er hatte nur Augen für sein Gegenüber. Er packte seinen Arm und versuchte sich loszureißen.

»Aber du? Scheiße, du hast keine Ahnung, Zet!«

»Immer mit der Ruhe.« Casus trat neben sie und legte eine Hand auf Zets Arm. »Hier drinnen ist eine neutrale Zone, was auch immer ihr beide auszutragen habt, macht es draußen. Du kennst die Regeln, Zet.«

Er schnaubte wütend und ließ K los. Der taumelte einen Schritt zurück und warf ihm einen wuterfüllten Blick zu. Er war niemand der sich prügelte, doch in diesem Moment schrie alles in ihm danach, dem Mistkerl eine reinzuhauen.

»Dieses Mädchen gehört mir«, knurrte Zet und deutete auf Crystal, die neben K getreten war. Noch immer boten die schwarzen Haare einen ungewohnten Anblick. Er wünschte sich nur, dass er ihr hätte glaubhaft rüberbringen können, dass sie nicht schlecht aussah. Eigentlich hatte es ihn sogar am meisten gewundert, dass sie ihm selbst so gefiel.

»Alles in Ordnung?«, wisperte sie leise in seine Richtung, offene Panik stand in ihrem Gesicht.

Mit ruckartigen Bewegungen richtete K sein Oberteil und starrte Zet finster an. »Sie gehört niemandem. Und vor allem zurück an den Ort, wo sie herkommt.«

»Das hast du nicht zu entscheiden.«

»Hey, hey …«, schaltete sich Casus wieder ein und legte einen Arm um Crystal. »Wie wäre es, wenn wir das vernünftig ausdiskutieren.«

»Da gibt es nichts zu diskutieren, du hast selbst gesagt, dass sie hier nicht hergehört.«

Casus lachte auf. »Was scheren mich meine Worte von vor ein paar Stunden?« Sein Grinsen wurde breiter. »Ich konnte ja nicht ahnen, dass sie so beliebt ist. Wie ich schon sagte, ich bin Geschäftsmann. Also, wer macht mir das bessere Angebot?«

Zets höhnischer Ausdruck schien sich durch Ks Körper

zu fressen. Es war eindeutig, wer das bessere Angebot zu machen hatte.

»Also …«

Es war eine rein intuitive Handlung, als er herumfuhr und Crystals Arm packte. Er zerrte sie mit sich. Ihr Weg führte weg von der Tür, weil die noch immer von Zets Leuten versperrt wurde. Doch es musste auch hier einen Hinterausgang geben. Einen zweiten Weg, der ins Freie führte. Hinter ihnen erklangen Rufe und Schritte. Crystal stolperte hinter ihm her, doch darauf konnte er jetzt keine Rücksicht nehmen. Sie erreichten das Ende der Halle und K bog aus einem inneren Gefühl nach links ab. In der hinteren Ecke zeichneten sich deutlich Fahrstuhltüren gegen die Wand ab. Perfekt. Sie könnten den Schacht nutzen, um … In diesem Moment erlosch das Licht und absolute Dunkelheit umgab sie. K kam so abrupt zum Stehen, dass Crystal fest gegen ihn prallte. Noch immer waren in einiger Entfernung Schritte zu hören, leise Gespräche, doch sonst war es still. Ks Herzschlag dröhnte durch seinen Körper. In seinen Ohren rauschte es.

»Was jetzt?«, wisperte Crystal atemlos. Er hielt ihren Arm noch immer fest umklammert.

»Vor uns war ein Fahrstuhl«, flüsterte K. »Wir müssen versuchen, die Türen zu öffnen und nach oben zu kommen.«

Vermutlich nickte sie. K deutete ihr Schweigen als Zustimmung. Er ließ ihren Arm los und griff stattdessen nach ihrer Hand. Sie fühlte sich kalt und feucht an, doch immer noch so weich wie er sie in Erinnerung hatte. Eilig schob er diesen absurden Gedanken beiseite.

In absoluter Dunkelheit tastete er sich an der Wand entlang. Ihm entging nicht die plötzlich eingetretene Stille. Als wären sie vollkommen allein hier unten. Doch er wusste es besser. Die Dunkelheit und die Stille waren vielmehr ein Zeichen dafür, dass jemand ihnen die Möglichkeit der Flucht erschweren wollte.

Sie bewegten sich leise vorwärts und K war froh, dass Crystal sich wortlos an sein Verhalten anpasste. Irgendwo meinte er Schritte zu vernehmen, gewisperte Worte. Eben bei Helligkeit war ihm der Fahrstuhl nicht so weit entfernt vorgekommen, doch jetzt schien noch eine Ewigkeit zwischen ihnen zu liegen. Immer wieder tastete er mit der einen Hand an der Wand entlang und mit der anderen hielt er ihre noch immer fest umfasst. Crystal ging hinter ihm. Er vernahm ihren leisen Atem. Seine Sinne waren bis aufs Äußerste angespannt. Irgendwo erklangen wieder Schritte, leise und mit Bedacht. Vielleicht bildete er sich das auch nur ein. Selbst sein Herzschlag erschien ihm in diesem Moment zu laut.

Endlich stieß er mit den tastenden Fingern auf den erwarteten Widerstand, etwas weiter links fühlte er das kühle Metall der Fahrstuhltüren. Crystal verharrte hinter ihm, während er mit beiden Händen nach dem Spalt tastete.

»So kommt ihr hier nie raus.« Die wispernde Stimme ließ K so erschrocken zurückfahren, dass er mit Crystal zusammenstieß. Er wollte gerade wieder ihren Arm packen und sie blind in die Dunkelheit zerren, als erneut Casus‘ Stimme erklang. »Keine Panik.«

Ein mattes Licht erhelle die Umgebung. Er hielt eine kleine Taschenlampe in der Hand und grinste sie verschwörerisch an. »Ich habe mir doch nicht umsonst die Mühe mit der Kleinen gemacht, um sie dann an diesen glatzköpfigen Idioten auszuliefern. Mitkommen.«

Welche Wahl hatten sie? Er tauschte einen kurzen Blick mit Crystal, in deren schwach beleuchtetem Gesicht sich dieselben Fragen spiegelten, die er sich auch stellte. Doch es war keine Zeit für Antworten.

»Komm«, raunte er in Crystals Richtung. Er widerstand dem Bedürfnis, wieder nach ihrer Hand zu greifen, auch wenn sein Innerstes danach verlangte. Es hatte etwas Beruhigendes, sie zu spüren. Er fühlte sich stärker und irgendwie … K presste die Zähne so fest aufeinander, dass es knirschte. *Reiß dich zusammen.*

Sie folgten Casus, der sich gerade in den schmalen Spalt zwischen den wenigen Wohneinheiten und der Wand drängte. Es war so eng, dass sie nur seitlich vorwärts kamen. Schließlich blieb Casus stehen und jetzt sah auch K die Tür. Sie war vollständig verborgen hinter den Wohneinheiten. Casus betätigte einen Riegel, den er eng an seinem Körper vorbeischieben musste. Zischend öffnete sie sich und sie betraten das Innere. Der Raum war klein und lediglich eine Wendeltreppe führte nach oben. Sonst war hier nichts, nur glatte graue Wände. Casus schloss die Tür hinter ihnen und betätigte einen Schalter, der eine flackernde Leuchtstoffröhre einschaltete.

»Wo sind wir hier?«, fragte K.

»Bei einigen der Hochhäuser haben sie die Notausgänge noch nicht verbaut. In diesem Fall, weil die Wohneinheiten direkt davor gepflanzt wurden«, entgegnete Casus.

»Es gab mal Notausgänge?«

»Klar, bis sie gemerkt haben, dass es bei Kontrollen nicht so schlau ist, wenn ihnen die Leute der Reihe nach durch die Hintertür abhauen.«

»Danke für deine Hilfe«, sagte Crystal in diesem Moment und als K das Lächeln sah, das sie dem Typen zuwarf, ging ein schmerzhaftes Ziehen durch seine Brust.

»Nicht dafür«, erwiderte Casus großspurig.

»Warum hast du uns nicht direkt geholfen und so getan, als würdest du uns an Zet ausliefern?«, zischte K. Er traute dem Kerl noch immer nicht.

»Und damit einen meiner wichtigsten Geschäftskontakte verlieren?« Er schüttelte den Kopf. »Ich bin ja kein Idiot.«

»Stimmt, das Geschäft geht natürlich vor.« K schnaubte verächtlich.

»Was hast du eigentlich für ein Problem?«, fragte Casus und blickte ihn an, als wäre er geistesgestört. »Ihr seid doch in Sicherheit, oder nicht?«

»Wer weiß …«

»Es reicht«, schaltete sich Crystal mit erstaunlich fester Stimme ein. »Wir haben keine Zeit, um so eine sinnlose Diskussion zu führen.« Sie deutete die Treppe hinauf. »Da geht's raus?«

Casus hob eine Augenbraue und nickte. »Ganz genau, Prinzessin.«

»Gut.« Sie nickte entschlossen und sah K an. In ihrem Blick hing eine Unerschrockenheit, die ihn überraschte. Vielleicht lag es an dem neuen Äußeren, das ebenfalls nicht mehr ganz so weich und zart wirkte. Ja, das war es. Der Haarschnitt, die Farbe. Das beides gab ihr Härte und umgab das hübsche Gesicht wie ein schützender Wall. Gegen seinen Willen registrierte K, dass ihn das sogar noch mehr reizte. Ein Grund mehr, sich von ihr fernzuhalten.

»Seht zu, dass ihr in die Zentralstadt kommt, damit hier schnell wieder Normalität einkehrt. Ab Rang 50.000 geht alles drunter und drüber, die Ränge wechseln minütlich. Lange geht das nicht gut, das wird Folgen für das gesamte Ranking haben.« Casus wirkte zum ersten Mal nicht, als würde er alles ins Lächerliche ziehen. Er reichte ihnen zwei Atemschutzmasken, die neben der Tür am Boden gelegen hatten. »Wenn ihr in der Stadt Probleme habt, dann fragt ihr nach Shiva und erzählt ihr, dass ich euch schicke.«

»Ich dachte, dass außer dir niemand die Zentralstadt betreten hat bisher?«, hakte Crystal nach.

Casus grinste wieder und griff hinter sich nach dem Türgriff. »Vielleicht … unter Umständen gab es die eine oder andere Ausnahme.« Er zwinkerte ihr zu. Ihr Gesicht lief rot an und die Hände ballten sich zu Fäusten. Sie wirkte, als wolle sie etwas erwidern, doch bevor sie dazu kam, sagte er: »Viel Glück.« Dann schob er sich durch den geöffneten Türspalt, grinste ihnen noch einmal zu und verschwand.

»Ausnahme, ja? Der Kerl lügt doch, wenn er nur den Mund aufmacht«, knurrte K.

»Egal, er hat uns immerhin geholfen«, zischte sie und atmete hörbar aus. »Wir sollten los.« Und damit bestieg sie die ersten Stufen der Wendeltreppe.

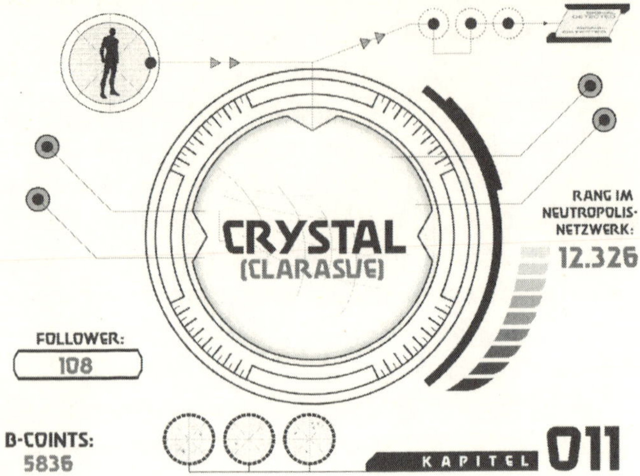

Sie rannten. Wieder einmal vorbei an den grauen Betonklötzen, zwischen Müll und Unrat. Sie durchbrachen den gelben Nebel, der hier über dem Boden hing. Einen Moment wünschte sie sich, dass K wieder ihre Hand greifen würde. Es hatte ihr ein gutes Gefühl gegeben, als sie durch die Dunkelheit geschlichen waren. Sie hatte sich stark und sicher gefühlt. Jetzt fühlte sie sich gehetzt und gejagt. Immer wieder huschten ihre Augen in die Gassen und suchten nach Feinden. Plural. Denn inzwischen war es nicht nur einer, vor dem sie flohen. Zumindest war das ihr Gefühl. Zet und seine Leute. Die Sicherheitseinheiten. Die Menschen, in deren Videos sie die Hauptrolle spielte.

Die Bildschirme an den Häusern waren alle eingeschaltet. Im Vorbeilaufen sah sie die Farbenvielfalt und fragte sich kurz, ob Rowina ein neues Video hochgeladen hatte. Ob sie erneut dazu aufrief, sie einzufangen? Doch andererseits ertrug Crystal es nicht, es erneut zu sehen. Nicht nachdem, was sie von Wizzle gesehen hatte.

»Da ist es.«

Sie hatte kaum bemerkt, dass sie langsamer geworden waren, so blind war sie Ks Schritten gefolgt. Er war stehen geblieben und deutete nach oben. Zwischen den Hochhäusern ragte ein gewaltiges Metallgestell in die Höhe und erhob sich bis in den Himmel. Es hatte die Ausmaße der Hochhäuser, war silbern und die vier massiven Metallfüße waren durch zahlreiche Zwischenstreben verstärkt. In der Mitte führte ein viereckiger Schacht in die Höhe. Die zwei Türen zeichneten ihn als Fahrstuhl aus. Über dem Eingang waren ein Bildschirm und eine digitale Zeitanzeige angebracht. Es war vier Uhr zweiunddreißig am Morgen. Sie lief neben K her, als Sie sich langsam näherten. Niemand war hier. Der gelbe Nebel umgab den Schacht.

Auf dem fest angebrachten Watchboard waren drei Abfahrtzeiten angezeigt: 5 Uhr, 7 Uhr und 17 Uhr.

»Perfekt«, murmelte K. »Ich hatte gehofft, dass wir den frühesten Zug bekommen.« Aus seiner Stimme drang dieselbe Unsicherheit hervor, die sie empfand. Bis hierhin waren sie gekommen. Doch die Zentralstadt ließ nur Menschen ein, die entweder dort arbeiteten oder einen entsprechenden Rang hatten. Wenn die Umprogrammierung der Chips nicht funktioniert hatte, würden sie nicht einmal den Fahrstuhl betreten können, geschweige denn auf den Bahnhof kommen.

»Und jetzt?«, fragte sie leise, als sie vor den silbernen Schiebetüren standen. Sie waren geschlossen und wirkten unnachgiebig. Es gab auch keine Lesevorrichtung für ihre Karten. Nichts. Beinahe als würde das silbrige Metall sie mit strengen Blicken versehen und für nicht gut genug befinden.

»Ich weiß es nicht«, flüsterte K und starrte hoch zu der

starren Anzeige. Er streckte die Hand aus und berührte eine der Türen.

»Herzlich willkommen an der Hauptstation von Neutropolis.« Sie zuckten heftig zusammen, als auf dem Watchboard eine Frau mit pinkfarbenen Haaren erschien, die freundlich zu ihnen herunterstarrte. »Die nächste Einspurbahn fährt in einer halben Stunde in die Zentralstadt. Zurzeit herrschen strenge Sicherheitsvorkehrungen. Bitte haben Sie einen Moment Geduld, es wird gleich jemand für Sie da sein.«

Crystal schluckte trocken und das Bild der Frau wurde wieder durch den Fahrplan ersetzt. Neben der digitalen Uhrzeitanzeige begann ein rotes Licht zu blinken.

»Scheiße«, murmelte K.

»Was bedeutet das?«

»Keine Ahnung. Aber in jedem Fall, dass sie uns nicht einfach so hereinlassen werden.«

»Was machen wir jetzt?«

Er warf ihr einen angespannten Blick zu und fuhr sich durch das kurze Haar. Die Atemmaske bedeckte sein halbes Gesicht, doch in seinen Augen stand Unsicherheit. »Das was sie gesagt hat. Wir warten.«

Die Zeit erschien ihr auf einmal zähflüssig wie der orangene Nahrungsergänzungssaft, den Sixx ihr einige Male vorgesetzt hatte. Und ihre Nervosität verursachte auch genau denselben bitteren Beigeschmack. Ihr Herz schlug so schnell, dass es sich anfühlte, als würde es gegen ihre Rippenbögen prallen. Emotionen wirbelten in ihrem Inneren durcheinander. Einerseits schrien sie nach Flucht, andererseits hielten sie sie dazu an, nicht in Panik zu verfallen. Das ergab eine wilde Mischung, die ihren Puls in die Höhe trieb.

»Beruhig dich.« Als K ihren Arm berührte, fuhr ihr Blick zu ihm herum. In seinen Augen stand Mitgefühl. Doch es weckte warme Gefühle in ihr und sie konnte sich nicht davon lösen. Wie ein Funken, der sie im Hier und Jetzt hielt und dafür sorgte, dass ihr Herz auf eine andere Art und Weise schneller schlug. Doch plötzlich zuckte etwas durch seinen Blick, das diesen Funken vertrieb. Zeitgleich zog er seine Hand zurück und wandte sich wieder in Richtung Fahrstuhl. Als hätte eine plötzliche Erkenntnis die fremdartige Emotion in seinen Augen zerbrochen. »Wenn du so panisch bist, kommen wir da niemals rein.« Seine Stimme war nun nicht mehr sanft, sondern hart, fast abweisend.

Crystal atmete hörbar aus und die Maske verstärkte den Laut noch. Sie verstand noch nicht, was gerade geschehen war, aber in jedem Fall bedeutete es nichts Gutes. Da war eine Verbindung zu K gewesen, die eigentlich nicht da sein sollte.

Auf einmal änderte sich die Farbe des Lichts über dem Fahrstuhl. Sie wurde grün und keinen Moment später glitten die Türen auf. Crystal musste sich zusammenreißen, um vor dem gepanzerten Mann nicht zurückzuweichen. Ihr Herz zog sich krampfhaft zusammen und für einen Moment schien die Welt um sie herum still zu stehen. Sie hatten sie erwischt. Wie hypnotisiert starrte Crystal auf die Impulswaffe, die an dem breiten Gürtel befestigt war. Die schwarze Panzerung glänzte. Ein Helm bedeckte vollständig sein Gesicht und nur ein schmales Visier erlaubte einen verschwommenen Blick auf die Augen des Mannes. Er wirkte unerbittlich. Brutal. Crystal widerstand dem Drang einen fragenden Blick zu K zu werfen. Sollten sie flüchten? Würde das überhaupt etwas bringen? Der Mann machte einen Schritt aus dem Fahrstuhl und sie presste die Lippen aufeinander. Hoffte, dass er das Zittern nicht bemerken würde.

»Vortreten«, forderte er und der Ganzkörperanzug verzerrte seine Stimme.

K war der Erste, der reagierte und dem Befehl nachkam.

»Kopf zur Seite.«

Ratsch. Crystal zuckte heftig zusammen, als der Mann ein kleines, mit Klettverschluss befestigtes Watchboard von seinem Gürtel löste. Das entging dem Wachschutz nicht, denn sein Blick zuckte unver mittelt zu ihr. Seine Augen schienen forschend hinter dem schmalen Visier hervorzuspähen.

»Sie ist nur nervös«, erklang auf einmal Ks Stimme. »Wegen der Sicherheitsvorkehrungen.«

Warum klang seine Stimme so verdammt ruhig, während sie das Gefühl hatte, innerlich zu kollabieren?

Es schien zu funktionieren, denn der Mann nickte und hielt den tragbaren Bildschirm an die Stelle, wo Ks Implantat lag. »Das geschieht alles zu Ihrer Sicherheit, Miss«, sagte der Mann und warf ihr einen kurzen Blick zu. »Jeder, der die Zentralstadt betritt, wird einer Routinekontrolle unterzogen. Deshalb haben wir für den Bahnhof erstmal den Kartenzugang entfernt und eine persönliche Chipkontrolle eingeführt.«

Crystal konnte nichts sagen, nur nicken. Ihre Stimmbänder waren gelähmt und kurz zweifelte sie daran, dass sie auch nur einen Schritt tun konnte. Hatte Casus nicht gesagt, dass sie eingehenderen Sicherheitskontrollen nicht standhalten würden? War das so eine? Wenn ja, dann …

»Syphom?«

K nickte. »Richtig. Und das ist meine Frau.«

»Sie sind beide in der Zentralstadt angestellt?«

»Ja, meine Frau in der Wäscherei und ich in der Wartung.«

Crystal beneidete ihn um die Selbstverständlichkeit, mit der er dem Mann antwortete. Selbst sie würde ihm glauben.

Als der Sicherheitsbeauftragte vor sie trat, kämpfte sie gegen das Zittern an und biss sich dabei so fest auf die Unterlippe, dass sie Blut schmeckte.

Clarasue, deine Vitalwerte deuten auf einen Stresszustand hin. Geht es dir gut?, schaltete sich auch die Stimme in ihrem Kopf ein. Sie musste sich zusammenreißen. Crystal versuchte, ruhig zu atmen.

»Ihr seid sehr jung für diese Art der Anstellung? Da haben Beziehungen geholfen, was?«, fragte der Mann, stand dicht vor ihr und tippte auf dem kleinen Control-Watchboard herum.

»Ja, mein Vater war bereits in der Wartung angestellt und hat mir die Stelle beschafft«, log K.

Der Mann nickte, dann hob er den Blick. »Kopf neigen.«

Sie tat es. Mechanisch. Sämtliche Muskeln waren angespannt, um das Zittern auf ein begrenztes Maß zu beschränken. Dicht neben ihrem Ohr erklang ein Piepen.

»Wurde diese Crystal denn inzwischen aufgegriffen?«, fragte K.

»Nein, leider noch nicht. Daher auch noch diese Maßnahmen.«

Am Liebsten wollte Crystal ihn anschreien und fragen, warum es bei diesem Spiel um sie ging. Was sie damit zu tun hatte? Warum man sie suchte? Ausgerechnet sie, die so lange dem System ihre Treue gehalten hatte. Die immer alles getan hatte, was der Computer von ihr wollte. Doch sie tat es nicht. Schwieg und versuchte, nicht durchzudrehen.

»Das bedeutet sicher einige Sonderschichten?«

Wie lange konnte das Auslesen – verdammt noch mal – dauern? Noch immer spürte sie das Gerät an ihrem Hals und der Kerl machte keinerlei Anstalten zurückzuweichen.

»Ja, es bedeutet viel Arbeit. Aber wir machen das alles zu Ihrem Schutz.«

Endlich trat er zurück und starrte auf seinen Bildschirm. Crystal hielt die Luft an. Vor ihrem inneren Auge malte sie sich aus, wie auf dem Watchboard der Hinweis erschien, dass etwas mit dem Chip nicht in Ordnung war. Dass sie die Gesuchte war. Er würde …

»Clarasue?«

Der Name hallte leer durch ihren Kopf. Wer? Ihr war schwindelig.

»Süße?« Das war Ks Stimme. Eine genauso absurde Bezeichnung, mit der ihr Hirn nichts anfangen konnte.

»Miss, sind Sie Clarasue?«

Sie vernahm Ks Bewegung neben sich und wusste, dass sie etwas sagen sollte. Nein, sie *musste.* »Ja.« Ihre Stimme klang so heiser, dass sie sie selbst kaum erkannte. Sie räusperte sich. »Ja, das bin ich.«

»Geht es Ihnen gut, Miss?«, fragte der Sicherheitsbeauftragte, noch immer skeptisch.

»Wie mein Mann schon sagte. Ich bin … sehr nervös und mache mir Sorgen wegen der Gesuchten.« Die beiden Sätze kamen stockend über ihre Lippen, aber immerhin kamen sie.

»Sie brauchen sich wirklich keine Sorge machen, Miss. Wir haben die Lage vollkommen unter Kontrolle. Und soweit ich weiß, geht von der Frau allein keine Gefahr aus. Wir müssen sie nur finden und beseitigen.«

Es sollte vermutlich beruhigend klingen, doch das tat es nicht. *Finden und beseitigen.*

»Wir vertrauen vollkommen auf das System«, schaltete K sich wieder ein.

»So soll es sein, Sir.« Der Gepanzerte nickte. In diesem Moment fuhr sein Kopf herum. Crystal folgte steif seinem Blick und sah, wie sich drei Leute in hellblauer Kleidung und mit Schutzmasken näherten. Sie blieben an einer gelben Linie stehen, die Crystal vollkommen übersehen hatte. »Bitte warten

Sie einen Moment«, rief der Wachschutz ihnen zu und wandte sich dann wieder an sie.

»Das war es dann auch schon«, sagte er und klang beinahe freundlich. »Ab jetzt läuft alles wie gehabt.« Sein Blick galt ausschließlich Crystal. Vermutlich versuchte er sie zu beruhigen. Dann machte er den Weg zum offenstehenden Fahrstuhl frei. »Bitte.«

Crystals Knie fühlten sich weich an, als sie den viereckigen Kasten betrat. Zeitgleich verspürte sie Euphorie in sich aufsteigen. Sollten sie es tatsächlich geschafft haben? Sie trat neben K über die Schwelle, der Fahrstuhl wippte leicht.

»Ähm Miss …?«

Sie fuhr herum. Der Mann starrte in sein Watchboard und runzelte die Stirn. Zu früh gefreut, dessen war Crystal sich sicher. Ihr Plan löste sich gerade in Luft auf. Einfach so. Schweiß trat ihr auf die Stirn und auf ihrer Zunge klebte ein metallischer Geschmack. Er sah auf, musterte sie eine Weile. Crystal stiegen die Tränen in die Augen.

»Ihr Chip meldet mir, dass Sie ein hohes Stressmaß empfinden. Ich werde an das System weitergeben, dass Sie bei einem Arzt vorstellig werden. Sie haben vierundzwanzig Stunden Zeit.«

»Natürlich«, sagte sie mit erstickter Stimme.

»Ich wünsche Ihnen einen angenehmen Tag«, sagte der Mann und wandte ihnen den Rücken zu. Dann schlossen sich die Fahrstuhltüren.

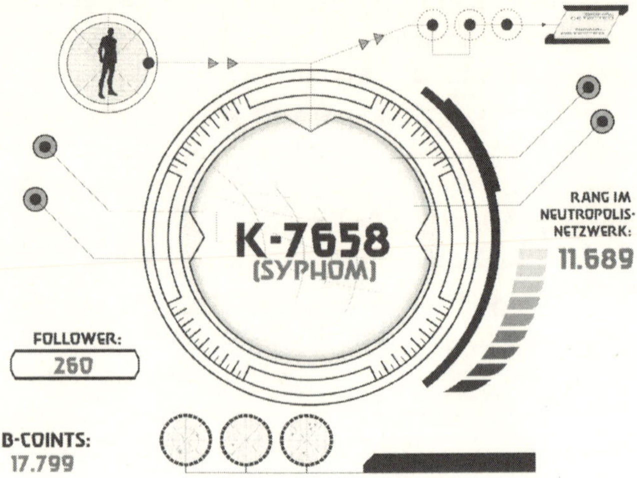

»Die Luftqualität wurde wiederhergestellt, bitte entfernen Sie die Atemschutzmasken«, teilte ihnen eine freundliche Stimme mit. Crystal lehnte rücklings an der Wand, leicht nach vorn gebeugt. Ihr Atem war so laut, als hätte sie einen Sprint hinter sich. K trat vor, griff vorsichtig nach ihrer Atemschutzmaske und löste den Verschluss. Crystal ließ es geschehen, rührte sich nicht. Ihre Augen waren noch immer geweitet und sie starrte auf einen Punkt vor sich.

»Crystal«, sagte er und zerrte sich seine Maske vom Kopf. Als er sie an der Schulter berührte, ging ein Kribbeln durch seinen Körper. Im Moment war nicht zu bestimmen, ob dieses Gefühl von ihr herrührte oder in der Bewegung des Fahrstuhls seinen Ursprung hatte.

Sie starrte ihn an. »Scheiße. Das war knapp.«

K atmete angestrengt aus und zog die Hand zurück. »Allerdings.« Er fuhr sich mit einer Hand durch das Gesicht. »Du musst dich besser im Griff haben, sonst kommen wir in der Zentralstadt nicht weit.« Er hatte es so sanft wie möglich sagen wollen, doch irgendwie kamen die Worte dennoch ungefiltert und etwas grob aus seinem Mund. Als Crystal sich steif aufrichtete und ihn aus schmalen Augen ansah, meinte er zu verstehen, dass es der falsche Ton gewesen waren. Doch was wusste er schon. Crystal war die erste Frau, mit der er so viel Zeit verbrachte, sonst waren es meistens nur Männer gewesen. Die achteten nicht allzu sehr auf den Tonfall.

»Es ist nicht so, als hätte ich das mit Absicht getan. Kann ja nicht jeder so abgebrüht sein wie du.«

K presste die Zähne aufeinander bis es knirschte. Er wollte jetzt keinen Streit, aber immerhin hatte er ihnen gerade den Arsch gerettet. »Wie wäre es, wenn du einfach Danke sagst?«

»Oh! *Danke*, dass du mich entführt hast, mir meinen Rang genommen und mich als Verräterin markiert hast. Vielen, vielen Dank, K.«

Die beißende Ironie reizte seine Sinne. Nur ein kleiner Teil von ihm erinnerte K daran, dass das für Crystal tatsächlich der absolute Albtraum sein musste. Das war es für ihn auch. Doch, wenn man es genau nahm, war jeder andere Tag in seinem bisherigen Leben nicht unbedingt besser gewesen. »Deinen Sarkasmus kannst du dir sparen«, knurrte er.

Sie stieß einen verzweifelten Laut aus, der irgendwo zwischen Lachen und Schluchzen angesiedelt sein musste. »Ich kann das nicht, K.«

»Was?«

»Lügen.« Sie schüttelte den Kopf und starrte in Richtung Fahrstuhldecke.

Ihm entwich ein bitteres Lachen. Wollte ihm eine Hochrangige aus den Top 100 tatsächlich erzählen, dass es ihr schwerfiel, jemand anderem etwas vorzumachen?

»*Was?*«, fragte sie mit gereizter Stimme.

»Du willst mir nicht ernsthaft weismachen, dass du dich in deinen Videos immer genau so gegeben hast, wie du wirklich bist?«

»Das ist etwas anderes.«

»Nein, ist es nicht.« Heiße Wut kroch durch Ks Nervenbahnen und er tat einen bestimmten Schritt in ihre Richtung. »Für diese Leute hier bist du Clarasue, eine junge Frau, die in der Wäscherei arbeitet und mit Syphom verheiratet ist. Punkt. Und im Gegensatz zu mir bist du doch längst eine von ihnen und weißt mit den Leuten umzugehen. Also hör auf rumzujammern, verdammt.« Im nächsten Moment erklang ein Signalton und die Türen des Fahrstuhls glitten auf. Sie waren angekommen. Crystal entgegnete ihm nichts, straffte stattdessen die Schultern und stolzierte an ihm vorbei. Sollte sie ruhig wütend sein. Das war besser als dieser verzweifelte, wimmernde Unterton, den er bei ihren vorherigen Worten deutlich vernommen hatte. Sie musste jetzt stark sein. Er musste stark sein. Immerhin befanden sie sich beinahe schon auf der Zielgeraden. Nur noch in die Zentralstadt, die Lage klären und dann wäre alles wieder normal. Selbst der Gedanke klang zu leicht, um wahr zu sein, doch K schob die Zweifel eilig beiseite.

Als er einen Schritt aus der Fahrstuhlkabine tat, wurden sämtliche Gedanken von blankem Erstaunen verschluckt. Die Halle war hoch, von demselben Metallgestell wie unten beherrscht. Nur, dass die Streben hier von einem gelben Material bespannt waren. Es ließ das Sonnenlicht einfallen und tauchte die weite Halle in ein freundliches Licht. Der Boden war von glänzenden grauen Fliesen belegt, die wirkten als wäre gerade noch jemand mit einem Poliertuch darüber gegangen. In der Mitte war das Gleisbett angelegt, das hier in einer Sackgasse endete. Wenn man der Schiene der Einspurbahn mit dem Blick folgte, endete sie an einem großen Tor, das jetzt geschlossen war. Die Halle war gleichermaßen beeindruckend wie auch puristisch eingerichtet. Zu beiden Seiten des leeren Gleises standen einige Bänke und viereckige Terminals, an denen Bildschirme angebracht waren. Sonst nichts. Und dennoch. K fühlte sich, als hätte er einen Schritt in eine andere Welt getan. Eine saubere, geordnete Welt, die nicht nur durch die bloße Entfernung von seiner eigenen getrennt war.

»Hast du nicht gesagt, dass ich mich zusammenreißen muss?«, erklang eine zischende Stimme, die ihn aus seiner Bewunderung riss. Crystal funkelte ihn wütend an. »Du starrst hier durch die Gegend, als hättest du diesen verdammten Bahnhof noch nie gesehen.«

Er atmete angestrengt aus und nickte. »Entschuldige.« K hatte keine Lust zu streiten. Nicht jetzt, wo er so kurz davor war, den Bereich zu verlassen, der sein bisheriges Leben beherrscht hatte. Hier sah man nichts von der Krankheit, dem Nebel, dem Müll. Es war so rein, dass selbst das Stockwerk, in dem sie Crystal gefunden hatten noch schmutzig wirkte.

Schweigend gingen sie nebeneinander her, liefen an einigen Leuten vorbei, die ebenfalls auf den Zug warteten. Es war noch nicht viel los um diese Uhrzeit. Eine Handvoll Menschen befand sich auf dem Bahnsteig. Einige trugen dieselbe hellblaue Kleidung wie er und Crystal. Andere waren in mintgrün gekleidet, was laut Ks Erinnerung bedeutete, dass sie eine Stufe höher waren.

Immer, wenn sie an einem der Terminals vorbeikamen, blitzte der Bildschirm auf und die Frau mit den pinkfarbenen Haaren erschien, um ihnen einen guten Morgen und eine angenehme Reise zu wünschen. Sie sagte noch mehr, doch K verstand nicht, was. Crystal steuerte steif eine der nah am

Tor gelegenen Bänke an. Hier hinten war nicht viel los. Die meisten Wartenden blieben im vorderen Bereich stehen.

K setzte sich neben Crystal auf die Sitzmöglichkeit und atmete tief die klare Luft ein. Sie roch so frisch. Keine strenge Note von Krankheit, Fäkalien oder Abfall schwang darin mit. Er sah herüber zu Crystal, deren Lippen noch immer eine schmale Linie bildeten. Mit jedem weiteren frischen Atemzug hatte er weniger Lust, diesen dummen Streit fortzuführen. Einen Moment erlaubte er es sich, ihr Gesicht zu betrachten, das durch das gelbe Licht, noch schöner aussah. Sie wirkte gesund, die Haut glatt und ebenmäßig. Einmal mehr fragte er sich, ob sie sich genauso zart anfühlte, wenn er mit der Hand darüberstrich. Sein Herzschlag beschleunigte sich bei dem Gedanken und scheinbar unwillkürlich glitt sein Blick zu ihren Lippen. Sie waren hellrosa und schön geformt. Die perfekte Ergänzung zu den großen Augen und der kleinen Stubsnase. Es ließ sich nicht abstreiten, dass Crystal eine Hochrangige war. Auch, wenn die schwarzen, eher tristen Haare nicht zu den Menschen in den aktuellen Videorankings passten, tat das ihrer Schönheit keinen Abbruch.

»Du schätzt uns da oben vollkommen falsch ein«, sagte sie unvermittelt und K riss sich von ihrem Gesicht los. Eilig richtete er seinen Blick unbestimmt in die Ferne.

»Inwiefern?«, fragte er, obwohl er das Thema eigentlich nicht noch mal aufkommen lassen wollte.

»Wir verstellen uns in unseren Videos nicht für *uns*. Sondern für unsere Zuschauer. Und das sind auch keine Lügen, sondern das, was sie sehen wollen. Ich bin keine Lügnerin, das war ich nie.«

»Das habe ich auch nicht behauptet.«

»Für mich klang es so.«

K seufzte. »Können wir das Thema lassen?« Er sah sie bittend an. Sein Herzschlag hatte sich wieder beruhigt und das Bedürfnis, sie anzustarren ein erträgliches Maß angenommen.

»Nein«, beharrte sie. »Ich will wissen, was du gemeint hast.«

»Warum ist dir das so wichtig?«, fragte er genervt. In wenigen Minuten würde der Zug kommen und dort drinnen sollten sie solche Themen unbedingt vermeiden. Man wusste nie, wer nicht zufällig die Ohren spitzte. In seiner Vorstellung saßen sie alle zusammengepfercht in einem Abteil, dicht aneinandergedrängt.

»Weil du mir … weil mir deine Meinung wichtig ist.« Sie sagte es ganz leise und dennoch verfehlten die Worte ihre Wirkung nicht. Sie trafen ihn, irgendwo in seinem Inneren hart und unvorbereitet. Als sie ihn ansah, war die Wut aus ihren feinen Zügen verschwunden. Es standen eine Spur Verzweiflung und auch Unsicherheit darin. Selbst in dem merkwürdigen gelben Licht erkannte er ihre geröteten Wangen. Und wieder nahmen ihre Augen ihn gefangen. Es war absurd, aber je mehr Zeit er mit ihr verbrachte und je klarer ihm wurde, dass sie niemals zusammen sein würden, desto dringender wollte er es. Das war schlecht. Verdammt schlecht. Und falsch. Er würde Crystal in die Zentralstadt bringen, zu den Menschen, die dafür sorgten, dass er sie nie wiedersehen würde. Freiwillig. Er konnte sich jetzt nicht …

Crystal räusperte sich und durchbrach den Moment. Sie senkte den Kopf leicht und starrte auf einen Punkt vor sich am Boden. »Also, was meintest du?«

K biss sich fest auf die Zunge. Das, was er zu sagen hatte, würde ihr nicht gefallen. Und irgendwie sträubte sich alles in ihm dagegen, es auszusprechen. Doch genauso war er ihr das auch schuldig. »Ich … kann nicht für alle sprechen. Weil genau genommen bist du ja die erste Hochrangige, mit der ich zu tun habe.« Er presste kurz die Lippen aufeinander. »Ich meine, dass ihr eure Follower anlügt, indem ihr ihnen eine Welt der Möglichkeiten vorspielt, die sie nie haben können. Die Zentralstadt, das Leben in den oberen Etagen … für die meisten sind das unerreichbare Ziele.«

»Und das ist schlecht?« Ihre Stimme klang ganz leise und K wagte es wieder sie anzuschauen. Ein leichtes Lächeln stand in ihren Augen, doch ihre Lippen verrieten nichts von dieser Emotion.

»Ich … ja«, sagte er, weil ihn die Frage irritierte.

»Wir spenden Hoffnung, wo teilweise keine mehr ist. Daran kann ich nichts Schlechtes finden. Denn die Leute halten sich an etwas fest, statt sich ihrer Trauer zu ergeben. Sie sind motiviert, obwohl sie keinen Grund mehr haben, weil sie weder ihr Apartment verlassen können, noch sonst etwas tun können, was die Menschen vor den Kriegen getan haben.« Sie legte den Kopf leicht schief. »Wir teilen unsere Welt mit ihnen, als wären sie unsere Freunde und lassen sie so viel wie möglich miterleben. Ich sehe darin eher den Wunsch zu teilen als eine Lüge.«

K schwieg. Für ihn hatten die Videos der Hochrangigen immer Hohn und etwas Herabwürdigendes in sich gehabt. Es hatte eher die Bedeutung gehabt: Schaut was ich habe und ihr nie erreichen werdet. Hoffnung hatte er darin nie gesehen.

»Und was wären die Alternativen? Dass wir alle eingesperrt in unsere Häuser dasitzen und nichts tun? Dass wir alle erkranken, weil niemand unsere Gesundheitszustände überwacht und uns vor uns selbst schützt?«

So viele Fragen und Ks Gedanken rasten. Es waren Denkanstöße, die dermaßen mit seiner Weltanschauung kollidierten, dass er einen Moment brauchte, um eine klare Antwort zu formulieren. »Ich verstehe dich und deine Ansätze. Aber, was ich nicht verstehe ist, warum man keine Lösungen findet, statt leere Hoffnung zu spenden. Ein Heilmittel für die Krankheit. Etwas, das den Nebel beseitigt, damit wir die Häuser wieder verlassen können.«

»Hast du schon mal darüber nachgedacht, dass es die nicht gibt?«

K musterte sie und nahm durchaus den schmerzerfüllten Ausdruck wahr.

»Dass es keine Lösungen für diese Probleme gibt und das Rankingsystem die einzige ist, wegen der wir noch hier sind?«

Er antwortete nicht. Seine Finger verkrallten sich in dem Gummizug der Atemmaske, die er noch immer in den Händen hielt. K wollte sich nicht damit anfreunden, dass dies schon das Ende sein sollte. Dass die Menschheit bereits an dem Punkt angekommen war, wo es kein Zurück mehr gab. Das Widersprach seiner Natur, seinem Denken.

Ein Signalton zerriss den Moment. Laut und schrill hallte er durch den Bahnhof. »Bitte setzen Sie Ihre Atemmasken auf, der Zug fährt nun ein«, teilte ihnen eine weiblich klingende Lautsprecherdurchsage mit. K griff nach seiner Maske und schob sie sich auf den Kopf. Er schaute zu Crystal und sie zu ihm. Da war er wieder, dieser Krater, der ihre beider Leben trennte. Immer, wenn er das Gefühl hatte, eine Brücke zu ihr gebaut zu haben, brach sie in sich zusammen und hinterließ den gähnenden Abgrund. Das würde vermutlich immer so sein und es wurde Zeit, dass er das begriff. Doch sein Körper schien gegen diesen klaren, schneidenden Gedanken anzukämpfen. Er wollte nicht wahrhaben, dass das was er sah für immer so weit entfernt sein würde.

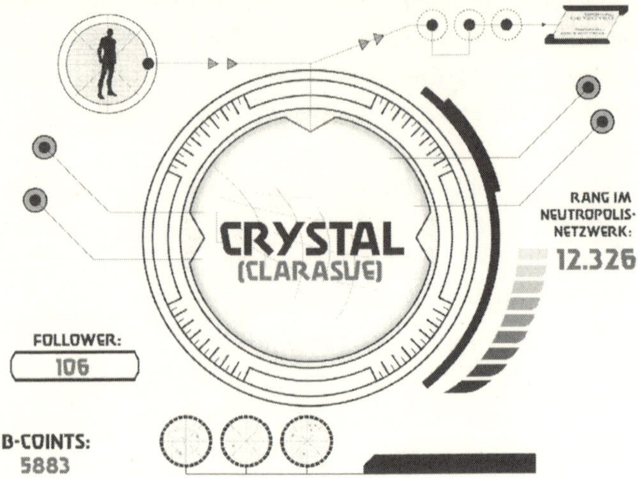

Das Tor öffnete sich mit einem lauten Rauschen und der Zug drängte ins Innere. Es waren circa zwanzig verglaste Kapseln, die wie die Perlen auf einer Kette aneinander gereiht waren. Sie hatte die Einspurbahn in unzähligen Videos gesehen und so beeindruckte sie die Einfahrt nicht. Im Gegenteil zu K, dessen Augen sich weiteten, als das Gefährt unter leisem Surren einfuhr. Irgendwie tat es gut einen Teil, der in ihrer Welt normal und eben einfach existent war, mit ihm zu teilen. Es tat gut, seine Neugier zu spüren und irgendwie auch seine Freude. Und sie hätte ihm gern noch so viel mehr gezeigt. Was er wohl zu ihrem Apartment gesagt hätte? Zu den 3-Sterne-Mahlzeiten?

Mit einem Zischen öffneten sich die gläsernen Abdeckungen der Abteile.

»Bitte einsteigen«, ertönte die Frauenstimme über ihnen. Crystal atmete aus und folgte der Aufforderung. Jetzt war die Rückkehr in ihr altes Leben nicht mehr weit entfernt.

Sie müssten nur noch in diesen Zug, in der Zentralstadt ankommen und … und dann? Kurz ging ihr etwas durch den Kopf, das sie bis dahin noch nicht in Betracht gezogen hatte. Würde sie mit dem Wissen, das sie jetzt hatte, einfach ihr altes Leben fortsetzen können? Mit dem Wissen, dass dort unten Menschen waren, die es sehr wohl verdient hatten zu leben und vor allem zu überleben. Menschen wie K.

In jeder Kabine fanden sich vier gepolsterte Sessel, die mit weißem glatten Stoff bezogen waren. Sie sahen gemütlich aus. In der Mitte befand sich ein weißer Tisch, auf dessen Oberfläche ein Watchboard eingelassen war. Crystal ließ sich auf den Sessel sinken und genoss das gute Gefühl des Stoffs an ihrem Rücken. Es war eine Wärmeplatte eingearbeitet, die die Muskeln entspannte und für absoluten Fahrkomfort sorgte. K war ihr gefolgt und ließ sich, statt ihr gegenüber, neben ihr in den Sessel fallen. Das hatte zur Folge, dass sich ihre Arme berührten. Ein ungewohntes Kribbeln fuhr an der Stelle über ihre Haut und ihr Herzschlag beschleunigte sich. Doch K schien das nicht zu bemerken, denn sein Blick glitt erstaunt durch die Kabine. Irgendwie machte seine Nähe sie atemlos. Zeitgleich auf eine ungewohnte und dennoch schöne Art und Weise. Niemals hatte jemand so eine Wirkung auf sie gehabt. Doch andererseits war sie auch nie jemandem so nah gekommen, bis auf ihren Eltern. Wenn man nicht gerade in der Zentralstadt arbeitete, dann verließ man sein Apartment nicht. Daher waren diese Stellen auch heißbegehrt für alle Menschen, die niemals in die Top 10.000 gelangten. Diese Arbeit ließ sie zumindest den Ruhm der anderen sehen und bewundern, auch wenn sie ihn nie selbst erleben würden. Zumindest nicht, wenn ihre Videos es in den Rankings nicht weiter nach oben schafften.

»Das ist irre«, sagte K gerade. Seine Stimme klang dumpf unter der Atemmaske hervor.

In diesem Moment schloss sich die Klappe ihrer Kabine.

»Herzlich willkommen in der Zentral-Einspurbahn. Wir fahren Nonstop bis in die Hauptstation der Zentralstadt. Unsere Reise wird fünfundvierzig Minuten andauern. Bitte nehmen Sie die Atemmasken erst ab, wenn die Luft ausreichend gefiltert wurde«, sagte die Frauenstimme, dieses Mal über den kabineninternen Lautsprecher.

Clarasue, deinem Konto werden 3000 B-Coints für ein Wochenticket mit der Zentral-Einspurbahn abgezogen.

Crystal zuckte leicht zusammen, als die Stimme in ihrem Ohr erklang. Sie verhielt sich die meiste Zeit still, ganz anders als Sixx. Ihr alter Chip hatte ihr regelmäßig Informationen über das aktuelle Ranking, neuste Videos ihrer Freunde und die Top-Themen der Woche mitgeteilt. Ein unangenehmes Ziehen ging durch ihre Brust. Sie vermisste es. Ja, sie musste sich eingestehen, dass sie es irgendwo tief in sich vermisste, wie Sixx mit ihr sprach, sich um sie kümmerte. Seit sie fort war, fühlte Crystal sich verunsichert und irgendwie luftleer im weiten Raum. Ob es sich wieder einrichten ließ, dass sie genauso in das System zurückkehrte wie Crystal?

»Das ist wirklich ziemlich …« K brach ab und schüttelte ungläubig den Kopf.

Crystal hatte gar nicht bemerkt, dass auf dem Tisch inzwischen stand, dass sie die Masken absetzen konnten. Vor ihnen öffnete sich rauschend das Tor und dann setzte der Zug sich lautlos in Bewegung.

Sie löste die Atemmaske, während sie durch das Tor ins Freie glitten. Durch den Rundumblick wirkte es beinahe, als würden sie fliegen. Einzig die schmale Schiene, die vor ihnen zu sehen war, erinnerte daran, wie der Zug sich tatsächlich fortbewegte. Sie waren so weit oben, dass hier nur noch die oberen Stockwerke der Hochhäuser zu sehen waren. Ihr Apartment war immer zu weit weg gewesen, um den Zug zu sehen, doch an anderen fuhren sie unmittelbar vorbei. Die Scheiben waren natürlich verspiegelt, damit die Privatsphäre der Leute nicht gestört wurde.

Sie nahmen schnell Tempo auf und so flogen die Häuser nur an ihnen vorbei. Die Bahnstrecke wand sich mitten durch Neutropolis. Und obwohl Crystal wusste, was sie erwartet hatte, beeindruckte sie dieses Fortbewegungsmittel, wie es lautlos dahinglitt.

»Wer steuert das Ding eigentlich?«, fragte K gerade und blickte sich zu allen Seiten um.

»Es wird über eine Fernsteuerung in der Zentralstadt bedient, der Rest läuft vollständig automatisch.«

Er nickte interessiert und wandte sich nun dem Sessel zu. Seine Hand streifte den Stoff am Rücken. »Es fühlt sich warm an.«

»Eine Wärmeplatte«, erklärte sie und tippte auf das Tisch-Watchboard. Eine Anzeige erschien, die Übersicht über die Wärme in der Kabine und der Sessel und über die Luftreinheit gab. Sie betätigte einen der Regler, die für Ks Sitz bestimmt waren. »Siehst du, hier kannst du die Temperatur verändern.«

Er beugte sich vor, veränderte die Position des Reglers und lachte auf, als sich das tatsächlich auf seinen Sitz niederschlug.

»Sie versuchen allen Arbeitern, die in die Zentralstadt reisen müssen, die Fahrt so angenehm wie möglich zu machen. Das nimmt ihnen das Gefühl, Menschen zweiter Klasse zu sein«, plapperte sie das nach, was sie in einigen Videos erfahren hatte. Wenn man es so aussprach, klang es irgendwie weniger nett, als sie es in Erinnerung gehabt hatte. K sagte dazu nichts, aber er hob eine Braue und in seinen Augen spiegelte sich wieder der Ausdruck von Missfallen.

»Wir sollten …« Sie kam nicht dazu diesen Satz zu beenden, denn in diesem Moment öffnete sich ein Fenster auf dem Tischbildschirm. Er zeigte die Videoleiste, in der sich einige Aufnahmen der Hochrangigen fanden. Darunter stand: »Um Ihnen die Fahrt so angenehm wie möglich zu machen, haben wir ein Gratis-Content von Videos zusammengestellt, die sie vielleicht interessieren könnten.«

Normalerweise hätte Crystal dieses Fenster einfach beiseite gewischt, insbesondere weil sie sich noch zu gut an das Video von Wizzle erinnerte. Doch ein Name erregte ihre Aufmerksamkeit und ließ sie stocken. Miramay. Der Titel des Videos war: *Just my two cents …*

»Alles okay?«, fragte K, doch sie antwortete nicht. Crystal rang mit sich. Sie sah das Gesicht ihrer Freundin, die ihr mit buntem Haar kess entgegenzwinkerte. Noch vor Kurzem waren diese vertrauten Züge Teil ihres Lebens gewesen. Jetzt wirkte sie so weit entfernt wie nie. Mechanisch streckte sie die Hand aus und wählte das Video aus. Es war bereits ein paar Tage alt, was erklärte, warum die Zentralstadt es gratis ausgab.

Miramays Vorspann bestand aus bunten Farben, die zunächst ineinander verschwammen. Dann schob sich langsam eine schwarze Silhouette einer schlanken Frau ins Bild, die sich zu den elektronischen Beats bewegte. Crystal wusste, dass es sich dabei nicht um eine Animation, sondern um Miramay handelte. Es hatte sie einiges gekostet, diesen Vorspann zu erstellen. Immer schneller tanzte die Frau, die dennoch nicht mehr als ein Schatten blieb. Sie war nackt, doch das deutete die Schwärze nur an. Schließlich drehte die Tänzerin sich ein letztes Mal, wurde schneller und zersprang in tausende Farbtupfen, die gegen den Bildschirm zu klatschen schienen.

Schwarze Farbe mischte sich in die Farbvielfalt und bildete – scheinbar ungewollt – den Schriftzug: *Miramays Paradies*. Das Bild zuckte kurz und dann erschien Miramays Gesicht auf dem Bildschirm. Sie stand im Badezimmer, ihre Haare waren jetzt in allen Regenbogenfarben gefärbt, dazu passend trug sie lange Wimpern, die in silbernen Federn endeten. Ihr Top verdiente die Bezeichnung kaum, denn es bedeckte als schmaler Streifen ihre Brust gerade einmal so weit, dass oben und unten deutlich die Rundungen zu erkennen waren. Sie war gut in Form, das war sie schon immer gewesen. Wie immer war alles ein wenig zu viel. Zu viel Farbe, zu viel Haut, zu viel Schminke. Selbst das Grinsen war eine Spur zu breit.

»Hallo Downies!«, trällerte sie und streckte ihren Followern die Zunge raus. *Downies* war ein unschöner Begriff für die Menschen, die weiter unten im Ranking standen. Doch ihre Follower zu beleidigen, hatte Miramay noch nie gestört. Vielmehr gehörte es sogar zu ihrem Image, das sie – genau wie ihr Äußeres – einzigartig machte. Selbst Crystal hatte diese Art fasziniert, als sie noch weiter hinten im Ranking angesiedelt gewesen war. »Ich dachte, ich eröffne diesen wundervollen Tag mit einem kleinen Statement meinerseits. Seid ihr bereit?« Sie ließ eine Kunstpause und sagte dann: »Ich bin angepisst. Schwer angepisst.«

Crystals Finger krallten sich um die Tischplatte, als brauchte sie den Halt, den ihr der Einrichtungsgegenstand gab. Irgendwie wusste sie einfach, dass das mir ihr zusammenhing. Sie sah es, noch bevor Miramay es ausgesprochen hatte.

»Crystal«, sagte Miramay, hob die Augenbrauen und spitzte leicht die Lippen. Ihre Augen waren kühl. »Ist. Nicht. Meine. Freundin. Nur damit das mal klar ist. Sie hat mich als Sprungbrett genutzt, um nach oben zu kommen, doch jetzt kann mir diese Video-Bitch mal … *biiiieeep*.« Vor Miramays Mund explodierte ein rotes Warnzeichen, auf dem klein stand »Zensiert durch die Zentralstadt«. In der Liveaufzeichnung war ihnen das sicherlich nicht gelungen, doch eigentlich war es bei Miramay schon normal, dass innerhalb von Minuten nachdem es hochgeladen war die Zensur das Video bearbeitete. Doch das alles waren nur flüchtige Gedanken, reflexartige Überlegungen, die Crystal durch den Kopf schossen.

»Versteht mich nicht falsch, ich bin wirklich ein netter Mensch und betreue gern ein paar Downies auf dem Weg nach oben. Können ja auch einiges von mir lernen, oder?« Sie zwinkerte in die Kamera und zeigte ein strahlend weißes Grinsen. »Aber wenn ich verarscht werde, so richtig verarscht werde, ist es mit meiner Freundlichkeit vorbei.« Sie schnaubte. »Und was wurde ich verarscht. Erstens: Zusammenarbeit mit den Rebellen der absoluten, verdammt *pieeeeep* …. Oberdownies da unten.« Sie zeigte den ersten Finger in die Kamera, um ihre Aufzählung zu verdeutlichen. Crystal verspürte die altbekannte Übelkeit in sich aufsteigen. »Zweitens: Ich habe Mühe in eine Person investiert, die nicht einmal ansatzweise zu schätzen wusste, was ich alles für sie getan habe.« Sie spuckte neben sich aus und zeigte den dritten Finger in die Kamera. »Drittens bricht es mir das Herz, wenn ich sehe, wie sie ihre Eltern vorführt, die armen Menschen wissen gar nicht, was vor sich geht.« In diesem Moment sprang der Bildschirm um und ein Ausschnitt aus einem anderen Video wurde gezeigt. Crystal erkannte ihre Mutter und ihr Herz schien stehen zu bleiben. Sie wirkte müde, hatte dunkle Ringe unter den Augen und man sah deutlich, dass sie geweint hatte. Gerade als sie den Mund öffnen wollte, um etwas zu sagen, sprang das Bild jedoch wieder auf Miramay. Ein Ausschnitt aus der Aufzeichnung ihrer Mom, die Miramay für ihr Video benutzt hatte. »Da zerreißt es einem das Herz, oder?« Miramay kam näher an die Kamera, sodass ihr Gesicht den gesamten Bildschirm ausfüllte. »Also, falls du das irgendwann sehen solltest, Vitch, ich bin durch mit dir. Deine Eltern. Ich. Deine anderen Freunde. Alle sehen das in dir, was du wirklich bist. Eine *piiieeeep* … Leute hätten gemordet, um deinen verfi… *bieeep* … Platz einnehmen zu können. Du hast nicht nur das mit Füßen getreten, sondern uns alle.« Sie wartete einen Moment, als könnte Crystal antworten. Dann tippte sie auf etwas, das die Kamera in diesem Winkel nicht erfassen konnte. Ihr Lächeln hatte etwas Diabolisches inne, das Crystal das Atmen schwer machte. Als Miramay aufsah, funkelten ihre Augen. »Vitch, ich würde gern selbst da runtergehen und dir zeigen wie … enttäuscht ich bin, aber was würden meine geliebten Downies dann ohne mich machen?« Sie fuhr sich durch das Haar, wobei ihr schmales Oberteil noch ein Stück nach oben rutschte und noch mehr Haut enthüllte. »Aber ich habe meine ganz eigene Art mich zu rächen.« Sie grinste höhnisch. Wieder sprang der Bildschirm um, doch dieses Mal zeigte er Crystal selbst. Sie lag auf dem Bett, die Schminke war nicht perfekt, was bedeutete, dass es sich um eine private Aufzeichnung handeln musste. »Ich weiß es nicht, Miramay«, sagte die Video-Crystal gerade mit ernstem Ausdruck. »Ich finde ja, dass die Menschen in den unteren Rängen es nicht anders verdient haben. Es ist eine Art natürliche Auslese. Sie sterben, weil sie sterben müssen.« Es war aus dem Zusammenhang gerissen, aber das nahm den Worten nicht ihre Härte. Crystal fürchtete, sich jeden Moment übergeben zu müssen. Das Video war so geschnitten, dass es die letzten Worte immer wieder von Neuem abspielte: »Sie sterben, weil sie sterben müssen. Sie sterben, weil sie …« Dann erschien wieder Miramays Gesicht. Sie lächelte boshaft. »Na, ihr Downies. Habt ihr sie euch so vorgestellt? Eure goldgelockte Prinzessin? Nichts weiter als eine verdammte Vitch, die keine Minute eurer Aufmerksamkeit verdient hat. Also, falls irgendjemand da unten sie versteckt. Bringt sie vor die Sicherheitskräfte. Sie will euch nichts Gutes, in Wahrheit sieht sie euch am Liebsten kalt und tot am Boden liegen.« Erneut wurde Crystal gezeigt, wie sie den Satz in Dauerschleife wiederholte. Schließlich wurde der Bildschirm schwarz und in weißer Schrift erschien:

Dieses Video wurde aufgrund zahlreicher Kraftausdrücke von der Zentralstadt zensiert. Wir bitten um Ihr Verständnis.

Betäubt lehnte Crystal sich zurück. Sie nahm die Welt dumpf und durch einen Schleier wahr. Jemand sagte etwas, doch die Worte drangen nicht zu ihr durch. Sie sah immer wieder das Bild von ihrer Mutter vor ihrem inneren Auge. Weinend. Enttäuscht. Schmerzerfüllt. Im Hintergrund dröhnte dazu Miramays Stimme, die sie beschimpfte, ihr die Schuld gab. Jemand berührte sie am Arm. Doch auch das drang nur vage zu ihr durch. Tränen stiegen ihr in die Augen und ließen sich auch durch blinzeln nicht davon abhalten, über ihre Wangen zu laufen. So hatte sie das nicht gemeint. Nicht so, wie es jetzt dargestellt wurde. Sie erinnerte sich an das Gespräch, das in Folge auf einige Hasskommentare geschehen war. Crystal war zu diesem Zeitpunkt emotional und wütend gewesen. Und das, was Miramay dazu gesagt hatte, war noch weitaus schlimmer gewesen. Doch davon wusste niemand. Nur sie. Und Miramay. Ein raues Schluchzen brach aus ihrer Kehle und sie sah vor ihrem inneren Auge den letzten Rest ihrer alten Identität zerbrechen. Als würde *sie* innerlich zerbrechen. Alles verschwamm zu einer Welt aus Schmerz, Enttäuschung und Scham. Wie viele Leute hatten das gesehen? Wie viele Leute bildeten sich jetzt ein Urteil von ihr und wie sie über die Menschen dachte? Sie spürte den Hass förmlich, obwohl sie ihn nicht einmal miterlebt hatte.

Und dann wurde sie auf einmal von warmen Armen umfangen. Sie ließ es zu, spürte Wärme und einen vertrauten Geruch, der ihr Herz leicht besänftigte. Doch die Tränen kamen unaufhörlich, das konnte auch die schützende Nähe nicht ändern. Die Umarmung war fest, vermittelte Geborgenheit und Sicherheit, nach der ihr Körper lechzte. Als hielten die Arme sie zusammen und verhinderten, dass auch ihr Äußeres zersplitterte, wie es mit ihrem Inneren gerade geschehen war. Eine Weile verharrte sie so und ließ es zu, dass die Trauer langsam aus ihrem Körper wich. Mit jeder Sekunde war es, als würde sie ein Stück mehr in die Realität zurückkehren. Sie fühlte Ks Wärme, die sich langsam in ihr Herz schlich und die Düsternis vertrieb. Niemals hatte sie etwas Derartiges gefühlt. Ihre Finger hatten sich in seinem Oberteil verkrallt, während er einfach dasaß und sie hielt. Ihr Wärme spendete, wo eben noch nichts als eisige Kälte gewesen war. Sie hob leicht den Blick und schaute in seine Augen. Sein Atem streifte ihr Gesicht. Für den Moment schien die Zeit langsamer zu laufen. In seinem Gesicht standen Emotionen, die sie nur verstand, weil sie sie genauso empfand. Zuneigung und ein aufgeregtes Kribbeln durchfuhren sie und setzten ihren gesamten Körper unter Strom. Sie wusste nicht, was sie tun sollte, nur was sie nicht tun *wollte*. Sich von K lösen. Alles in ihr schrie danach einfach so zu verharren, dicht bei ihm. Denn irgendwie sorgte er dafür, dass ihre Welt einen Moment in Ordnung war. Nicht zerstört, in tausend Teile gesprengt. Sondern heile, warm und sicher.

Als er sich bewegte, fürchtete sie kurz, dass er von ihr zurückweichen würde, doch stattdessen neigte er leicht den Kopf. Seine Lippen kamen ihren so nah, dass sie ihr Kinn nur leicht heben müsste, um ihn zu berühren. Ein Kuss. Sie hatte es schon oft in alten Aufzeichnungen gesehen und sich gefragt wie es sich anfühlen würde. Ob sie jemals jemanden tatsächlich küssen würde. Und dann tat sie es, sie hob das Kinn. Als seine Lippen auf ihre trafen, stellte das jede lose Vorstellung, die sie gehabt hatte in den Schatten. Ihr Herz raste, drohte aus ihrer Brust zu springen. Ihr wurde heiß und eine Gänsehaut schien ihren ganzen Körper zu überziehen. Sanft berührten seine Lippen ihre. Erst vorsichtig, tastend und schließlich mit mehr Druck. Ihre Finger verkrampften sich um das Stück Stoff, das sie noch immer umklammert hielt. Der Schmerz war fortgewischt. Ihre Gedanken galten einzig den sanften Berührungen. Und K, der auf einmal der Mittelpunkt ihrer Welt zu sein schien. Wie ein Planet umkreiste sie ihn, verweilte in seiner Umlaufbahn und alles machte auf einmal Sinn. Er. Sie. Als hätte ihr Körper etwas geahnt. Gewusst, was sie ihm verweigert hatte. Der Kuss wurde leidenschaftlicher und Crystal drängte sich noch näher an ihn. Auf einmal erschien jeder Abstand zu viel, jeder Millimeter wie eine unendlich tiefe Schlucht. K stieß ein leises Knurren gegen ihre Lippen aus und zog sie fest an sich. Ihr Herz tat einen Sprung, schien sich zu überschlagen und hämmerte dann so wild als wollte es einen Geschwindigkeitsrekord aufstellen. Nie hatte sich etwas so richtig angefühlt. Nie hatte sie die Nähe zu jemandem so sehr gewollt.

»In Kürze erreichen wir die Zentralstadt. Wenn sie jetzt aus dem Fenster schauen, dann können sie einen ersten Blick auf unsere schöne Hauptstadt erhaschen.«

Die mechanisch klingende Stimme riss sie auseinander. Crystals Atem ging schwer, als hätte sie einen Marathon hinter sich. Sie schaute K an. Er starrte zurück. Dabei wirkte er genau wie sie, als hätte ihn jemand mitten aus dem Schlaf gerissen. Aus einem Traum? War das hier ein verbotener Traum gewesen?

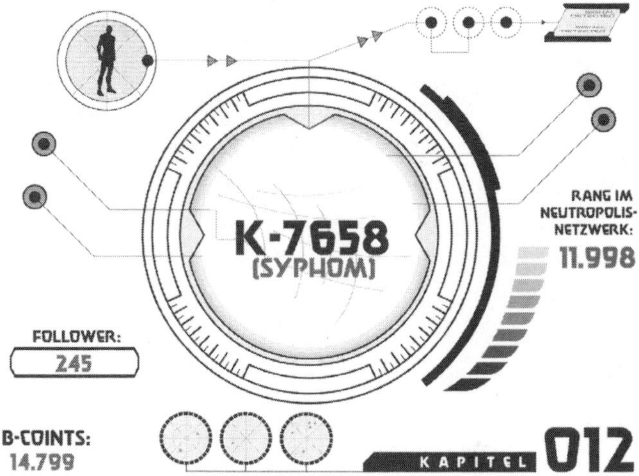

Er musste irgendetwas tun. Sie nur anzustarren, machte die letzten Minuten nicht ungeschehen. Obwohl, wollte er das? Es hatte sich so verdammt gut angefühlt. Nein, ungeschehen wollte er es sicherlich nicht machen. Auch, wenn er das *sollte*. Es war unsinnig. Nutzlos. Und brachte sie beide in eine Situation, die sich unaufhörlich näherte. Als er Crystal umarmt hatte, war das eine reflexartige Reaktion auf ihre Tränen gewesen. Er hatte es einfach nicht ertragen können, nur neben ihr zu sitzen und dabei zuzusehen wie ihre Welt zerbrach. Doch dann waren da ihre Wärme, die Nähe und ihr Geruch gewesen und hatten jeden vernünftigen Gedanken zunichtegemacht. Dennoch war es falsch. Er würde sie bald nie wiedersehen. Crystal würde aus seinem Leben genauso schnell wieder verschwinden, wie sie gekommen war. Obwohl er das wusste, starrte er dennoch auf ihre Lippen, die nun leicht geöffnet waren. Und gerötet von dem stürmischen Kuss. Warum sagte sie denn nichts? Hatte er etwas falsch gemacht? Es war jetzt nicht so, dass er Vergleiche ziehen könnte. Er hatte es so getan, wie es sich richtig angefühlt hatte. Vielleicht war das aber nicht richtig gewesen?

»Oh«, sagte sie plötzlich und durchbrach den Moment unangenehmen Schweigens. Er folgte ihrem Fingerzeig. Schon während des Videos hatten sie die Stadt verlassen und waren mit einer bahnbrechenden Geschwindigkeit durch die teilweise verwilderte Ebene gejagt. Irgendwo weit unter ihnen gab es zahlreiche Pflanzen, die dicht von dem gelben Nebel umwabert wurden. Und über ihnen den blauen Himmel, der von einigen Wolkenfäden durchsetzt war . Doch jetzt blickten sie auf etwas, das so schier unglaublich schien, dass es ihm den Atem raubte. Über der Zentralstadt erhob sich eine gewaltige Kuppel in den Himmel. Sie war riesig und kaum zu überblicken. Das Sonnenlicht brach sich in dem Glas, das die Bewohner von der Außenwelt abschnitt. Sie lag leicht erhöht, auch wenn die Bahn bereits an Höhe verlor, während sie sich näherte. Angrenzend an die riesige Kuppel gab es einige fensterlose weiße Gebäude, die sich an den beeindruckenden Bau schmiegten. K hatte es sich niemals so riesig vorgestellt. So beeindruckend. Jetzt verdrängte es sogar ein Stück weit die Gedanken an den Kuss. Sie hatten es fast geschafft, jetzt war das Ziel zum Greifen nah. Ein Ziel, das zeitgleich ein Ende markierte. Er riss sich von dem Anblick los und sah Crystal an. Sie schaute in Richtung der sich nähernden Zentralstadt, ihr Blick wirkte konzentriert und vielleicht ein wenig angespannt.

»Jetzt sind wir fast da«, murmelte er, mehr an sich als an sie gewandt.

»Ja«, entgegnete sie tonlos und er meinte eine Spur Trauer

darin wahrzunehmen. Oder bildete er sich das nur ein? Wollte er, dass es ihr genauso schwerfiel wie ihm?

Der Bahnhof der Zentralstadt ähnelte dem in Neutropolis und war trotzdem noch eine Spur faszinierender. Es herrschte reges Treiben auf dem Bahnsteig, der hier sogar mit mehreren Gleisen bestückt war. Auf dem Nebengleis wurde gerade ein Zug, der aus weißen Kisten bestand, mit den verschweißten Nahrungsmittel-Tabletts bestückt. Männer, die genau wie der Wächter in Neutropolis in die schwarze Ganzköperpanzerung gekleidet waren, patrouillierten schwer bewaffnet den Bahnhof. Außerdem gab es auf ihrem Bahnsteig große rechteckige Kästen mit Touchbildschirmen daran. Darüber waren digitale Schilder angebracht, auf denen der Sinn der Terminals erklärt wurde. Sondergenehmigung für Zugang zur Innenstadt, Zusätzliche Nahrungsmitteleinheiten, Ärztlicher Zugang, Softwareerweiterungen. Vor jedem hatte sich eine kleine Schlange gebildet, die aus Menschen in dunkelblauen, mintfarbenen und bordeauxroten Zweiteilern bestand. K versuchte alles als selbstverständlich hinzunehmen, als er neben Crystal herlief, die das Ende des Bahnhofs ansteuerte. Es fiel ihm schwer, denn diese fremde Welt passte gar nicht zu dem, was er kannte.

Schon von hier aus sah man, dass die eigentliche Stadt durch eine massive Milchglasscheibe von diesem Ort getrennt war. Man konnte lediglich die bunten Schemen erahnen, die dahinter lagen. Er hatte niemals Bilder von der eigentlichen Stadt gesehen, wusste nur, dass es wunderschön sein musste. Das ganz links liegende Gleis musste das für die Zentralstädter sein. Es lag abgeschieden und war durch durchsichtiges Glas vom Rest getrennt. Er erkannte dahinter deutlich die weiße und goldene Kleidung, die die Menschen am Bahnsteig als das auszeichnete, was sie waren: die Elite.

Eine Hand griff nach seinem Arm und holte ihn in die Realität zurück. Er musterte Crystal irritiert, die jetzt mit dem Kinn vor sie deutete. Am Ende vom Bahnsteig befand sich eine Absperrung, vor der vier Sicherheitsleute standen und ihnen finster entgegenstarrten. Sie bewachten drei Scannerdurchgänge, die wie eine Türzarge aus Metall aussahen. Scanner. Das wusste er einfach. Über dem linken stand: Zentralstadt, höherer Dienst. Dem Mittleren: Zentralstadt, mittlerer Dienst. Und über dem rechten: Zentralstadt, niedriger Dienst.

»Wozu gehören wir?«, murmelte K. Die Augen eines Wachmanns richteten sich bereits skeptisch auf sie.

»Wir müssen es einfach versuchen«, erwiderte Crystal mit einer Entschlossenheit, die ihn überraschte. Eben war sie noch beinahe zusammengebrochen und jetzt stürmte sie in Richtung der nächsten Kontrolle, als wäre es selbstverständlich. K folgte ihr, als sie den mittleren Durchgang ansteuerte. Der Wachmann trat beiseite, als sie sich näherte, musterte sie jedoch weiterhin aus strengen Augen. »In den Scanner treten, warten und zügig weitergehen«, sagte er mit dumpfer Stimme.

Crystal wirkte etwas hektisch dabei, doch ansonsten hatte sie sich gut im Griff. Eine Weile geschah nichts und K hielt unwillkürlich die Luft an, während er wartete. Ein dröhnender Signalton erklang, der ihn zusammenfahren ließ. Auch Crystal war zusammengezuckt.

»Weitergehen«, grunzte der Wachmann und K atmete angestrengt aus. Die richtige Entscheidung. Während Crystal auf die andere Seite trat und auf ihn wartete, wiederholte der Wachmann seine Worte: »In den Scanner treten, warten und zügig weitergehen.«

K wählte ebenfalls den mittleren Durchgang, versuchte sich sogar an einem schmalen Lächeln, als er an dem Wachmann vorbeiging. Dann stand er da und wartete. Crystal blickte ihn hoffnungsvoll an, hatte die Arme vor der Brust verschränkt. Eigentlich brauchte er nur die Hand ausstrecken, um sie zu berühren.

Miep, miep, miep, miep …

Zeitgleich mit dem Signalton wurde er am Kragen gepackt und zurückgerissen. K entfuhr ein erstickter Laut.

»Das haben wir gern«, spie ihm der Wachmann ins Gesicht. Seine Augen funkelten K durch das Visier entgegen. »Was hast du gedacht, was passiert, Junge?«

»Ich …« K atmete durch und sammelte sich. Noch wusste er nicht, was er falsch gemacht hatte, außer, dass dies offensichtlich die falsche Tür gewesen war. Er stolperte zurück, als der Mann ihn losließ.

»Willst dich wohl vor der Versammlung heute drücken, was?«, keifte der Mann. »Hast wohl gedacht, wenn du dich unter die Mittelständischen mischst, bekommst du die Markierung nicht, was?«

Langsam begriff er. K blickte dem Mann forsch ins Gesicht und strich sich die Kleidung glatt. Dann zuckte er möglichst lässig mit den Schultern. »Ein Versuch war es wert oder?«

Statt einer Antwort deutete der Mann auf den Durchgang für den höheren Dienst. Seine Miene war finster und offensichtlich nicht zu Späßen aufgelegt. K lächelte schräg und folgte dem Fingerzeig. Sein Innerstes war bei Weitem nicht so cool wie sein Äußeres, doch er hatte früh gelernt, seine

Gefühle vor anderen zu verbergen. Als Namenloser war es besser, wenn niemand wusste, was in seinem Kopf vorging.

Dieses Mal ging alles gut. Er trat in den Durchgang und wartete.

Herzlich willkommen in der Zentralstadt, Syphom. Du hast eine Markierung erhalten, die dich verpflichtet, an der heutigen Sitzung Konventiom, Technikgebäude 3, teilzunehmen. Du erhältst ein Ticket für den Zugang. Du hast noch eine Stunde bis zum Beginn der Zusammenkunft, teilte ihm seine Kopfstimme nüchtern mit und wurde beinahe von dem dröhnenden Signal überlagert, dass eben auch bei Crystal erklungen war. Er versuchte sich seine Erleichterung nicht anmerken zu lassen und ging weiter.

»Was war das?«, zischte Crystal, sobald er zu ihr aufschloss. Statt einer Antwort bedeutete er ihr jedoch nur weiterzugehen. Sie sollten die Aufmerksamkeit der Wachleute nicht erneut auf sich ziehen.

Es gab nur einen Weg, der von dem Bahnhof wegführte: ein Flur, der rechts von der Kuppel verlief und in einen der weißen kastenförmigen Komplexe führte, die er schon von Weitem gesehen hatte. Es gab keine Fenster, nur diese weißen glatten Wände. Davor stand ein Mann, der sie gelangweilt anschaute. Er trug einen bordeauxroten Zweiteiler, die dunklen Haare waren akkurat kurz geschoren und seine Nase stand knollenartig hervor. Hinter ihm befand sich ein großer Drahtkorb, der mit Watchboards gefüllt war. Daneben ein kleinerer Korb, der mit weißen Karten gefüllt war. K hatte nicht die geringste Ahnung, was das bedeutete, doch er wusste, dass jetzt keine Zeit war, um zu zögern oder darüber nachzudenken. Da auch Crystal verunsichert wirkte, mussten sie sich eben auf ihre Intuition verlassen. Einen kurzen Moment wünschte er sich jedoch, dass sie einen Zug später genommen hätten und so zumindest in der Menschenmenge hätten sehen können, was als nächstes auf sie zukam.

»Schneller gehen. Nicht trödeln bitte«, erklang die schnarrende Stimme des Wartenden. Ungeduldig blickte er ihnen entgegen, in der Hand einen Scanner. Die Sicherheitsvorkehrungen in der Stadt waren höher, als K gedacht hätte. »Hallo und herzlich willkommen«, murmelte der Mann schläfrig. »Bitte treten Sie vor und legen den Kopf schief.«

K trat vor und kam dem Wunsch nach. Hoffentlich blieb Crystal dieses Mal ruhig. Sie waren so weit gekommen, er bezweifelte, dass dieser Scannervorgang anders sein würde als die übrigen zwei.

»Hallo, Syphom«, schnarrte der Mann und blickte ihn dabei kaum an. Stattdessen war sein Blick auf die handgroße Scannervorrichtung gesenkt. »Du hast eine Markierung für eine Versammlung erhalten. Gut, dass du bereits einen Tag früher angereist bist.«

»Ja, wurde mir bereits mitgeteilt«, entgegnete K, nur um überhaupt etwas zu sagen.

»Deine Karte?«

K blickte ihn einen Moment verständnislos an.

»Deine Karte!«, widerholte er mit Nachdruck und deutete auf Ks Hals und er verstand. Er holte seine Zugangskarte aus Neutropolis hervor und reichte sie dem Mann, der sie gleich darauf in einen halbvollen Korb neben sich pfefferte. »Das ihr an dem Ding so hängen müsst, ihr wisst doch, dass ihr sie bei Verlassen der Stadt immer wiederbekommt.« Der Mann schnaubte und schüttelte den Kopf. Er zog eine zweite weiße Karte aus der Vorrichtung in seiner Hand, griff nach einem Watchboard und steckte sie in eine Seitenlasche. Der Bildschirm leuchtete auf und der schläfrige Typ reichte ihm das Watchboard gelangweilt. »Der aktuelle Arbeitsplan, du bist für die 18-Tage-Schicht eingeteilt und hast dann zwei freie Tage außerhalb der Zentralstadt. Für die verfrühte Anreise werde ich dir 20 B-Coints zuweisen lassen. Dein Apartment ist dasselbe wie bisher, es gab keine Wechsel in deinem Trakt.« Er schien Crystal gar nicht wahrzunehmen, während er die Informationen herunterratterte. »Die Genehmigung für das gemeinschaftliche Zusammenleben in einem eheähnlichen Verhältnis wurde bereits automatisch erneuert.«

»Danke«, murmelte K und starrte auf das Watchboard, das nun einen Tagesplan anzeigte, der für die nächste halbe Stunde eine »Ruhezeit« in seinem Apartment vorsah. Er räusperte sich. »Und wie komme ich in das Stadtzentrum?«

Der Mann blickte auf und schien ihn zum ersten Mal tatsächlich anzuschauen. »Aus welchem Anlass?«

K presste die Zähne aufeinander. Er hatte befürchtet, dass er sich mit dieser Frage zu weit aus dem Fenster lehnte und dennoch hatte er sie stellen müssen. »Beruflicher Natur«, sagte er ausweichend.

»Falls du tatsächlich die direkte Anweisung bekommen solltest, wird dies von deinem Vorgesetzten auf deiner Karte freigegeben. Wie gehabt.« Er musterte K voller Skepsis. »Ansonsten unterliegt der Zugang zur Hauptstadt im Moment strengen Sicherheitsvorkehrungen. Ich bezweifle, dass es in den nächsten zwei Wochen irgendwelche Freigaben dieser Art geben wird.«

»Danke«, erwiderte K und versuchte seinen Fehler mit einem schrägen Lächeln zu überspielen.

»Weitergehen. Nicht bummeln«, knurrte der Mann und griff nach einer neuen Karte, um sie in sein Lesegerät einzuschieben. K trat vor und machte Platz für Crystal. In einiger Entfernung wartete er auf sie. Dieses Mal wirkte sie etwas ruhiger, als sie den Kopf zur Seite neigte, doch in den blauen Augen flackerte noch immer Angst.

»Hallo Clarasue«, murmelte der Mann. »Du hast einen Vermerk, dass du bei einem Arzt vorstellig werden sollst. Ich trage das sofort in deinen Tagesplan ein. Du bekommst für dein verfrühtes Anreisen keine Extracoints, weil du auf freiwilliger Basis hier bist. Die Zentralstadt wird dich dennoch für eine Spätschicht einteilen, wie vertraglich festgehalten.« Auch Crystal bekam ein Watchboard, das mit der weißen Karte versehen wurde, während ihre alte achtlos in dem Korb landete. »Bitte bedenke, dass der Arztvermerk erst aus deinem System gelöscht wird, wenn er Erfüllung gefunden hat. Für jede verschwendete Stunde ab jetzt werden dir 100 B-Coints abgezogen. Ich empfehle dir also, schnellstmöglich der Anmerkung nachzukommen.«

Crystal nickte nur abgehackt und wurde eine Spur bleicher. Zu gern hätte K sie aus dieser Situation gerettet, doch da musste sie nun durch.

»Des Weiteren wurde die Genehmigung für das gemeinschaftliche Zusammenleben in einem eheähnlichen Verhältnis bereits automatisch erneuert. Dein Apartment ist dasselbe wie bisher, in deinem Trakt gab es keine Veränderung.« Die Stimme dieses Kerls war so monoton und gelangweilt, dass er Ks Nerven strapazierte. Zudem wiederholte er nur das, was Crystal ohnehin schon mitgehört haben musste.

»Weitergehen. Nicht bummeln.«

Crystal wirkte leicht zittrig, als sie zu ihm aufschloss, die Hände umfassten das Watchboard. Doch ansonsten hatte sie diese Kontrolle besser gemeistert als die erste an der Bahnstation in Neutropolis. Sie war blass gewesen und hatte unübersehbar gezittert. Jetzt wirkte sie lediglich etwas gestresst.

»Und jetzt?«, fragte sie und hielt ihm ihr Watchboard hin,

auf dem im Terminkalender ein roter Vermerk blinkte, der sie auf die ärztliche Kontrolle hinwies.

»Jetzt machen wir das, was das verdammte Ding sagt«, entgegnete K. »Wo finden wir eine medizinische Station?«

Crystal tippte mit dem Finger auf das Wort Arzt und augenblicklich ploppte eine Wegbeschreibung auf. »So«, sagte sie und lächelte schmal.

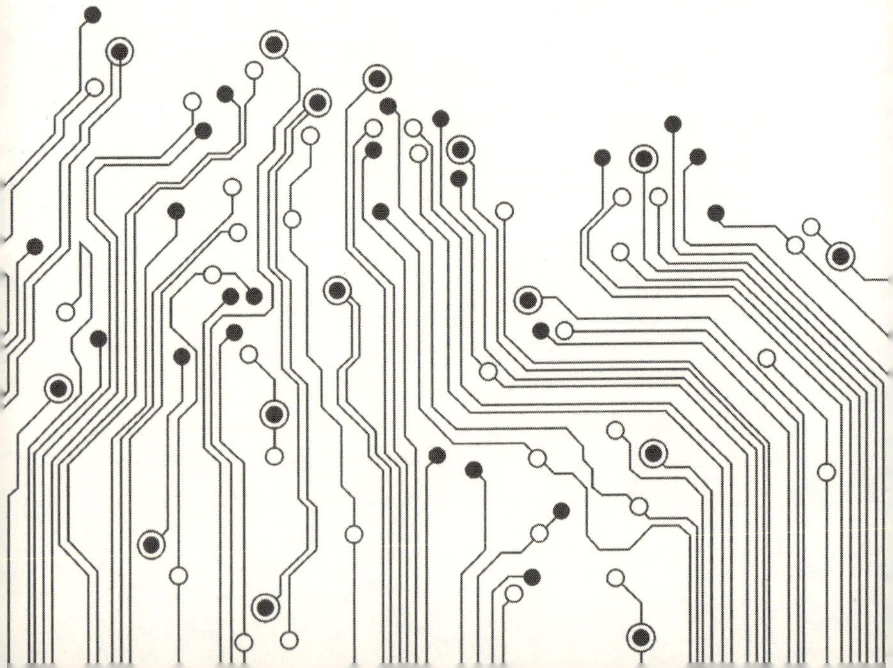

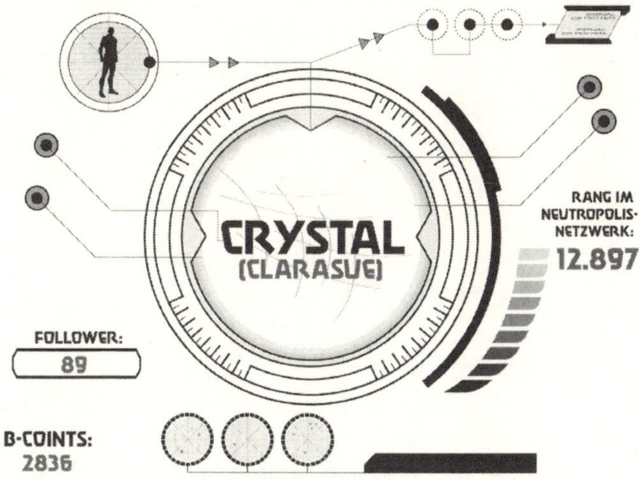

Sie durchstreiften graue fensterlose Gänge, während sie der Wegbeschreibung des Watchboards folgten. Es mutete wie ein Labyrinth an, dessen Eintönigkeit ab und an nur durch Türen oder entgegenkommende Menschen mit denselben flexiblen Bildschirmen in der Hand durchbrochen wurde. Es war ein Komplex, der vollständig von der eigentlichen Kuppel abgetrennt war und so schmucklos wirkte, dass Enttäuschung in Crystal aufstieg. Natürlich hatte man ihnen diesen Bereich in den farbenfrohen Videos nicht gezeigt. Es war beengend und zwar sauber, aber genauso langweilig und frustrierend. Die Türen hatten verschiedene Farben; einige waren mintgrün, andere bordeauxrot und wieder andere schlicht weiß. An der glatten Oberfläche der Durchgänge gab es keine Klinken, sondern lediglich kleine schwarze Kästen. Einsteckvorrichtungen für die weiße Karte, die nun in ihrem Watchboard steckte, wie Crystal durch Zufall bei einem Mann sah, an dem sie vorbeigingen. Er zog die Karte aus seinem Watchboard, steckte sie kurz ein und die Tür schwang auf.

»Und wie kommen wir jetzt in das Zentrum?«, flüsterte sie K zu, der neben ihr herlief.

»In erster Linie dürfen wir nicht auffallen. Das bedeutet, dass du den Vermerk loswerden musst und ich diese seltsame Markierung. Es erscheint mir so, als wäre der Tagesablauf sehr genau strukturiert und die Karten scheinen eine größere Bedeutung zu haben als in Neutropolis.« Er atmete angestrengt aus. »Es wird nicht so leicht werden, wie ich mir das vorgestellt habe. Du hast den Mann am Eingang gehört. Wenn nicht auf unserer Karte der Zugang freigegeben wird, kommen wir dort auch nicht hin.«

»Aber vielleicht können wir einfach mit irgendwem reden. Jemand, der …«

»Nach dem, was du gesehen hast, glaubst du wirklich, dass wir einfach irgendwen nehmen sollen, dem wir die Situation erklären?«, unterbrach er sie, als sie um eine weitere Ecke bogen. K schüttelte den Kopf. »Es muss jemand der ganz hohen sein, der direkt mit dem System arbeitet und nicht wie alle anderen dem System unterliegt.«

Natürlich hatte er recht, doch Crystals Hoffnung schwand mit jedem Schritt, den sie in diesem Gebäude tat. Die Kontrolle war noch strenger als in Neutropolis und ein Zugang zur eigentlichen Stadt unter der Glaskuppel war nicht so leicht wie angenommen. Andererseits: Was hatte sie gedacht? Dass sie einfach in das Gebäude hereinspazieren und zum Hauptrechenzentrum gelangen würden? Zu dem Ort, wo das gesamte System dieses Kontinents gesteuert wurde?

»Das muss es sein«, sagte K und deutete auf eine weiße Tür, die mit dem Wegweiser des Watchboards übereinstimmte. Crystal nickte, zog ihre Karte aus dem Watchboard wie es der Mann getan hatte und schob sie in den Schlitz in der Tür. Es piepte und sie sprang auf.

Sie betraten einen kleinen Vorraum, der ebenso unspektakulär wie der Gang zuvor war. Es gab hier drei Stühle und sonst nichts. Die Tür an der gegenüberliegenden Wand hatte keines der Kartenschlösser, sondern war einfach glatt und weiß. Eine Weile standen sie einfach da, doch es geschah nichts.

»Also warten wir wohl«, murmelte K und ging zu einem der Stühle. Crystal setzte sich neben ihn. Sie beugte sich vor und folgte seinem Blick zu dem Watchboard auf seinem Schoß, wo nun angezeigt wurde, dass er noch eine halbe Stunde bis zu der Versammlung hatte.

»Hoffentlich dauert es nicht so lange«, murmelte sie und sah auf. »Wer weiß was passiert, wenn du zu spät kommst?«

»Ich fürchte, nichts Gutes …« Seine Stimme war sehr leise und trotzdem dicht bei ihr. Sie klang ein wenig heiser. Auf einmal wurde ihr klar, wie nah sie ihm war, während sie sich zu ihm herübergebeugt hatte. Erinnerungen an den Kuss wallten in ihr auf, als sein warmer Atem auf ihr Gesicht traf. Sie musterte die braunen Augen und entdeckte kleine helle Sprenkel darin, die eine seltsame Anziehung auf sie ausübten. Ihr Herzschlag beschleunigte sich und ihr wurde warm. Der Gedanke, ihn einfach noch mal zu küssen, noch mal das Gleiche zu fühlen wie beim letzten Mal, war so verlockend … Wenn er ihr vielleicht nur kurz durch das Gesicht streicheln könnte oder auch nur den Kopf leicht senken, damit er ihr näher war. Es würde ihr einen Moment bringen. Einen Moment ohne Sorgen. Dieser Gedanke reichte, damit sie ihm von sich aus näherkam, sich leicht in seine Richtung streckte. Sein Gesicht war jetzt dicht vor ihrem. Und dennoch nicht nah genug.

»Crystal …«, flüsterte er und Schmerz klang aus ihrem Namen hervor. Dennoch hörte es sich schön an, wenn er ihn sagte. Auch, wenn er das an diesem Ort eigentlich nicht sollte, fühlte es sich richtig an. Sie berührte unwillkürlich seinen Arm und ein Kribbeln kitzelte an ihren Fingerspitzen.

K hob die Hand und streichelte ihr sacht über die Wange. Eine vorsichtige Berührung, die einen wahren Gefühlssturm in ihr entfachte. In ihrer Bauchgegend schienen hunderte kleiner Schmetterlinge zu tanzen und durcheinander zu wirbeln. Sein Daumen fuhr eine imaginäre Linie unter ihrem Auge nach, seine Lider waren leicht geschlossen. Sie wusste … nein, sie wünschte sich, dass er sie gleich noch einmal küssen würde. Allein bei dem Gedanken flatterte ihr Herz in einem hastigen Takt. Sie wollte das. Genau genommen konnte sie sich nicht daran erinnern, wann sie das letzte Mal etwas so sehr gewollt hatte. Nicht das Aufsteigen im Ranking, nicht der Umzug in die Zentralstadt. All das konnte mit der Aufregung in ihrem Inneren nicht mithalten. Es war anders. Besonders. Und sie wollte es festhalten und nie wieder hergeben müssen.

Ein Räuspern ließ sie zurückfahren und der Moment zerbrach. In der geöffneten Tür ohne Klinke stand eine Frau in weißer Kleidung mit pinkfarbenem Haar, das knapp bis über die Schultern reichte. Sie grinste kess zu ihnen herüber. »Clarasue?«, fragte sie mit einer kristallklaren Stimme.

»Ähm … ja«, entgegnete Crystal und kam so schnell auf die Füße, dass ihr leicht schwindelig wurde. Ihre Knie fühlten sich ungewohnt weich an. Und zum ersten Mal, seitdem sie hier waren, lag das nicht an der bedrohlichen Situation, die sie umgab, sondern einzig an K.

»Und das ist?«, fragte die Ärztin und musterte K mit gehobenen Augenbrauen.

»Syphom, mein Mann.«

»Ah.« Nun grinste sie wieder. Ihre Zähne waren außerordentlich weiß. Beinahe zu weiß. »Ich hoffe, dass du keinen Dienst für diesen Begleitservice ausfallen lassen hast, Syphom. Dafür kann ich leider keinen Vermerk auf deiner Karte machen.«

»Nein, ich habe noch zwanzig Minuten Zeit bis zu meinem nächsten Dienst«, sagte K und lächelte. Einmal mehr war Crystal beeindruckt wie natürlich er sich in dieser Umgebung gab. Als wäre er schon lange Teil davon.

»Gut, dann kommt rein.« Die Frau verschwand durch die Tür ins Innere des Zimmers.

Das Behandlungszimmer war schlicht. Es ähnelte dem von Doktor Zey und war doch vollkommen anders. Zwar fanden sich auch hier zahlreiche Klappen, die in der Wand versenkt waren, sowie eine Liege und ein Schreibtisch. Doch zusätzlich gab es hier allerlei technische Geräte, die auf der Arbeitsfläche standen oder auf Rollen in der leeren Ecke eines Zimmers auf ihren Einsatz warteten. Zu ihrer Rechten war ein großer Flachbildschirm an der Wand angebracht, auf dem man eine Rankingliste sah. Es war die der Zentralstadt. Sie ähnelte der von Neutropolis von den Grundstrukturen her, doch statt in Schwarz war die Schrift und Umrandung hier in Gold gehalten. Fasziniert starrte Crystal auf die Namen im Ranking. Sie kannte sie alle. Snowball, Kerryberry, Carlwine, Fruit … Allesamt aus den Top fünfzig des Weltrankings. Bevor der Beschluss feststand, dass sie in die Zentralstadt zog, hatte sie regelmäßig tausende von B-Coints geopfert, um diesen Menschen dabei zuzuschauen, wie sie ihren Alltag bestritten. Damals wie heute wirkte die Möglichkeit berauschend, neben ihren Idolen leben zu dürfen. Einen BanjoBang neben sich im Haus leben zu haben. Ihn wirklich zu sehen, statt nur auf dem Watchboard …

»Entschuldigt«, sagte die Ärztin und stieß ein Lachen aus, das klang, als würden zwei Gläser gegeneinanderstoßen. »Ich habe nur gerade die aktuellen Rankings nachgeschaut. Fruit hat in den letzten Wochen ordentlich an Followern zugelegt, faszinierend dieser Mann«, plapperte sie und trat vor den Bildschirm. Sie wischte einmal durch die Luft und der Bildschirm änderte sein Aussehen. Eine Art Startseite erschien, auf der die neusten Videos aus der Zentralstadt zu sehen waren. »Was möchtet ihr gern sehen bei der Behandlung? Cupcake hat ein neues Video über eine dieser leckeren Baisertörtchen in das Netzwerk gestellt, fantastisch, das muss man gesehen haben. Oder Sax, der eine A-Capella-Version unserer Stadthymne hochgeladen hat. Der Junge hat vergoldete Stimmbänder, wenn ihr mich fragt.« Sie redete so schnell, dass sie sich dabei fast überschlug.

K stand stumm neben ihr und starrte mit gerunzelter Stirn auf den Bildschirm. Er sah nicht so aus, als könnte er irgendetwas darauf entgegnen.

»Also?« Die Frau drehte sich zu ihnen um.

»Die Baisertörtchen klingen gut«, antwortete Crystal mit einem erzwungenen Lächeln.

»Sehr gute Wahl.« Die Ärztin wählte eine Frau mit kurzen goldenen Haaren aus, die eine schwarze Schürze trug. Ein Video startete, bei dem kleine Cupcakes über den Bildschirm tanzten und einen Schriftzug hinter sich herzogen, der lautete: Cupcake World.

»Ich lasse den Ton aus, damit wir uns unterhalten können«, sagte die Ärztin und deutete auf die Liege. Crystal folgte ihrem Fingerzeig und ließ sich darauf nieder, während die Frau einen Rollhocker heranzog. Sie schätzte sie auf Mitte zwanzig, ihre Gesichtszüge waren ebenmäßig und hübsch. Ihr Lächeln wirkte einladend. »Mein Name ist Shiva. Ich bin Ärztin ersten Grades und für die mittelrangigen Arbeiter zuständig. Vielleicht habt ihr meine Videos schon einmal gesehen? Ich habe vor Kurzem erst eine neue Reihe gestartet über den psychologischen Ansatz bezüglich morgendlicher Müdigkeit. Ich beziehe mich vor allem auf die Vergangenheit im Kontrast zur jetzigen Zeit, wo die Menschen sich mit Kaffee und ähnlichen aufputschenden Getränken den morgendlichen Alltag erleichtert haben. Verdammt gesundheitsschädlich und nach meiner These ein Grund, warum die vorherige Gesellschaftsform gescheitert ist.« Sie rümpfte die Nase und lachte dann. »Natürlich nur, falls euch die medizinischen Kanäle überhaupt interessieren.«

Crystal vernahm ihre Worte, doch ihre Gedanken blieben immer wieder an dem Namen, mit dem sie sich vorgestellt hatte, hängen. Shiva. Er hallte durch Crystals Gedanken. Sie hatte ihn schon einmal gehört. Die Ärztin griff nach einem Watchboard, das auf einem Tresen lag. Es war klein, sodass es perfekt in ihre Hand passte. »Ich brauche deine Karte und den Kopf zur Seite neigen, bitte.«

Crystal gab sie ihr, sah zu, wie sie sie in das kleine Lesegerät steckte und das gewohnte Piepen erklang, als ihr Chip ausgelesen wurde. Ihr Herzschlag beschleunigte sich einmal mehr, doch die Panik blieb aus.

»Hier steht, dass du heute Morgen eine Panikattacke hattest?«, fragte Shiva und musterte sie interessiert.

»Ich … ja, diese Sache mit …« Sie blickte fragend zu K.

»Crystal«, vervollständigte er ihren Satz und lächelte leicht. Es wirkte wie geplant und so unbefangen wie sie es sich gewünscht hatte.

»Genau, Crystal. Man sagt, dass sie das Rangsystem gefährdet und dazu diese strengen Kontrollen …« Sie war erstaunt, wie leicht ihr diese Lügen von den Lippen kamen. Jetzt mussten sie nur noch glaubhaft sein. Und das konnte sie nicht beurteilen, denn auch wenn K etwas anderes behauptete, sie hatte tatsächlich noch nie gelogen.

Shiva berührte sie am Arm und lächelte sanft und mitfühlend. »Aber du brauchst dich nicht sorgen deswegen. Unsere Oberen haben alles im Griff. Niemand wird …«

»Shiva. Die Shiva, die Casus kennt?«

K sagte es so plötzlich, dass sie beide herumfuhren. Einen Moment herrschte Schweigen und Shiva starrte ihn nur an. Ihre blassen Wangen färbten sich leicht rot. »Ich habe keine Ahnung wovon du sprichst, Syphom.«

»Auch nicht, wenn wir dir sagen, dass er uns geschickt hat?«, hakte er weiter nach. Crystal wusste nicht, ob ihr gefiel, wie sich das hier entwickelte. Natürlich war ihr auch eingefallen, dass Casus diesen Namen erwähnt hatte, aber was, wenn sie es nicht war? Dann wäre ihre Reise durch die Zentralstadt vorbei, noch bevor sie begonnen hatte.

Shiva kam stolpernd auf die Beine und trat einige Schritte rückwärts. Gehetzt blickte sie von Crystal zurück zu K. »Was wollt ihr von mir?«, zischte sie, offenbar gereizt.

»Gar nichts«, schaltete sich Crystal ein und rutschte von der Liege.

»Ich werde dem Mistkerl nie verzeihen, was er …« Sie unterbrach sich und schien sich zu fangen. »Mit Casus habe ich nichts mehr zu tun, also kann ich euch auch nicht helfen.«

»Aber er meinte, dass du uns helfen könntest«, sagte Crystal besänftigend und hob beide Hände. Im Hintergrund war die Cupcakekönigin gerade dabei, eine weiße fluffige Masse auf die kleinen Törtchen zu geben.

Shiva starrte Crystal an und verdrehte dann die Augen. »Er weiß schon, dass er sich nicht immer auf mich berufen kann. Auch ich habe einen Ruf hier drinnen zu verlieren.« Mit scheinbar wieder recht entspannter Miene musterte Shiva sie und dann zeichnete sich auf einmal eine Erkenntnis auf ihrem Gesicht ab. »Du!«, stieß sie hervor und deutete auf Crystal. »Ich habe gleich gewusst, dass ich dieses Gesicht kenne!«

Die Situation geriet vollkommen außer Kontrolle. Auf einmal ging alles blitzschnell. Shiva stürzte nach vorn in Richtung des Watchboards, das sie auf der Liege abgelegt hatte. Doch noch bevor sie es zu fassen bekam, stieß K Crystal beiseite und entzog es ihr. Shiva stieß einen wütenden Laut aus und wich zurück. »Verdammt, ich werde schreien, wenn es sein muss!«

»Wenn das etwas bringen würde, hättest du es längst getan«, sagte K, immer noch erstaunlich ruhig.

Shiva stieß ein Schnauben aus, ihr Blick huschte suchend durch den kleinen Raum.

»Crystal, stell dich vor den Bildschirm«, forderte K kühl und machte einen Schritt in Richtung der panischen Ärztin. Sie ahnte, warum er das verlangte, denn auch über diese Einheit konnte man bestimmt den Sicherheitsdienst rufen.

»Shiva, bitte. Wir brauchen wirklich Hilfe.«

Shiva schnaubte und funkelte sie aus wütenden Augen an. »Casus mag ein Freund sein, aber auch eine Freundschaft hat ihre Grenzen. Ihr könnt mir verdammt viel Ärger einbringen.«

»Das verstehe ich vollkommen. Glaub mir, ich bin auch der Meinung, dass Casus ein Arsch ist«, sagte K und grinste schräg. »Er ist ein Arschloch, ein Egozentriker. Aber weißt du, was wir dafür bezahlt haben, dass wir jetzt hier sind?«

Crystal hatte keine Ahnung, worauf K hinauswollte, aber ihr fiel auch kein besserer Plan ein, also ließ sie ihn machen. Wenn sie die Ärztin nicht davon überzeugen konnten ihnen zu helfen, wäre das alles umsonst gewesen.

»Habt ihr ihm vielleicht eure Seele verkauft?«, fragte Shiva bissig.

K lachte auf. Wie konnte dieser Kerl nur immer so entspannt sein? So verdammt ruhig? »Das wäre wohl angemessen gewesen, wenn man bedenkt, mit welchem Aufwand nach Crystal gefahndet wird. Aber nein. Wir haben ihm dafür eigentlich gar nichts gegeben. Eine Tube Heilsalbe. Ein paar Tabletten. Das wars.«

»Bullshit«, zischte die Ärztin. Ihre Blicke huschten noch immer nervös durch den Raum. Doch es gab keine zweite Tür, nur die durch die sie gekommen waren. Und diesen Weg verbaute ihr K.

»Du kannst davon halten was du willst, aber ich schwöre es. Er wollte, dass wir in die Zentralstadt kommen, um das Ranking wieder in den Griff zu bekommen. Du musst gemerkt haben, dass damit seit der Sache mit Crystal etwas nicht stimmt.«

Shiva atmete gehetzt ein und aus, blickte von ihr zurück zu K. »Und er will, dass ich euch helfe?«

»Ja.«

Shiva richtete sich leicht auf und bewegte die Schultern, als versuche sie eine lästige Verspannung loszuwerden. »Ich werde euch nicht verraten, weil ich selbst viel zu oft in Situationen gesteckt habe, in denen ich auf die Hilfe anderer angewiesen war.« Sie atmete schnaubend aus. »Aber ich möchte, dass ihr hier verschwindet und im Notfall ein anderes Ärztezentrum aufsucht. Ich will euch nie wiedersehen.« Jetzt wirkte sie nicht mehr so panisch, sondern eher wütend.

»Wenn du die Situation kennst, warum hilfst du uns dann nicht?«, brach es aus Crystal heraus. Sie fing einen gereizten Blick auf.

»Du hast doch keine Ahnung, Mädchen. Weißt du, wo

ich herkomme?« Shiva wischte sich mit einer ruckartigen Bewegung eine pinkfarbene Strähne aus dem Gesicht. »Ich komme von ganz unten. Ich war namenlos, hatte kaum B-Coints und kein Schwein hat sich für mich interessiert. Von Anfang an war ich chancenlos, obwohl ich so viel mehr wollte. Wenn du dort unten im Ranking bist, hast du aber keine Chance darauf, mehr zu werden. Der Lernstoff wird nach B-Coints zugeteilt. Hast du nichts, bist du nichts und wirst auch nie etwas werden.«

Crystal wusste nicht, was sie dazu sagen sollte. Natürlich hatten ihr immer alle Möglichkeiten zur Verfügung gestanden, sie hätte mit ihrem Kontostand alles werden können. Doch Shiva hatte recht. Jemand, der sehr niedrig im Rang angesiedelt war, hatte keinen Zugriff auf das volle Ausbildungspensum, das die Zentralstadt in Online-Lektionen ausgab. Je höher die Bildung, desto teurer wurden die Lektionen.

»Ich habe Casus kennengelernt und er hat mir geholfen, das System überlistet. Ich konnte lernen, habe den Stoff gut geschafft und mir dadurch B-Coints verdient. Nebenbei begann ich meine Videokarriere zu starten. Jetzt bin ich hier. Das war harte Arbeit. Verdammt harte Arbeit. Ich würde es in keinem Leben riskieren, wieder dort zu landen wo ich herkomme. Oder exekutiert zu werden. Nicht für dich und auch für niemand anderen.« Shivas Hände hatten sich zu Fäusten geballt, die helle Haut ihrer Wangen hatte sich rot verfärbt.

»Wir müssen doch nur ins Zentrum«, sagte K, als Crystal keine Antwort wusste. Sie konnte Shiva verstehen. So zu leben wie K, war, egal wie verbunden sie sich mit ihm fühlte, ein Gedanke, der nicht in ihren Kopf ging. Das wurde ihr erneut klar, doch dieses Mal schmerzte es sogar noch mehr als zuvor.

Shiva stieß einen Laut aus, der nach einer Mischung aus hektischem Ausatmen und Auflachen klang. »*Nur* ins Zentrum? Weißt du überhaupt, was das bedeutet?« Sie schüttelte den Kopf. »Ich stehe im Rang deutlich über euch und habe dennoch nie einen Fuß ins Stadtinnere gesetzt.«

Crystal spürte, wie sie leicht in sich zusammensackte.

»Das muss doch trotzdem möglich sein«, beharrte K und sah Shiva ernst an. »Ich verstehe, dass du uns nicht helfen möchtest, aber letzten Endes geht es hier nicht um uns, sondern um das ganze System. Wenn es zusammenbricht, dann ist keinem von uns geholfen. Wir können das natürlich einfach den Sicherheitseinheiten überlassen, sie töten Crystal und dann ist der Fehler auch behoben. Aber ich halte dich nicht für jemanden, der ein unschuldiges Menschenleben auf dem Gewissen haben möchte. Denn Crystal hat nichts Unrechtes getan.« Eine Weile war es still und die beiden lieferten sich ein Blickduell. Crystal konnte die Anspannung, die in der Luft lag, deutlich spüren.

Schließlich seufzte Shiva. »Ich werde mit Casus Kontakt aufnehmen und dann schauen wir, was ich tun kann.« Sie hob eine Augenbraue. »Oder was er denkt, was ich tun *soll*. Aber das dauert.«

»Wie lange?«, hakte K nach.

Shiva stieß schnaubend Luft aus und fuhr sich durch das pinkfarbene Haar. »Drei Tage, vielleicht zwei. Ihr müsst euch eine Weile gedulden.«

Statt eine Antwort zu geben, nickte K gewissenhaft.

»Ihr müsst gehen«, sagte sie bestimmt und streckte die Hand nach dem kleinen Watchboard aus, das K noch immer festhielt. »Ich werde auf ihrer Karte vermerken, das alles in Ordnung ist. Und dann solltet ihr euch an den Alltag hier anpassen. Und mich nicht noch mal aufsuchen, bis ich euch Bescheid gebe.«

»Danke.« Crystal schenkte ihr ein Lächeln, erntete jedoch

nur einen leicht gereizten Blick. Und sie konnte es der Ärztin nicht verübeln.

K zögerte einen Moment, doch dann reichte er es ihr. Sein Blick war skeptisch und auch Crystal sorgte sich kurz, ob Shiva sich tatsächlich an ihr Versprechen halten würde. Angespannt beobachtete sie die Ärztin dabei, wie sie auf dem kleinen Watchboard herumtippte. Sie hielt die Luft an, rechnete schon damit, dass die Tür sich jeden Moment öffnete und eine der elektronischen Sicherheitseinheiten in den Raum glitt. Dann wäre es vorbei. Einfach so.

»Hier.« Shiva hielt ihr mit gerunzelter Stirn die Karte entgegen.

Crystal atmete zittrig aus und griff danach. »Danke«, brachte sie wieder nur hervor.

»Ich kann euch nichts versprechen, rechnet euch nicht zu hohe Chancen aus. Der Gefallen, den Casus da erwartet ist groß …«

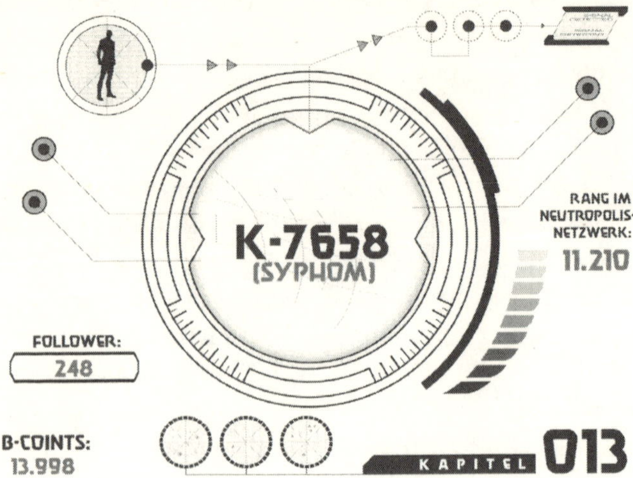

K starrte auf das Watchboard in seiner Hand und verfolgte mit den Augen den Weg, den das Navigationssystem vorgab. Es war ganz simpel, man musste lediglich die gewünschten Ziele in eine Leiste eingeben und das System suchte automatisch den kürzesten Weg. So wie er das Watchboard eingestellt hatte, könnte er Crystal an dem Apartment von Clarasue und Syphom absetzen und dennoch pünktlich die Versammlung erreichen. Er hatte noch immer keine Ahnung, was ihn dort erwarten würde, aber er ahnte, dass Verspätungen nicht willkommen waren.

»Meinst du, dass sie uns wirklich hilft?«, fragte Crystal. Es war das Erste, das sie sagte, seitdem sie das Arztzimmer von Shiva verlassen hatten.

»Sie hat uns gehen lassen, das werte ich als gutes Zeichen. Den Rest müssen wir Casus überlassen, wenn sie mit ihm Kontakt aufnimmt.« Er versuchte die Worte zuversichtlich klingen zu lassen, obwohl es in seinem Inneren anders aussah. Eigentlich traute er Shiva genauso wenig wie es bei Casus der Fall gewesen war. »Trotzdem sollten wir versuchen noch auf anderem Weg in die Kuppel zu kommen.«

Unvermittelt berührte Crystals kühle Hand seine. Es wirkte erst flüchtig oder wie ein Versehen, während sie dicht nebeneinander hergingen, doch dann verflochten sich ihre Finger mit seinen. Ein warmes Kribbeln schoss seinen Arm hinauf. Wie konnte sich etwas Falsches zeitgleich so verdammt richtig anfühlen? Als er ihr einen Seitenblick zuwarf, waren ihre Wangen leicht gerötet und der Blick starr geradeaus gerichtet. Sicherlich wusste sie, genau wie er, dass sie das nicht tun sollten. Statt sich immer weiter anzunähern, sollten sie Abstand voneinander nehmen. Die Situation klar erfassen und nüchtern auf die Zukunft blicken. Doch in diesem Moment waren *sollten* und *könnten* so weit entfernt voneinander wie noch nie. Und dennoch … Sanft aber bestimmt löste er sich aus ihren Fingern und ging etwas weiter in Richtung der weißen glatten Wand, um Abstand zwischen sie zu bringen. Es schmerzte mehr als angenommen. Besonders, als er ihren Blick auf sich spürte. Enttäuschung lag in der Luft.

»Wir sind da«, murmelte er und war dankbar für diese Ausflucht. Die Tür war weiß, mit einem Lesegerät versehen und von den vielen anderen in diesem Trakt nicht zu unterscheiden. Lediglich Ks Watchboard sagte ihnen, dass sie richtig waren. Es war seltsam, sich so blind auf die Technik verlassen zu müssen, doch in dem Gewirr aus weißen Gängen war dies sicherlich gar nicht anders möglich. Mehr denn je bestimmte die Technik an diesem Ort die Tagesabläufe der Bewohner. K konnte sich nicht recht damit abfinden. Er fühlte sich auf ungewohnte Art und Weise ausgeliefert und von etwas abhängig, das er nicht erfassen konnte.

»Gut«, murmelte Crystal und riss ihn aus seinen Überlegungen. Ihr Blick war starr auf den Boden gerichtet, die Wangen noch immer gerötet. In Ks Innerem zog sich etwas schmerzhaft zusammen.

»Wir …« Er brach ab. Was sollte er auch sagen? *Wir sollten das nicht tun, wir gehören nicht zusammen? Du bist bald wieder da, wo du hingehörst und ich auch?* Es kam ihm dumm und weichlich vor seine Gefühle so offen zu äußern. Und was würde es ändern? Er würde ihr damit lediglich etwas mitteilen, das sie ohnehin schon wusste. Stattdessen räusperte er sich und sagte: »Warte hier auf mich, ich glaube nicht, dass die Versammlung sehr lange dauert. Dann finden wir eine Lösung.« Und dann ließ er sie einfach stehen. Alles in ihm versuchte sich dagegen zu sperren, umzudrehen und … sie zu küssen? Sie in dieses verdammte Apartment zu schieben und so zu tun, als würde die Welt gerade nicht Kopf stehen? K ballte die Hände zu Fäusten, spürte, wie seine Schritte sich beschleunigten. Nein. Damit wäre niemandem geholfen.

Je weiter er sich von Crystal entfernte, desto klarer wurden seine Gedanken. Er hatte das richtige getan und er würde es wieder tun müssen. Es war schon dumm genug gewesen, sie überhaupt zu küssen. Eine Hochrangige. Ein Schnauben kam über seine Lippen und Schmerz wurde durch Wut auf sich selbst ersetzt.

»Hey! Hinten anstellen!« Eine raue Stimme erregte seine Aufmerksamkeit. Er hatte den Blick so starr auf das Watchboard gerichtet und war so monoton den Anweisungen gefolgt, dass er kaum registriert hatte, dass er sein Ziel bereits erreicht hatte. Vor einer offenen Tür, am Ende eines weißen Ganges standen zwei Wachleute. Einer der beiden hielt ein Lesegerät in der Hand und nahm die weißen Chipkarten der Männer entgegen, die hier in einer Schlange standen. K war so in Gedanken gewesen, dass er blind an den anstehenden Männern vorbeigelaufen war und nun böse von einem kleingewachsenen Kerl mit dunklem Haar angefunkelt wurde.

»Entschuldigung«, murmelte er und ging eilig an das Ende der Schlange.

»Nichts für ungut«, sagte der Mann, hob die rechte Hand und tippte sich mit den Fingerspitzen zur Begrüßung gegen das Kinn. Eine Geste, von der K bereits gehört hatte, die in den Kreisen der Namenlosen jedoch keine Anwendung fand. Eilig versuchte er sie nachzuahmen und hoffte dabei, dass sie nicht ganz so ungewohnt wirkte.

»Ich bin Safran«, stellte der Kerl sich vor. Seine Augen waren merkwürdig groß, als würden die Augäpfel dauerhaft zu weit aus den Höhlen treten und die Lippen waren schwulstig.

»Syphom«, sagte K und lächelte knapp.

»Was ist dein Aufgabenbereich? Ranking oder Videoplattform?«

K hatte nicht die geringste Ahnung. »Ranking«, murmelte er intuitiv und hoffte, dass der Kerl ihn nicht als Betrüger entlarvte.

»Ich bin im Team für die Videoplattformen«, sagte der jedoch nur, während sie etwas weiter nach vorn aufrutschten. »Hab mich ja schon gefragt, wann sie so ein Treffen einberufen. Ist bei euch auch so ein Chaos?«

»Ich bin erst seit einer Stunde wieder hier«, entgegnete K ausweichend. Er hatte keine besonders große Lust, sich mit dem anderen Techniker auszutauschen. Es gab einfach zu viele Möglichkeiten, eine falsche Antwort zu geben.

»Neutropolis?«

»Ja«, entgegnete K knapp und möglichst abweisend.

»Dann hast du aber sicher die Massenexekution mitbekommen? Das war ein ziemliches Durcheinander. Ich kenne jemanden aus der Sicherheit, der mir anvertraut hat, dass das ebenfalls auf den Fehler im System zurückzuführen ist.«

Eine kalte Faust schien sich um sein Herz zu legen und es kostete K alle Mühe sich nichts anmerken zu lassen. »Massenexekution?«

Safran hob eine buschige Augenbraue und musterte ihn interessiert. »Ja. Fast fünfzig Namenlosen hat es zeitgleich das Licht ausgeblasen. Seitdem hat die Sicherheit das Exekutions-System komplett lahmgelegt. Und rate mal wer die Schuld daran bekommt? Wir Techniker. Irgendwer muss den Mist ja ausbaden.«

B.

K wurde übel. »Weiß man, wen es erwischt hat?« Seine Stimme klang tonlos.

Nun stand blanke Skepsis in Safrans Gesicht. »Kennst du da unten irgendjemanden, oder was?«

Nein. Das wäre seltsam. Doch K brachte keine Antwort über die Lippen, stattdessen schüttelte er nur den Kopf.

»Keine Ahnung. Irgendwen halt. Anscheinend hat das System in einem gesamten unteren Hochhaustrakt ausgesetzt. Einfach alle umgekippt.« Safran schnalzte mit der Zunge und schüttelte den Kopf. Jedoch wirkte es so nebensächlich, als wären dort nicht Menschen gestorben, sondern als wäre lediglich die Einrichtung beschädigt worden. Ks Hände ballten sich erneut zu Fäusten. Wut und Sorge rangen in seinem Geist um Vorherrschaft.

»Vortreten, Karte vorzeigen und weiter«, knurrte der Wachmann.

»Ist ja gut«, entgegnete Safran und lachte schnarrend. Er zog die Karte aus dem Watchboard, reichte sie dem Mann und ließ seinen Chip einscannen. Als K an die Reihe kam, folgte er dem Beispiel des kleingewachsenen Mannes.

Sie betraten eine große Halle, die mit schlichten weißen Stühlen gefüllt war. Man hatte sie in Richtung einer massiven Leinwand ausgerichtet. Beinahe die ganze Halle war bereits mit Technikern besetzt, die alle nach der Reihenfolge, in der sie eintraten, zu ihrem Platz geführt wurden. Einige Sicherheitsmänner wiesen sie in die entsprechenden Reihen ein. K fühlte sich wie betäubt. Wenn B etwas geschehen war, würde er sich das niemals verzeihen.

»Ich hoffe, dass sie eine Systemanalyse gemacht haben und Neuigkeiten für uns haben.« Safran war der Platz neben ihm zugewiesen worden, was bedeutete, dass er vor dem Geplapper weiterhin nicht verschont bleiben würde.

K richtete den Blick starr auf die leere Leinwand. Während die Männer sich um ihn herum in leise Gespräche vertieften, war er nur darum bemüht möglichst unsichtbar zu bleiben. Doch Safran schien mit diesem Plan nicht einverstanden zu sein, denn er gab ohne Unterlass belangloses Zeug über das Essen, die Schichten oder Kollegen von sich. Themen, bei denen K nicht mitreden konnte, ohne zu riskieren irgendwann etwas Verfängliches von sich zu geben, das ihn als Betrüger entlarvte. Und so schaltete er irgendwann ab und seine Gedanken kehrten zu B zurück. Die Chancen standen gut, dass es ihn nicht erwischt hatte, doch Ks Kopf malte dennoch unerbittlich Horrorvisionen davon, wie sein kleiner Bruder in sich zusammensackte. Den Blick leer, den Mund zu einem stummen Schrei geöffnet. Tod. Einfach so. Durch einen dummen Fehler im System, den K selbst ausgelöst hatte. Er war dafür verantwortlich. Sein Magen verwandelte sich in einen schmerzhaften festen Klumpen.

»Hey, hörst du mir überhaupt zu?« Safrans Stimme durchdrang seine Überlegungen.

»Hm?«, fragte er leicht gereizt, doch sein Gegenüber schien

sich an seinem angespannten Gesichtsausdruck nicht zu stören, denn er schwatzte munter weiter.

»Habt ihr die Systemfehler bei euch beheben können? Ich habe gehört, da war wirklich einiges los in der letzten Zeit.«

K brauchte einen Moment, um in seine Rolle zurückzufinden. Auf einmal kam ihm die Idee, sich in die Zentralstadt einzuschleusen nicht nur leichtsinnig, sondern auch verdammt dämlich vor. »Ähm … als ich nach Neutropolis bin, waren die Jungs gerade dran.« Wie lange konnte man sich mit solch leeren Aussagen durch dieses Gespräch mogeln? Anscheinend länger als gedacht, denn Safran nickte wissend, die hohe Stirn in Falten gelegt.

»Keiner weiß was im Moment los ist. Ein Problem jagt das nächste …« Safran schüttelte mit missbilligendem Gesichtsausdruck den Kopf. K kämpfte gegen den Drang an zurückzuweichen, als Safran sich leicht in seine Richtung lehnte. Der verschwitzte kleine Mann hatte etwas in den Augen stehen, das ihn abschreckte. Er hatte es schon häufiger in den unteren Stockwerken gesehen, zumeist bei Menschen, denen das Schicksal übel mitgespielt hatte und die sich lieber in den Wahnsinn flüchteten, als sich mit der Realität anzufreunden. K hätte nicht gedacht, dass er hier in der Zentralstadt jemanden mit diesem Ausdruck finden würde.

»Und wenn du mich fragst, war das schon so bevor dieses Mädchen meinte das System stürzen zu wollen«, flüsterte er und blies K seinen sauren Atem entgegen. Und auch, wenn alles in ihm danach schrie, dieses Gespräch schnellstmöglich zu beenden, war es dennoch die Neugier, die ihn fragen ließ: »Was meinst du?«

Safran blickte sich gehetzt um und räusperte sich. »Na ja, ich weiß ja nicht wie das bei euch aussah, aber wir hatten schon vorher Unstimmigkeiten im System. Rankings sind manipuliert worden, die Anzahl von Followern änderte sich schlagartig, vollkommen harmlose Videos wurden zensiert, die Kanäle von einigen Bewohnern einfach gelöscht …« Seine Augen wirkten fiebrig und er wischte sich mit leicht zittrigen Fingern einige Schweißtropfen von der Stirn. »Es ließ sich natürlich alles wieder gut in den Griff bekommen, aber gerade im letzten Jahr nahmen die Attacken überhand.«

K dachte unwillkürlich an Casus und seine Möglichkeiten, in das System einzugreifen. Ob er dafür verantwortlich war? Doch auch wenn er den Kerl nicht leiden konnte, irgendwie traute er ihm nicht zu, so offensichtliche Spuren hinterlassen zu haben.

»Aber das eigentlich seltsame ist, dass einige Angriffe vollkommen unsinnig waren. Einen Tag war der Kanal weg und am nächsten Tag wieder da, ohne dass wir das Problem beseitigt hätten. Als wäre gar nichts geschehen. Oder beispielsweise die Manipulation an den Followerzahlen. Zumeist haben sie gar keinen Zweck verfolgt, es gab keinen Aufstieg im Rang und auch keinen Fall, es spielte einfach keine Rolle. Aber dennoch zeigte uns das System sehr deutlich den Fehler an. Als wollte jemand von etwas anderem ablenken …« Safran stülpte die schwulstigen Lippen leicht nach vorn, die Augen wurden schmal. »Doch was passiert, wenn man die Leute auf sowas hinweist? Sie sind ignorant! Ignorant und dumm!«

Erneut flackerte dieses Funkeln in seinen Augen auf und K lehnte sich zurück. Safran blickte ihn aus fiebrigen Augen an. »Aber ich habe es trotzdem herausgefunden. Und wenn dann der Mist hier hochgeht, kann ich wenigstens dastehen und sagen, dass ich es gewusst habe. Von Anfang an.«

K wollte nicht fragen, weil er fürchtete, dass dieses Gespräch nicht unbedingt zu etwas führte. Und dennoch hatte er in den letzten Jahren gelernt, dass der erste Eindruck häufig genug täuschte. Was, wenn dieser Mann tatsächlich mehr wusste und ihm sogar hilfreich sein würde? Wenn nur ein Bruchteil der Informationen stimmte, wäre er schlauer als vorher. »Was hast du herausgefunden?«

Erleichterung und beinahe so etwas wie Dankbarkeit zeichneten Safrans Gesicht. »Nun, ich habe ja bereits von den Spuren erzählt, die diese Angriffe hinterlassen haben. Sie tauchten im Sicherheitssystem als Warnung auf und verschwanden dann einfach wieder. Niemand hat ihnen größere Beachtung geschenkt. Doch ich bin in die unteren Systeme gegangen und habe kleine Schäden entdeckt, die im Einzelnen nicht schlimm sind. Aber in der Summe …« Seine Augen weiteten sich und er nickte wissend. »Ich fürchte, dass das auch das Ziel war. Das System über die Masse zu schwächen und nun wütet in den Unternetzwerken ein Virus, der nach und nach das Rangsystem angreift. Doch das dürfte erst der Anfang sein …«

»Verflucht, Safran …« Ein junger Kerl, er musste etwa in Ks Alter sein, drehte sich in der Reihe vor ihnen um. Er war blond, hatte irgendwie ein verschlagenes Gesicht mit schmalen Augen und kantigen Brauen. »Es ist mir ein Rätsel, wieso man dich noch nicht vom Dienst entbunden hat.«

Die helle Gesichtshaut des Angesprochenen verfärbte sich von rosa zu dunkelrot. »Ich erfreue mich bester geistiger Gesundheit.«

Der Kerl mit der bordeauxroten Kleidung wandte sich an K, hob die Hand und tippte sich mit den Fingerspitzen grüßend ans Kinn. K erwiderte die Geste und stellte fest, dass er sich dabei noch immer albern vorkam. »Mischall, innere Systemsicherheit Zentralstadt«, stellte er sich vor.

»Syphom«, erwiderte K knapp. Erneut wurde ihm klar, dass er sich unbedingt informieren musste, wo genau er eingesetzt worden war.

Mischall musterte ihn kurz und sagte dann: »Nun, Syphom, du solltest besser nicht drauf hören, was Safran so von sich gibt. Er erzählt seine Verschwörungstheorien jedem, der sie hören will.«

»Das sind keine Theorien! Ich kann belegen, dass …«

»Ja, ja ich möchte dich daran erinnern, dass wir deine Belege alle geprüft und nichts gefunden haben. Es sind nichts als haltlose Aneinanderreihungen von irgendwelchen Vermutungen. Schwachsinn.«

Safran holte gerade japsend Luft und wollte offenbar dazu ansetzen etwas zu sagen, als ein lauter Signalton durch die Halle schallte. Einen Augenblick später wurde das Licht gedimmt und die große Leinwand leuchtete auf. Mischall schüttelte den Kopf, warf Safran einen letzten genervten Blick zu und drehte sich dann wieder nach vorn. Safran schwieg, doch K sah im Halbdunkeln deutlich, wie er die Hände zu Fäusten ballte.

Auf der Leinwand formierte sich gerade das Logo der Zentralstadt. Es bestand aus einem großen Kreis in der Mitte, der über schmale Linien mit fünf kleineren verbunden war, die darum angeordnet waren. Während in dem großen Kreis im Zentrum ein großes Z prangte, standen in den kleineren die Buchstaben: N, T, S, V und H. Sie standen stellvertretend für die Städte des Kontinents, die unmittelbar mit der westlichen Zentralstadt verbunden waren. Neutropolis, Time, Sertopia, Viewtown und Healthcity. K kannte diese Orte nur vom Namen her, wusste jedoch, dass sie ähnlich aufgebaut waren wie Neutropolis. Früher einmal waren es Sammelstellen für die Überlebenden nach den Kriegen gewesen, die sich mit Entwicklung des neuen Systems zu den neuen Städten entwickelt hatten. Die Menschen hatten sich ihre eigenen Gefängnisse geschaffen.

Als die Melodie der Stadthymne verstummte, wurde das

Logo ausgeblendet und es zeigte sich stattdessen ein Mann in silberner Kleidung. Er hatte keine Haare auf dem Kopf, war hellhäutig und musste bereits über fünfzig sein. Sein Blick war streng, bestenfalls ernst. »Willkommen«, sagte er nüchtern. »Ich habe Sie herkommen lassen, um über die neusten Geschehnisse auf technischer Ebene zu sprechen. Natürlich besteht für alles folgende strenge Geheimhaltung.« Er räusperte sich. »Doch zunächst ein paar allgemeine Dinge. Der Zugang zum Zentrum bleibt weiterhin stark eingeschränkt. Wir werden alles tun, um die Bewohner der Zentralstadt weitestgehend zu schützen. In besonderen Fällen, reden Sie bitte mit Ihrem Abteilungsleiter, er kann nach Absegnung an höherer Stelle einen Besuch des Zentrums auf Ihrer Karte freigeben.« Erneut erklang dieses räuspernde Hüsteln, das gekünstelt wirkte und nicht zu dem massiv gebauten Mann passen wollte. »Außerdem beklagen wir Systemausfälle in der Abteilung Sicherheit im kleineren Ausmaß, mit mäßigem Handlungsbedarf. In der Nahrungsmittelproduktion sind seit drei Tagen jedoch massive Probleme mit der Systemsteuerung aufgetreten. Ich bitte alle Techniker aus diesem Segment, sich das extra von uns zur Verfügung gestellte Material zur Fehlerbewältigung anzuschauen. Wenn wir alle zusammenarbeiten, bin ich der festen Überzeugung, dass wir die Probleme schnell in den Griff bekommen werden. Die Zentralsteuerung misst dem aktuellen Stand der Dinge kein besonderes Sicherheitsriskiko für die Arbeiterbereiche bei, daher ist Sorge hier fehl am Platz. Wir vermuten, dass die Rangprobleme von Neutropolis und unsere Ausfälle in und um die Stadt unmittelbar zusammenhängen.«

K presste die Lippen fest aufeinander. Genau das hatte er nicht hören wollen. Noch immer klang es absurd, dass aufgrund von Crystal so ein hoher Sicherheitsaufwand nötig wurde. Denn sie war doch immerhin nur eine einzige Person. Das machte alles keinen Sinn.

»Wenn Sie weitere Informationen zu diesem Thema wollen, schauen Sie sich bitte meinen Kanal an. In den letzten drei Videos gehe ich explizit auf diese Problematik ein.« Wieder räusperte er sich auf diese hüstelnde Art und Weise. »Doch nun kommen wir zu den fachlichen Dingen.«

Und dann begann der massive Mann in dem silbernen Zweiteiler von Systemen, Downloadraten, Bugs und anderen für K unverständlichen Dingen zu erzählen. Eine Weile versuchte K zuzuhören und zumindest einen Teil zu begreifen, doch es war sinnlos. Es kamen Codes, die beschädigt waren und merkwürdige Zahlenreihen hinzu. Als würde er in einer Fremdsprache reden. K warf einen flüchtigen Blick zu Safran, doch der schien vollkommen gebannt den Worten des Mannes zu lauschen.

Nach einer gefühlten Ewigkeit war es schließlich genauso plötzlich vorbei, wie es begonnen hatte. Der Mann verabschiedete sich knapp, das Bild von ihm erlosch und stattdessen wurde die Beleuchtung des Raumes wieder heller. Nach und nach erhoben sich die Ersten, verfielen wieder in murmelnde Gespräche und verließen nach Anweisung der Sicherheitsleute den Saal. Ks Gedanken rasten noch immer von den Zahlen und Daten, die der Mann heruntergebetet hatte. Wie sollte er drei Tage lang so tun, als hätte er auch nur die leiseste Ahnung davon, was gerade gesagt worden war? Jemand wie Kimmy oder Casus hätten sicherlich verstanden worum es geht. Doch er …

»Das war sehr informativ, aber nicht im geringsten aufschlussreich«, murmelte Safran neben ihm und K bemerkte, dass ihre Reihe sich ebenfalls erhoben hatte. Eilig tat er es ihnen gleich und folgte dem Mann zu seiner Rechten zum

Ende der Stuhlreihe. Hinter ihm lief Safran und war weiterhin in murmelnde Selbstgespräche vertieft, von denen abermals nur einige Zahlen an sein Ohr drangen.

Als sie die Halle verließen, wurde wieder seine Karte verlangt und in das Lesegerät eingeschoben. Nur das Implantat wurde nicht erneut ausgelesen. K trat etwas beiseite und wartete auf Safran, der abwesend die Prozedur über sich ergehen ließ. So verrückt der Kerl auch wirken mochte, er schien das System wenigstens zu hinterfragen.

»Safran?«

Der Mann zuckte zusammen und erstarrte in seiner Bewegung. Als er K ansah, wirkte er einen Moment verwirrt, als wäre er aus tiefen Gedanken geschreckt. »Syphom …«, sagte er.

»Ich …« Nun kam K ihm etwas näher. »Findest du es nicht auch seltsam, dass sie die Zentrale wegen eines Mädchens dermaßen abriegeln?« Er flüsterte nur und hoffte, dass er sich mit seinen Worten nicht zu weit aus dem Fenster lehnte.

Sie liefen ein paar Schritte nebeneinander her. »Weil es nicht nur deswegen ist …«, flüsterte Safran. »Sondern wegen der Fehler im System.« Seine Augen weiteten sich, als er K ansah. »Und ich bin nicht verrückt.«

»Dieser Mischall wirkte auch nicht unbedingt wie eine verlässliche Quelle«, erwiderte K und lachte tonlos.

Safran stieß einen offenbar belustigten Laut aus, in seinen Augen stand erneut Dankbarkeit. »Da hast du wohl recht.« Dann blickte er sich wieder suchend um, bevor er sich an K wandte. »Ich muss jetzt gleich zu meinem Dienst antreten, aber falls du diese Sicherheitslücken mal sehen willst, kannst du gern bei mir vorbeischauen und ich zeige sie dir.«

»Das wäre toll«, entgegnete K, obwohl er sich ziemlich sicher war, dass er vermutlich rein gar nichts erkennen würde.

»Oder du schaust mal auf meinem Kanal vorbei. *Safran says*. Da habe ich einige meiner Forschungsergebnisse offengelegt.«

»Das werde ich machen, danke.«

Und noch bevor K etwas hinzufügen konnte, hatte der kleingewachsene Mann sich von ihm abgewandt und hetzte den weißen Gang entlang.

»Syphom?«

K fuhr herum. Er hatte die Stimme eben schon dumpf wahrgenommen, aber nicht registriert, dass er gemeint war. Mischall stand vor ihm und betrachtete ihn argwöhnisch.

»Ja?«

»Für welchen Technikbereich arbeitest du gleich noch?«

»Videoupload«, entgegnete K und versuchte, es wie eine Selbstverständlichkeit klingen zu lassen. Ein ungutes Gefühl kroch sein Rückgrat hinauf. Die schmalen Augen von Mischall stellten eindeutig zu viele Fragen.

»Schon lange?«

»Eine Weile«, entgegnete K ausweichend und kämpfte mit dem Bedürfnis, sich einfach abzuwenden und zu gehen. Stattdessen blieb er stehen und erwiderte den Blick von Mischall so lässig wie möglich.

Schließlich zuckte Mischall mit den Schultern. »Eigentlich wollte ich dir nur sagen, dass du dich von Safran besser fernhalten solltest. Man hat bereits ein Auge auf ihn geworfen. Das kann auch für alle, die sich mit ihm umgeben, schlecht sein.«

»Danke für den Tipp«, erwiderte K kühl. Noch bevor der Techniker erneut etwas sagen konnte, wandte er sich ab. Während er sein Watchboard anwies, ihm den Weg zurück zu Crystal zu zeigen, spürte er Mischalls bohrenden Blick in seinem Rücken.

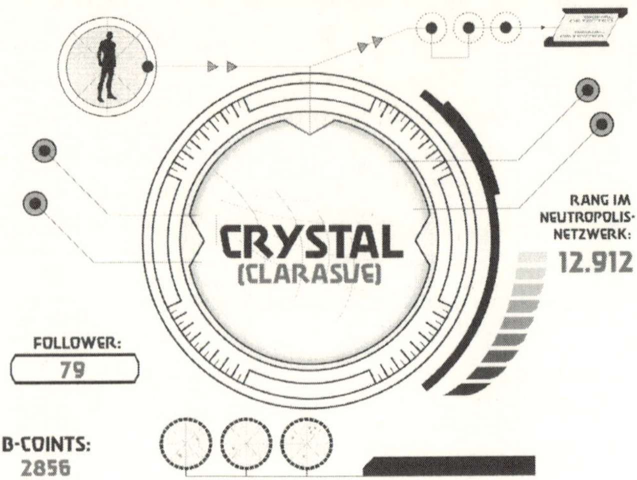

Crystal saß auf der unbequemen Sitzgarnitur aus hellblauem Kunststoff. Ein dünnes Kissen auf der Sitzfläche sollte wohl eine Spur Komfort schaffen, doch der verging, nachdem man höchstens zwei Minuten darauf gesessen hatte. Das Apartment bestand nur aus einem Zimmer und einem kleinen Bad. Ein Fenster gab es nicht, die einzige Lichtquelle war eine Deckenlampe, die ab und an flackerte. Ansonsten gab es ein Bett für zwei Personen, einen Tisch mit zwei Hockern, das unbequeme Sitzmöbel und einen Schrank mit Wechselkleidung. Der große Flachbildschirm an der gegenüberliegenden Wand über dem Bett trotzte mit seiner bloßen Anwesenheit der preiswerten Eintönigkeit. Er hatte sich mit dem Licht automatisch eingeschaltet, als Crystal eingetreten war und zeigte nun das aktuelle Ranking, sowie die neusten hochgeladenen Videos der Zentralstadt. Sie wrang ihre Finger fest ineinander, während sie auf die Farbvielfalt starrte. Kurz hatte sie überlegt ein Video einzuschalten, zur Beruhigung und weil anscheinend ein kleiner Content für Arbeiter in der Zentralstadt gratis war. Für einen Moment sehnte sie sich danach etwas zu tun, dass früher zu ihrer täglichen Routine gehört hatte. Ein Leben, das daraus bestanden hatte, sich durch die Listen der Topvideos zu scrollen, ihre Lieblingskanäle durchzuschauen und ihre Freunde durch ihren Alltag zu begleiten. Unterbrochen wurde diese Tätigkeit lediglich durch Essen, eigene Videos und Sport, Schlaf, Videochats oder von aktuellen Lektionen. Crystal konnte sich nicht genau erklären warum, aber seitdem sie ihr Zuhause zwangsläufig verlassen hatte, kam ihr dieses Leben so klein vor. So unbedeutend. Nicht, dass sie die ständige Angst davor, erwischt zu werden, vermissen würde, aber K und den Blick über die Oberflächlichkeit hinweg … Ja, das würde ihr fehlen. In diesem Moment reichte allein der Gedanke an ihn schon, um dieses ungute Gefühl heraufzubeschwören, das sie verspürt hatte, als er sich von ihrer Hand befreite. Crystal hatte deutlich gemerkt, wie bemüht er gewesen war, Abstand zwischen sie zu bringen. Auch der abweisende Blick, der sich auf einmal in sein Gesicht geschlichen hatte, ließ sich nicht ohne Weiteres abstreifen. Bisher war K immer derjenige gewesen, der ihr vermittelt hatte, dass alles wieder gut werden würde. Seine Nähe gab ihr eine unerklärliche Sicherheit und Kraft. Auf einmal erschien es ihr unvorstellbar, dass er nicht mehr da war. Als wäre er der letzte Halt in ihrem komplett aus der Bahn geworfenen Leben. Doch das Problem war, dass er auf Dauer nicht da sein würde. Nicht da sein *könnte.* Es war dumm gewesen, sich in etwas fallen zu lassen, das nur kurzzeitig Schutz vor einem Sturz bot. Crystal presste die Lippen fest aufeinander, während diese Erkenntnisse auf sie einprasselten. Nein, sie durfte sich und ihre Gefühle nicht von K abhängig machen. Denn er war kein Teil ihrer Zukunft, oder? Die Frage hallte unerbittlich durch ihr Bewusstsein und hinterließ Spuren, die schmerzten.

Sie fuhr heftig zusammen, als ein Signalton erklang und sich einen Moment später die Tür zu ihrem Apartment surrend öffnete. K trat ein und die Wohneinheit schloss sich wieder. Einen Augenblick herrschte unangenehmes Schweigen, ein wenig so, als hätte K ihre letzten Gedanken gehört. Dann räusperte er sich, kam zu ihr und ließ sich neben ihr auf die unbequeme Sitzgarnitur sinken. Als sie seine Wärme neben sich spürte und den vertrauten Geruch wahrnahm, waren ihre Überlegungen von eben nicht mehr ganz so klar und selbstverständlich wie vorher noch.

»Hast du irgendetwas Neues erfahren?«, fragte sie, nur um überhaupt etwas zu sagen.

»Ja und nein«, entgegnete K, stützte sich mit den Ellbogen auf den Knien ab und starrte auf einen Punkt am Boden. »Es gibt Vermutungen darüber, dass dein Verschwinden nicht der einzige Grund dafür ist, dass das System nicht mehr funktioniert. Ich bin mir aber noch nicht sicher, was die Verlässlichkeit der … Quelle angeht.«

»Was bedeutet das?«

Er warf ihr nur einen flüchtigen Blick zu, schien jedoch sehr darauf bedacht zu sein, sie nicht allzu lange anzuschauen. »Laut einem Techniker gab es seit geraumer Zeit bereits Angriffe auf das System. Er vermutet einen Virus, der für das Durcheinander der Ränge verantwortlich ist.«

»Das würde heißen, dass *nicht* ich der Auslöser bin.«

»Sondern nur eine willkommene Ausrede für das, was im Moment passiert.« K verzog das Gesicht. »Anscheinend gab es eine ungewollte Massenexekution von Namenlosen in Neutropolis.«

»Was? Wie viele?«

»Es betrifft wohl einen ganzen Häuserblock …«

»Wer …?«

K ließ sie die Frage nicht beenden. »Mehr weiß ich auch nicht.«

Crystal sah den Schmerz in seinem Gesicht, auch wenn er einmal mehr versuchte, ihn unter einer ausdruckslosen Fassade zu verbergen. Sie verstand, dass er sich um B sorgte. Sich vermutlich sogar Vorwürfe machte, weil er nicht dabei war, als … Sie berührte ihn vorsichtig am Unterarm, eine rein intuitive Geste. »Bestimmt geht es B gut«, sagte sie sanft.

K nickte, vermied es anscheinend immer noch, sie anzublicken. Seine Haut fühlte sich warm und vertraut unter ihren Fingerspitzen an. Es war schon seltsam, wie schnell sie sich daran gewöhnt hatte, Menschen zu berühren, statt sie nur über den Bildschirm zu sehen. Obwohl es bisher eigentlich nur auf K zutraf. Wenn Fremde ihr nah kamen, weckte das noch immer ein gewisses Unbehagen. Bei ihm war es nur warm und angenehm.

Er lachte trocken auf. »Es gibt immerhin jede Menge Namenlose in Neutropolis, die Wahrscheinlichkeit, dass es ihn getroffen hat …« K brach ab.

»Ist sehr gering«, fügte sie an seiner Stelle hinzu.

K hob den Blick und einmal mehr nahmen die braunen Augen sie in Beschlag. Wie sollte sie sich an ihren eigens auferlegten Abstand halten, wenn seine Nähe das mit ihr anstellte? Sie hielt den Atem an, als sein Blick über ihr Gesicht fuhr und schließlich an ihren Lippen hängenblieb. Der Ausdruck in seinen Augen wurde sanfter, der Mund war leicht geöffnet. Als er die Hand hob und seine Fingerspitzen sanft über ihre Wange strichen, fuhr ein warmer Schauer über ihren Rücken. Sie wagte es nicht sich zu bewegen. Nicht zu atmen. Nur zu hoffen. Zu hoffen, dass sich der Moment noch weiter in die Länge zog. Doch der stille Wunsch wurde ihr nicht gewährt, denn K ließ die Hand sinken. Er stieß einen leisen Fluch aus und wandte den Blick von ihr ab. Ihre Finger rutschen von seinem Arm und der Kontakt war unterbrochen. Crystals Herz fühlte sich an, als würde es sich ruckartig verhärten und schwer in ihrer Brust hängen.

»Crystal, versteh das nicht falsch …«, begann K, unterbrach sich wieder und schüttelte den Kopf. Er wirkte wütend. Auf sich oder auf sie? Sie wusste es nicht.

»Ich verstehe schon«, murmelte Crystal, froh, dass ihre Stimme noch funktionierte. Sie klang leise und dünn, aber immerhin brachte sie ein Wort über die Lippen.

»Das mit uns … das funktioniert einfach nicht.« Er wrang die Finger fest ineinander. »Ich werde zurück zu meinem Bruder gehen und du wirst wieder in das System eingegliedert. Das ist doch das Ziel, oder?«

»Ja«, erwiderte sie.

»Deswegen sind wir hier und wenn wir jetzt …« Er stand ruckartig auf und fuhr sich durch das Haar. »Es ist nicht so, dass mir das leichtfallen würde.«

Auch, wenn er es so sagte, nahm das den Worten dennoch nicht seine Härte. Genauso wenig wie die Tatsache, dass er recht hatte. Ihr Herz und Verstand waren sich vollständig uneins. Das eine wollte den Moment von vorhin wiederhaben und der andere wusste, dass K recht hatte.

»Ich … werde mich ein wenig umschauen«, sagte er und warf ihr einen knappen Blick zu. »Vielleicht finde ich ja doch irgendeine Möglichkeit ins Zentrum zu kommen. Ich will mich auf Shiva nicht verlassen müssen. Auf Casus genauso wenig.« Und dann ging er. Einfach so. Als sich die Tür hinter ihm schloss, fühlte Crystal, wie sich in ihr eine schmerzhafte Kälte ausbreitete. Und dabei war das nur ein kleiner Abschied gewesen, wie würde es sein, wenn sie sich für immer von ihm trennen musste?

K blieb den gesamten restlichen Tag fort und Crystal verlor sich in den Videos aus dem Gratis-Pool der Zentralstadt. Ihre Gedanken glitten immer wieder zu ihm, doch zeitgleich bot die Farbvielfalt aus dem Zentrum eine gelungene Ablenkung. Sie stellte fest, dass die Videosessions der Zentralstädter noch viel länger waren als gewohnt. Teilweise gab es sogar 24-Stunden-Berichte, in denen man dem Channel-Besitzer rund um die Uhr durch Tag und Nacht folgen konnte. Dass die Videos wesentlich bunter waren als die aus Neutropolis, wusste sie bereits. Doch eine Sache ließ sie stumpf von einem Video zum nächsten klicken, während auf ihrem Watchboard der Countdown zum Schichtbeginn in der Wäscherei rückwärtslief: kein einziges handelte von ihr. Als wäre das, was in Neutropolis geschah, an diesem Ort gar nicht existent. Das tat gut, beruhigte sie. Auch, wenn sie immer wieder zum Eingang des Apartments spähte, in der Hoffnung, dass K wiederkommen würde. Mehr als einmal überlegte sie ihm zu folgen, doch da sie nicht genau wusste, wo er sich aufhielt, wäre das vermutlich ein aussichtsloses Verfahren. Doch je länger er fort blieb, desto mehr gesellte sich Sorge zu ihren übrigen Empfindungen. Was, wenn sie ihn erwischt und als Betrüger enttarnt hatten? Dann wäre sie allein.

Als endlich, kurz vor Beginn ihrer Schicht, der Signalton erklang und sich die Tür öffnete, sprang sie auf. »K!«

Er lächelte schmal und trat ein. »Entschuldige, aber ich …«

Clarasue, deine Schicht beginnt in wenigen Minuten. Bitte begib dich unverzüglich zur Wäscherei, sagte die Stimme in ihrem Kopf nüchtern und keinen Moment später wurde eine Karte auf ihrem Watchboard geöffnet und zeigte ihr den Weg durch den Trakt.

»Du solltest jetzt los. Wenn du wieder da bist, erzähle ich dir, was ich herausgefunden habe«, sagte K.

Sie wollte ihm widersprechen, doch irgendwie fiel ihr kein Argument ein, also nickte sie. Als sie an ihm vorbeiging, sagte er noch einmal ihren Namen und sie blieb stehen. Sein Blick war ernst. »Falls ich eben zu grob war, tut mir das leid. Ich wollte nicht …«

»Ist schon okay«, sagte sie schnell und versuchte sich an einem Lächeln. Es fühlte sich bitter an und falsch. »Du hast vollkommen recht. Wir sind hier, damit wieder alles so wird wie früher und nicht um …« Crystal brach ab und hob die Hand zum Abschied. Eilig wandte sie ihm den Rücken zu und verließ das Apartment. Während sie der Anweisung des Watchboards folgte, zog sich ihr Herz schmerzhaft zusammen. Sie hatte es gewusst. Nein, eigentlich hatte sie, kurz bevor K in dem Apartment eingetroffen war, sogar genau dasselbe gedacht. Sie durften das nicht. Und dennoch hatte seine bloße Anwesenheit jeden logischen Gedanken außer Kraft gesetzt. Crystal hatte ihm in die Augen geschaut, seinen Duft eingeatmet, seine Nähe gespürt und ihr Körper hatte für sie das Denken übernommen. War es so, wenn man verliebt war? Es fühlte sich so anders an, als es bei Wizzle jemals der Fall gewesen war. Tiefer. Als würde es keine logischen Konsequenzen geben für ihr Handeln. Richtig. Ja, es fühlte sich richtig an und das war trügerisch, weil es im klaren Kontrast zur Realität stand. Und die sah für sie beide eine grundverschiedene Zukunft vor.

Kaum, dass sie einige Gänge hinter sich gebracht hatte, erklang ein schriller Signalton, der durch die schmalen Flure schallte. Verwirrt blickte Crystal sich um. Auch die Menschen, die sich eben noch desinteressiert an ihr vorbeibewegt hatten, waren abrupt stehen geblieben.

Clarasue, bitte begib dich zurück in dein Apartment und bleibe dort, bis du gegenteilige Anweisungen erhältst.

Kurz nachdem die Stimme in ihrem Ohr die Nachricht ausgesprochen hatte, erschienen dieselben Worte in roten Großbuchstaben auf ihrem Watchboard. Eine Frau in mintfarbener Kleidung, die seitlich neben ihr stehen geblieben war, zuckte gleichgültig mit den Schultern, drehte um und lief den Flur entlang. Nach und nach taten die übrigen Arbeiter in dem Gang es ihr gleich, bis Crystal schließlich allein dastand. Keinen schien der Signalton oder die Botschaft zu beunruhigen, sie folgten stumm den Befehlen. Es dauerte eine Weile, bis auch Crystal aus ihrer Starre erwachte, sie drehte sich um und lief den Gang zurück. Das dröhnende Geräusch hallte noch immer durch die Gänge und verursachte ihr Kopfschmerzen. Schließlich erstarb es mit einem quälenden Laut und es herrschte Stille. Was war geschehen? Kurz flammte die Erkenntnis in ihrem Inneren auf, dass sie das früher genauso wenig interessiert hätte wie die Arbeiter eben. Doch ihr Vertrauen in das System war getrübt.

Als sie einige Male abgebogen war, stellte sie ernüchtert fest, dass ihr Orientierungssinn sie einmal mehr im Stich gelassen hatte. Sie nahm das Watchboard in die Hand und wollte die Anweisung wegwischen, um die Karte zu öffnen, doch nichts geschah. Wie ein erstarrtes Bild stand die Warnung auf dem Watchboard, sonst tat sich nichts. Crystal zog die weiße Karte heraus, steckte sie wieder herein. Nichts. Frustriert blickte sie sich um, doch sie war vollkommen allein in den weiß glänzenden Gängen. Als sie Schritte hinter sich vernahm, fuhr sie herum. Ein Mann in bordeauxroter Kleidung eilte mit geschäftigem Gesichtsausdruck in ihre Richtung.

»Was stehen Sie hier rum?«, fuhr er sie an. »Hat Ihre Einheit Ihnen nicht mitgeteilt, dass Sie sich in Ihr Apartment begeben sollen?«

»Ja … ich … mein Watchboard funktioniert nicht.«

Der Mann mit den wirren blonden Haaren stieß ein unwirsches Knurren aus. »Das liegt an den Systemproblemen. Ein Großteil der W-Boards sind ausgefallen. Wir arbeiten daran, das Problem zu beheben, Miss. Und jetzt …«

»Ich weiß nicht, wie ich zu meinem Apartment komme«, sagte sie schnell und biss sich dann fest auf die Zunge. Hoffentlich hatte sie sich damit nicht bereits verraten. Hoffentlich …

»Wissen Sie, in welchem Trakt Ihr Apartment liegt?«

»Ich bin nicht sicher …« Crystals Gesichtshaut glühte und sie spürte, wie sie unter dem skeptischen Blick des Mannes immer kleiner wurde. Vermutlich würde er sie gleich festnehmen, einen dieser Scans durchführen. Einen von denen, die der Chip nicht überlisten konnte. Dann wäre alles vorbei.

Der Mann stöhnte. »Dann begeben Sie sich bitte zu einem der Sammelpunkte. Vier mal rechts abbiegen, bis Sie zu einer Tür kommen, die mit allen Farben gekennzeichnet ist. Dort warten Sie.« Er schüttelte den Kopf. »Sagen Sie einem der höher Angestellten dort, dass er Ihnen einen Vermerk auf der Karte speichern soll – bezüglich der Lektionen im Notfall. Anscheinend gibt es da Nachholbedarf.«

Noch bevor Crystal etwas erwidern konnte, wetzte der Mann weiter. Sie hörte ihn noch murmeln: »Niemand hier nutzt diese verdammte Videoplattform über Sicherheit, warum machen wir uns die Mühe überhaupt?«, dann verschwand er um die nächste Ecke und sie war wieder allein. Zittrig atmete Crystal aus, setzte sich in Bewegung und folgte der Anweisung des Mannes. Unterwegs begegnete sie niemandem, die Gänge waren wie leergefegt. Unwillkürlich musste sie an K denken und stellte fest, dass sie ihn jetzt gern bei sich hätte. Sie presste die Lippen aufeinander. K konnte ihr nicht ständig die Hand halten und sie von einer Unsicherheit durch die nächste zerren. Und auch, obwohl sie sich das immer wieder sagte, hätte sie vor Erleichterung beinahe laut aufgelacht, als sie an der bunt markierten Tür angelangte. Sie wollte gerade ihre Karte aus dem Watchboard ziehen, um sie in den Türöffner zu schieben, als sie rechts von sich Stimmen vernahm.

»… der Generator hat ein großes Loch in die Außenwand gesprengt und die Nahrungsmittelaufbereitung steht erstmal still.« Die Stimme war die eines älteren Mannes.

»Es ist nicht zu erklären, wie der Generator in so kurzer Zeit überhitzen konnte. Und dann ausgerechnet im einzigen Arbeitsschritt, der von Menschenhand gesteuert wird«, entgegnete eine jüngere Stimme. Crystal lauschte angespannt auf Schritte, doch anscheinend verharrten die Männer um die nächste Ecke, während sie sich unterhielten.

»Die Technik ist dran. Angeblich ein Systemfehler.«

»Das sind verdammt viele Fehler in letzter Zeit und dass es jetzt zu einem Unfall kommt …«

Ein Seufzen erklang und dann sagte der Ältere: »Wir haben sechs Verletzte auf der Station und zahlreiche Arbeiter, die wegen der hohen Schadstoffbelastung untersucht werden müssen.«

»Glaubst du weiterhin, dass es an dem Chaos aus Neutropolis liegt?«

Eine Weile herrschte Stille und Crystal spürte, wie ihr Körper sich anspannte. Die Antwort war deutlich leiser, sodass sie sich anstrengen musste, um sie zu verstehen. »Das sind alles sehr viele Zufälle, wenn du mich fragst …«

»Das Zentrum wird in jedem Fall noch weiter abgeschottet. Die Steuerungen einiger unwichtiger Systeme wurden bereits auf die Außenstellen verteilt. Anscheinend kommt nichts mehr raus und auch nichts rein. Es geht eindeutig etwas vor sich«, entgegnete der Jüngere. »Und die da oben wissen etwas, das sie uns vorenthalten.«

»Sag das nicht so laut, mit solchen Vermutungen muss man vorsichtig sein.«

»Ich … Ach, mein Watchboard funktioniert wieder«, entgegnete der Jüngere. Automatisch hob Crystal ihr eigenes an und sah, dass die Warnung tatsächlich verschwunden war und die übliche Karte wieder angezeigt wurde.

»Ich sagte doch, dass sie das in den Griff bekommen. Lass uns in der Sammelstelle schauen, ob wir helfen können.« Kurz darauf erklangen Schritte und Crystal fuhr herum und entfernte sich eilig von den sich nähernden Männern.

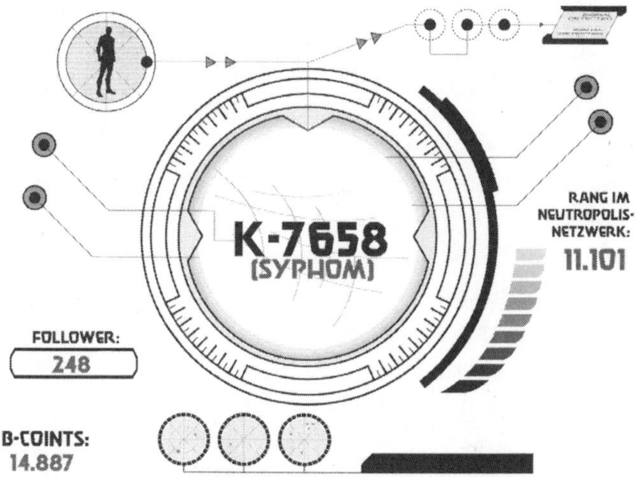

Erneut steckte K seine Karte in die Vorrichtung an der Tür, doch wieder geschah nichts. Sein Watchboard zeigte noch immer die Suchleiste, in der er die ersten Buchstaben von Safrans Kanal eingegeben hatte. Nach dem zweiten A des Vornamens war der Bildschirm erstarrt. Dann hatte der Signalton eingesetzt und auf dem großen Flachbild an der Wand war die Meldung erschienen, dass er das Apartment nicht verlassen sollte. Schließlich war der Alarm verstummt und er saß hier fest. Ab und an flackerte das Zimmerlicht bedrohlich, stabilisierte sich jedoch anschließend wieder. Die Tür schien genauso außer Gefecht gesetzt wie sein Watchboard.

K stieß einen Fluch aus und trat einmal fest dagegen. Nichts. Angespannt setzte er seinen kleinen Marsch durch das Zimmer fort. In den letzten Stunden hatte er beinahe den kompletten Anbau neben der Glaskuppel des Zentrums durchstreift. Zumindest die Bereiche, zu denen er die Berechtigung hatte. Dabei hatte er herausgefunden, dass es exakt vier Zugänge zum Zentrum gab, die jedoch alle streng bewacht wurden und laut Aussage seines Watchboards eine Art Tiefenscan beinhalteten. Das musste einer der Scans sein, die Crystals Chip nicht standhalten würden. Damit schrumpfte die Chance, tatsächlich ins Kontrollzentrum zu gelangen auf ein Minimum. Sie saßen in der Falle, konnten nicht vor und nicht zurück. Mit jeder Stunde, die sie hier verbrachten, schien die Situation noch ein wenig aussichtsloser zu werden und K gingen allmählich die Lösungsansätze aus. Es hatte so leicht geklungen, einfach in die Zentralstadt einzureisen, zum Steuerzentrum zu marschieren und zu erklären, was geschehen war. Seine eigene Naivität ärgerte ihn. Er saß hier fest, während B entweder schon tot war oder zumindest davon bedroht wurde, falls es zu weiteren Systemausfällen dieser Art kommen würde. Selten hatte er sich so nutzlos gefühlt wie in diesem Moment.

Erneut flackerte das Licht des Apartments und erlosch. K atmete angestrengt aus. Keinen Augenblick später schaltete es sich wieder ein und mit ihm verschwand die Warnmeldung von seinem Bildschirm. Eilig griff K nach seinem Watchboard und stellte zufrieden fest, dass auch das seinen Dienst wieder tat. Einzig die Tür funktionierte noch immer nicht. K stieß ein Schnauben aus. Zumindest konnte er die Zeit nutzen, um sich Safrans Kanal näher anzuschauen. Denn allmählich beschlich ihn das Gefühl, dass der Techniker mehr wusste, als man ihm zutraute.

Sein Kanal, *Safran says*, hatte knapp über 500 Follower. Auf seiner Pinnwand häuften sich bösartige Kommentare zu seinen Liveschaltungen und die zahlreichen Negativbewertungen waren sicherlich nicht gut für Safrans Kontostand gewesen. Umso beeindruckender war es, dass der Techniker sich davon anscheinend wenig beeindrucken ließ. Sein Rang war zwar mäßig, doch er schien über die Runden zu kommen. Vielleicht konnte er seine Defizite im Videoranking durch seine zuverlässige Arbeit ausgleichen. Etwas überfordert mit der schieren Masse an Videos, tippte K auf das erste und das Watchboard warf das Bild auf den großen Flachbild über dem Bett. Statt einem dieser bunten Vorspanne, startete Safran mit einer Nahaufnahme seines eigentümlichen Gesichts. Im Hintergrund erkannte man ein Apartment, das dem von K sehr ähnlich sah. Vermutlich waren die Arbeiterquartiere alle gleich aufgebaut.

»Hallo Follower.« Er tippte sich hastig mit den Fingerspitzen gegen das Kinn. Auf seiner hohen Stirn glänzte abermals Schweiß und die ohnehin schon hervortretenden Augen wirkten noch weiter als sonst. Kleine digitale Ziffern auf der unteren rechten Seite des Bildschirms zeigten, dass es sich um eine Live-Schaltung von heute Morgen handelte. »Ich wollte euch nur auf den neusten Stand bringen, was meine Nachforschungen angeht. Es wird zunehmend schwerer, da mein direkter Vorgesetzter nichts von dieser Art … Ermittlung hält.« Sein Gesicht verzog sich unwillig. »Aber ich werde mich trotzdem nicht unterkriegen lassen. Ihr müsst über die Schäden aufgeklärt werden, die sich durch die unteren Systeme arbeiten. Davor können und dürfen wir nicht die Augen verschließen.« Safran war etwas lauter geworden und kleine Speicheltröpfchen klebten auf der Kameralinse. Er atmete schnaubend aus. »Nun denn, meine aktuellen Nachforschungen haben ergeben, dass die Schäden tatsächlich eine Instabilität des Sicherheitssystems zur Folge haben *könnten*. Warum sage ich *könnten*? Weil es mir nicht erlaubt war, entsprechende Tests zu unternehmen, die meine Aussage untermalen.« Safrans Gesicht wurde ausgeblendet und stattdessen zeigte sich eine schwarze Seite, die mit grünen Zahlen und

Codes bedeckt war. Safrans körperlose Stimme sagte: »Wie ihr hier jedoch sehen könnt, weisen unsere Strukturen zurzeit einige Lücken auf, die sich nicht wieder flicken lassen. Selbst wenn wir die Fehler beheben, bleiben sie wie Platzhalter im System.«

K sah gar nichts. Nur einen Haufen Zahlen und Buchstaben, die keinen Sinn ergaben und für Safran anscheinend so klar waren wie Worte. Als das verwirrende Zahlenbild verschwand und sein Gesicht wieder erschien, waren seine Wangen gerötet, die Augen glasig. »Doch das, was euch noch mehr interessieren dürfte, ist, dass diese Signatur, von der ich euch erzählt habe, ebenfalls wieder aufgetaucht ist. Fast, als *wollte* derjenige Spuren hinterlassen. Die Buchstaben- und Zahlenkombination ‚Z/8' tritt dabei dominant in den Vordergrund. Das kann kein Zufall sein. Es könnte ein Code sein … eine Anweisung?« Er schnaubte frustriert. »Jemand boykottiert das System und das schon seit Monaten – vermutlich seit Jahren. Als würde man mit einer Feile Gitterstäbe bearbeiten. Stück für Stück, bis sie irgendwann durchbrechen. Je weiter ich zurückgehe, desto häufiger stoße ich auf die Hinweise. Anfänglich hat er noch mehr versucht sich zu verbergen, aber jetzt scheint er mutiger zu werden. Oder das ist ein deutliches Zeichen dafür, dass er bald sein Ziel erreicht hat …« Safrans Miene wurde ernst, sein Atem klang etwas schnaufend. »Was auch immer das ist, meine Freunde, es hat nichts Gutes zu bedeuten.« Damit endete das Video und kehrte wieder zu der Profilseite des Channels zurück. K fuhr sich durch das Haar. Entweder war dieser Kerl komplett wahnsinnig oder er wusste tatsächlich mehr, als gut für ihn war. Der einzige Grund, warum die Zentralstadt das Hochladen dieser Videos zuließ, musste sein, dass sie das Gerede von Safran nicht für voll nahm. Und K verstand selbst nicht, warum er dies anders sah. Der Techniker hatte offensichtlich Probleme, wirkte paranoid und übernervös … und dennoch.

Als der Signalton der Tür erklang, schreckte K von der Sitzgelegenheit hoch. Die Tür öffnete sich und Crystal trat ein. Unverletzt. »Dir geht es gut …«, stieß K hervor und es klang irgendwie tonlos. Alles in ihm schrie danach, zu ihr zu gehen und sie zu umarmen, doch er hielt sich krampfhaft davon ab.

»Ja, alles in Ordnung.« Crystal strich sich eine schwarze Strähne aus dem Gesicht. »Der Alarm ist losgegangen und das Watchboard hat nicht mehr funktioniert. Ich habe mich gnadenlos verlaufen.« Einen Moment stand sie verunsichert da, ging dann zum Bett und ließ sich auf der Kante nieder.

Es war eine merkwürdige Situation, unangenehm und falsch. »Hast du mitbekommen, was da vor sich geht?«

Crystal nickte. »Ich habe ein Gespräch mitbekommen. Anscheinend gab es eine Explosion in der Abteilung für Nahrungsmittel und Menschen wurden dabei verletzt. Sie sprachen von einem Systemausfall, bei dem ein Generator überhitzt ist.«

K verzog das Gesicht. »Ich fürchte langsam, dass das alles nicht an dir liegt oder dem was passiert ist.«

»Die Vermutung haben die beiden Männer auch geäußert. Sie haben auch darüber geredet, dass die Fehler schon länger auftauchen.«

Das deckte sich alles mit dem, was Safran gesagt hatte und K war immer mehr der Ansicht, dass er ihm glauben konnte.

»Wer ist das?«, fragte Crystal und deutete auf das Profil von Safrans Kanal, das noch immer auf dem großen Bildschirm hinter ihr angezeigt wurde.

»Das ist der Techniker, von dem ich dir erzählt habe. Der, der die Vermutung der Männer bestätigt, die du getroffen hast.«

Crystal griff nach seinem Watchboard, das er bei ihrem Eintreten achtlos auf das Bett geworfen hatte. Sie scrollte sich durch die Liste und ihre sonst so glatte Stirn legte sich in Falten. »Was soll das alles bedeuten?«

»Er ist Techniker und scheint eine eigene Sprache zu sprechen«, erwiderte K.

»Oh warte – das hier kenne ich«, sagte sie plötzlich und wählte ein Video aus, das schon etwas älter war und den Titel *Ranking-Results-System* trug. K blickte Crystal fragend an, woraufhin sie erklärte: »Das ist das System, das das Ranking bestimmt und die B-Coints zuweist. Ein Schlüsselsystem, ohne das unsere Welt nicht funktionieren würde.«

Erneut zeigte sich Safrans Gesicht direkt ohne Vorspann. »Hallo Follower«, sagte er und vollführte die Begrüßungsgeste. »Heute möchte ich mit euch über das Ranking-Results-System sprechen, kurz RRS. Dafür möchte ich etwas weiter ausholen. Als man das Rankingsystem im Jahr 3026 schuf, stand es schlecht um die Menschen. Die Kriege hatten das Land größtenteils zerstört und aus den ehemaligen Auffanglagern formten sich nur langsam die Städte, wie wir sie kennen. Mit dem System wollte man eine Gesellschaftsform schaffen, die gesund ist und zukunftsorientiert. Eine Gesellschaft, die nicht auf Bestrafungen, sondern einem Belohnungssystem beruht. Man sollte für Gesundheit, soziale Verhaltensweisen und Folgsamkeit eine Art Bonus erhalten, um die Menschen zu motivieren, sich aus dem Schutt zu erheben, den sie selbst produziert hatten. Auf Basis dieser Idee entwickelten die Techniker von Bio-Conform Inc. die Städte und das System, nach dem wir heute leben.« Safran räusperte sich. »Das zu den grundsätzlichen Dingen. Ich möchte euch nicht mit stundenlangen Ausführungen über die menschliche Entwicklung langweilen. Den Link zum entsprechenden

Lernmaterial hinterlasse ich euch auf dem Message-Board. Das sollte zumindest für die interessant sein, die es sich leisten können.«

»Viel mehr findet man in den Materialien der Zentralstadt allerdings auch nicht«, murmelte Crystal, als Safran einen Schluck aus einer der Wasser-Bottles nahm – gefiltertes Wasser, in hellblauen Kunststoffflaschen, die die Zentralstadt ausgab. Unwillkürlich verspürte K Durst und stellte fest, dass er ewig nicht gegessen oder getrunken hatte.

»Ich will mit euch grundsätzlich über das System sprechen. Bis heute macht die Bio-Inc. ein großes Geheimnis aus dem Schlüssel, der hinter dem Ranking steht. Zwar gibt es die Aussage, dass der Rang sich aus drei Faktoren berechnet: B-Coints-Kontostand, Followern, Video-Upload-Rate. Um einen optimalen Rang gewährleisten zu können, muss man also für seine Gesundheit sorgen, um B-Coints zu erhalten und seine Arbeit gut erledigen. Außerdem regelmäßig Videos hochladen und den Followern einen gewissen Content bieten. Was wiederum bedeutet, dass ich für den Zuschauer ein Bild darbieten muss. Meinen Nachforschungen zufolge haben es hübsche Menschen – nach der allgemeinen Definition – deutlich leichter, genau wie die mit besonderen charakterlichen Eigenschaften. Das bedeutet leider zwangsläufig, dass diejenigen, die nicht mit dieser Gabe geboren wurden und auch sonst keine besonderen Talente aufweisen, zwangsläufig einen unteren Rang kassieren. Ernähre ich mich gesund, treibe Sport, verhalte mich sozial und erledige meinen Job gut, erhalte ich B-Coints und steige im Rang. Soweit alles sehr verständlich. Aber die Frage, die sich mir stellt, ist: nwiefern ist unser System funktionstüchtig, wenn nur die Schönen, Sympathischen oder Intelligenten eine Existenzberechtigung haben? Bedeutet das, dass unser Anspruch an uns selbst ist, perfekt zu sein und alles andere fällt durch das Raster? Die Antworten brauche ich mir nicht aus der Zentralstadt holen, denn ich kenne sie selbst.« Im gleichen Moment erklang ein scharfer Signalton und man sah zwar, wie Safran die Lippen bewegte, verstand aber nicht was er sagte. Unter seinem Gesicht tauchte ein kleines Banner auf: *Von der Zentralstadt zensiert, wegen Hetzerei gegen das System.* Der Signalton verstummte und der Schriftzug verschwand. Wieder nahm Safran einen Schluck aus seiner Flasche. »Doch es gibt noch weitere Hinweise darauf, dass die Realität von dem Grundgedanken der Idee abweicht. Denn ich habe zwei Dinge beobachtet. Erstens: Mein Rang war sichtlich davon abhängig, wie viele negative Kommentare und Dislikes ich auf meine Videos bekommen habe. Obwohl ich nicht weniger Follower hatte und mein B-Coints-Kontostand gestiegen war, sank ich nach einer meiner letzten Aufnahmen um beinahe 20 Ranking-Plätze. Und das in Folge eines Personalgesprächs mit meinem Vorgesetzten, bei dem mir nahegelegt wurde –« Wieder wurde er von dem strengen Signalton stumm gestellt und das Banner warnte vor den Inhalten. K spürte, wie Wut in ihm hochkochte, bei dieser Art der Zensur. Denn es war fast wie ein stilles Schuldeingeständnis der Zentralstadt. Wenn dieser Kerl tatsächlich nur Irrsinn von sich gab, warum musste man ihn dann zensieren und ließ ihn nicht einfach reden?

»Zweitens: Kranke fallen grundsätzlich im Ranking, auch wenn es kein Heilmittel gibt, gibt es dennoch Medizin, die ihnen ein leichteres Leben verschaffen könnte. Doch man bestraft sie doppelt, indem man sie …« Wieder ließ die Stadt ihn nicht ausreden und K drängte sich die Frage auf, warum sie das Video nicht einfach gelöscht hatten. Warum ließen sie diese Wortfetzen für die Zuschauer zugänglich, wenn sie sich so sehr daran störten?

»Letzten Endes können wir uns alle nur mit diesen Dingen befassen und ein System hinterfragen, das unser Leben bestimmt. Wollen wir das? Wollen wir bewertet und als ungenügend befunden werden? Ist das wirklich die einzige Möglichkeit, die Menschheit zu erhalten?« Safran stülpte seine schwulstigen Lippen leicht nach vorn. »Denkt darüber nach. Ich bin mir inzwischen nicht sicher, ob wir nicht ohne das System –«

»Hey … was soll das?«, sagte K gereizt. Dieses Mal war es nicht die Zentralstadt, die das Video verstummen ließ. Crystal hatte auf das Watchboard getippt und die Aufzeichnung frühzeitig beendet. Jetzt zeigte der Flachbildschirm wieder Safrans Profil.

Crystal hob die Augenbrauen. »Du willst dir diesen Schwachsinn doch nicht weiter anschauen, oder? Der Kerl hat doch Probleme …«

»Der *Kerl* mag vielleicht etwas seltsam sein, aber seine Sicht auf die Dinge scheint mir nicht so falsch zu sein«, gab K zurück und spürte Wut in sich aufsteigen. Er wusste nicht, warum er auf einmal das starke Bedürfnis hatte, Safran zu verteidigen, doch irgendwie hatte er ihm aus der Seele gesprochen.

»Leute wie er«, Crystal deutete auf das Foto von Safran auf seiner Profilseite, »sind dafür verantwortlich, dass das System nicht funktioniert, weil er dazu anregt Dinge, die funktionieren, in Frage zu stellen. Und das mit schwachsinnigen Theorien, die keine nachvollziehbare Grundlage haben. Das ist keine zuverlässige Quelle, K.«

Ihre Worte beinhalteten die Arroganz, die K von den Hochrangigen kannte und weswegen er sich jahrelang von den Videos distanziert hatte. Es war ihm vollkommen unverständlich, wie Crystal ein System verteidigen konnte, das sie derartig verraten hatte. »Ich bezweifle, dass das weder du noch ich beurteilen können«, brachte er gepresst hervor.

»K, ich habe nach dem System gelebt. Wenn ich gut war, dann wurde ich belohnt. Wenn nicht, erhielt ich keine Belohnung, wurde aber auch nicht bestraft. Es hat mich immer dazu angespornt besser zu werden, mich zu steigern und mich nicht gehen zu lassen oder meiner Faulheit hinzugeben. Ich kann daran nichts Schlechtes sehen. Das System funktioniert. Einigen mag diese Art zu sortieren zu streng vorkommen, aber das sind auch meistens Menschen, die nie den Schritt nach oben geschafft haben.«

»Menschen wie ich?«, fragte K gereizt und schüttelte den Kopf.

Crystal schien einen Moment nicht zu wissen, was sie sagen sollte. Sie schwieg. Die Lippen zusammengepresst, die Wangen gerötet. In diesem Augenblick sah er nur unterschwellig ihre Schönheit, die ihn so oft schon in ihren Bann gezogen hatte, und wünschte sich unwillkürlich sie würde ganz verschwinden. Das würde es leichter machen und die Enttäuschung durch Wut ersetzen.

»Wenn *dein* System funktioniert, warum sitzen wir beide dann hier?«, fragte er in scharfem Tonfall.

»Es ist nicht *mein* System, sondern unseres. Und wenn es einen derartigen Fehler hat, sollten wir darum kämpfen, dass es wieder funktioniert.« Sie schnaubte. »Und ich dachte eigentlich, dass wir beide deswegen hier sind.«

K wollte etwas entgegnen, doch irgendwie fehlten ihm die passenden Worte. Je länger er hier war, desto unsicherer wurde er, ob er es tatsächlich mit sich vereinbaren konnte ein System zu verteidigen, das ihm einen Platz ganz weit unten reserviert hatte. In den Augen der Zentralstadt war er nicht *perfekt*. Er war ein Querulant, der sein Leben seinem kranken Bruder verschrieben hatte. Die Strafe dafür war sein Rang, denn das System war nur für Einzelkämpfer ausgelegt. Doch die Frage war, wäre er dann auch für Crystal so jemand? Jemand, der dumm genug ist, gegen das System zu arbeiten? Ein Fehler, in der sonst so geordneten Matrix?

»Oder geht es darum, K? Willst du das gar nicht mehr? Bist du seiner Meinung?« Wieder deutete sie auf den Bildschirm. Ihr Ausdruck war gereizt, während in ihren Augen blanke Enttäuschung stand. Enttäuschung, die er auf seiner Seite genauso verstand. In diesem Moment waren sie wie zwei Pole, die sich gegenseitig abstießen. Jegliche Berührungspunkte waren wie weggeblasen. Das machte es einerseits schwer, andererseits jedoch auch leichter.

»Ich …«, begann K, kam jedoch nicht dazu, den Satz zu beenden.

»Liebe Arbeiter.« Das Gesicht einer dunkelhaarigen Frau mit strengem Dutt war auf dem Bildschirm erschienen. Sie trug dieselbe silberne Kleidung, die er schon bei dem Mann in der Techniksitzung gesehen hatte. »Aufgrund einiger Vorfälle in der Nahrungsmittelproduktion und daraus resultierenden Sicherheitsrisiken sind alle Schichten für die nächsten Tage eingestellt. Wir weisen Sie hiermit an, in Ihren Apartments zu bleiben, der Bahnhof ist bis auf Weiteres stillgelegt. Sie bekommen eine Mitteilung, sobald alles wieder freigegeben ist. Zu Ihrer eigenen Sicherheit sind die Türen bis auf Weiteres versiegelt. Wir bitten um Ihr Verständnis und Ihr Vertrauen in das System.« Das Bild erlosch und zeigte wieder die Video-Seite.

K fuhr sich mit beiden Händen angespannt durch das Gesicht. »Das wird immer schlimmer …«

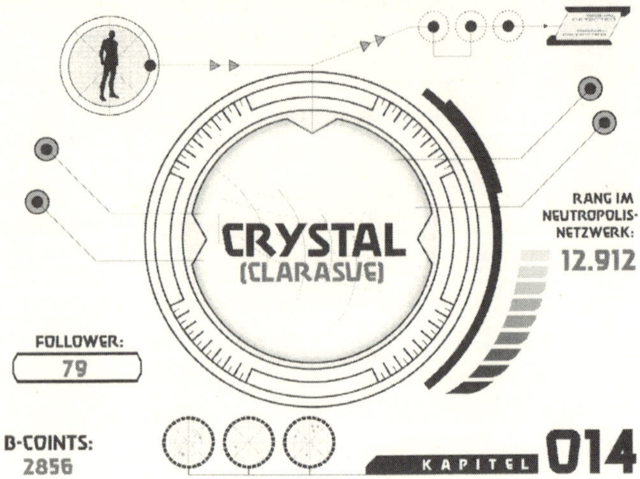

K sprach nicht mit ihr, als sie sich am Tisch gegenüber saßen und ihre Nahrungsmitteleinheit zu sich nahmen, die die Klappe neben der Tür mit einem grünen Blinklicht angekündigt hatte. Das Essen war durchschnittlich, aber mit dem ersten Bissen spürte sie, was für einen Hunger sie hatte. Und je mehr dieses Bedürfnis befriedigt wurde, desto dümmer kam ihr der Streit vor. Die Stimmung danach nur als angespannt zu beschreiben, war untertrieben. Dennoch sah sie keinen Grund dafür, ihre Worte zurückzunehmen. Das System mochte selektieren und aussortieren, aber es erhielt die Überlebenden und stärkte sie. Vielmehr noch, es nahm ihnen alle wichtigen Entscheidungen ab. Es sagte, wie viel und wann sie essen mussten, wie viel körperliche Ertüchtigung gut war, wie viel Schlaf sie brauchten und es warnte sie vor allen Gefahren, die diese zerstörte Welt mit sich brachte. Was konnte daran falsch sein? In ihrem Inneren regte sich eine leise Stimme. So leise, dass sie sie zunächst kaum verstand. Aber dennoch zu penetrant, um sie aus ihren Gedanken auszuschließen. Das System sah nicht vor, dass sie jemanden wie K kannte. Er und sie waren nicht kompatibel, nicht perfekt. Eine Ehe, die jegliche körperliche Nähe voraussetzte, hätte niemals die Zustimmung durch das System bekommen. Vermutlich würden sie auch eine Genehmigung zur gemeinsamen Nachwuchssorge nie erhalten, aufgrund der schlechten Gene, die der Krankheit seines Bruders nach offensichtlich auch in ihm schlummerten. Und trotzdem weckte K Gefühle in ihr, wie sie es noch nie erlebt hatte. Er war auf seine eigene Weise perfekt, eine Entscheidung, die sie selbst getroffen hatte. Die ihr Herz getroffen hatte. Und genau das war der kleine Widerstand in ihrem Inneren, der sich jetzt unerbittlich regte und kaum verdrängen ließ. Ein Zwiespalt, der wie eine Hürde zwischen diesem und ihrem alten Leben stand.

»K, das was ich gesagt habe. Es tut mir leid«, sagte sie, als das Bedürfnis danach übermächtig wurde. Und dabei wusste sie selbst nicht einmal, wofür genau sie sich da entschuldigte.

K schaute von seinem Essen auf, schob sich den letzten Bissen in den Mund und schob das Essenstablett ein Stück von sich weg. »Nein, Crystal, es tut dir nicht leid. Und das muss es auch nicht«, sagte er leicht unterkühlt. »Wir beide sind nichts weiter als ein Produkt des Systems, mit unserer Einstellung, unserem Lebensstil. Es ist unsinnig sich dagegen zu stellen oder so zu tun, als wäre alles ganz anders.« Er fuhr sich durch das Haar. »Nimm mir das nicht übel, aber ich würde mich gern hinlegen. Der Tag war … hart.« Er sah sich in dem Zimmer um. »Ich werde auf dem Boden schlafen, denke ich.«

»Du musst nicht …« Sie beendete den Satz nicht, spürte, wie ihr Hitze in die Wangen schoss. Dicht neben K zu liegen und nachts seine Wärme zu spüren war einerseits verlockend, andererseits schreckte sie diese Art der Intimität ab. »Ich kann auch auf dem Boden schlafen«, fügte sie schnell hinzu.

K lächelte schräg, doch es erreichte seine Augen nicht. »Als ob ich das zulassen würde.« Er holte die schmalen Sitzkissen, die auf der Kunststoffbank lagen, und platzierte sie im hinteren Teil des Raumes. Dann griff er nach einer der Bettdecken, einem Kissen und legte sich hin. Schweigend. Statt Wut stand nun blanke Enttäuschung im Raum und Crystals Magen verkrampfte sich unangenehm. Eine Weile saß sie da und starrte auf Ks Rücken, dann griff sie nach ihrem Watchboard und verschwand kurz im Bad. Einerseits, um sich den Schmutz des Tages, der wie der Stress an ihr haftete, vom Körper zu waschen. Andererseits, weil der Abstand zu K gut tat.

Als sie wiederkam, erklangen gleichmäßige Atemgeräusche aus seiner Richtung. Crystal dämmte das Licht und kroch ins Bett. Erneut öffnete sie die Videoplattform und scrollte sich durch die günstigen Videos der Zentralstadtbewohner. Um in den Schlaf zu finden, brauchte sie ein Stück heile Welt, weit weg von dem kritischen Blick auf das angeschlagene System. Etwas, das ihr zeigte, für was sie das hier tat. Für was es sich lohnte, einen Menschen wie K aus ihrem Leben auszuschließen.

Die Nacht verlief unruhig, sie wurde immer wieder wach und träumte Dinge, die keinen Sinn machten. Und so wurde sie, als sie aufstand, von der Stimme ihres Implantats geweckt, das sie darauf hinwies, wie mäßig ihre Schlafleistung war. Es zog ihr die 3 B-Coints, die sie für ihre Mahlzeit am Abend bekommen hatte, wieder ab. Früher hatte sie ihr Verhalten nur selten Minuspunkte gekostet. Es wiederlegte tatsächlich die Aussage, dass das Ranking einzig auf Belohnungen ausgelegt war. Denn ein Abzug war immerhin eine Strafe, oder?

K war bereits aufgestanden und saß, das Watchboard in der Hand, auf der Sitzgarnitur. Den Blick hatte er starr auf den Bildschirm gerichtet. Er sah nicht einmal hoch, als Crystal sich neben ihn setzte. Diese Ignoranz schmerzte sie mehr als der Streit gestern.

»Guten Morgen«, sagte sie leise.

Ks Blick zuckte nur für einen Sekundenbruchteil nach oben. Dann starrte er wieder auf die Karte, die sein Bildschirm zeigte. »Morgen«, murmelte er.

Crystal presste die Lippen aufeinander. Für den Moment erschien ihr die Tatsache, dass K sauer auf sie war sogar fast noch schlimmer als der Gedanke, dass sie bald dauerhaft von ihm getrennt sein würde. »Wollen wir uns jetzt die ganze Zeit anschweigen?«

K sah wieder auf und blinzelte einen Moment verwirrt. »Was? Ich …«

Der Signalton der Türöffnung ließ sie beide hochfahren. Zwei Personen traten ein und als Crystal sie erkannte, schnappte sie nach Luft. »Du?«

»Hast du mich vermisst, Prinzessin?« Casus grinste sie feixend an. Er trug einen bordeauxroten Zweiteiler, der erstaunlich ordentlich an ihm aussah. Neben ihm stand Shiva, deren Miene blanke Abneigung verriet.

»Ich brauche von einem von euch die Karte«, knurrte die Ärztin ohne ein Wort der Begrüßung und hetzte mit dem kleinen Watchboard in der Hand zu ihnen. Mit spitzen Fingern zupfte sie die Karte aus Ks W-Board, als er nicht reagierte, sondern genau wie Crystal die Neuankömmlinge verdattert anstarrte.

»Wir sind hier nur reingekommen, weil ich es als ärztlichen Notfall verbuchen konnte«, murmelte sie und schob Ks Karte in ihr medizinisches Lesegerät.

»Und wegen einer kleinen Systemmanipulation meinerseits«, ergänzte Casus und zwinkerte Crystal zu. Er schlenderte lässig an ihr vorbei und ließ sich auf das Sitzmöbel fallen.

»Was macht ihr hier?«, fragte K, der endlich aus seiner Starre erwacht war und Casus mindestens genauso gereizt anstarrte, wie Shiva es tat. »Oder vielmehr, was machst *du* hier?«

»Da das anscheinend schon langsam zur Gewohnheit wird: euch den Arsch retten.« Casus lehnte sich lässig zurück und verschränkte die Hände im Nacken.

»Du bist ein selbstgefälliges Arschloch«, knurrte Shiva und tippte dabei noch immer auf ihrem Watchboard herum.

»Und du stehst drauf, Baby.« Sein Grinsen wurde breiter.

Shivas Wangen röteten sich und ihr Ausdruck wurde verbissener. Man musste schon blind sein, um zu übersehen, dass zwischen den beiden mehr war, als sie zeigen wollten. Schließlich murmelte die Ärztin, dessen gerötetes Gesicht jetzt im krassen Kontrast zu ihren pinkfarbenen Haaren stand: »Warum mache ich das hier eigentlich?«

»Ganz einfach. Du hast mich gerufen, weil du Sehnsucht nach mir hattest.« Casus lachte leise.

»Arschloch.«

»*Du* hast *ihn* gerufen?«, fragte K ungläubig.

»Es ist nicht so, dass ich eine Wahl gehabt hätte in der momentanen Situation«, fauchte Shiva. Ihre Augen sprühten Funken. »Niemand kommt ins Zentrum.«

»Niemand außer mir«, ergänzte Casus selbstgefällig und zwinkerte Shiva zu. Er erntete ein Schnauben, doch zeitgleich bemerkte Crystal wieder dieses Funkeln in ihren Augen.

»Das heißt, du kennst einen Weg, wie wir da reinkommen?«, hakte Crystal nach.

»Ich habe eine Idee, Prinzessin. Es ist ein Versuch, aber immerhin mehr, als ihr bisher habt.«

»Wenn ich gewusst hätte, was für eine dumme Idee du hast, hätte ich dich gar nicht erst hergeholt«, zischte Shiva und drückte Ks Karte wieder in sein Watchboard. »Wir haben höchstens eine halbe Stunde. Dann müssen wir hier raus sein.«

»Das wird reichen.« Casus streckte sich und ließ die Schultern kreisen.

Shiva ließ sich auf die Bettkante fallen. »Schwachsinn …«

Casus legte den Kopf schief und blickte Crystal an. »Nehmt ihr ihre pessimistische Art nicht übel. Sie ist noch immer sauer auf mich, weil …«

»Halt die Klappe!« Shivas Stimmlage wurde leicht schrill.

»Also, was ist das für ein Plan?«, fragte Crystal und setzte sich neben Casus, der ihr daraufhin ein breites Grinsen schenkte. Es war ihr egal, was zwischen den beiden geschehen war. Wenn sie nur eine halbe Stunde Zeit hatten, mussten sie jede Minute davon sinnvoll nutzen.

»Da bin ich auch mal gespannt.« K ließ sich neben Shiva nieder. Einen Augenblick war es, als würden sie zwei Lager bilden: Crystal und Casus, die Pläne schmiedeten und Shiva und K, die vermutlich grundsätzlich alles anzweifeln würden.

»Aufgrund der Systemprobleme ist das Zentrum abgesperrt. Angeblich, weil man die Hochrangigen schützen möchte, allerdings bin ich vielmehr der Meinung, dass man das Technikzentrum schützen möchte. Die Menschen sind denen ziemlich egal. Zurzeit gibt es nur einen Weg, der dort hineinführt und zwar über die Essenstransporte. Da die Nachproduktion im Moment gestoppt ist, wird das Zentrum aus dem Lager für Notrationen bedient, das allerdings auch außen liegt.«

»Ja, über eine schmale Klappe, ein automatisiertes System, wo kein Mensch durchkommt«, grollte Shiva und schüttelte den Kopf.

»Bisher hat es keiner versucht, oder?« Casus hob eine Augenbraue.

»Weil niemand so bescheuert …«

»Unsere Chancen stehen nicht schlecht«, unterbrach Casus sie und zum ersten Mal geriet sein lässiger Tonfall leicht ins Wanken. Er wirkte eine Spur gereizt. Das schien auch Shiva wahrzunehmen, denn sie blieb still und starrte finster vor sich hin.

»Und was ist, wenn wir da drinnen sind? Es dürfte wohl auffallen, wenn wir da einfach rumspazieren«, knurrte K.

»Dafür brauchen wir Shiva.« Casus schenkte der Ärztin ein breites Lächeln, das sie mit einem weiteren düsteren Blick abschmetterte. »Im Notfall bietet sie uns als leitende Ärztin Deckung, weil sie durch einen kleinen Eingriff in ihre Daten mehr Befugnisse als üblich hat. Dann sind wir eben Patienten oder Helfer …«

»Wenn das irgendjemand bemerkt, kann ich mich am besten gleich selbst exekutieren«, zischte sie.

»Die sind viel zu sehr damit beschäftigt, die Schäden im System zu beheben, die die unvorhergesehenen Handlungen von Crystal verursacht haben.« Casus zwinkerte ihr zu.

»Ich glaube nicht, dass das alles an Crystal liegt«, schaltete K sich ein.

Crystal stöhnte. »K, lass es. Du kannst diesem Kerl nicht vertrauen.«

»Aber *diesem* Kerl?« Er deutete auf Casus und schüttelte mit einem bitteren Lachen den Kopf.

»Um wen geht es?«, fragte Casus, den Ks Misstrauen offensichtlich nicht beeindruckte.

»Safran. Ein Techniker von hier. Er sagt, dass es schon länger Angriffe auf das System gibt, das Sicherheitslücken hinterlassen hat. Laut ihm haben die aktuellen Probleme mit dem System nicht mit dem Chaos in Neutropolis zu tun.«

»Er ist ein Spinner. Jemand, der wilde Verschwörungstheorien aufstellt«, fügte Crystal gereizt hinzu. Allmählich genügte ihr dieses Thema. K konnte doch nicht ernsthaft auf die Aussagen von diesem Verrückten vertrauen.

Doch zu ihrer Überraschung zuckte Casus nur mit den Schultern und sagte: »Manchmal sind das diejenigen, die näher an der Wahrheit dran sind als angenommen. Und ich muss sagen, dass es auch mir seltsam vorkommt, welche Ausmaße das ‚Problem Crystal' annimmt.«

Sie presste die Lippen aufeinander. Dass er sie als *Problem* bezeichnete, trug nicht gerade zu ihrer guten Laune bei, auch wenn er irgendwie recht hatte.

K reichte Casus sein Watchboard. »Er hat Aufzeichnungen hochgeladen. Ich kann damit nichts anfangen, aber …«

Casus griff danach. Auf dem Bildschirm waren nichts als grüne Zahlen auf schwarzem Hintergrund zu sehen und doch las er so angespannt, als würde das Zahlenwirrwarr klare Worte enthalten. Nach einer Weile blickte er auf, das Grinsen war verschwunden, stattdessen wirkte seine Miene ernst. Ein ungewohnter Ausdruck. »Gibt es davon noch mehr?«

K nickte. »Du musst nur nach rechts wischen, ich habe sie runtergeladen, in der Hoffnung, dass ich …« Er verstummte.

»Ich möchte hiermit daran erinnern, dass wir noch exakt eine viertel Stunde haben. Und ich möchte nicht hier sein, wenn eine der elektronischen Sicherheitseinheiten zum Exekutieren aufkreuzt«, sagte Shiva. »Laut dem automatischen

Informationssystem wurden die runden Tötungsmaschinen nämlich jetzt auch hier drinnen in allen Gängen eingesetzt und exekutieren alles, was menschlich ist und sich bewegt.«

»Keiner von uns möchte das«, murmelte Casus abwesend. »Aber so viel Zeit muss sein.«

Es herrschte Schweigen, während er sich durch die Diagramme scrollte, die genauso wahnsinnig wirkten wie der Kerl, der sie hochgeladen hatte. Schließlich hob Casus den Blick und reichte K das Watchboard zurück. »Ich will mit dem Typen sprechen. Safran heißt er, hast du gesagt?«

Shiva schnaubte und sprang auf. »Natürlich. Vielleicht statten wir ja noch mehr Bewohnern einen Besuch ab, den einen oder anderen würde ich gern noch kennenlernen, bevor ich sterbe«, stieß sie sarkastisch hervor.

»Ich stimme Shiva zu, wir sollten keine Zeit mehr …«

Doch Casus fiel Crystal ins Wort. »Das hier sieht alles danach aus, als hätte nicht nur jemand von außen, sondern auch von innen das System beeinflusst. Und zwar auf ziemlich geschickte Art und Weise. Wenn das tatsächlich alles so stimmt, dann geht das uns alle etwas an …«

Shiva schnaubte und K wirkte zum ersten Mal nicht mehr ganz so angespannt.

»Aber findest du nicht, dass wir erstmal dafür sorgen sollten, dass das Problem mit mir geklärt ist?«, fragte Crystal. Eigentlich hatte sie Casus für vernünftiger gehalten. Einen ziemlichen Aufschneider, aber immerhin vernünftig.

»Prinzessin, was ist, wenn du gar nicht das Problem bist? Was ist, wenn du hier drinnen von jemandem als Rechtfertigung benutzt wurdest? Dann ist es vollkommen sinnlos, zum Technikzentrum zu gelangen. Wir müssen erstmal wissen, wo das Problem seinen Ursprung hat. Wer der Feind ist.«

»Der *Feind*«, wiederholte Shiva und schüttelte gereizt den Kopf. »Du siehst Gespenster.«

»Erzähl das den zehn Toten aus der Nahrungsmittelfertigung«, entgegnete er trocken. »Ich wette, die würden das anders sehen.« Casus erhob sich. »Ich will mit dem Techniker sprechen und danach gehen wir zum Zentralrechner.« Irgendwie duldeten seine Worte keinen Wiederspruch und tatsächlich sagte niemand etwas dazu. Und dabei wollte Crystal einfach nur, dass alles wieder normal wurde. Schnell. Bevor die Sache mit K noch komplizierter wurde. Bevor ihre eigene Sicht auf das System noch mehr in Schieflage geriet. Und bevor sie nicht mehr die Kraft hatte, dem Erlebten einfach den Rücken zu kehren. Ein brennender Gedanke grub sich durch ihr Bewusstsein und hinterließ Spuren, die sich nicht so leicht verdrängen ließen: war es für das alles nicht längst zu spät?

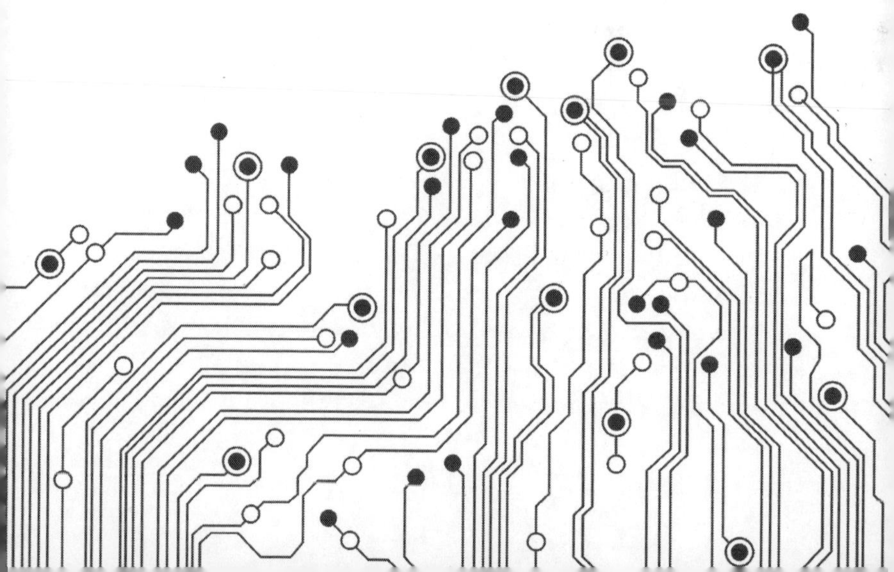

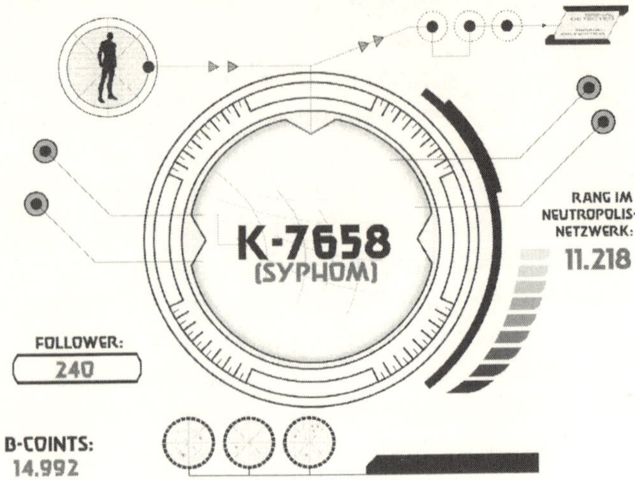

»Das ist mehr als nur dämlich, Casus«, fauchte Shiva, während sie durch die leeren Gänge eilten. Ihre Schritte wurden von den Wänden zurückgeworfen und hallten durch das Labyrinth aus Fluren.

»Nein, es ist optimal. Er ist allein im Technikzentrum für das Ranking, einen besseren Zeitpunkt gäbe es gar nicht«, entgegnete Casus lässig. »Es ist beinahe ein Wink des Schicksals, dass er sich freiwillig für den Notdienst gemeldet hat.«

»Die Türen sind kartengesichert, wenn wir registriert werden …«

»Ich wäre nicht der, der ich bin, wenn ich mich von so einem albernen System abhängig machen würde. Wenn es nach mir ginge, dann hätte jede Tür längst einen Chip-Scanner«, erwiderte er.

»Deine Arroganz wird dich irgendwann noch mal den Kopf kosten.«

K war genervt von der Streiterei zwischen den Beiden und

dennoch war er froh, dass Casus seine Bedenken ernst genommen hatte. Es war wie ein kleiner Triumph nach dem Streit mit Crystal, in dem sie ihn wie einen weltfremden Namenlosen dargestellt hatte. Sie schwieg, während sie neben ihm herlief, doch in ihrem hübschen Gesicht stand dieselbe Abneigung, die Shiva in Worten auf Casus niederprasseln ließ. Doch ihr schienen die Argumente zu fehlen, denn sie blieb still.

Obwohl Casus ihnen erklärt hatte, dass – falls sie auf eine Überwachungseinheit stießen – Shiva die Befugnis hatte, Kranke zur Station zu bringen, fühlte er sich unwohl. Shiva wirkte unberechenbar und dauerhaft wütend auf Casus. Was wäre, wenn sie sich entschied, ihnen in den Rücken zu fallen? K war noch nie jemand gewesen, der sein Schicksal von anderen abhängig machte.

»Und da sind wir schon. Also, dass wir bisher Zeit verloren hätten, kannst du mir nicht vorwerfen, immerhin liegt es quasi auf dem Weg«, sagte Casus grinsend.

K war bei seiner Erkundungstour bereits in dieser Ecke gewesen, die als Technik-Sektor auf der Karte eingezeichnet war. Das Technik-Labor für das Rankingsystem war leicht zu erkennen. Statt weißer glatter Wand, fand man hier Milchglas, das sich etwa sieben Meter die Wand entlang zog. Es war von zahlreichen schwarzen Linien durchzogen, die miteinander verbunden waren und so ein bizarres Muster ergaben. Neben der ebenfalls aus Glas bestehenden Tür stand in schwarzer Schrift ‚Technik Labor: Ranking'. Der Schriftzug war perfekt in das Muster aus dunklen Linien eingeflochten und es wirkte beinahe so, als wären alle schwarzen Striche mit den einzelnen Buchstaben verbunden. Wie an jeder Tür hier fand man auch dort wieder das angekündigte Lesegerät für die weißen Karten.

»So, du Spezialist, wie kommen wir da jetzt rein?«, fauchte Shiva.

»Kein Wachpersonal, die sind alle am Zentrum eingeteilt. Kinderspiel also.« Casus zauberte grinsend eine weiße Karte aus der Hosentasche. Doch diese hier war anders als die Üblichen, denn es stachen zahlreiche kleine Kabel und Drähte aus dem Plastik, die mit einem kleinen weißen Kästchen verbunden waren, das daran hing. »Unsere Eintrittskarte.« Er schob sie in das Schloss und K hielt unwillkürlich die Luft an. Es dauerte eine Weile, ein leises Surren setzte ein, doch schließlich sprang die Tür mit einem leisen Klick auf. »Nennt mich ein Genie«, sagte Casus.

Shiva presste die Lippen aufeinander und schwieg. Casus schlüpfte zuerst durch die Tür, dann folgten Shiva und Crystal, und K bildete den Schluss. Er zog die Tür hinter sich zu und ließ sich für einen Moment von dem Anblick in Beschlag nehmen. Deckenhohe Armaturen übersäht mit blinkenden Schaltern ragten in die Höhe. Sie füllten die Wände und waren zusätzlich in mehreren Reihen in der Mitte der Halle angelegt. Die Luft schien von Elektrizität aufgeladen zu sein und K atmete den Duft von arbeitender Technik ein; leicht muffig, warm und irgendwie mechanisch. Sie standen auf Betonboden, der überall von Adern aus etwa vierzig Zentimeter breiten Metallgittern durchzogen war. Darunter befanden sich dicke Kabelstränge, die zu den massiven Schaltschränken führten. Regelmäßig erklang ein Piepen oder ein Surren, das die Arbeit der Geräte hier bezeugte.

Casus atmete tief ein. »Wir sind im Paradies, Leute.«

»Jeder, wie es ihn glücklich macht«, knurrte Shiva, die Arme vor der Brust verschränkt.

»Was habt ihr hier zu suchen?« Die schrille Stimme ließ sie alle herumfahren. Auf der rechten Seite der Halle befand sich ein U-förmiges Schaltpult, das nur etwa hüfthoch war. Safran saß auf einem Stuhl und starrte alarmiert in ihre Richtung. Vor ihm befand sich ein großes Watchboard, das an einem Gestell befestigt war und über das Zahlenreihen tanzten. »Ich werde mit den Videos nicht aufhören. Die Leute haben ein Recht zu erfahren, was hier vorgeht.«

»Genau genommen sind wir deswegen hier«, sagte Casus selbstbewusst und ging in Safrans Richtung. Langsam folgten sie ihm und K wurde bewusst, wie schnell ihr Plan seinen Sinn verlor, wenn Safran sich dazu entschied, den Sicherheitsdienst zu rufen. Casus war sich seiner Sache beinahe schon anstrengend sicher.

»Am besten erzählen wir ihm gleich von unserem Plan, damit er es an die Zentrale weitergeben kann. Dann haben sie wenigstens einen plausiblen Grund, uns zu exekutieren«, murmelte Shiva.

»Ich brauche keine ärztliche Betreuung! Mir geht es gut!«, rief Safran, den Blick auf Shiva gerichtet, die ihren weißen Kittel trug. Er stand hastig von seinem Stuhl auf und stolperte rückwärts.

»Deswegen kommen wir auch nicht.« Wieder war es Casus, der mit ruhiger Stimme sprach »Ich will mit dir über die Auszüge aus den Sicherheitsbereichen sprechen.«

»Soll ich sie löschen?« Der kleingewachsene Mann wirkte in heller Panik, während sein Blick aus den hervortretenden Augen von einem zum anderen huschte. Einen Sekundenbruchteil länger blieb er an K hängen. »Syphom? Was hast du ihnen erzählt? Du darfst diesen Leuten nicht trauen, sie …«

»Sie sind nicht die, für die du sie hältst«, sagte Casus bestimmt, und stützte sich mit beiden Händen auf die Schaltkonsole. Der schmale Schalttisch war nun das Einzige, das sie noch von dem verängstigten Techniker trennte. Casus nickte in Ks Richtung. »Und das ist auch nicht Syphom, sondern K, ein Namenloser. Die da hinten dürftest du auch kennen, allerdings in blond mit so goldenen Löckchen. Crystal.«

Shiva sog scharf Luft ein, während Crystal knurrte: »Bist du bescheuert, Casus?«

Doch der fuhr unbeirrt fort: »Wir sind hier, weil wir die Dinge wieder geraderücken wollen und ich glaube, dass du exakt der Mann bist, der uns helfen kann.«

»Casus, jetzt halt die verdammte Klappe«, knurrte K. Sein Herz schlug schnell und einen kurzen Moment hatte er das starke Bedürfnis, Casus eine reinzuhauen. Shiva hatte recht: Seine arrogante Art würden ihn irgendwann noch mal Kopf und Kragen kosten. Nur dass in diesem Fall auch ihr Leben davon abhing.

Safrans Blick huschte angespannt von einem zum anderen. Schweiß bedeckte das runde Gesicht und er war ungewöhnlich blass. In seinem Kopf schien es zu arbeiten.

»Ich …«, begann er und brach ab. Sein Blick huschte verunsichert zu dem Watchboard und in K wuchs ein ungutes Gefühl heran. Safran mochte skeptisch sein und das System hinterfragen, doch K hielt ihn nicht für besonders mutig.

»Ich … will damit nichts zu tun … haben«, stammelte er und machte einen Schritt in Richtung Bildschirm.

»Schöne Scheiße, Casus«, zischte Shiva.

»Ach. Ich glaube, dass Safran größeres Interesse daran hat, mit mir über die Lücken im System und meine Erkenntnis, dass der Angriff teilweise von innen erfolgte, zu sprechen, als uns zu verraten«, erwiderte Casus ruhig und schien sich seiner Sache weiterhin sehr sicher zu sein. K befielen jedoch weitere Zweifel. Sein Blick glitt in Richtung Tür. Vielleicht konnten sie es schaffen, wenn sie schnell waren.

»Von innen?«, fragte der Techniker mit zittriger Stimme.

»Ja, es spricht einiges dafür. Ich kenne mich damit aus, wie man von außen reinkommt. Und die Spuren, die dort hinterlassen worden sind, sprechen dafür, dass jemand das System von der Zentralstadt aus manipuliert hat.«

In Safrans Gesicht spiegelten sich zahlreiche Emotionen. Neugier. Angst. Unsicherheit. Es war nur die Frage, was die Oberhand gewinnen würde. K tauschte einen schnellen Blick mit Crystal. Sie nickte leicht in Richtung Tür, anscheinend ging ihr dasselbe durch den Kopf wie ihm. Endlich waren sie sich mal wieder einig. Er war sich sicher, wenn er ihr ein kleines Zeichen gab, würde sie losrennen.

»Aber … das kann nicht sein«, stammelte Safran.

»Nein, eigentlich nicht. Doch wenn man die Spuren verfolgt und diesen neuen Gesichtspunkt berücksichtigt, wird es eigentlich ganz logisch.«

K hielt die Luft an. Diese eine Chance wollte er Casus' Plan noch geben. Dann würden sie allein sehen müssen, wie sie klarkamen. Auch wenn er keine Ahnung hatte, wie sie das anstellen sollten.

»Ich … das müsste ich prüfen.«

»Sicher, ich kann dir zeigen, was ich meine. Es wird anhand deiner Uploads schon sichtbar.«

Schweigen. Verunsicherte Blicke. Doch dann nickte Safran auf einmal unvermittelt. »Wenn das der Fall ist, dann ist unser Problem noch größer als angenommen«, sagte er hastig. »Das würde bedeuten, dass wir ein großes Sicherheitsproblem haben.«

»Ein riesen Problem«, bestätigte Casus und einmal mehr schlich sich dieses selbstgefällige Grinsen in sein Gesicht, das K bis aufs Blut reizte.

Safran atmete angestrengt aus. »Zeig es mir.«

Casus richtete sich auf und warf Shiva einen triumphierenden Blick zu, doch die schüttelte nur den Kopf. K sah zu Crystal, doch die schien für einen Moment genauso überrumpelt wie er. Lässig schlenderte Casus um die halbhohen Datenschränke zu Safran. Der schaute noch etwas skeptisch und fuhr sich über die verschwitzte Stirn. Doch nun wurde sein Gesicht eindeutig von Neugierde und Wissbegier beherrscht. K entspannte sich langsam.

»Zeig mir deine letzten fehlerbehafteten Daten und ich kann verdeutlichen, was ich meine«, sagte Casus und zog sich einen der leeren Schreibtischstühle an die Konsole, an der Safran eben noch selbst gesessen hatte.

»Im Moment sind zahlreiche Fehler aufgetreten, wir werden also einige haben, die wir durchgehen können«, erwiderte Safran aufgeregt und setzte sich ebenfalls wieder auf einen Schreibtischstuhl. Keinen Moment später verloren sich die beiden in ihrer ganz eigenen Sprache, die nur sie zu verstehen schienen. Die angespannte Atmosphäre schwand und K verspürte eine unglaubliche Erleichterung. Einzig Shivas Gesichtsausdruck war noch immer von Misstrauen geprägt.

Sie saßen auf dem Boden, gegen das einzige Stück Wand gelehnt, das nicht von Technik belegt war und starrten auf die Rücken der beiden Computergenies. Casus und Safran waren nun schon eine ganze Weile in ihre Nachforschungen vertieft und die Wartezeit zog sich in die Länge. Crystal saß dicht neben ihm und zum ersten Mal wurde er sich wieder bewusst, wie angenehm ihre Nähe war. Sie wirkte beruhigend und gab ihm ein Gefühl von Ausgeglichenheit. Für den Moment schien der letzte Streit weit entfernt zu sein und die Erleichterung, eine weitere Hürde bewältigt zu haben, gab ihm Mut, dass sie das alles hier bald überstanden hätten. Doch zeitgleich mit dieser Erkenntnis kam das Gefühl, dass der Abschied kurz bevorstand. Und obwohl er es besser wusste, weigerte sich ein Teil von ihm vehement, das einfach so hinzunehmen. In Gedanken sponn er sich eine Zukunft zurecht, in der Platz für sie beide wäre. Wo ihr Rang ebenmäßig wäre, es B gut ging und sie beide eine Zukunft hätten. Doch K war kein Träumer, sondern Realist, also verschwand diese Vision genauso schnell wieder, wie sie gekommen war.

»Braucht ihr noch lange?«, knurrte Shiva. »Immerhin sollte ich laut System längst an meinem Arbeitsplatz angekommen sein.«

Casus schaute nicht in ihre Richtung, vollführte aber eine wegwerfende Handbewegung. »Das System ist im Moment so fehlerbeladen, keiner wird Verdacht schöpfen, wenn die Meldung ausbleibt.«

Shiva schnaubte und kam auf die Beine. »Du nimmst das alles zu leicht.«

Doch Casus vertiefte sich bereits wieder in sein Gespräch mit Safran und schloss sie aus seiner Welt aus. Die Ärztin warf K einen feurigen Blick zu. »Ich mache ein paar Schritte. Ich muss Dampf ablassen …«

Auf Ks Nicken hin ging sie und durchstreifte mit steifen Schritten die große Halle. K blickte ihr hinterher und schüttelte den Kopf. Seit die Ärztin mit Casus aufgetaucht war, war sie nur noch wütend und zickig.

»Sie mag ihn«, sagte Crystal unvermittelt.

»Was?« K blickte sie überrascht an.

Crystal lächelte schräg. »Ich korrigiere mich: sie mag ihn wirklich *sehr* gern.«

K hob die Augenbrauen. »Dann hat sie eine seltsame Art, das zu zeigen.«

»Ich vermute mal, dass er ihr das Herz gebrochen hat.« Crystal sprach sehr leise, doch K bezweifelte, dass Casus sie hören würde. Seine Aufmerksamkeit galt angespannt dem Techniker und dem Bildschirm.

»Wie kommst du darauf?«

»Er hat da so eine Andeutung gemacht. Außerdem schaut sie ihn immer so an … sie muss ihn trotzdem noch mögen.«

»Und um ihm das zu zeigen, streitet sie mit ihm?« Er hob eine Augenbraue.

»Manchmal ist es leichter zu streiten und jemanden auf Abstand zu halten, als sich auf ihn einzulassen. Oder sich einzugestehen, dass man das möchte.« Auf einmal veränderte sich Crystals Blick, er wurde sanfter und berührte einen Punkt in seinem Inneren.

»Ich bin jetzt natürlich keine Beziehungsexpertin, aber ich kann mir das vorstellen …« Eilig wich sie seinem Blick aus.

K verspürte ein unangenehmes Ziehen in der Brust. Etwas in ihm schrie danach, nach ihrem Kinn zu greifen und sie sanft dazu zu bringen, ihn wieder anzuschauen.

»Manchmal ist es schwer vernünftig zu sein, wenn das Herz etwas ganz anderes will.«

Ihre Wangen röteten sich, als sich das Schweigen in die Länge zog. K hatte das Bedürfnis, ihr mit einem Kuss ihre Unsicherheit zu nehmen und ihr so zu zeigen, dass er genauso wie sie empfand. Das war leichter. Leichter als Worte, die er einfach nicht so gefühlvoll über die Lippen brachte wie Crystal. Rational war leichter. Handeln war leichter. Darüber reden, was in ihm vorging, ein Ding der Unmöglichkeit.

»Und worauf sollten die beiden hören? Herz oder Verstand?«, fragte er vorsichtig. Es war besser, wenn er die Illusion aufrecht hielt, dass es immer noch um wen anders ging.

Crystal starrte noch immer auf einen Punkt zwischen ihren Füßen. »Das kommt drauf an, wie ihre Zukunft aussieht. Casus wird vermutlich in Neutropolis bleiben und Shiva wird ihre Karriere nicht aufgeben. Das bedeutet, dass es zwangsläufig erneut mit einem gebrochenen Herzen endet.«

»Es sei denn, Casus würde sich häufiger in die Zentralstadt einschleichen«, setzte er dagegen und verstand nicht einmal warum.

»Aber Shiva würde nicht wollen, dass er bei jedem Mal riskiert, erwischt zu werden. Sie könnte damit nicht leben, wenn ihm etwas passiert.« Sie hob den Kopf und blickte ihn aus traurigen Augen an. Für den Moment gab es in seiner Welt nur sie. Casus und der Techniker wurden unwichtig, genau wie Shiva, die irgendwo durch die Halle streifte. Das was ihnen bevorstand, die Zeit, die unerbittlich ablief. Egal. Er umfasste ihr Gesicht mit beiden Händen, zog sie zu sich heran und küsste sie.

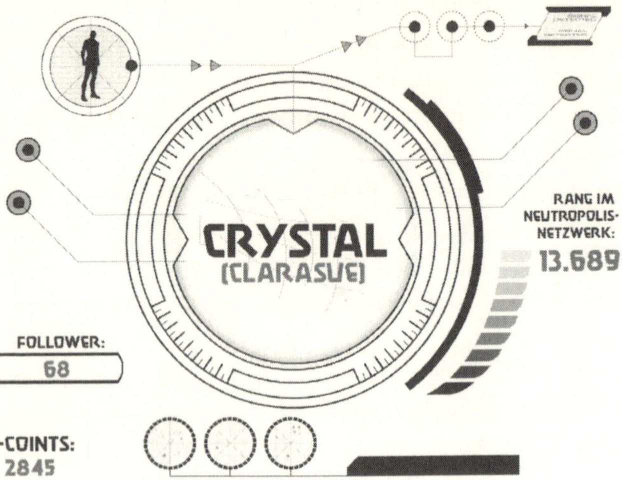

Der zweite Kuss fühlte sich genauso richtig an wie der erste. Crystal wurde heiß und kalt gleichzeitig. Ihre Gedanken rasten, stolperten durcheinander und wurden von dem allesverzehrenden guten Gefühl verschluckt. Es war falsch und zeitgleich schien es das einzig richtige zu sein, das im Moment in ihrem Leben vorging. Und wieder wünschte Crystal sich, dass der Augenblick nicht endete. Er gab ihr ein unbeschreiblich gutes Gefühl in all dem Chaos und der Unsicherheit. Als wäre K der einzig feste Punkt in einer schwankenden Welt, die kurz davor war, in sich zusammenzubrechen. Seine Daumen streichelten ihre Wangen, während er den Kuss vertiefte. In Crystals Bauch tanzten hunderte kleine Schmetterlinge und ungewohnte Gefühle jagten durch ihre Blutbahn. Ihre Finger hatten sich in seinem Oberteil verkrallt und alles in ihr drängte danach, ihm noch näher zu sein. Nie wieder getrennt von ihm zu sein. All ihre Zweifel waren für den Moment wie fortgewischt.

»Hey, ihr Zwei!«

K zuckte so plötzlich von ihr zurück, dass Crystal ein seltsamer atemloser Laut entfuhr. Ks Augen schienen zu leuchten, seine Lippen waren leicht geöffnet und der Atem ging genauso schwer wie ihrer.

»Da dreht man euch einmal den Rücken zu …«, sagte die Stimme, die sie auseinandergerissen hatte, hörbar amüsiert. Crystal löste sich von K und errötete unter Casus' Blick. Er hatte sich ihnen zugewandt und grinste sie mit verschränkten Armen an. Eilig flocht sie die Finger ineinander, fühlte sich ertappt und beschämt. Wie lange hatte er sie bereits beobachtet? Wie lange hatte der Kuss überhaupt gedauert? Es hatte sich nur wie wenige Sekunden angefühlt, viel zu kurze Sekunden. Und dennoch zeugte eine leichte Benommenheit davon, dass es deutlich länger gedauert hatte.

»Bist du jetzt fertig?«, zischte Shiva und erlöste Crystal von Casus' bohrendem Blick. Sie stand neben dem Technikpult, anscheinend hatte sie ihren Marsch durch die Halle beendet.

»Ja, ich bin fertig. Wir sind fertig.« Casus wandte sich ihr grinsend zu. »Und wir haben ein paar interessante Dinge herausgefunden.«

»Äußerst interessant«, fügte Safran hinzu, der noch immer gebannt auf den Bildschirm starrte.

»Dann erleuchte uns.«

Den guten Gefühlen folgte ein schlechtes Gewissen. Was war nur mit ihr los? In ihrem Inneren schien alles durcheinander zu geraten, wenn K sie berührte.

»Gern«, erwiderte Casus grinsend, während K und Crystal neben Shiva an das Pult traten. »Und zwar scheinen die Angriffe nicht bloß von innen, sondern von innen *und* außen zu erfolgen. Doch nicht nur das. Beides scheint dasselbe Ziel zu verfolgen, aber trägt doch eine unterschiedliche Handschrift, weswegen wir zu dem Schluss gekommen sind, dass es sich um verschiedene Menschen handelt.«

»Partner, die miteinander agieren«, fügte Safran hinzu.

»Das bedeutet, dass jemand von draußen und jemand von drinnen versucht, das System zu boykottieren?«, fragte K.

»Nicht nur boykottieren, K. Wenn das so weitergeht – und das wird es meiner Meinung nach – dann ist eindeutig die komplette Zerstörung das Ziel.« Casus' Miene wurde etwas ernster. »Das ist offensichtlich kein Streich oder Ähnliches, sondern ein Angriff auf die Zentralstadt. Unter dem Deckmantel, dass der Fehlerursprung in Crystals Seitenwechsel liegt. Doch das wird nur die Version für die Öffentlichkeit sein. Die Sicherheitsabteilung müsste schon vollkommen blind sein, um nicht zu erkennen, was hier vor sich geht.«

»Mein Reden!«, sagte Safran mit Nachdruck.

»Ein Angriff auf die Zentralstadt …«, wiederholte Crystal dumpf.

»Ja, und anscheinend geht die Abwehr der Stadt nach und nach in die Knie, weil da jemand verdammt gute Vorarbeit geleistet hat. Das ist etwas Größeres. Etwas viel Größeres.«

»Jemand, der diesen Angriff jahrelang geplant hat«, sagte K. »Rebellen?«

Casus schnaubte. »Rebellen, ja. Doch ich muss gestehen, dass ich diese Art der Planung nur wenigen Menschen zutraue. Zet am allerwenigsten. Das sind keine einfachen Protestler, das ist ein verdammt intelligenter Plan, der gerade erst beginnt seine Früchte zu tragen.«

»Dann wird das System zerstört?« Crystal konnte nichts für die Panik, die in ihrer Stimme mitschwang. Sie versuchte Ks Blick zu ignorieren, wusste, was sie darin lesen würde. Eine Frage, die er ihr schon gestellt hatte: Was wäre schlimm daran?

Casus erhob sich. »Ich muss zum Zentralrechner, vielleicht kann ich mein Wissen nutzen, um ihnen zu helfen …«

»Natürlich. Weil die da oben ja nur auf den großen Casus warten«, sagte Shiva verbittert.

»Im Moment sieht es zumindest nicht so aus, als würden sie das Problem in den Griff kriegen.« Er zuckte mit den Schultern, sein Lächeln geriet nicht einen Moment ins Wanken. »Und ich glaube nicht, dass dort jemand weiß, dass sie einen Maulwurf in ihrem Team haben.«

»Was glaubst du, was passiert, wenn du da aufschlägst? Sie werden dich nicht mit offenen Armen empfangen und um Hilfe bitten, sondern entweder festnehmen oder am besten direkt exekutieren.«

»Das klingt ja beinahe, als würdest du dir Sorgen um mich machen«, sagte Casus und grinste Shiva breit an.

»Träum weiter«, fauchte sie, doch ihre geröteten Wangen verrieten, wie nah Casus sich an der Wahrheit befand.

»Erstmal sollten wir …« Ein leiser Signalton ließ Safran heftig zusammenfahren und sorgte dafür, dass Casus sich unterbrach.

Mit gehetztem Gesichtsausdruck fuhr Safran zu ihnen herum. »Der Türöffner«, sagte er. »Versteckt euch.«

Sie saßen dicht aneinandergedrängt unter dem breiten Schreibtisch, der in die Technikarmaturen eingearbeitet war. Vor Crystal befanden sich Safrans Beine, die leicht zitterten. Er saß noch immer auf seinem Schreibtischstuhl. Rechts neben ihr drängte sich Casus gegen sie und auf der linken Seite K. Wer auch immer gerade das Techniklabor betreten hatte, musste nur einmal um die halbhohen Schaltschränke herumlaufen und er würde sie sehen. Crystal versuchte flach zu atmen und ihren schnellen Herzschlag zu beruhigen.

»Safran.« Es war eine männliche Stimme, sie klang sehr jung.

»Mischall«, erwiderte der Techniker mit einem unüberhörbaren Zittern in der Stimme. Selbst ein Vollidiot musste hören, dass etwas nicht stimmte. Die Schritte näherten sich und Crystal kniff reflexartig die Augen zusammen.

»Meine Sicherheitsprogramme haben mir einen unklaren Zugang zum Labor gemeldet, da dachte ich, ich schaue mal vorbei, ob alles in Ordnung ist.« Offensichtlich war der Kerl namens Mischall auf der anderen Seite der Steuereinheit stehen geblieben. Crystal wagte ein zittriges Ausatmen.

»Ich … weiß nicht, was … du meinst«, stammelte Safran. Crystal biss sich so fest auf die Zunge, bis es schmerzte. Konnte der Kerl sich nicht zusammenreißen? »Aber ich habe hier lauter Fehlermeldungen … in den letzten Stunden.«

Ein Schnauben erklang. »Ja, wir haben einige Probleme. Aber das dürfte bald wieder in Ordnung sein. Wir arbeiten daran.«

»Es ist ein Angriff … auf die Zentralstadt«, sagte Safran mit etwas festerer Stimme.

»Ein Angriff.« Mischall lachte. »Ich hab dich zwar schon immer für sehr paranoid gehalten, aber eigentlich dachte ich, dass ein so fähiger Techniker den Unterschied zwischen einem Angriff und einer Fehlerlawine kennt.« Kurz darauf vernahm Crystal wieder Schritte. Er bewegte sich nach rechts. »Also, ist niemand hier?«

»Wer sollte … denn hier herkommen?«, fragte Safran und stieß ein nervöses Lachen aus.

»Das frage ich mich auch.« Wieder Schritte. Crystal konnte

sie nicht genau einordnen. Hatte er die rechte Endseite des U-förmigen Arbeitsplatzes schon erreicht? Unwillkürlich drängte sie sich näher an K. Seine Hand lag auf ihrem Arm und drückte sanft zu.

»Ich plädiere ja schon lange für Kameraüberwachung an den Technikpulten, aber die Höheren wollen die vorhandene Technik lieber für die Videos der Leute nutzen. Seitdem kaum noch nachproduziert wird, werden sie geizig …« Er war eindeutig weiter nach rechts gelaufen.

»Gab es … da nicht auch einmal eine Diskussion über Privatsphäre?«, fragte Safran zögerlich.

Der andere schnalzte gereizt mit der Zunge. »*Privatsphäre*? Die Leute filmen sich beim Duschen, beim Schlafen, selbst wenn sie auf der Toilette sitzen … Niemand hat und will mehr Privatsphäre.«

»Nun, ich schon …«

Mischall lachte. Crystal konnte seinen Standort nicht genau einordnen, aber sie sah, dass Safran sich auf seinem Stuhl halb rumgedreht hatte. Das bedeutete, dass der Kerl nur noch ein paar Schritte tun musste, um den Arbeitsplatz zu betreten. Dann würde er sie sofort sehen. Es ging gar nicht anders.

»Du bist auch ein paranoider kleiner Schwätzer. Ich meine, dass die *normalen* Leute nicht mehr auf Privatsphäre bedacht sind. Sie sind es gewohnt, dass ihnen dauerhaft jemand über die Schulter schaut.«

»Ich finde das sehr befremdlich.« Safrans zitternder Tonfall hatte einem leicht gereizten Platz gemacht. Auch wenn seine Knie noch immer einen unruhigen Tanz aufführten.

»Du bist -« Mischall verstummte plötzlich. Einen Moment wurde es ruhig im Labor, einzig das Surren und Piepen der Gerätschaften lag in der Luft. Crystal rechnete jeden Moment damit, dass dieser unfreundliche Typ um die Ecke trat. Vielleicht hatte er etwas gesehen oder war misstrauisch geworden. Sie waren so leichtsinnig gewesen, überhaupt in dieses Labor zu gehen. Erkenntnisse hin oder her. Es war dumm. Crystal wollte K anschauen, doch sie wagte es nicht den Kopf in seine Richtung zu drehen, wagte es nicht einmal zu atmen.

»Ich muss los«, sagte Mischall auf einmal und Crystal hätte vor Erleichterung beinahe laut ausgeatmet. Die Schritte erklangen dieses Mal hastiger.

»Gibt es Probleme?«, fragte Safran. Er erhielt keine Antwort mehr, stattdessen erklangen nur weitere gehetzte Schritte. Dann war es still. Keiner schien es zu wagen, sich zu bewegen. Schließlich rollte Safran mit seinem Schreibtischstuhl zurück. »Ihr … ihr könnt rauskommen.«

Crystals Knie fühlten sich weich an, als sie auf die Beine kam. Ihr Oberteil klebte kühl an ihrem Rücken.

»Wuhuu!«, stieß Casus aus und lachte losgelöst. »Das war verdammt knapp! Da merkt man, dass man lebt, was meint ihr?«

»Dass du schwer gestört bist«, grollte Shiva leise und fuhr sich mit beiden Händen durch das Gesicht.

»Ach«, grinsend legte er einen Arm um Shiva und zog sie ruckartig an seine Seite, »fühl das Adrenalin, das ist das beste überhaupt.«

»Du spinnst wirklich«, sagte Crystal und atmete angestrengt aus. K legte ihr eine Hand auf die Schulter und lächelte ihr schmal zu. Sie wollte es erwidern, doch ihre Mundwinkel zuckten lediglich.

»Ihr solltet jetzt gehen«, sagte Safran mit erstaunlich bestimmter Stimme. »Ich weiß nicht, ob er es sich nicht noch mal anders überlegt.«

»Du willst nicht mitkommen?«, fragte Casus, während Shiva sich mit gereizter Miene von ihm losmachte.

»Nein … nein, ich bleibe besser hier.«

Irgendwie war Crystal erleichtert, dass der Techniker nicht mit wollte. Erstens traute sie ihm immer noch nicht und zum anderen wäre noch ein Mitstreiter nicht unbedingt erfolgsversprechend für ihre Gruppe.

Casus schlug ihm so fest auf den Rücken, dass der Techniker keuchte. »Dann halt die Augen offen.«

Safran nickte hastig.

»Los jetzt«, zischte Shiva und blickte sich ungeduldig um.

Auf dem Weg nach draußen wurden sie noch ein letztes Mal von Safrans Stimme aufgehalten: »Ihr solltet … ihr solltet an den Plantagen vorbeigehen, um in das Zwischenlager zu kommen. Das dauert zwar etwas länger, aber dafür ist dieser Bereich sehr schlecht bewacht. Gerade jetzt wird es sehr ruhig sein …«

»Danke«, sagte Casus und hob zum Abschied die Hand. »Egal wie das hier ausgehen mag, falls du etwas suchst, wo deine Talente auch entsprechend gefördert werden, ich habe jederzeit einen Job für dich.«

Statt einer Antwort errötete der Techniker nur und hob ebenfalls verunsichert die Hand. Crystal musterte Casus stirnrunzelnd. Er sagte zwar immer wieder, dass er kein Wohltäter, sondern ein Geschäftsmann war, doch dieses Angebot erschien ihr selbst für ihn außergewöhnlich nett zu sein.

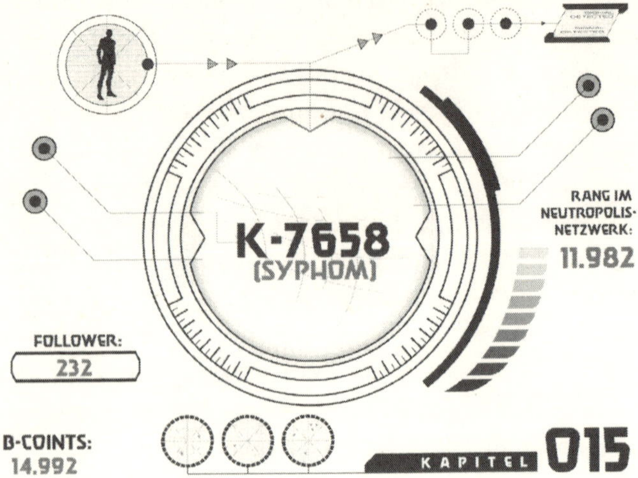

»Das ist der Wahnsinn.«

K konnte Casus nicht wiedersprechen, auch wenn seine Euphorie von diesem unguten Gefühl in seinem Inneren gedämmt wurde. Sie waren problemlos zu den Plantagen gekommen. Viel zu problemlos. Vielleicht war er ein Pessimist, doch irgendwie traute er der Ruhe nicht. Auch, wenn der Anblick des Ortes, der die Menschen im Land mit Nahrungsmitteln versorgte, tatsächlich faszinierend war.

Der Flur, auf den Casus sie geführt hatte, war zur rechten Seite vollständig verglast, sodass man auf die künstlich angelegten Felder herunterschauen konnte. Von der Decke strahlten grelle Lampen hinab und tauchten das Geschehen in künstliches Sonnenlicht. Die Beete waren mit dem blauen Nährboden bedeckt, den K aus den Grundlektionen in seiner Kindheit kannte. Sie waren in Reihen angelegt und ein Computersystem steuerte die Bewässerung, das Wachstum und die Ernte. Alles hier verlief rein mechanisch, einzig die Keime waren im Labor gezüchtet worden. K erinnerte sich, dass es drei Dinge gab, die hier angepflanzt wurden und die äußerlich nichts mit der Ernährung vor den Kriegen gemein hatten. Es waren violette, braune und gelbe Knollen, die in der Erde wuchsen und nach vollständiger Reife etwa so dick und lang wie sein Unterarm waren. Sie enthielten das, was der menschliche Organismus zum Überleben brauchte. An diesem Ort war das Essen für sie alle noch gleich, erst in der Nahrungsmittelaufbereitung entstanden die Gerichte von Menschenhand, die zumindest Äußerlich einen Unterschied machten. Die Knollen waren geschmacksneutral und die synthetisch hergestellten Würzmischungen, um sie genießbar zu machen, waren sehr aufwändig herzustellen. So wurden sie je nach Rang dosiert. Alles, was die Erde ihnen vor den Kriegen einmal gespendet hatte, wurde hier quasi aus dem Nichts geschaffen. So meinte K sich zumindest zu erinnern, wenn er an die Ernährungslektionen dachte. Er kannte Bilder von diesem Ort, aber die Maschinen in Aktion zu sehen, beeindruckte ihn. Die mechanischen Greifarme waren an Metallgerüsten befestigt, die das gesamte Gelände überfahren konnten.

»Schaut euch das an, das habe ich noch nie live gesehen«, sagte Casus und deutete auf einen Ernteabschnitt, nicht weit von ihnen entfernt. Gerade senkte sich einer der Robotergreifarme hinab, zog die Knollen an dem Grünwuchs aus der Erde und ließ sie in einen der Schienenwagen fallen, die die Lebensmittel abtransportierten. Kaum war das Gemüse geerntet, streckte sich ein weiterer mechanischer Arm hinab, versenkte eine neue Saat im Boden, strich die Erde glatt und besprühte sie mit einer durchsichtigen Flüssigkeit.

»Ich meine zu wissen, dass dank der erheblichen Wachstumssteigerung im letzten Jahr bis zu drei Mal täglich abgeerntet werden kann. Das sind irrsinnige Mengen, die produziert werden«, erzählte er weiter.

»Hoffentlich verdirbt das nicht alles, wo die Nahrungsmittelproduktion stillsteht«, sagte Shiva und klang zum ersten Mal seit langem nicht gereizt, sondern besorgt.

»Die Knollen werden bestimmt in den Kühlkammern gelagert, bis alles wieder läuft«, sagte Crystal. Sie wirkte irgendwie erschöpft und weniger interessiert als Casus.

»Bis die irgendwann voll sind«, murmelte Shiva.

Casus schwieg. Anscheinend hatte er nicht vor, diese Diskussion fortzuführen und beobachtete stattdessen weiter die Maschinen, wie sie ihre Arbeit verrichteten. K meinte gelesen zu haben, dass in den Anfängen nach den Kriegen noch Menschen diesen Job übernommen hatten. Doch mit dem System war auch der Bedarf gewachsen. Jetzt waren die Menschen nur noch dafür da, die Computer zu überwachen, Fehlerquellen zu beseitigen und Maschinenpflege zu betreiben.

»Es ist wirklich …« Weiter kam Casus nicht, denn in diesem Moment begann die Beleuchtung über den Feldern zu flackern. Der Greifarm vor ihnen, der eben noch emsig die Knollen geerntet hatte, blieb stehen. Der zweite zuckte unruhig hin und her, als wäre die Maschine von einer plötzlichen Unruhe befallen. Doch schließlich rührte auch sie sich nicht mehr. Das Licht flackerte wieder.

»Da stimmt was nicht«, murmelte K und blickte hinauf zu der Beleuchtung. Auf dem gesamten Feld war die Arbeit eingestellt, die Maschinen in ihrer Position erstarrt. Und dann wurde die Plantage auf einmal dunkel. Stockdunkel. Nur der Gang, von dem aus sie hinabgesehen hatten, war weiterhin von den Leuchtstoffröhren erhellt.

»Scheiße«, murmelte Casus.

Als der Alarm einsetzte, fuhren sie alle heftig zusammen.

Er war dröhnend und kreischend schrill. In einem sich widerholenden Tonus flammte er ohrenbetäubend auf, nur um dann wieder leiser zu werden. Neben ihm presste sich Crystal beide Hände auf die Ohren.

»Weiter!«

Casus hatte noch mehr gesagt, aber der dröhnende Lärm hatte den Rest seiner Worte verschluckt. Doch es genügte, damit sie sich in Bewegung setzten. Neben ihnen, hinter den Glasscheiben, herrschte noch immer Dunkelheit, während sie den endlos wirkenden, gerade verlaufenden Gang entlanghetzten. Der Alarm wurde immer lauter und jetzt presste auch K sich die Handflächen auf die Ohren, während er lief. Irgendwann gelangten sie an eine zweite Tür, durch die ihnen Casus mit seiner speziellen Karte Zugang verschaffte. Er führte in einen Kontrollraum, der von einem blinkenden roten Licht erhellt wurde. Casus machte Anstalten, an einem der Computerterminals stehen zu bleiben, doch Shiva packte seinen Arm.

»Jetzt nicht, Casus! Es wir jemand kommen und sich um das Problem kümmern!«, fauchte sie und zerrte ihn weiter.

»Aber …«

»Nein, weiter!«

Zu Ks Verwunderung ließ er es geschehen, öffnete auch die zweite Tür, über die sie wieder einen schmalen Gang erreichten. Als sie hinter ihnen ins Schloss fiel, schirmte sie den schrillen Alarm etwas ab.

»Ist dieses System auch befallen?«, fragte K, während er neben Casus herlief.

»Es scheint so. Wenn ich richtig liege, wird es sich durch jedes Programm arbeiten, bis es am Hauptrechner ankommt. Wichtig ist nur, dass wir schneller sind.«

Sie mussten durch drei weitere Türen, die mit langen Gängen verbunden waren, bis sie die Halle für Notrationen erreichten. Hier waren die Essensrationen in kniehohen braunen Plastikboxen verwahrt, die in Hochregalen gelagert wurden. Sie waren vorgegart in den silbernen Nahrungsmittelschalen eingeschweißt und wurden in den Klappen auf die gewünschte Temperatur gebracht. K fühlte sich erschlagen von der schieren Masse an Essen. Auch hier war ein ausschließlich computergesteuertes System für die Lagererhaltung zuständig. Links von ihnen befanden sich zahlreiche große Klappen, hinter denen sich Laufbänder verbargen. In regelmäßigen Abständen wurden die braunen Boxen von den Greifarmen durch die mechanisch schnaufenden Tore geschickt und verschwanden aus ihrem Blickfeld.

»So weit, so gut. Jetzt müssen wir nur noch wissen, welches Tor unseres ist«, sagte Casus und musterte sein Watchboard, das ihnen bis hier hin den Weg gewiesen hatte.

»So schnell werden wir auf jeden Fall nicht verhungern«, murmelte K, während Casus den Zugang zum Zentrum suchte.

»Täusch dich nicht«, murmelte Shiva. »Es wirkt viel, aber wir sind inzwischen auch verdammt viele, die davon leben müssen.«

»Es sei denn wir können dafür sorgen, dass das System nicht zusammenbricht«, murmelte Casus.

Erst jetzt wurde K bewusst, was eigentlich alles an ihrem Lebensstil dranhing. In einem gewissen Maß hatte Crystal recht. Man konnte das System nicht einfach abschalten. Die Nahrungsmittelproduktion und alles, worauf ihr Leben basierte, würde innerhalb weniger Sekunden in sich zusammenbrechen. Denn das System steuerte ja nicht nur das Ranking, sondern sorgte auch dafür, dass sie mehr oder minder überlebten. Ein innerer Zwiespalt machte sich in ihm breit und stieß ihm bitter auf.

»Ich hab's«, sagte Casus. »Klappe B – 3 45 ZÄ. Wir müssten direkt auf der Gesundheitsstation rauskommen.«

»Wenn wir heile ankommen«, knurrte Shiva.

»Was meint sie damit?« Crystal runzelte die Stirn.

»Ich meine damit, dass die Förderbänder nicht für Menschen, sondern für Plastikboxen mit den Nahrungsmitteleinheiten gemacht sind«, antwortete die junge Ärztin gereizt.

»Aber die kommen auch heile an, oder?« Casus zwinkerte ihr zu und lief voran.

K starrte die mächtigen Hochregale hinauf, die hier in unzähligen Reihen aufgebaut waren. Wenn man die schiere Masse sah, war es unvorstellbar, dass irgendwann die Gefahr bestehen könnte, dass ihnen das Essen ausging. Allerdings wurden von hier aus auch alle Städte mit Nahrung versorgt. Das waren tatsächlich verdammt viele Menschen, die regelmäßig Lebensmittel erhalten mussten.

Sie mussten immer wieder warten, wenn eine der mobilen Steuereinheiten vor ihnen hielt und mit dem Greifarm eine Box aus dem Regal zog. Alles schien einer Ordnung zu folgen, die für das menschliche Auge jedoch lediglich Chaos vermittelte. Überall waren diese technischen Wagen unterwegs; sie fuhren auf vier schwarzen Rädern, hinten war ein großer Metallkäfig angebracht, der nach oben hin offen war und auf dem vorn ein mächtiger Greifarm montiert war. Das Gefährt war in leuchtendem Orange angestrichen und groß genug, um mindestens fünf der kniehohen Nahrungsmittelboxen in dem Transportkorb aufzunehmen. Wenn die Wagen gefüllt waren, fuhren sie zu den Klappen und der Greifarm übergab die Plastikboxen an das Transportsystem.

»Auf der einen Seite der Halle kommen die fertig gepackten Boxen an und auf der anderen verlassen sie sie wieder. Zurzeit dürfte da allerdings nicht viel los sein«, erklärte Casus, der wohl Ks interessierte Blicke bemerkt hatte, mit denen er das Geschehen verfolgte.

Schlichte Leitern führten zu den Klappen hinauf, die sich öffneten, sobald sich eine der mobilen Steuereinheiten näherte.

»Wir haben Glück, dass gerade Hochbetrieb herrscht, es ist Mittagszeit«, sagte Casus, den Blick immer wieder auf die Metalltore gerichtet, die mit Buchstaben und Zahlen beschriftet waren. Ein stetiges Surren, Krachen und Rauschen erfüllte die Halle, so laut, dass Casus die Stimme gehoben hatte, um dagegen anzukommen.

»Das ist es«, sagte er schließlich und grinste sie zufrieden an.

Stirnrunzelnd blickte K hinauf zu der Klappe. Sie hatte einen so großen Durchmesser, dass man problemlos darin stehen könnte und war – genau wie die übrigen – etwa zwei Meter über ihnen in der Wand angebracht. Sie wichen zurück, als sich ein weiteres Lieferfahrzeug näherte und den mechanischen Schlund mit Nahrungsmittelboxen füllte. Von hier unten sah man lediglich das Laufband, hinter der Klappe herrschte Dunkelheit. Als die Steuereinheit mit dem Beladen fertig war, dauerte es einige Sekunden, dann schloss sich die Klappe wieder.

»Den Moment müssen wir abpassen«, rief Casus gegen das Getöse an. »Vermutlich werden wir nicht alle gleichzeitig durchkommen!«

Crystal warf K einen verunsicherten Blick zu und erneut überfiel ihn das Bedürfnis, schützend den Arm um sie zu legen.

»Ich und Shiva gehen zuerst!« Ohne ein weiteres Wort zu

sagen, ging Casus zu der Metallleiter neben der Luke und zog sich daran hoch. Shiva folgte ihm mit offenkundigem Missfallen im Ausdruck.

»Warte mal!«, rief K ihm hinterher. »Müssen wir auf irgendetwas achten?!«

Casus grinste zu ihnen herunter. »Schön auf dem Laufband bleiben, bis euch die Lieferklappe wieder ausspuckt!«

K wollte noch weitere Fragen stellen, doch in diesem Moment kam die zweite Steuereinheit und zwang sie erneut auszuweichen. Er starrte hoch zu den beiden anderen. Die Klappe öffnete sich und die Boxen wurden von dem Greifarm auf das Laufband gesetzt. K hielt unwillkürlich die Luft an und beobachtete Casus. Sein Blick war konzentriert, er hatte einen Fuß schon von der Leiter gelöst, bereit zum Sprung. K wollte nichts falsch machen oder Crystal allein zurücklassen, daher versuchte er sich jede Bewegung genau einzuprägen. Fast nebensächlich fühlte er, wie sich ihre kühlen Finger mit seinen verflochten. Er drückte sanft zu, wagte es jedoch nicht den Blick von Casus zu nehmen.

Der Greifarm senkte sich ein letztes Mal und das computergesteuerte Gefährt setzte surrend zurück. In diesem Moment stieß Casus sich von der Leiter ab und verschwand in der Luke. Shiva sprang die letzte Sprosse hinauf und stürzte nach vorn, gerade als sich die Klappe zu senken begann. Neben sich vernahm K einen unterdrückten Laut von Crystal. Doch das Laufband zerrte Shiva weiter und kurz bevor die Klappe sich schloss, verschwanden ihre Füße in der Dunkelheit. Der zweite Springer musste eindeutig schneller handeln als der erste.

»Du wirst zuerst springen«, sagte er an Crystal gewandt, deren Augen weit aufgerissen waren. »Hast du gesehen, wie er es gemacht hat?«

Sie nickte hastig.

»Gut.« Er hielt sie noch immer an der Hand und zog sie in Richtung der Leiter. Sein Herz klopfte schnell, sein Körper war angespannt. Und dennoch versuchte er Crystal einen aufmunternden Blick zuzuwerfen. »Es sah eigentlich ziemlich leicht aus.« Die Worte klangen so hohl, dass er sich am Liebsten auf die Zunge gebissen hätte.

Crystal griff dennoch nach der ersten Sprosse und zog sich die Leiter hoch. K folgte dicht hinter ihr. Als sie das obere Ende erreicht hatten, verharrte er nicht unter ihr, sondern stieg noch etwas höher, sodass ihr Körper teilweise unter seinem war. Wenn es so weit war, würde er die Hand in Richtung Klappe lösen und Crystal so den Weg freimachen. Eine Weile standen sie so da. Warteten. Um sie herum tobte der Lärm der Maschinen und die Zeit schien sich ins Unendliche zu dehnen. Einen kurzen Moment befielen K Zweifel. Was, wenn jetzt kein Transport mehr kam? Dann würden sie hier festsitzen.

Doch seine Zweifel wurden nicht bestätigt, als er das Surren der sich nähernden Steuereinheit vernahm. Er warf einen kurzen Blick über die Schulter und sah wie das Gefährt die Luke ansteuerte.

»Es geht gleich los!«, rief er gegen das Getöse an. Wieder nickte Crystal hastig.

K presste die Zähne so fest zusammen, dass es in seinem Kopf knirschte. Die Klappe neben ihnen öffnete sich und ein kalter Luftzug schlug ihnen entgegen. Der Gang dahinter lag im Halbdunkeln. Man sah das Laufband, das unmittelbar vor ihnen in einem scharfen Abzweig nach links führte. Es war umgeben von orangefarbenen Wänden, an denen bereits die Farbe abblätterte. Die erste Box wurde krachend auf das Laufband geladen und Crystal zuckte leicht zusammen.

Hoffentlich verlor sie nicht die Nerven. Die Box verschwand um die Ecke und schon wurde die nächste Kiste auf das Förderband gestellt. In Gedanken ging K bereits seinen Sprung durch. Er würde, genau wie Shiva, noch einige Stufen nach oben müssen und dann springen. Wenn es nicht klappte, müsste er auf die nächste Lieferung warten, doch er wollte Crystal nicht allein lassen.

Die letzte Box landete auf dem Band, der Greifarm fuhr zurück.

»Jetzt!« Er versetzte Crystal einen leichten Stoß, als sie sich nach vorn lehnte, und sie landete unsanft auf dem Laufband. Eilig zog K sich hoch und sprang. Keine Sekunde zu früh. Kaum, dass er auf dem Förderband gelandet war, musste er die Füße anziehen, damit das Tor nicht krachend darauf landete. Er atmete keuchend aus, während sein Körper bereits von dem schwarzen Band unter ihm weitergezerrt wurde. K schaute nach vorn und erblickte Crystal knapp vor sich. Sie lag auf dem Band einige Meter entfernt, die Hände auf das raue gummierte Material gepresst. Rechts, links, oben … orangefarbene Wände. Sie schossen durch den viereckigen Tunnel vorwärts. *Geschafft*, ging es ihm durch den Kopf.

Schwankend kam er auf die Beine und kämpfte einen Moment mit der Fliehkraft, die das schnelle Laufband mit sich brachte. Tastend machte er einen Schritt vorwärts, verlor das Gleichgewicht und landete hart auf dem Bauch. Die Kisten füllten an Breite fast das komplette Laufband aus und hatten so eine deutlich bessere Auflagefläche als ein Mensch. K keuchte und rappelte sich mühsam auf. Crystals besorgter Blick ruhte auf ihm, sie kauerte noch immer unbewegt da. Beim zweiten Versuch, zu ihr aufzuschließen, blieb er auf den Knien und arbeitete sich langsam vorwärts. Das ging besser, kostete aber immense Kraft. Eine plötzliche Biegung zwang ihn kurz vor Crystal zu verharren. Er presste sich dicht an das gummierte Fließband, um in der Kurve nicht gegen die Wand geschleudert zu werden. Der Weg führte nun wieder geradeaus, doch in der Ferne erkannte K bereits eine weitere Biegung. Er griff nach Crystals Hand, die sie ihm entgegenstreckte und zog sich neben sie.

»Geht's dir gut?«, fragte er keuchend.

»Ja«, entgegnete sie mit heiserer Stimme.

K hielt ihre Hand noch immer fest in seiner. Sie lagen nun nebeneinander, dicht auf den Boden gedrückt, und kämpften bei der nächsten Biegung abermals mit der Schwerkraft, die sie bei der Geschwindigkeit an die Wand zu werfen drohte.

Er blickte zu Crystal, ihr Gesicht war blass, die Miene verzerrt. Angespannt suchte K nach beruhigenden Worten, doch irgendwie wirkten alle abgenutzt und leer. Er wusste nicht, was sie noch erwartete, er konnte nicht sagen, wie lange diese Fahrt dauerte … Also drückte er nur ihre Hand. Crystal schaute ihn an und einen Moment erlaubte er es sich, sich in ihren blauen Augen zu verlieren. Egal, was geschah, immerhin waren sie zusammen.

Plötzlich wurde ihnen der Boden unter den Füßen weggerissen. Sie fielen. Crystals Finger lösten sich aus seinen. Auf den Moment der Schwerelosigkeit folgte ein harter Aufprall auf dem Laufband. K keuchte und Schmerz schoss durch seine rechte Schulter. Doch seine Gedanken galten einzig Crystal. »Alles okay?«

Sie hatte das Gesicht verzogen und stemmte sich leicht nach oben, doch sie nickte. Der schmale orangefarbene Gang hatte sich je zu einer Halle geweitet und sie einige Meter auf ein tieferes Laufband ausgespuckt. Dieses hier war nur von einer schmalen Begrenzung aus Metall umgeben, um die Kisten in der Spur zu halten. Sie konnten von Glück sprechen, dass sie in der Mitte des Bandes gelandet waren und nicht direkt auf der Umrandung.

»Wahnsinn«, keuchte Crystal und erst jetzt folgte K bewusst ihrem Blick.

Die Halle, in der sie sich jetzt befanden, war riesig. Überall um sie herum, auf verschiedenen Ebenen, befanden sich Laufbänder, über die die braunen Plastikkisten jagten. Einige führten nach unten, andere nach oben. Manche verschwanden in weiteren Klappen in den Außenwänden, verliefen im Kreis nach unten oder kreuzten sich mit anderen. Es war ein strukturiertes Chaos, das einen vollständig in seinen Bann nahm. Anscheinend befanden sie sich in einem weiteren Sortierzentrum. K spähte über den Rand und erkannte am weit entfernten Boden einen weiteren Bahnhof für Einschienenbahnen. Einige der Kisten wurden hier in einem großen Korb aufgefangen, sicherlich um dann in die Bahnen umgeladen zu werden, die die Nahrung auf die Städte verteilten. K zuckte zurück, als er unten einige Gestalten in dunkelblauer Kleidung erkannte.

»Was?«, fragte Crystal.

»Da sind einige Arbeiter. Ich bin sicher, dass sie uns nicht sehen können von dort unten, aber …« Er ließ die letzten Worte unausgesprochen.

Das Laufband beförderte sie weiter durch die Halle und K merkte, dass es leicht bergab ging. Ein Zeichen dafür, dass es bald geschafft war? Das Band verlief in einiger Entfernung in einer weiteren Rechtskurve, die den übrigen Weg nicht überschaubar machte. Der Fahrtwind wirbelte ihm Crystals Haare ins Gesicht und ließ ihn ihren Duft einatmen. Erneut wurden sie herumgerissen und der Weg senkte sich wieder ab. Eine weitere Kurve.

Crystal hatte sich leicht aufgerichtet und verzog schmerzerfüllt das Gesicht. »Was ist los?«

»Mein Arm …«, presste sie hervor.

Anscheinend hatte sie sich bei ihrem Sturz doch verletzt. K stützte sich auf einem Arm ab und tastete mit der freien Hand vorsichtig ihren Unterarm ab. Als er an ihrem Handgelenk ankam, stieß sie zischend Luft auf. Es war leicht geschwollen. »Vielleicht nur verstaucht«, sagte er.

Sie presste die Lippen aufeinander und nickte. »Das wird –« Der Satz wurde von einem plötzlichen Rucken unterbrochen, der in einem überraschten Laut endete. Ks und Crystals Körper wurden auseinandergerissen und K an eine der Metallabgrenzungen geschleudert. Eine senkrecht aufgestellte Kunststoffplatte, etwa vierzig Zentimeter hoch, teilte das Laufband an dieser Stelle in zwei auf und bildete nun eine Barriere zwischen ihnen beiden.

»K!«

Er robbte in ihre Richtung, wollte nach ihr greifen und sie auf seine Seite ziehen, als sich ihr Teil der Strecke plötzlich absenkte. Er griff ins Leere. »Nein!«

Hastig zog er sich am Rand hoch und starrte nach unten. Crystals Band verlief einige Meter unter ihm, bevor es um die nächste Biegung verschwand. Er fing einen letzten verzweifelten Blick von ihr auf, dann war sie weg.

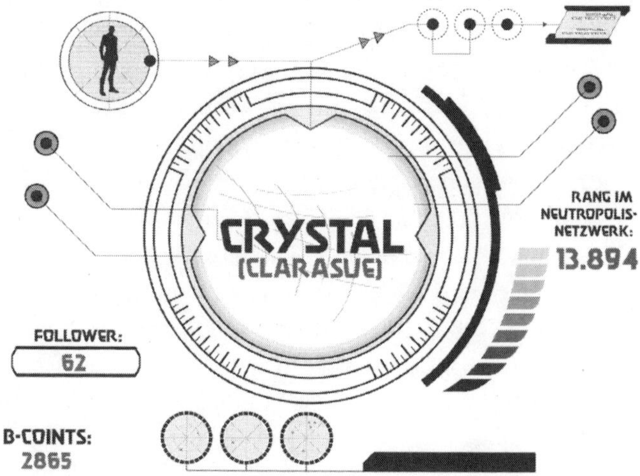

Ihr Atem ging hektisch, während sie sich panisch umsah. Doch auf keinem der Laufbänder in ihrer Nähe war K zu sehen. Er war verschwunden. Ihr Herz raste und ihr wurde schwindelig. Für einen kurzen Moment überschattete die Panik sogar den Schmerz in ihrem Handgelenk. Kurz fragte sie sich, warum ihr Chip sie nicht darauf hinwies, dass sie verletzt war oder sie wegen dieser waghalsigen Aktion mit Abzug von Coints bestrafte. Anscheinend hatte der Zerfall des Systems schon begonnen und griff auch auf die Gesundheitsüberwachung über. Doch das Laufband ließ ihr keine Zeit nachzudenken, einen Plan zu machen. Es raste unerbittlich vorwärts und beförderte sie aus der Halle heraus in einen weiteren schmalen, orangefarbenen Tunnel. Sie hatte keine Ahnung wo sie landen würde. Bei Casus und Shiva? War sie falsch abgebogen oder K? Und wenn sie falsch war, wie sollte sie die anderen finden? Was, wenn sie direkt in den falschen Armen landen würde? Ihre Gedanken überschlugen sich und führten dennoch ins Nichts. Keuchend stützte sie sich auf der gesunden Hand ab und starrte in den Tunnel vor sich. Er verlief geradeaus. Crystal presste die Lippen fest aufeinander und kämpfte die aufwallende Panik nieder. Sie waren so weit gekommen. Jetzt musste sie durchhalten, nicht der Angst nachgeben. Stark sein. Das wäre K auch. Es gab für alles eine Lösung, sicherlich auch für dieses Dilemma.

Eine nach links verlaufende Kurve brachte sie beinahe aus dem Gleichgewicht. Der Fahrtwind zerrte an ihrem Haar und trieb ihr, immer wieder, dunkle Strähnen ins Gesicht. Eine weitere Biegung und dann kam endlich das Ende in Sicht. Eine Wand? Ein Tor? Irgendwie war der Gedanke nicht beruhigend, sondern ließ eine neue Welle Furcht durch ihren Körper jagen.

Es war ein Tor. In dem Moment, wo Crystal sich näherte, fuhr es nach oben. Ihr entfuhr ein spitzer Schrei, als sie zum zweiten Mal in die Tiefe stürzte. Geistesgegenwertig presste sie ihre verletzte Hand an ihren Körper. Dieses Mal landete sie etwas weicher, doch ein bohrender Schmerz schoss ihren Arm hinauf und Crystal biss sich fest auf die Unterlippe, um einen Schrei zurückzuhalten. Angestrengt atmete sie aus, die Augen hatte sie geschlossen. Stille. Um sie herum war es beinahe vollkommen ruhig, nur das stetige Surren des Laufbandes war zu hören. Blinzelnd öffnete sie die Augen. Sie befand sich in einem kleinen Raum und war auf einem gummierten Untergrund gelandet. Rechts von ihr hob eine Steuereinheit, die denen im Hauptlager ähnelte, nur wesentlich kleiner war, gerade eine der braunen Kisten in eine Klappe. Sonst war hier niemand. Der Raum hatte graue Wände, war nur wenige Quadratmeter groß und der Boden war vollständig mit dem halbweichen Material belegt. Sicherlich, damit die Fracht keinen Schaden nahm, wenn sie hinabfiel. Es gab nur eine Tür, die mit einer ganz normalen Klinke versehen war. Sie atmete erleichtert aus. Vermutlich befand sich der Chipkartenleser auf der anderen Seite. Ihr Watchboard lag noch immer in dem Apartment, da Casus gesagt hatte, dass sie es nicht brauchen würden. Vermutlich hatte er recht, denn ihre Karte war für diesen Bereich ohnehin nicht vorgesehen. Wo auch immer sie sich befand. Stolpernd kam Crystal auf die Beine und tat ein paar unsichere Schritte vorwärts. Keinen Moment zu früh, denn kaum, dass sie von der Luke weg war, landete eine der Nahrungsmittelboxen mit einem dumpfen Geräusch an genau der Stelle, wo sie eben noch gesessen hatte. Eilig wich sie der Steuereinheit aus, die die Ware in Empfang nahm.

Sie legte die Hand auf die Türklinke, schloss die Augen und atmete durch. Hoffentlich erwartete sie dort draußen niemand. Sie hätte keine Erklärung für ihr Hiersein. Zumindest keine plausible. Crystal drückte die Klinke runter und schob die Tür auf. Sie starrte auf eine glänzend weiße Wand. Anscheinend war sie wieder auf einem dieser Endlosflure gelandet. Sie schlüpfte eilig nach draußen und blickte sich um. Der Unterschied zu den Fluren, die sie bereits kannte, war, dass sich hier keine Türen befanden. Aber auch sonst war der Gang vollkommen leer. Niemand, der sie entdecken könnte, aber zeitgleich auch keine Shiva und kein Casus. Alles hatte den Anschein, als wäre sie diejenige gewesen, die die falsche Abzweigung genommen hatte. Crystal atmete angestrengt aus. Wo – verdammt noch mal – war sie gelandet?

Die Entscheidung, den rechten Weg einzuschlagen, traf sie rein intuitiv. Ks Laufband war nach rechts verlaufen, vielleicht würde sie die anderen also in dieser Richtung treffen. Der Gang verlief geradeaus und bog dann nach rechts ab. Weiterhin blieben die Wände frei von Türen. Keine Möglichkeit auszuweichen, falls ihr jemand entgegenkam. Doch es blieb still und sie war allein. Ihr Pulsschlag dröhnte laut in den Ohren und ihre Muskeln waren bis in die letzte Faser angespannt. Ihr Handgelenk pochte noch immer leicht, doch der Schmerz war entweder von der Aufregung verdrängt worden oder die Verletzung war tatsächlich nicht so schlimm, wie zunächst angenommen. Sie lauschte und hoffte, irgendwo Ks oder Casus' Stimme zu hören. Nichts. Stille. Hier gab es nur sie, umgeben von glänzendem Weiß.

Der Gang endete nach zwei weiteren Biegungen – eine nach links, die zweite nach rechts – an einer Milchglastür. Man sah, dass von der anderen Seite ein Schriftzug daran befestigt war, doch lesen konnte man ihn von dieser Seite aus nicht. Beruhigend war jedoch, dass auch diese Tür nicht mit einem Kartenschloss gesichert war. Crystal wartete einen Moment und versuchte, durch das halbdurchsichtige Glas die Schemen von Personen auszumachen. Nichts. Sollte es ihr Sorgen machen, dass niemand außer ihr hier war? Es brachte ein beklemmendes Gefühl mich sich.

Crystal griff nach der Türklinke, atmete abermals durch und drückte sie herunter. Sie betrat einen Raum, der ihr kurz den Atem raubte. Er grenzte an die Glaskuppel des Zentrums, sodass man einen direkten Blick in das Innere der Stadt hatte. Es war wie auf den Bildern. Bunte Häuser, wie aus früheren Zeiten, drängten sich dicht an dicht um eine mit bunten Pflastersteinen belegte Straße. Die Spitzdächer waren mit goldenen Schindeln belegt, die im einfallenden Sonnenlicht glänzten. Auf den Straßen befanden sich in regelmäßigen Abständen kastenförmige, circa zwei Meter hohe Terminals, in denen Bildschirme eingelassen waren. Crystal hatte gelesen, dass man auf ihnen dauerhaft die aktuellen Charts einsehen oder seine Hardware upgraden konnte. Sie trat näher an die Scheibe. Es war faszinierend jetzt so nah an etwas zu stehen, wonach sie sich so lange gesehnt hatte. Und dennoch blieb das erwartete überwältigende Gefühl aus. Es war schön anzusehen und noch schöner war es, dieser Welt jetzt so nah zu sein. Aber irgendwie war es so, als hätte sie ein wenig von ihrem Glanz verloren. Obwohl einige Menschen auf den Straßen unterwegs waren, blickte keiner in ihre Richtung. Alle trugen silberne oder goldene Kleidung, die sie als das auszeichnete, was sie waren: Hochrangige. Wahre Hochrangige. Sie hielten Watchboards in der Hand oder diese kleinen mobilen Kameras, wie Wizzle sie benutzt hatte. Auch, wenn sie sich frei bewegen konnten, schienen sie ihr Umfeld gar nicht wahrzunehmen. Sie wichen einander aus, gingen aneinander vorbei, ohne sich wirklich anzusehen. Crystal spürte, wie ihr Magen sich verkrampfte. Sie hatte so lange so sehr gehofft, endlich diesen Ort sehen und an ihm leben zu können, dass sie nun nur noch Enttäuschung verspürte. Vielleicht lag das an K. Vielleicht an dem, was sie gesehen hatte, auf ihrem Weg hier her. Es entzog sich ihrem Verständnis.

»Coraly?«

Sie fuhr überrascht herum. Eine Frau in einem goldenen Zweiteiler stand neben einer zweiten Tür und lächelte sie freundlich an. Crystal hatte nicht gehört, wie sie eingetreten war.

»Ich war mir nicht sicher, ob sie dich noch hineinlassen würden«, fügte die Frau hinzu und machte einen weiteren Schritt in ihre Richtung. »Im Moment herrschen bei uns erhöhte Sicherheitsvorkehrungen. Nichts, was dir Sorgen bereiten sollte. Aber nun bin ich froh, dass ich noch einmal geschaut habe, ob dein Shuttle nicht doch angekommen ist.« Ihre hellblauen Haare waren zu einem Dutt zusammengefasst, Schminke hob ihre Vorzüge hervor, war aber nicht so aufdringlich, wie es in der Zentralstadt eigentlich üblich war.

»Ich … ja«, sagte Crystal, nur um überhaupt etwas zu sagen. Ihr Blick huschte zu der Tür, durch die sie gekommen war. Ein potentieller Fluchtweg? Nun konnte sie auch die Schrift auf dem Milchglas erkennen.

Zu den Shuttles.

Die Fremde trat näher und musterte mit gerunzelter Stirn ihre Kleidung. Erst jetzt erkannte Crystal die leichten Falten, die sich um ihre Augen und Mundwinkel zogen. Im ersten Moment hatte sie etwas jünger gewirkt, aus der Nähe und in dem Licht, das das Zentrum auf sie warf, schätzte sie sie jedoch mindestens auf Mitte vierzig. »Ich werde diesen neuen Trend, sich unter seinem Rang zu kleiden, nie verstehen«, murmelte sie und schüttelte leicht den Kopf. Als sie wieder aufsah, trug sie wieder dieses einnehmende Lächeln zur Schau. »Mein Name ist Deidrey, ich bin deine Patin für die ersten drei Tage.«

In Crystals Kopf stolperten mögliche Lösungsansätze durcheinander. Weglaufen? Lügen? Die Wahrheit? Die letzte Möglichkeit schloss sie eilig aus.

»Du bist sicherlich überwältigt von dem Anblick. Das sind sie alle. Deswegen lassen wir sie die erste Zeit vollkommen allein, um das zu genießen und zu realisieren, wo sie ab jetzt leben werden.« Deidrey schmunzelte. »Du möchtest sicherlich wissen, wie es jetzt weitergeht?«

Crystal nickte. Mehr wagte sie nicht. Lügen kamen ihr noch immer schwer über die Lippen, außerdem wusste sie nicht, was sie tun sollte. K hätte sicherlich sofort eine Lösung gewusst.

»Erstmal bekommst du etwas zu essen, dann erfolgt eine letzte standardisierte Untersuchung und dann weise ich dir ein Quartier hier im Außenbereich zu. Bitte sei nicht enttäuscht deswegen, aber wir wollen dich in die Gesellschaft einführen und vorher mit allem vertraut machen. Die nächsten Tage werde ich dir zur Seite stehen, das Rankingsystem und die Regeln erklären. Außerdem werde ich dir die Stadt zeigen und dein zukünftiges Zuhause.«

Es klang schön, wie sie es erklärte. Genau so, wie sie es sich immer erhofft hatte. Und dennoch falsch. Denn dieser Luxus war nicht für sie bestimmt, sondern ein Mädchen namens Coraly. Sie war Crystal, die meist gesuchte Bewohnerin von Neutropolis. Ohne Rang. Aus dem System verstoßen wie ein Fremdkörper. Und bis heute verstand sie nicht, warum es ausgerechnet sie getroffen hatte. Was sie falsch gemacht hatte, was …?

»Coraly?« Deidrey hob die Augenbrauen.

Angespannt fasste Crystal in ihrem Inneren nach einem rationalen Gedanken. Flucht wäre unsinnig und weit würde sie vermutlich auch nicht kommen. Da die Frau kein Scangerät bei sich trug, könnte sie mit ihr zumindest einen neuen Bereich betreten. Eine Chance, vielleicht doch die anderen zu finden.

»Ja, entschuldige. Ich bin wirklich furchtbar aufgeregt«, sagte sie mit leicht zittriger Stimme und die Züge ihrer Patin entspannten sich.

»Das ist vollkommen verständlich. Aber es ist wahr. Du bist an der Stelle, wo alle hinwollen und du hast Anspruch auf einen Platz in der Zentralstadt, genieße das ruhig und schieb deine Bedenken und die Aufregung beiseite.« Wieder konnte Crystal nur nicken. Mit einer simplen Geste – ein ausgestreckter Arm in Richtung zweiter Tür – fügte die Frau hinzu: »Es geht los.«

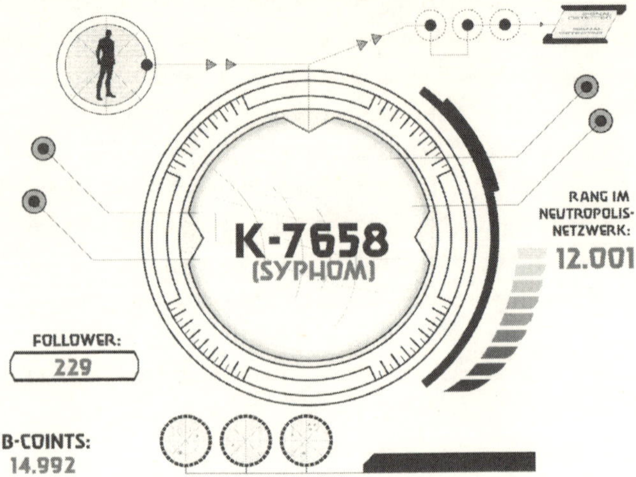

K gelang es gerade noch einen letzten Blick in die Halle zu werfen, ehe das Laufband ihn in einen der orangefarbenen Tunnel beförderte. Er stieß einen Fluch aus. Von hier aus konnte er nichts tun. Er musste abwarten, bis seine Fahrt ein Ende hatte und dann konnte er Crystal suchen. Oder Crystal und die anderen. Als er an Casus dachte, paarte sich seine Sorge mit Wut. Warum hatte dieser Scheißkerl sie davor nicht gewarnt?

Die Fahrt endete abrupt hinter einer weiteren Kurve. K fiel und landete auf einem halbweichen, gummiartigen Untergrund. Obwohl der Sturz wesentlich sanfter als der erste geendet hatte, presste es ihm dennoch die Luft aus den Lungen. Der umliegende Lärm katapultierte ihn jedoch sofort aus der kurzen Benommenheit. Er riss die Augen auf und blickte sich um. In dem großen Raum türmten sich Wäscheberge von goldener und silberner Kleidung auf und mächtige Maschinen rauschten laut. Vermutlich die Reinigungseinheiten. Feuchte Hitze hing in der Luft. Neben ihm befand sich eine der fahrenden Steuereinheiten, die für den Transport der Boxen zuständig waren. Diese hier war kleiner als in der großen Halle und steuerte gerade auf ihn zu.

»K!«

Die Stimme war sehr leise und drang nur dumpf durch das Getöse der Reinigungseinheiten. Sein Blick fuhr herum. Casus und Shiva verbargen sich hinter einem der riesigen Wäscheberge und Shiva machte ihm eilige Handzeichen, zu ihnen aufzuschließen. Hastig kam K auf die Beine. Genau im rechten Moment, denn gerade betraten hellrot gekleidete Frauen die Halle auf der gegenüberliegenden Seite. Sie waren in Gespräche vertieft, eine lachte laut.

K lief los und sprintete im halb geduckten Gang zu den beiden anderen. Der Wäscheberg bot ihnen Schutz, sodass die Frauen sie von der anderen Seite aus nicht würden sehen können.

»Da hast du aber wirklich Glück gehabt«, sagte Casus. »Als wir ankamen, sind sie gerade in die Pause ge-«

Weiter kam er nicht, denn K packte ihn am Kragen. Casus war wesentlich größer als er und zudem massiver gebaut, doch er schien so überrumpelt, dass er K nur aus großen Augen anstarrte. »Hast du gewusst, dass sich das Laufband an einer Stelle gabelt?«, knurrte er. Seine Finger verkrampften sich in Casus' Oberteil.

»Alter, ich hab keine Ahnung …«

»Crystal«, sagte Shiva nüchtern und verschränkte die Arme vor der Brust.

Zu dem Erstaunen in Casus' Gesicht gesellte sich Erkenntnis. »Ist sie etwa …?«

»Ja«, grollte K und schüttelte Casus.

Casus' Finger umfassten seine Handgelenke. »K, das wusste

ich nicht. Ehrlich, Mann. Dieser Abzweig war nicht erwähnt und die Hauptstrecke verlief weiter geradeaus. Man musste schon verdammt viel Pech haben, um …«

K stieß Casus fest von sich, sodass er rückwärts stolperte. »Crystal ist weg und das ist deine Schuld!«

»Hör auf hier so rumzubrüllen, sonst sind wir auch gleich weg«, zischte Shiva. Doch die Worte drangen kaum zu K durch. Er war rasend vor Wut. Seine Hände ballten sich zu Fäusten.

»Jetzt krieg dich wieder ein, ihr wird schon nichts passiert sein«, sagte Casus kopfschüttelnd und mit einer Lässigkeit, als würde ihn das kaum betreffen. Ein weiterer Auslöser, der eine Welle von Wut durch Ks Körper sandte. Er machte einen Schritt in Casus Richtung.

»Was willst du jetzt machen?«, fragte Casus ernst. »Willst du mir eine reinhauen? Ernsthaft? Inwiefern soll das Crystal helfen?«

Gar nicht. Aber ihm würde es helfen, dessen war K sich sicher. Zumindest kurzweilig.

»Wir werden Crystal finden«, sagte Casus mit Nachdruck und hob beschwichtigend die Hände. »Und ich habe echt keinen Bock mich mit dir zu prügeln, Mann.«

Zu spät. K holte aus und seine Faust kollidierte mit dem Kinn seines Gegenübers. Schmerz explodierte in seinen Fingern und schoss seinen Arm hinauf. Casus stolperte einen Schritt rückwärts, fasste sich ans Kinn, die Augen weit aufgerissen. Einen Moment starrten sie sich einfach nur an.

»Könnt ihr jetzt alle beide mit dem Kinderkram aufhören«, schaltete Shiva sich wieder ein und trat zwischen K und Casus. Sie schaute ihn an. »Ich werde niemanden von euch wieder zusammenflicken. Nicht jetzt. Nicht hier. Verstanden?«

K schnaubte und schüttelte die schmerzende Hand aus.

Casus rieb sich noch immer die Stelle am Kinn, doch seine Augen blitzten irgendwie amüsiert. »Ein fester Schlag, das muss man dir lassen.« Casus bewegte die Schultern, als wären sie verspannt. »Aber ich muss Shiva recht geben. Wir haben jetzt keine Zeit für so einen Scheiß. Irgendwann komme ich darauf zurück …«

K erwiderte nichts, sondern kämpfte mit der Wut. Auch wenn es jetzt ein wenig besser war, blieb da der bittere Beigeschmack, dass Crystal fort war. Irgendwo verschwunden im Gangsystem dieses Bereichs.

»Erstmal müssen wir hier raus«, sagte Casus in so normaler Tonlage, als wäre das eben nicht geschehen. »Und wenn wir ein ruhiges Plätzchen finden, kann ich mir den Verlauf der Wege noch mal im Detail ansehen. Dann wissen wir, wo Crystal gelandet ist.«

K entspannte sich langsam. Er spürte immer noch Shivas prüfenden Blick auf sich.

»Alles okay«, sagte er zu ihr. »Ich … sorry.«

Shiva schnaubte und Casus stieß ein amüsiertes Lachen aus. »Jaja, der edle Ritter, gekommen um die Ehre seiner Prinzessin zu verteidigen. Hoffentlich ist dir auch klar, dass wir gerade dabei sind, sie an den Drachen auszuliefern.«

»Was?«

Casus winkte ab. »Nichts. Kommt jetzt. Mir reicht die dicke Luft hier drinnen. Und das in jeder Hinsicht.« Er warf K einen spöttischen Blick zu. »Aber erstmal sollten wir uns an die Umgebung anpassen.« Casus griff nach den hellroten Oberteilen, die ebenfalls einen kleinen Stapel bildeten. »Für den Fall der Fälle.«

Es war nicht schwer, ungesehen aus der Wäscherei zu kommen. Die Frauen, die hier arbeiteten, waren tatsächlich so in ihr Tun vertieft, dass sie sich kaum umsahen. Über elektrische Transportkörbe brachten sie die Kleidung zu den gewaltigen Trommeln und starteten die Waschgänge. Wenn eine der Maschinen fertig war, wurde die gewaschene und getrocknete Kleidung einer weiteren zugeführt, die die Kleidung glättete, faltete und in Folie einschweißte. Zwei Frauen beluden dann orangefarbene Kisten damit, verschlossen sie und führten sie einer weiteren Klappe zu. Dazwischen verloren sie sich in belanglosen Gesprächen und schenkten ihrer Umgebung keine Aufmerksamkeit.

Nacheinander schlüpften sie durch die Tür und im nächsten Moment war K froh, dass Casus die Idee mit der Kleidung gehabt hatte. Dahinter lag kein Flur, sondern eine große Halle, in der reges Treiben herrschte. Hellrote, Bordeauxrote und Lilafarbene – die K bisher noch nie gesehen hatte – liefen geschäftig durcheinander. Einige hatten ein Watchboard in der Hand, andere steuerten einen Hubwagen, der mit Kleidung oder Nahrungsmittelboxen beladen war. Am Ende der Halle befanden sich einige Tische mit Bänken, die neben sieben großen Nahrungsmittelklappen standen. Es hatten sich Schlangen davor gebildet, doch besonders viel schien nicht los zu sein. Einige Tische waren nicht besetzt.

»Wir setzen uns am besten und machen einen Plan«, schlug Shiva vor. In ihrem Blick stand Unsicherheit.

»Nicht nur hübsch, sondern auch noch schlau. Habe ich dir schon gesagt, wie fantastisch dir rot steht?«, fragte Casus und musterte sie anzüglich.

»Halt die Klappe.«

Casus zuckte grinsend mit den Schultern und blickte K an. Der Ärger über ihre kurze Auseinandersetzung schien vollends verflogen zu sein. »Frauen, oder? Da macht man ihnen Komplimente und dann ist es auch nicht richtig.«

Shiva ging voran in Richtung der Tischreihen im hinteren Teil der Halle. Es musste sich um eine Art Mensa für die Zuarbeiter des Zentrums handeln.

Sie fanden einen Tisch, der etwas weiter hinten im Raum lag und ihnen so etwas Abstand zu den anderen Arbeitern schuf. Doch auch hier schenkte ihnen keiner Aufmerksamkeit. K fiel auf, dass die meisten, die hier saßen und ihre Mahlzeit zu sich nahmen, gebannt in ihr Watchboard starrten und ihren Nebenmann gar nicht wahrzunehmen schienen. Die Stimmen der verschiedenen Videos ergaben ein wildes Durcheinander, das K Kopfschmerzen bereitete. Doch die Anwesenden schien das Gewirr an Stimmen, Musik und Gesang nicht zu stören. Sie starrten einfach weiter stumpf auf ihren Bildschirm.

»Hach, schön oder?«, fragte Casus, der Ks Blicke bemerkt zu haben schien. »Ich wette, denen könntest du statt ihrem Essen einen Haufen …«

»Casus!«

»Sorry.« Er gluckste. »Auf jeden Fall würden sie es nicht bemerken. Die Leute hier atmen die Videos, die aus dem Zentrum kommen.«

K presste die Lippen aufeinander und warf einen letzten Blick auf einen abwesend wirkenden Mann. Mit offenem Mund starrte er auf den Bildschirm, die Hand, die einen Löffel hielt, auf halbem Weg erstarrt. Vollkommen regungslos, während der Bildschirm fröhlich plappernde Laute ausstieß, die ab und an von schriller Musik durchbrochen wurden.

»So, dann schauen wir mal, wo es Clarasue hingetrieben

hat«, sagte Casus und wischte über sein Watchboard. Er saß K gegenüber und hatte dem Geschehen in der Halle den Rücken zugewandt. K erkannte eine leicht rötliche Verfärbung an seinem Kinn. Er war noch immer über sich selbst erstaunt und seine Hand pochte weiterhin schmerzhaft. Shivas kühle Diagnose hatte gelautet: »Geprellt. Kein Grund zu jammern also.«

»Die Gabelung gibt es noch nicht lange, wenn ich das aus den Grundaufzeichnungen richtig herauslese. Deswegen war das Tor auch nicht entsprechend beschriftet«, murmelte Casus.

»Und wo ist Cr…«

»Vielleicht solltest du den Namen hier nicht so laut sagen«, unterbrach Casus ihn. »Das hier sind zwar ziemliche Zombies, aber man weiß nie, wann sie die Ohren nicht doch mal aufsperren. Gerade wenn dieser Name fällt.«

»Wo ist Clarasue?«

»Hm«, entgegnete Casus nur und vertiefte sich wieder in einem Gewirr aus Linien, die in verschiedenen Farben blinkten. »Kennt ihr noch dieses Kinderspiel, dieses Programm bei dem man die Linie finden musste, die zur Zentralstadt führt? So ähnlich wird das jetzt.«

K presste die Lippen fest aufeinander. Wie lange war Crystal jetzt schon auf sich allein gestellt? Vielleicht wäre ohnehin alles zu spät und sie war längst exekutiert? Festgenommen. Ein bitterer Geschmack stieg ihm in den Mund, als sein Magen sich verkrampfte. Daran wollte er nicht denken. Genau genommen war er nicht nur sauer auf Casus, sondern auch auf sich. Warum hatte er Crystal nicht festgehalten? Warum war er nicht über die Abgrenzung gesprungen und ihr so gefolgt? Er kam sich so nutzlos vor.

»Anscheinend ist sie in die Schleuse geraten, wo die Neuankömmlinge für die Zentralstadt angelangen. Die Bewohner, die ins Zentrum kommen«, murmelte Casus. »Eine Art Quarantänebereich, bevor man einzieht.«

»Und wie kommen wir da hin?«

Casus hob den Kopf und verzog das Gesicht. »Das wird dir nicht gefallen.«

K starrte ihn an.

»Gar nicht. Dieser Abschnitt ist vollständig abgesperrt und nur über die Shuttle-Schleusen zu erreichen. Oder über diese Luke.«

»Dann müssen wir wieder über ein Laufband ...«

»Dabei verlieren wir zu viel Zeit«, setzte Casus dagegen. Seine Miene hatte wieder diesen ernsten Ausdruck angenommen. »Ich verstehe, dass du deiner Prinzessin schnell zur Hilfe eilen willst, aber es geht hier nicht nur um sie. Die Zeit läuft uns davon ...«

»Das ist mir scheiß egal«, knurrte K. »Du hast uns in diese verfluchte Lage gebracht, also sieh auch zu, dass ...«

»Ja, ich habe euch in diese Lage gebracht. Ohne mich würdet ihr immer noch in eurem Apartment sitzen und weder vor noch zurück können.« Casus' Augen wurden schmaler. »Was meinst du, wie lange euer Chip sie an der Nase herumführen lässt? In drei Stunden wird er anmerken, dass ihr nichts gegessen habt. Weil bereits die zweite Mahlzeit ausgefallen ist. Das wird das Sicherheitssystem auf den Plan rufen, falls das dann noch funktioniert. Und noch bevor wir irgendetwas erreicht haben, seid ihr exekutiert. Es ist also nicht nur so, dass *mir* die Zeit davon läuft.«

»Und was schlägst du vor? Wenn wir da ohne Cry... Clarasue auftauchen, macht das alles keinen Sinn.«

Casus fuhr sich durch das Haar. »Wir müssen erstmal zum technischen Sicherheitsbereich kommen. Dort können wir alles nötige klären und Crystal suchen lassen.«

»Ich kann kaum glauben, dass ich das jetzt sagen werde, aber: das klingt vernünftig«, murmelte Shiva. Sie hatte die ganze Zeit still neben ihm gesessen. »Wenn wir jetzt Zeit mit der Suche nach ihr verschwenden, ist keinem geholfen.«

»Und wenn wir uns trennen? Ihr geht in das Sicherheitszentrum und ich suche sie?«

Casus verdrehte die Augen. »Hört mir hier überhaupt irgendjemand zu?« Er stieß schnaubend Luft aus. »*Niemand* kommt in diesen Bereich. Nicht von hier aus. Vom Sicherheitsbereich aus ist das wahrscheinlicher.«

K wollte nicht so leicht aufzugeben. Es musste doch einen Weg geben? Doch es fiel ihm keiner ein und in dieser Welt war er genauso fremd wie Crystal es in seiner gewesen war. »Gut.«

»Beruhigend, dass du zur Vernunft kommst«, sagte Casus und schüttelte den Kopf. »Von hier aus wird es dennoch nicht leicht, weiter zu kommen. Die Zugänge sind natürlich streng bewacht. Aber ich habe eine Idee.« Er schmunzelte und tippte auf seinem Watchboard herum. »Ich glaube, dass im Technikzentrum ein medizinischer Notfall gemeldet werden wird.«

Shiva seufzte und strich sich eine ihrer pinkfarbenen Strähnen aus dem Gesicht.

»Wie gut, dass eine Ärztin und ihre zwei Assistenten sofort zur Hilfe kommen.«

»Prima«, grollte Shiva.

Im nächsten Moment begann das Licht in der Mensa zu flackern. Überraschte Laute gingen durch die versammelten Arbeiter, dann kehrte die Helligkeit wieder zurück. Einige waren stehen geblieben und schauten sich verwirrt um, andere schien das nicht weiter zu stören.

»Das ist unser Zeichen«, sagte Casus mit Nachdruck und erhob sich. »Wir sollten den Mist hier retten, bevor nichts mehr zum Retten da ist.«

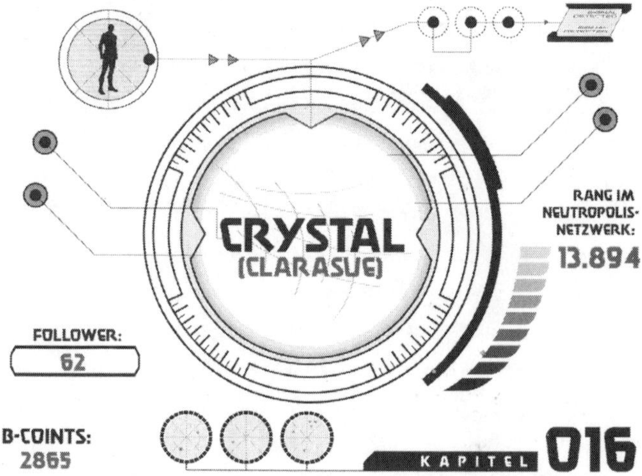

Die silberne Kleidung fühlte sich seltsam und steif an. Sie saß auf der Untersuchungsliege und wrang die Finger ineinander, die Augen hatte sie unablässig auf die Tür gerichtet. Das Arztzimmer ähnelte dem von Shiva, war nur etwas größer und mit noch mehr technischen Geräten ausgestattet. Seit Deidrey sie mitgenommen hatte, war sie nicht eine Sekunde von ihrer Seite gewichen. Erst jetzt, kurz vor der Untersuchung, hatte sie sie mit ihrer Kleidung allein gelassen. Crystal hatte sich bereits eine Ausrede für ihr nur noch leicht pochendes Handgelenk ausgedacht, die sie dem Arzt präsentieren würde. Ein Sturz aus dem Shuttle vor lauter Nervosität erschien ihr glaubhaft genug.

Die Tür war verschlossen und ließ sich von dieser Seite nicht öffnen. Eine Situation, die Crystal dazu zwang ihre Rolle weiter zu spielen. Doch nur ein Scan ihres Chips und ihre Reise würde ein Ende haben. Was würden sie dann mit ihr machen? Exekutieren? Ihr Hals fühlte sich trocken an und ihr Magen schmerzte.

Clarasue, deine Werte weisen ein hohes Stresslevel auf. Bitte hole die versäumte Mahlzeit schnellstmöglich nach, um deinen Insulinspiegel etwas zu heben. Entsprechende Nahrungsmittel stehen in der Klappe bereit.

Es war bereits das zweite Mal, dass die Stimme in ihrem Ohr sie darauf hinwies. Crystal atmete angestrengt aus und schloss die Augen. Wenn sie das hier durchstehen wollte, musste sie sich beruhigen. Vielleicht gab es ja einen Weg. Irgendeinen. Als die Tür geöffnet wurde, riss sie die Augen auf. Doch anstatt eines Arztes, stand Deidrey wieder vor ihr und lächelte sie an.

»Es gibt eine kleine Planänderung.«

Crystals Herzschlag beschleunigte sich.

»Es gibt im Moment einen medizinischen Notfall in der Sicherheitszentrale. Nichts Besorgniserregendes, aber leider nimmt es unsere medizinischen Versorger aus diesem Bereich in Anspruch.« Sie hielt ein Watchboard in der Hand. »Aber deine letzten Untersuchungsdaten, die man uns übermittelt hat, geben uns keinen Grund zur Sorge. Was hältst du also davon, wenn ich dich durch die Stadt führe?«

Alles war besser, als ein Scan und eine Untersuchung. Crystal rutschte von der Liege. »Sehr gern.«

Deidrey lächelte. »Eigentlich dauert es immer etwas, bis ich dir dein Haus zeigen kann, aber als Entschädigung dafür, dass heute alles etwas durcheinander ist, habe ich bewirken können, dass du dir deine Räumlichkeiten heute schon ansehen kannst.«

»Das ist wundervoll«, entgegnete Crystal und hoffte, dass die Erleichterung einen Eindruck von Freude hinterließ. In Gedanken dachte sie jedoch an den medizinischen Notfall in der Sicherheitszentrale. Ob das an den Ausfällen lag? Sicherlich war es Teil des Angriffs. Sie hoffte, dass den anderen nichts geschehen war. Dass K nichts geschehen war. Allein der Gedanke daran sorgte dafür, dass ihr erneut übel wurde.

»Wir betreten jetzt eine desinfizierende Schleuse, damit keine potentiellen Keime in die Spitze unserer Gesellschaft eingeschleppt werden«, erklärte Deidrey und öffnete eine Tür, die ein leises Zischen ausstieß. Der Raum war so klein, dass man zu zweit bequem nebeneinanderstehen konnte. Die Wände waren weiß und glänzend und über ihnen befanden sich Lüftungsgitter, hinter denen nichts als Dunkelheit zu sehen war.

»Du musst jetzt einfach still stehen bleiben und die Augen schließen«, sagte Deidrey. »So lange dein Chip noch nicht auf die neuen Gegebenheiten programmiert ist, werde ich die Aufgabe übernehmen und dir alles nötige erklären. Also, mach dir keine Sorgen.«

Crystal nickte hastig und tat, was die Frau ihr sagte. Einen Moment später setzte ein leises Rauschen ein und Crystal zuckte leicht zusammen, als sich eine kühle Feuchtigkeit auf ihre Haut legte. Es roch süßlich und deutlich nach Chemie. Nach wenigen Sekunden ließ der leichte Sprühnebel nach.

»Du kannst die Augen wieder öffnen«, sagte Deidrey.

Es brannte leicht, als sie die Frau ansah, die noch immer dieses unerschütterliche Lächeln zur Schau trug.

»Du wirst dich an das Gefühl gewöhnen, andererseits wirst du, wenn du dein Haus bezogen hast, den Innenstadtbereich auch nicht mehr oft verlassen müssen.«

Die zweite Tür öffnete sich von allein und Crystal folgte

ihrer Begleitung nach draußen. Ihr Herzschlag setzte einige Schläge aus, als sie die beiden massiven Wachleute sah, die vor einem großen Scanner standen. *Nein*, dachte sie und Panik flutete ihren Geist. Die Männer starrten finster in ihre Richtung. Sie trugen die dunkle Panzerung, die sie bereits hatte kennenlernen dürfen, der einzige Unterschied war eine silberne Schärpe, die eng anlag und einmal quer über die Brust ging. Crystal war mitten in ihrer Bewegung erstarrt.

»Coraly?« Deidrey musterte sie voller Skepsis.

»Ich … vielleicht sollte ich doch erstmal die Untersuchung … machen lassen«, stammelte Crystal. Sie konnte förmlich spüren, wie die Wachmänner sie durch ihr Visier ansahen. Stechend. Als könnten sie unter ihre Oberfläche schauen und den Betrug sehen.

»Ich habe dir doch erklärt, dass das nicht geht zurzeit.« Deidrey kam zu ihr zurück und lächelte sie besonders breit an. »Machen dir die Männer Angst?«

Crystal war nicht in der Lage zu antworten, denn sie wusste einfach nicht, was sie sagen sollte.

»Sie sind zu deiner Sicherheit da, du musst dir keine Sorgen machen. Sie halten alles Schlechte draußen.«

Aber ich bin doch das Schlechte, schoss es ihr durch den Kopf. Für diese Männer. Für das System.

»Komm.«

»Ich …« Nicht einen Schritt bewegte sie sich. Das machte die Situation nicht besser, im Gegenteil. Jetzt waren sie alle misstrauisch. Einen Moment wünschte sie sich nichts mehr, als so entspannt wie K zu sein.

»Stimmt etwas nicht mit ihr?«, erklang es von dem Mann auf der rechten Seite des Scanners. Das sonst so freundliche Gesicht von Deidrey wandelte sich und nahm ungewohnt strenge Züge an.

»Mir ihr stimmt alles. Sie ist nur neu und verunsichert. Was mich nicht wundert bei eurem Anblick.«

»Wir sind nur zur Sicherheit hier, Deidrey. Und auf direkte Anweisung von Level. Wenn du damit ein Problem hast, solltest du mit ihm reden«, sagte der andere.

»Das habe ich bereits«, zischte sie. Auch wenn Crystal sie nur kurz kannte, wirkte der gereizte Ausdruck fremdartig und falsch. »Aber er interessiert sich leider wenig dafür, wie wichtig mein Job ist.«

»Wichtig ist die Sicherheit.«

»Niemand kommt hier rein, es ist vollkommener Unsinn, an dieser Stelle noch eine zusätzliche Wache einzurichten.« Deidreys Stimme war lauter geworden. Crystal stand einfach nur da und wagte es noch immer nicht, sich zu bewegen. Ein schmales Lächeln schlich sich in das Gesicht ihrer Patin. »Allerdings spielt das ohnehin keine Rolle. Denn da sie noch nicht bei ihrer Untersuchung war und ihr Chip noch nicht angepasst wurde, können wir sie ohnehin nicht scannen. Und diese Führung ist eine direkte Anweisung von Level.« Sie hob ihr Watchboard und wischte darauf herum, während die beiden Wachleute einen Blick tauschten. Crystals Herzschlag verlangsamte sich etwas. Kein Scan. Konnte tatsächlich die Möglichkeit bestehen, dass sie schon wieder ungeschoren davonkam?

Den Blick noch immer auf das Watchboard gesenkt, setzte Deidrey sich in Bewegung, verharrte vor den beiden Wachmännern und hielt dem Linken das flexible Tablet hin. Eine Weile starrten die beiden einfach auf den Bildschirm, schließlich hob der erste den Kopf. »Aber wir haben die Anweisung, niemanden ohne Scan und Sichtkontrolle ins Zentrum zu lassen.«

»Und ich habe die Aufgabe, die letzte Aufsteigerin durch

die Stadt zu führen. Ein Beschluss, der vor den strengen Sicherheitskontrollen getroffen wurde«, beharrte Deidrey. »Ich werde es nicht zulassen, dass ihr dieses junge Mädchen zu Tode erschreckt, nur weil euer Warnsystem anspringt.«

»Wir könnten wenigstens ihren Chip prüfen.«

Deidreys Wangen röteten sich. »Keine. Prüfung. Vor. Chipänderung.«

»Aber …«

»Ich bin dann diejenige, die drei Wochen lang einen Fehler in ihrem System angezeigt bekommt. Für jedes missliche Betreten, das ich anleite, werden mir B-Coints abgezogen. Wollt ihr mir die von eurem auf mein Konto gutschreiben?« Sie wirkte nun tatsächlich in Rage.

»Nein.«

»Dachte ich mir. Und wenn ihr nicht zufällig einen Handscanner dabei habt …?«

»Der ist nicht nötig, wenn man einen Tiefenscanner zur Verfügung hat«, erklärte der Rechte dumpf.

»Dann schalte jetzt das verdammte Ding ab und lasst uns rein, damit ich meinen Job machen kann.«

Der linke Wachmann zuckte mit den Schultern. »Wenn die Anweisung von Level kommt«, sagte er und machte sich an dem Scanner zu schaffen. Ein grünes Licht, das eben noch auf dem oberen Rand der Vorrichtung aufgeleuchtet hatte, erlosch. Deidrey wirkte zufrieden und drehte sich lächelnd zu ihr um. »Komm.«

Crystal musste sich ein erleichtertes Aufatmen verkneifen. So viel Glück konnte man doch gar nicht haben, oder? Dennoch fühlten sich ihre Knie zittrig an, als sie zu Deidrey aufschloss, die sie jetzt wieder freundlich anlächelte. Die Augen der beiden Wachmänner ruhten streng auf ihr, während sie zwischen ihnen hindurchschritt. Und als sie kurz vor dem

Scanner zögerte, spürte sie wie Deidreys Hand sich auf ihren Rücken legte und sie hindurchschob.

Unwillkürlich hatte sie die Augen geschlossen. Stille. Auch wenn sie genau gesehen hatte, wie der Scanner abgeschaltet worden war, rechnete sie doch irgendwie damit, dass er Alarm schlug.

»Herzlich willkommen in der Zentralstadt.« Deidreys warme Stimme erklang neben ihr und jetzt wagte Crystal es, die Augen zu öffnen. Durch die Scheiben war die Stadt schon schön anzusehen gewesen, doch jetzt wirkte sie sogar noch beeindruckender. Die leuchtenden Farben, die dennoch keinen albernen, sondern einen durch und durch modernen Eindruck hinterließen. Und auch die Häuser, die zwar nicht besonders groß, aber vielleicht auch gerade dadurch umso gemütlicher schienen. Crystal legte den Kopf in den Nacken und blickte die hohe Glaskuppel hinauf, die von einem Gitter aus gold angestrichenem Metall gehalten wurde. Unzählige Videos hatte sie über diesen Ort gesehen, Informationen darüber in sich aufgesogen und dennoch war nun alles anders. Neu und aufregend.

»Im Zentrum herrscht immer schönes Wetter, unabhängig von den Äußeren Witterungsverhältnissen. Wenn es draußen bewölkt ist, verdunkeln sich die Scheiben und machen künstlicher Sonne und Himmel Platz«, erklärte Deidrey, die anscheinend Crystals Blick gefolgt war. »Ich würde dir gern als erstes die Ladengasse zeigen.«

Crystal nickte eilig, Euphorie wallte in ihr auf. Zum ersten Mal, seitdem sie von K getrennt war, waren ihre Sorgen nichtig. Wie oft hatte sie sich gewünscht diesen Ort einmal persönlich sehen zu können? Unzählige Male.

Sie gingen nebeneinander zwischen den eng stehenden Häuschen hindurch. Leise Musik erfüllte die Straßen. Sie ging von den Terminals aus, war unaufdringlich und irgendwie beruhigend.

»Wenn dein Chip erstmal funktioniert, kannst du die Terminals natürlich alle nutzen. Du hast Zugriff auf das internationale Ranking und kannst auch in den jeweiligen Städten das Ranking einsehen. Die Terminals bieten eine Übersicht über alle, auch die auf den anderen Kontinenten. Auf deinem Watchboard wirst du leider nur auf das internationale zugreifen können, aber die Wege sind hier ja wirklich denkbar kurz.« Deidrey lachte leise und deutete auf die erwähnten Terminals. Es waren viereckige Säulen, etwa zwei Meter hoch, die zu allen Seiten mit Bildschirmen ausgestattet waren. Sie waren in unterschiedlichen Höhen angebracht, sodass man – unabhängig von Körpergröße – darauf zugreifen konnte.

Während Deidrey weiter plapperte und die Vorzüge dieser Terminals aufzählte, war Crystal für kurze Zeit abgelenkt. Es waren einige Bewohner unterwegs, wenn auch nur wenige. Die meisten beachteten sie gar nicht und besonders viel war auch nicht los auf den Straßen. Crystal hatte einige wiedererkannt, aus ihrer Zeit in ihrem Apartment. Doch dieses Gesicht war ihr so vertraut, dass es ihr die Erkenntnis wie ein Blitz durch den Körper schoss. Miramay. Nur etwa zwanzig Meter von ihr entfernt. Sie trug einen goldenen Einteiler, der so eng anlag, dass sie genauso gut auch hätte nackt sein können. Ihre Haare waren kinnlang und golden, mit glitzernden Strähnen darin. In der Hand hielt sie eine mobile Kamera und filmte sich gerade. Als Miramay sich weiter in ihre Richtung drehte, sprang Crystal unwillkürlich beiseite.

»Alles okay?« Deidrey stieß ein verunsichertes Lachen aus und musterte sie.

»Ich …« Crystal räusperte sich. »Ich bin nur aufgeregt, hier sind so viele bekannte Hochrangige.«

Die Sorge verschwand aus Deidreys Gesicht und wurde durch ein breites Grinsen ersetzt. »Daran gewöhnst du dich sehr schnell, glaub mir.«

»Hm.« Crystal spähte hinter der Säule hervor. Miramay war noch immer da.

»Wir sollten jetzt weitergehen«, schlug Deidrey vor.

Nein, schrie es in Crystals Innerem. Trotz ihrer äußerlichen Veränderungen war ihr Gesicht noch immer dasselbe. Miramay würde sie erkennen, das wusste sie einfach. »Ka… kannst du mir den Terminal noch einmal erklären? Bitte?«

Deidrey runzelte die Stirn. »Natürlich. Aber du solltest genau zuschauen. Es gibt einfach noch zu viel, das ich dir zeigen möchte, es ist keine Zeit alles zu wiederholen.«

»Natürlich.« Crystal versuchte sich an einem Lächeln und hoffte, dass es gelang.

Während sie den Ausführungen der Patin nur halbseiden lauschte, waren ihre Gedanken einzig bei Miramay. Wenn sie den Weg in ihre Richtung lief, dann wäre ihr gesamtes Glück, das sie bisher gehabt hatte, innerhalb von wenigen Sekunden nichtig. Sie dachte an das Video, das sie in der Einspurbahn gesehen hatte und ihr wurde schlecht. Miramay hasste sie. Vermutlich würde sie sogar ein Live-Video davon machen, wie man Crystal exekutierte. Sie hatte die Gedanken an ihre ehemals beste Freundin beiseitegeschoben, doch jetzt kam alles unaufhaltsam wieder hoch. War sie überhaupt Crystals Freundin oder nur auf ihren Vorteil bedacht gewesen? Genau wie Casus es gesagt hatte. Angestrengt folgte ihr Blick den Fingern von Deidrey, die rasch über den Touch-Bildschirm huschten. Sie wagte es nicht sich leicht nach rechts zu lehnen, um zu schauen, ob Miramay noch da war.

»Ist soweit alles klar?«, fragte Deidrey.

»Ja, vielen Dank«, erwiderte Crystal mechanisch. Wie viel Zeit war verstrichen? Es kam ihr vor, als wären es gerade einmal wenige Minuten gewesen. Zu kurz.

»Dann sollten wir jetzt weiter.« Deidrey zwinkerte ihr zu. »Ich wette, der Upgrade-Shop wird dir gefallen.« Die Patin trat hinter der Säule hervor und blickte sie abwartend an.

Crystal wusste, dass sie sich kein weiteres Zögern leisten konnte, denn irgendwann würde auch Deidrey misstrauisch werden. Sie konnte nur hoffen. Crystal setzte ein Lächeln auf und trat aus ihrem Versteck. Eilig huschte ihr Blick zu der Stelle, wo sie Miramay gesehen hatte. Sie war weg. Erleichterung kroch in ihr hoch und das Lächeln fiel ihr leichter, während sie neben Deidrey herlief. Doch zeitgleich wurde ihr bewusst, welche Risiken ihr Aufenthalt hier barg. Dieser klare Gedanke erlaubte ihr ein kurzes Auftauchen aus all dem Luxus, der Vergangenheit und den Wünschen von früher, die es so schon eigentlich nicht mehr gab. Sie dachte an K und Neugier wurde durch Sorge ersetzt. Wo war er? Ob er sich um sie sorgte? Ob es ihm gut ging? Je mehr sie darüber nachdachte, desto mehr wirkte es, als würde sich ein grauer Schleier auf all den Prunk um sie herum legen. Als wäre das alles tatsächlich nicht für sie bestimmt. Wie ein Ort, an dem man sich nie zu Hause fühlen konnte. Nicht, wenn man Bescheid wusste. Nicht, wenn man eigentlich etwas ganz anderes wollte. Die Erkenntnis schmerzte.

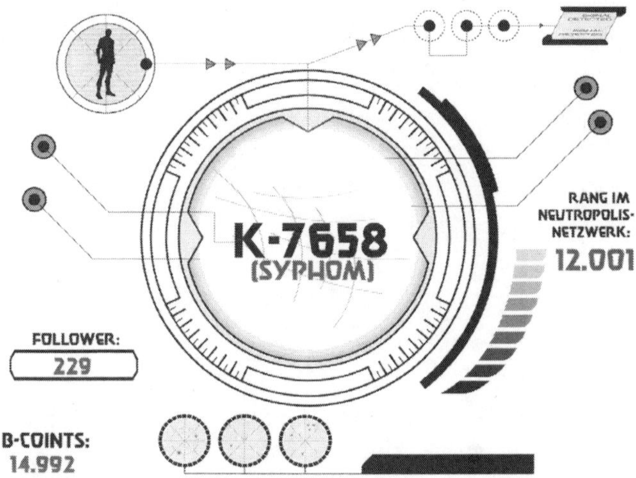

K versuchte sich angespannt auf den Gang vor ihm zu konzentrieren. Er war leer und strahlendweiß wie alles hier. Er sollte aufpassen, dass niemand durch die Zwischentür auf den Seitengang trat und Casus rechtzeitig warnen. Doch es blieb still und so kehrten seine Gedanken immer wieder zu Crystal zurück. Die Sorge fraß ihn innerlich förmlich auf. Er würde es sich nicht verzeihen können, wenn ihr irgendetwas geschehen war. Immer wieder ging er den Moment in seinem Kopf durch, als der Trenner sie auseinandergerissen hatte. Für wenige Sekunden war sein Körper wie gelähmt gewesen, geschockt. Ein Zögern, das nun dafür verantwortlich war, dass sie sich an zwei verschiedenen Orten aufhielten. Er konnte nichts tun, um diesen Fehler zu korrigieren.

»Hey!«

K zuckte zusammen und sein Blick fuhr zu Casus herum. Er hockte in einer kleinen Nische auf dem Boden. Der Techniker-Bildschirm, der für die Überwachung der Systeme verantwortlich war, hing schräg aus der Wand und zahlreiche Kabel baumelten aus dem Loch, das durch das Herausziehen des Flachbildschirms entstanden war. Einige davon hatte Casus mit seinem Watchboard verbunden. Es sah chaotisch aus.

»Du sollst aufpassen und nicht rumträumen«, grollte Casus und hielt ihm mehrere Kabelstränge hin. »Halt das.«

K griff danach und stellte sich so hin, dass er dennoch den Flur und die Tür am Ende im Auge behalten konnte. »Was machst du da? Ich dachte, du willst nur dafür sorgen, dass von der Sicherheitsabteilung ein Notruf ausgeht.«

»Das habe ich schon längst, das war leicht. So ziemlich alle Ärzte in diesem Bereich müssten auf dem Weg dorthin sein«, erwiderte Casus und blickte stirnrunzelnd auf sein Watchboard.

»Was? Aber ich dachte, wir sollten als Ärzteteam dort aufschlagen?«

»Werden wir auch.« Casus grinste ihn an. »Aber erst wenn alles vorbereitet ist. Wenn wir da jetzt ankommen, schicken sie uns sofort wieder weg, weil die Fehlermeldung recht schnell aufgeklärt wird. Ich sorge noch für ein wenig mehr Chaos. Wir brauchen Zeit.«

»Meinst du nicht, dass durch den Angriff nicht schon genug Probleme da sind?«

Casus verdrehte die Augen. »Das, was ich mache, ist wesentlich harmloser und sehr leicht zu beseitigen. Doch die Menge wird uns die Möglichkeit geben dort hinzukommen, wo wir helfen können.«

K musterte ihn eine Weile, ein ungutes Gefühl machte sich in seinem Inneren breit. »Du willst das System wirklich erhalten.«

Casus blickte nicht auf, als er antwortete. »Es hat den

Menschen das Überleben gesichert. Ohne das alles gäbe es uns nicht mehr.«

»Aber du lebst doch auch auf der anderen Seite, du musst doch sehen, was …«

»Ja, ich bin ja nicht blind«, fuhr Casus ihm harsch dazwischen und griff nach einem weiteren Kabel. »Und auch kein Idiot, falls dir das noch nicht aufgefallen ist.«

»Hm.«

Casus blickte auf, seine Miene war ernst. »K, was glaubst du, was geschieht, wenn wir das System vollständig lahmlegen? Dass die Menschen dann frei sind, sich die Probleme von selbst erledigen?«

K wusste nicht recht, was er darauf antworten sollte. So weit hatte er noch nicht gedacht. In seinem Kopf hatte sich immerhin gerade erst die Erkenntnis verfestigt, dass es so nicht weiterging. Ein Lösungsansatz schien genauso wenig greifbar wie Crystal in diesem Moment.

»Ich kann dir sagen, was passiert: es bricht Chaos aus. Die Menschen verlieren mit einem Schlag ihren Halt, ihre Nahrungsmittelgrundlage, ihre Medikamente. Einfach so. Es wird zu Aufständen kommen, es werden viele Menschen sterben und niemandem ist am Ende geholfen.«

Es war plausibel. Genauso plausibel wie die Tatsache, dass es so nicht weiterging. K schluckte trocken. »Aber wir sind uns einig, dass es so wie es ist nicht weitergehen kann?« Unwillkürlich dachte er an seinen Bruder und sein Herz zog sich schmerzhaft zusammen. Er hatte jegliche Gedanken an B in die hinterste Ecke seines Bewusstseins geschoben.

Casus lachte leise in sich hinein und verband drei weitere Kabel mit seinem Bildschirm. »Natürlich nicht. Aber es muss eine Lösung geben, die nicht für Chaos sorgt oder innerhalb kürzester Zeit jemanden an Land spült, der das System wieder repariert, weil die Menschen verzweifelt sind.« Casus tippte eine Weile auf dem Touchscreen herum.

»Aber es gab bereits Aufstände, oder? Wegen der Massenexekution?« Er hatte Casus die Frage schon länger stellen wollen, doch bisher hatte sich einfach nicht die Gelegenheit ergeben.

Casus verzog das Gesicht. »Das war hart. Ein Fehler im System und gut fünfzig aus den unteren Etagen sind einfach umgekippt.«

K presste die Zähne fest aufeinander, dann sagte er: »Weißt du, was mit meinem Bruder passiert ist?« Er wollte die Frage so ruhig wie möglich stellen, sich vor Casus keine Blöße geben. Und dennoch zitterte seine Stimme leicht. »War er dabei …«

»Wer?«

»Der Kleine, der an Zets Seite gewesen ist.«

»Der Strippo?«

K schob seinen Ärger über die unschöne Bezeichnung eines Strippophelie-Erkrankten beiseite. »Ja.«

»Nein, dem geht es gut. Oder den Umständen entsprechend, er weicht nicht von Zets Seite.« Casus schnaubte. »Das ist also dein Bruder? Ich könnte mir deutlich bessere Gesellschaft für ihn vorstellen. Gerade in diesem Moment.«

»Warum?« K spürte, wie die Anspannung in ihm wuchs und sofort die Erleichterung darüber verdrängte, dass B noch lebte.

»Zet ist ein Irrer.« Casus zuckte mit den Schultern. »Als ich gegangen bin, hat er gerade ordentlich Menschen angesammelt, um in die Zentralstadt einzumarschieren. Nach der Massenexekution haben die Leute ein offenes Ohr für rebellische Idioten.«

K spürte erneut Wut in sich aufsteigen. Es sollte ihn eigentlich nicht überraschen, dass Zet seine ganz persönliche Revolution weiter vorantrieb. Und es gab sicherlich genügend Leute, die nicht sehen würden, dass er dabei nur seine eigene Motivation im Sinn hatte und für sie nichts Gutes tun wollte. »Meinst du, dass er mit den Angriffen auf die Zentralstadt zu tun hat?«

Casus lachte auf. »Der? Nein. Nie im Leben. Der Kerl ist ein Schläger und ein egoistisches Arschloch, aber so viel Intelligenz traue ich ihm bei Weitem nicht zu.«

»Vielleicht hört er auf, wenn das System abge…«

»Habe ich mich irgendwie unklar ausgedrückt?«, fuhr Casus ihm harsch dazwischen. »Das System kann *nicht* abgeschaltet werden.« Er schüttelte gereizt den Kopf. »Hast du dich in der letzten Zeit einmal umgesehen im Netzwerk? Das System überwacht unseren Schlaf, unsere Ernährung, unsere Aktivitäten, unsere Bildung. Jahrelang musste niemand selbst entscheiden, wie und in welchem Maß diese Dinge für seinen Körper gut sind. Wenn das wegfällt, werden die Leute nicht dankbar sein, sondern stehen vor dem Nichts.« Casus richtete sich auf. »Wenn du mich fragst, dann ist diese Entwicklung der größte Rückschritt in der Menschheitsgeschichte. Aber er hat sich langsam eingeschlichen und mit dem Krieg den letzten entscheidenden Sprung gemacht.«

»Du glaubst also, dass wir das System brauchen, um zu überleben?« Diese Aussicht gefiel K nicht. Überhaupt nicht. Irgendwie hatte er sich von Casus eine rebellischere Aussage gewünscht.

Er ließ sich Zeit mit seiner Antwort, zog erst ein Kabel nach dem anderen aus dem Bildschirm, dann sah er K an. »Ich stehe total auf die alte Geschichte. Besonders das zwanzigste Jahrhundert reizt mich ungemein, auch wenn es darüber nicht viele Aufzeichnungen gibt. Aber vor Kurzem habe ich gelesen, dass die Menschen sich Hunde als Haustiere hielten. Sie waren sozusagen ein Familienmitglied, lebten im Haus.«

K dachte kurz an die wildlebenden Biester, die ihn schon das eine oder andere Mal zwischen den Hochhäusern in Neutropolis gejagt hatten. Unvorstellbar, sich mit einem von diesen den Müll durchwühlenden Biestern die Wohnparzelle zu teilen.

»Die Tiere waren domestiziert und nicht zu vergleichen mit den wild lebenden, die sich ab und an in die Städte trauen«, erwiderte Casus, als hätte K seine Gedanken laut ausgesprochen. »Sie waren von ihren Besitzern abhängig, bekamen Futter, Wasser und wurden umsorgt wie Kinder.« Casus grinste schräg. »Sie hatten alles, was sie brauchten und noch viel mehr. Was glaubst du, was mit diesen Hunden nach dem Krieg geschehen ist?«

K wusste es. Denn schließlich hatte er schon öfter mit den kräftigen Gebissen der ausgehungerten Promenadenmischungen Bekanntschaft gemacht. Sie stanken, ihr Fell war verfilzt, sie waren mager und aggressiv. Viele von ihnen zudem krank. K verstand, worauf Casus hinauswollte. »Aber sie leben«, sagte er und bemerkte selbst, wie lahm diese Aussage klang.

Casus hob eine Augenbraue. »Natürlich leben sie. Aber auf welche Art? Willst du so enden?«

K hatte Casus noch nie so ernst und so ausgiebig über ein Thema sprechen gehört. Es passte gar nicht zu dem selbstverliebten Idioten. Doch er glaubte ihm. Und damit waren irgendwie auch die letzten Zweifel ausgeräumt, ob Casus etwas damit zu tun haben könnte. Ein Angriff, der das System lahmlegte, schien vollends gegen die Prinzipien des Hackers zu sein. »Die Frage ist, ob das für die Hunde ein Rückschritt war oder eine Möglichkeit, wieder ein eigenständiges Leben zu führen.«

Casus‘ Stirn legte sich in Falten. Doch noch bevor er etwas erwidern konnte, öffnete sich die Durchgangstür. K fuhr herum. Er wollte gerade weiter in die Nische zurückweichen, als er Shiva erkannte, die in ihre Richtung eilte. Auf ihrem blassen Gesicht hatten sich rote Flecken gebildet. Sie hielt goldenen Stoff in der Hand und hetzte angespannt durch den Gang.

»Wisst ihr eigentlich, wie verdammt schwer es war an diese Dinger zu kommen?«, fauchte sie und drückte K eine der goldenen Schärpen in die Hand und schmiss die andere achtlos vor Casus auf den Boden.

»Ich wusste, dass du das schaffst, Babe.« Casus grinste sie an und das Rot von ihren Wangen vertiefte sich. Sie warf ihm einen gereizten Blick zu.

»Und die zeichnen uns als deine Assistenten aus?«

»So ist es«, antwortete Casus an ihrer Stelle und stopfte die Kabel zurück in das Loch in der Wand. Anscheinend war er fertig. »Bei dem Chaos, was hier gleich ausbricht, hält uns vermutlich ohnehin keiner auf, aber es kann ja nicht schaden, auf Nummer sicher zu gehen.«

Shiva schnaubte und verschränkte die Arme vor der Brust. »Was hast du angestellt?«

Casus zuckte mit den Schultern, seine Augen funkelten amüsiert. »Ich habe die eine oder andere Sache verdreht …«

Kaum hatte er die Worte ausgesprochen, brach ein schriller Alarm los, genau wie es schon bei den Ernteanlagen der Fall gewesen war.

»Warst das du?«, brüllte Shiva gegen den Lärm an.

Eine Antwort blieb Casus ihnen beiden schuldig, doch das breite Grinsen machte diese ohnehin nichtig. »Los jetzt!«, brüllte er und drängte sich an ihnen vorbei.

Shiva und Casus rannten vorn weg. Sie liefen an der Cafeteria vorbei, in der reges Chaos herrschte. Menschen strömten ihnen entgegen, die Gesichter zu gehetzten Grimassen verzerrt. Der Alarm erfüllte jeden Gang und war so laut, dass K bald einen scharfen Schmerz verspürte, der sich in seinem Kopf ausbreitete. Nicht einmal denken konnte man bei dem Lärm. Er hatte noch immer keine Ahnung, was genau Casus getan hatte. Er wusste nur, dass sie in die entgegengesetzte Richtung drängten, in die sich die Menschenmassen schoben. Dementsprechend langsam kamen sie voran. Immer wieder wurden sie zurückgedrängt oder voneinander getrennt. Erst nach einer gefühlten Ewigkeit erreichten sie einen Nebengang, der etwas ruhiger zu sein schien. K atmete mehrfach durch und lehnte sich rücklings gegen die Wand. Die anderen waren ebenfalls stehen geblieben und erlaubten es sich kurz zu Atem zu kommen.

»Was hast du gemacht?«, brüllte Shiva gegen den Lärm an.

»Etwas in den Sicherheitssystemen herumgespielt. Es könnte sein, dass irgendjemand glaubt, dass es brennt!« Er grinste breit.

»Du …«

»Keine Zeit für Dankbarkeit jetzt!«, unterbrach er sie, obwohl sie nicht danach aussah, als wäre das ihre Absicht gewesen. Casus deutete auf das Ende des Ganges, wo sich eine Milchglastür befand. »Dahinter befindet sich die technische Sicherheit!«

K folgte den beiden. Er hatte ein ungutes Gefühl bei der Sache und noch immer keine Ahnung, wie es weitergehen sollte. Erneut verschaffte ihnen die merkwürdige Karte von Casus den Zutritt. Dahinter eröffnete sich das volle Ausmaß von Casus' Angriff auf das System. Der Raum war groß, wenn auch nicht so umfassend wie der, in dem sie Safran aufgesucht hatten. Die Glastür schloss sich mit einem Zischen hinter ihnen und sperrte den dröhnenden Alarm aus. K atmete erleichtert aus.

Überall befanden sich Schreibtische, die mit zahlreichen Computern und großen Bildschirmen beladen waren. Ein rotes Blinklicht in der rechten Ecke war eingeschaltet und erhellte in regelmäßigen Abständen die grauen Wände. Die Techniker liefen durcheinander, redeten laut und hier und da erhob sich ein Rufen über das Stimmengewirr. Die Hektik war so greifbar, dass K sich augenblicklich selbst noch nervöser fühlte.

»Da hast du ja ganze Arbeit geleistet«, murmelte Shiva und wirkte zum ersten Mal nicht wütend, sondern sogar beeindruckt.

»Jetzt müssen wir nur noch dort hin.« Casus deutete auf die gegenüberliegende Seite des Raumes. Die zweite Tür hatte K auf den ersten Blick gar nicht bemerkt. Sie war genauso grau wie die glatten Wände. In schwarzen geradlinigen Lettern stand ‚Steuerzentrum Zentralstadt' darauf. Sollte es wirklich so einfach sein?

»Wie sollten wir an den ganzen Leuten vorbeikommen?«, zischte Shiva.

»Das Geheimnis ist, so zu tun, als wäre das alles selbstverständlich«, sagte Casus und noch bevor einer von ihnen etwas erwidern konnte, setzte er sich in Bewegung. Shiva fluchte leise und folgte ihm, K blieb dicht bei ihr. Doch tatsächlich schenkte ihnen keiner der aufgebrachten Techniker Aufmerksamkeit. Sie liefen an ihnen vorbei, musterten sie teilweise nur knapp und eilten dann weiter. Es war schon fast zu leicht. Und vermutlich hatte Casus recht. Niemand rechnete damit, dass jemand, der für das hier verantwortlich war, so selbstverständlich durch den Raum spazierte, in dem die Sicherheit der Zentralstadt überwacht wurde. Keiner der gepanzerten Männer war anwesend, was K einerseits beruhigte und andererseits seltsam vorkam.

Während er Shiva folgte, versuchte er niemanden anzuschauen, sondern hatte seinen Blick starr auf ihren Hinterkopf gerichtet. Die Anspannung hatte seinen gesamten Körper in ihrem Bann und jeder Schritt fühlte sich seltsam steif an. Doch sie hatten die Tür fast erreicht und niemand hatte sie aufgehalten. Unwillkürlich stellte er sich die Frage, ob Casus wahnsinnig oder einfach nur genial war. Als sie ihr Ziel erreichten, hätte er vor Erleichterung fast aufgelacht. Casus warf ihnen ein siegessicheres Grinsen zu, das jedoch einen Moment später erstarb.

»Im Augenblick ist der Zugang zum Steuerzentrum nicht gestattet«, sagte eine Stimme hinter ihnen. Und auch K fühlte, wie sein Magen sich verkrampfte, als er sie erkannte. Sein Blick zuckte herum.

»Syphom?« Mischall musterte ihn unter zusammengezogenen Augenbrauen. Eine Weile herrschte angespanntes Schweigen. K kam kein Wort über die Lippen, sein Talent sich möglichst unbedarft zu geben, schien wie weggefegt. Doch was sollte er auch sagen? Hierfür gab es keine plausible Erklärung.

»Ich habe eine Anweisung erhalten, dass ich mich mit zwei Helfern in das Steuerzentrum begeben soll«, sagte Shiva unvermittelt, ihre Augen waren schmal und der Blick streng. Doch Mischalls Aufmerksamkeit galt weiterhin allein K.

»Und warum nimmst du dann einen Techniker mit?« Er blickte stirnrunzelnd in Richtung der goldenen Schärpe.

»Als der Notruf einging, war ich gerade bei Syphom, der mir als treuer Bürger der Zentralstadt seine Hilfe anbot. Meine persönlichen Helfer haben alle Hände voll zu tun.«

Mischalls Augen wurden schmaler und zum ersten Mal wandte er seine Aufmerksamkeit Shiva zu. »Dann nehme ich an, dass du Syphoms Zugang zu diesen Bereichen freigegeben hast und ich über den Chip euren Weg nachverfolgen kann?«

Shiva errötete und Ks Hoffnung, sie würden aus der Situation irgendwie entkommen, schwand augenblicklich noch ein wenig mehr.

»Das System gibt zurzeit keine Freigaben aufgrund der Störung«, schaltete Casus sich ein und erntete ebenfalls einen strengen Blick. »Daher wird das System auch keine brauchbaren Informationen geben. Doch wenn es einen Notfall gibt, muss schnell eine Lösung gefunden werden. Schau in dein Watchboard, dann wirst du den Grund dafür finden, warum wir hier sind.«

»Und wer bist du?« Mischall hob eine Augenbraue.

»Nur jemand, der helfen will«, sagte Casus lächelnd.

Das hier lief ganz und gar nicht so wie geplant. Vermutlich würde man sie noch an Ort und Stelle exekutieren. Mischall sah nicht so aus, als würde er sich von Casus um den Finger wickeln lassen. Doch er holte tatsächlich eines der kleineren Watchboards hervor und begann darauf herum zu tippen. Als K einen verunsicherten Blick zu Casus warf, wirkte der jedoch vollkommen entspannt.

»Tatsächlich ist hier ein Notfall offen.« Mischall hob den Blick. »Doch wir bekommen seit Stunden nur Fehlinformationen vonseiten des Systems.«

»Doch davon müssen wir uns persönlich überzeugen«,

sagte Shiva. »Es geht schließlich um die Sicherheit der Menschen.«

Mischall musterte die Ärztin eine Weile. Blankes Misstrauen stand im Gesicht des Technikers. Damit würde er sie nie durchkommen lassen. Schließlich machte sich ein schmales Lächeln auf seinen Lippen breit. Es hatte etwas Boshaftes inne. »Da hast du natürlich recht. Die Sicherheit geht vor.«

K konnte kaum fassen, was er da hörte, doch er versuchte sich nichts anmerken zu lassen.

»Ich werde euch persönlich dort hinbringen, dann kann ich mir bei einer Falschmeldung gleich das System vor Ort anschauen.« Mischall verstaute das Watchboard an seinem Gürtel. »Los. Lasst uns keine Zeit verlieren.«

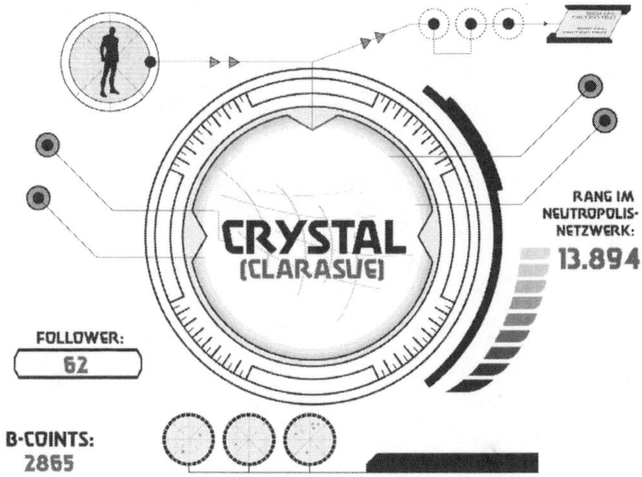

Crystal war so fasziniert, dass Deidrey sie förmlich aus dem Upgradeshop zerren musste. Man konnte alles kaufen. Ob für das Haus, die Einrichtung oder Hygiene. Sogar Sportprogramme und Lehrmaterial waren erhältlich. Der Laden war mit verschiedenen Terminals besetzt, an denen man für die jeweiligen Bedürfnisse Erweiterungen für Hardware kaufen konnte. Zwei Frauen in goldener Kleidung standen bereit, um ihnen zur Seite zu stehen, falls sie Fragen hatten. Doch keine von ihnen hatte Deidrey oder Crystal Aufmerksamkeit geschenkt, sie waren zu sehr in den Dreh eines aktuellen Videos vertieft gewesen. Vermutlich würde sie sich erst daran gewöhnen müssen, dass die Videos hier noch einen höheren Stellenwert hatten als der soziale Kontakt. Wobei, würde sie sich tatsächlich daran gewöhnen müssen? Crystal war so fasziniert von diesem Ort, dass sie immer wieder vergaß, dass sie nicht Coraly war. Dass das System für sie keinen Platz in der Stadt vorsah. Zumindest nicht im Moment. Der

Gedanke schmerzte, holte sie doch wieder zurück in die Realität. Ihr Blick schweifte über die Häuser hinweg, während Deidrey ihr Details über die Läden berichtete, die hier zu finden waren. Und dann sah sie es. Ein gewaltiger silberner Kasten, so breit wie die Kuppel, thronte am anderen Ende der Stadt. Er war in einiger Höhe angebracht worden, fast wie ein Aussichtspunkt. »Was ist das?«, fragte sie Deidrey, die gerade Luft holte, um sie mit weiteren Informationen zu überschütten. Die Patin folgte mit dem Blick ihrem Fingerzeig.

»Das ist die Zentrale. Dort werden alle Informationen und Steuerungen des Kontinents überwacht und verwaltet«, erklärte Deidrey mit einem gewissen Stolz in der Stimme. »Es ist quasi das Herzstück des Systems. Und auch wenn es etwas schmucklos wirkt, ist das Innere jedoch Gold wert.«

»Sehen wir uns das auch an?«

Statt eine Antwort zu geben, begann Deidrey zu lachen, in ihren Augen blitzte blankes Vergnügen. »Nein, das ist außerhalb unserer Reichweite, Liebes. Aber wenn du es irgendwann einmal in die Top 20 schaffst, wird man dir dort oben sicherlich alles zeigen.«

Crystal verspürte unwillkürlich Enttäuschung in sich aufsteigen, doch vermutlich wäre das auch zu leicht gewesen. Eventuell würde sie zumindest einen näheren Blick darauf werfen können.

Tatsächlich hatte sie erneut Glück, denn ihr neues Zuhause – oder zumindest das von Coraly, schien ganz in der Nähe des Steuerzentrums zu sein. Ein weiterer Glücksfall war, dass niemand ihnen entgegenkam, der Crystal und Deidrey Aufmerksamkeit schenkte. Und auch Miramay tauchte nicht noch einmal auf. Wenn sie diese Führung durchstand, könnte sie vielleicht endlich nach K suchen. Sie mussten einen Weg finden, dort oben hinzugelangen.

»Da sind wir schon«, trällerte Deidrey und riss Crystal aus ihren Gedanken. Sie standen vor einem grün angestrichenen Haus, dessen Oberfläche schimmerte, als hätte jemand sie mit Glitzer bedeckt. Ein schmaler Weg aus goldenen Pflastersteinen führte zu der weißen Haustür.

»Es handelt sich um ein Haus der Klasse eins. Wenn du im Ranking aufsteigst, hast du die Möglichkeit, in ein größeres Objekt in einem besseren Viertel zu ziehen. Die Farbe kannst du natürlich jeder Zeit upgraden.«

Crystal konnte nur starren. Es war klein und drängte sich dicht zwischen die Nachbarhäuser. Sie wusste von den Videos, dass es tatsächlich Bezirke mit größeren Häusern gab. Dieses hier war schmal und zweistöckig und dennoch … perfekt. Es hatte Fenster mit weißen Rahmen und in dem kleinen Vorgarten gab es tatsächlich Rasen. Natürlich waren die grünen Halme nur eine Nachbildung längst vergangener Zeiten, doch das tat ihrer Schönheit keinen Abbruch.

»Wollen wir?«, fragte Deidrey.

»Ich … ja«, erwiderte Crystal. Ihr Herzschlag beschleunigte sich, als sie den goldenen Weg betraten. Das alles hätte sie haben können. Sie hätte hier einziehen können. Es war so für sie vorgesehen gewesen. Kurz erlaubte Crystal es sich in dem Gefühl zu schwelgen, dass das alles hier wahr sein konnte. Nur für einen kurzen Moment wollte sie, dass es sich anfühlte, als hätte nicht Coraly Anspruch auf dieses Haus, sondern Crystal.

»Das Schloss ist im Moment noch freigegeben, weil du ja deinen neuen Chip noch nicht hast«, erklärte Deidrey, als sie die Tür aufstieß.

Die Wohnung war modern eingerichtet und größtenteils in Weiß gehalten. Crystal wusste, dass man dies tat, damit die neuen Bewohner sich farblich vollständig austoben konnten und sich nicht durch vorgegebene Farbkonzepte eingeschränkt fühlten. Lächelnd blickte sie sich um. Als sie über die Schwelle stieg, war es, als würde sie ein neues Leben betreten. Sie atmete den Duft von neuen Möbeln ein. Links von ihr führte eine gläserne Treppe hoch in den zweiten Stock. Geradeaus den schmalen Flur entlang schien es in ein Wohnzimmer zu gehen, denn Crystal erkannte eine Couch. In dem Raum rechts von ihr befand sich eine Küche. So etwas hatte sie bisher nur in Videos aus der Zentralstadt gesehen. In Neutropolis hatten selbst die Hochrangigen nur eine Nahrungsmittelklappe. Einzig den Bewohnern der Zentralstadt war es erlaubt, mit den Nahrungsmittelgrundlagen zu experimentieren und neue Gerichte zu konzipieren.

»Herzlich willkommen in Haus 7b-S3. Die Daten werden nun aktualisiert«, sagte eine weibliche Stimme so laut, dass Crystal unvermittelt zusammenzuckte. Sie schien von überall und nirgends zu kommen.

»Das ist dein Haussystem. Es ist eine Ergänzung zu deinem Chip und kümmert sich um deine täglichen Belange«, erklärte Deidrey freundlich.

»Deidrey. Besucherin, eingetragene Patin«, fuhr die Stimme fort. Crystals Herz zog sich krampfartig zusammen.

»Was macht es?«, fragte sie mit gehetzter Stimme.

»Es nimmt die Daten auf. Jedes Haus ist mit einem Tiefenscanner ausgestattet.«

Crystal warf ihr einen panischen Blick zu. »Aber ich dachte mein Chip ist noch nicht programmiert und darf nicht gescannt werden.«

»Die Scans im Haus erfolgen außerhalb der üblichen Sicherheitssysteme. Das Haus richtet sich lediglich schon einmal auf dich ein. Das wird keine Probleme nach sich ziehen.«

Die Worte sollten sie wohl beruhigen, doch tatsächlich war

Crystal in heller Aufruhr. Nicht grundlos. Keine Sekunde später geschah das, womit sie schon rechnete, seit Deidrey sie gefunden hatte.

»Warnung! Fehlerhafter Chip! Warnung! Keine Bestimmung der Identität möglich! Warnung!«

Deidrey schaute Crystal aus weit aufgerissenen Augen an. Sie starrte zurück. Crystal wusste, dass sie weglaufen sollte. Jetzt. Schnell. Aber ihr Körper war wie gelähmt.

»Du …«, brachte Deidrey hervor und schien so verdattert wie hilflos.

»Warnung! Sicherheit wurde beauftragt! Bitte bleiben Sie vor Ort bis die Situation geklärt ist! Warnung!«

Dieser Moment war es, der Crystal aus ihrer Starre befreite. Sie fuhr herum, packte die Klinke und riss daran. Verschlossen.

»Du kommst hier nicht raus, das Haus riegelt sich in solchen Fällen ab und die Türen lassen sich nur von außen öffnen«, brachte Deidrey hervor und wich zurück, als Crystal zu ihr herumfuhr. In dem Gesicht der Patin stand offenkundige Angst. Doch wovor? Glaubte sie, dass Crystal ihr etwas antat?

»Du musst mir helfen!«, rief sie, doch in diesem Moment wurde die Tür hinter ihr aufgerissen. Crystal erkannte die beiden Wachmänner mit den goldenen Schärpen wieder. Sie stolperte rückwärts und fiel gegen eine Kommode. Die beiden Männer kamen in ihre Richtung. Nein! Sie fuhr herum, wollte an Deidrey vorbei, doch in dem Moment packte sie jemand im Nacken und zerrte sie zurück.

»Nein«, keuchte sie nun deutlich hörbar. Aussichtslos. Jeder Versuch sich zu wehren, wurde von der festen Hand im Keim erstickt.

»Schön hiergeblieben«, sagte der Wachmann. Doch Crystal wehrte sich nach Leibeskräften. Sie war nicht so weit gekommen, um jetzt einfach aufzugeben.

»Setz dem Ganzen ein Ende. Das ist ja kaum zum Aushalten«, sagte die zweite Stimme.

Sie fühlte etwas Kaltes an ihrem Hals, auf der Höhe des Implantats. Ein brennender Impuls schoss durch ihren Körper, während ein schrilles Piepen dicht an ihrem Ohr erklang. War das die Exekution? War es nun vorbei? Ihre Versuche loszukommen wurden schwerfälliger, als würde sie sich in einer breiigen Masse bewegen. Sie sah Deidrey, die voller Panik und aschfahl in ihre Richtung sah. Dann verschwamm das Bild der Frau und wurde vom Schwarz verschluckt. Vorbei.

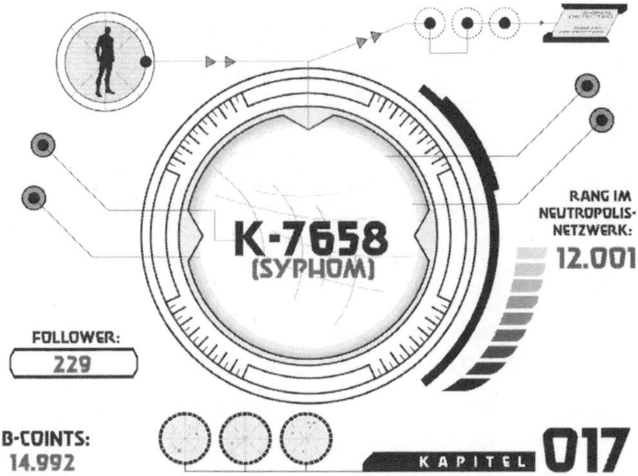

Keiner sagte etwas, während sie hinter Mischall hergingen. Es herrschte eine Anspannung, die förmlich greifbar war, selbst Casus wirkte nun nicht mehr so gelöst. Von hier aus gingen keine Türen ab, es gab nur diesen einen Weg, der leicht bergauf verlief. Ihre Schritte quietschten leicht und hallten laut durch das Gangsystem. Niemand außer ihnen war hier. Ks Kehle fühlte sich an, als wäre sie zu eng, um Luft zu holen. Nun waren sie kurz vor ihrem eigentlichen Ziel und Crystal war nicht da. Verschollen in einem Trakt kurz vor dem Ende ihrer Reise. Was sollte er ohne sie überhaupt tun, wenn sie ankamen? Das alles machte keinen Sinn.

Als sie um eine weitere Ecke bogen, befanden sich am Ende des Ganges silberne Fahrstuhltüren. Ein großes Tastenfeld mit einer Einschubmöglichkeit für eine Karte war daneben angebracht, sonst gab es hier nichts.

Sie blieben davor stehen und Mischall drehte sich zu ihnen um. Sein Lächeln war höhnisch und falsch. »Da sind wir schon. Du müsstest die Tür mit deiner Karte öffnen, denn nicht einmal ich habe eine Freigabe«, wies er Shiva an.

Die warf einen schnellen Blick zu Casus. Hoffentlich würde ihre Karte hier auch funktionieren. Wenn nicht, wären sie endgültig aufgeflogen. Dass sie es überhaupt hier her geschafft hatten, war reines Glück. Oder steckte mehr dahinter? K traute Mischall genauso wenig wie jedem anderen Menschen der Zentralstadt. Doch in seinen Augen stand zusätzlich noch etwas Boshaftes, dessen Ursprung er sich noch nicht erklären konnte. In seinem Inneren regte sich deutlich das Gefühl, dass sie gerade im Begriff waren, in eine Falle zu tappen.

Shiva räusperte sich und löste ihre Karte aus dem Watchboard. Dann trat sie vor das Tastenfeld und schob sie in den Schlitz. Das Feld erwachte zum Leben und blinkte blau. Sonst geschah nichts. Die Türen öffneten sich nicht. Nichts.

»Du musst den Code eingeben«, forderte Mischall und seine Lippen formten ein Grinsen.

»Code?« Shiva blickte hilfesuchend zu Casus.

»Na, den Code, der mit jedem Auftrag aus der Zentrale rausgeht. Den müsstest du haben.«

»Ich …« Shivas Wangen röteten sich.

Scheiße. Konnte dieser Kerl wirklich so ein Arschloch sein und sie bloß hierher geführt haben, um zu sehen, wie sich sein Verdacht bestätigte? Oder war er einfach nur dumm? Er war allein und sie zu dritt. Es dürfte kein Problem sein ihn zu überwältigen. Warum hatte er sie nicht gleich auffliegen lassen? K musterte Mischall hasserfüllt und ballte die Hände zu Fäusten.

»Vielleicht ist er im System verloren gegangen?« Casus' Miene war ungewohnt ernst. Anscheinend begriff auch er.

Mischall hob die Augenbrauen. Das folgende Schweigen war beklemmend und brachte eine knisternde Ruhe mit sich, die jede Sekunde umschlagen konnte. Dann war nur die Frage wer schneller war: Mischall, der die Sicherheit verständigte oder sie, wenn sie ihn überwältigten.

Doch der Techniker zuckte unvermittelt mit den Schultern und setzte wieder sein falsches Lächeln auf. »Das kann natürlich sein. Ich denke, wir können einen der Notfallcodes versuchen. Immerhin ist das ja ein Notfall, oder?«

Als er Shiva beiseite drängte blickte K zu Casus. Er las in dem Blick des Hackers dieselbe unausgesprochene Frage, die er sich stellte: Was sollte das? Mischall hatte sicherlich längst einen begründeten Verdacht, dass sie nicht die waren, für die sie sich ausgaben. Warum ließ er sie noch weiter vordringen? Das ergab alles keinen Sinn.

Mischall gab einen Code ein und ein Signalton erklang, dann reichte er Shiva ihre Karte zurück. Die Fahrstuhltüren glitten auf. Er vollführte eine einladende Geste in das Innere: »Nach euch.«

Einen Moment standen sie einfach nur da. Keiner rührte sich. Doch welche Wahl hatten sie? Immerhin hatten sie das doch gewollt, oder? Es war Casus, der den ersten Schritt in das Innere wagte, dann folgten Shiva und K. Mischall war der letzte und die Türen schlossen sich. Es gab keinen Knopf, den es zu betätigen galt, denn anscheinend führte der Fahrstuhl nur in eine Richtung. Ein leichtes Rucken ging durch den Kasten und er setzte sich in Bewegung. Die leise Musik, die erklang, verhöhnte sie beinahe mit ihrer Fröhlichkeit und trotzte der absurden Situation. Casus stand dicht neben K, die Miene angestrengt. Man sah deutlich, dass er versuchte sich einen Reim auf das hier zu machen. Ein kaltes Gefühl kroch Ks Rücken hinauf und manifestierte sich in seinem Nacken. Es ließ sich nicht abstreifen und hatte seinen Ursprung in blanker Unsicherheit. Etwas würde geschehen, wenn sich diese Türen öffneten und zwar nichts Gutes, dessen war K sich sicher.

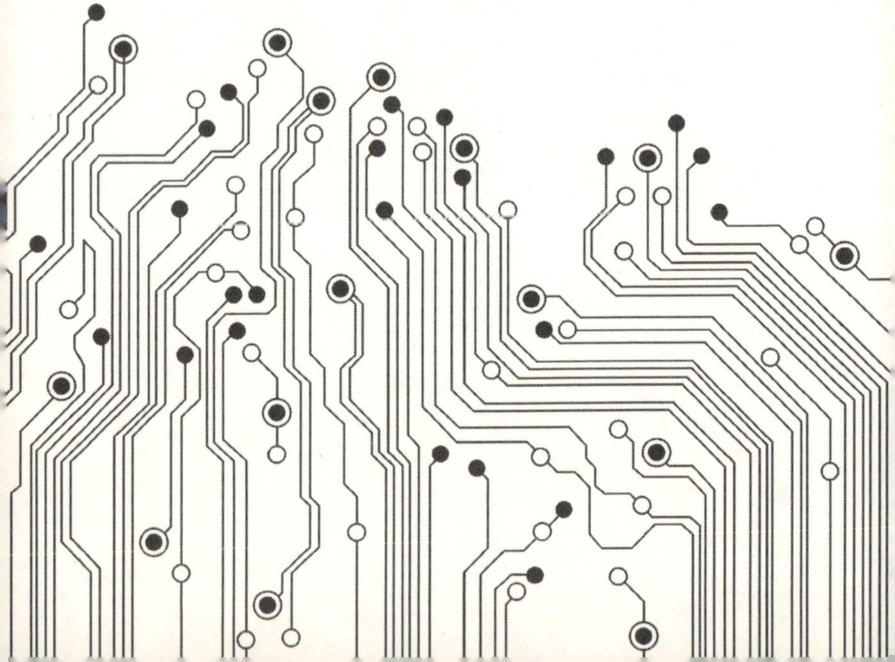

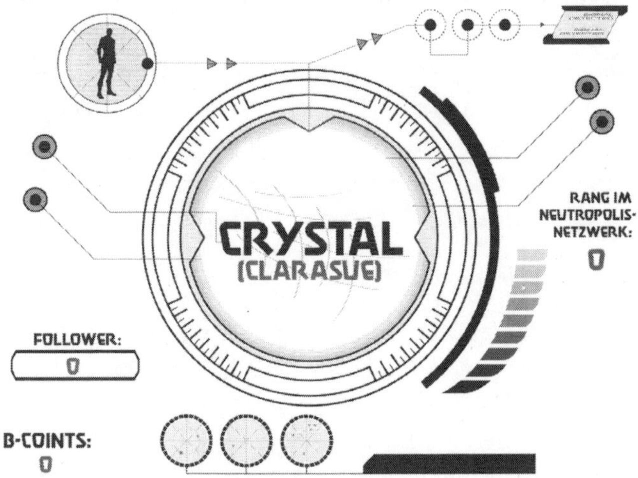

»Sie ist es tatsächlich, die erste Identitätsspur lag unter der zweiten verborgen. Aber sie ist deutlich lesbar.« Eine Frauenstimme drang durch das Schwarz. Sie klang weit entfernt, aber sie war da. Bedeutete das, dass sie nicht tot war?

»Wie ist sie überhaupt hier hergekommen? Die ganzen Kontrollen, man hätte sie finden müssen.« Die zweite Stimme war männlich und klang wütend.

»Durch die Identitätsverschleierung ist sie anscheinend durch alle Scans gekommen. Es war blankes Glück, dass die Häuser auf Tiefenscans ausgelegt sind. Sonst hätten wir sie vielleicht nie entdeckt.«

Die Stimmen wurden lauter und ein dröhnender Kopfschmerz machte sich hinter Crystals Stirn breit. Ein Stöhnen kam über ihre Lippen, das irgendwie fremdartig und rau klang.

»Ich glaube, sie kommt zu sich.«

»Wurde auch Zeit«, knurrte der Mann. »Wir haben einiges mit ihr zu klären.«

Crystal blinzelte und starrte in grelles Licht, das ihr die Tränen in die Augen trieb. Eilig schloss sie sie wieder, brennender Schmerz schoss durch ihren Kopf.

»Mach das Licht weg«, wies die Frau an und die grelle Helligkeit verschwand. Nach und nach schälten sich zwei Gesichter aus dem verschwommenen Bild und wurden klarer. Sie trugen goldene Kleidung, das Gesicht der Frau war von Falten zerfurcht, die Mundwinkel hingen leicht nach unten. Der Mann hatte eine Glatze, die Augen waren schmal und eisblau. Crystal war kalt, sie fröstelte.

»Crystal?«, fragte der Mann argwöhnisch, als brauchte er noch eine Bestätigung für das, was er ohnehin schon wusste. Nur langsam tröpfelte das Bewusstsein, dass sie sie erwischt hatten durch ihren Geist und erfüllte ihren schmerzenden Kopf nach und nach. Es war vorbei. Die Spiele hatten ein Ende. Noch war ihr nicht klar, ob es ein gutes Zeichen war, dass sie noch unter den Lebenden war und man sie nicht sofort exekutiert hatte.

»Bist du Crystal?«

»Memorio«, sagte die Frau beschwichtigend und legte dem Mann beruhigend eine Hand auf den Unterarm.

Der schnaubte, wandte sich ab und verschwand aus Crystals Blickfeld.

»Ich …«, brachte sie hervor, doch ihre Stimme brach und sie musste husten.

»Ruhig«, sagte die Frau mit den herunterhängenden Mundwinkeln und obwohl ihr Gesichtsausdruck etwas anderes vermittelte, stand in ihren Augen Freundlichkeit.

Crystal versuchte sich aufzurichten und spürte dabei ein schmerzhaftes Ziehen an ihrem Unterarm. Eine Kanüle steckte in ihrem Arm und war mit einem weißen Pflaster befestigt worden. Ein Schlauch führte davon ab und endete in einem handgroßen eckigen Medi-Pack.

»Das ist gegen die Nebenwirkungen der Narkose«, sagte die Frau, die ihren Blick bemerkt zu haben schien. Sie griff nach Crystals Arm und half ihr dabei, sich aufzurichten. Der Raum, in dem sie sich befand, war riesig. Er sah nicht aus wie ein Krankenzimmer. Überall um sie herum blitzte Technik, massive Computerschränke reichten bis hoch zur Decke und drängten sich dicht an dicht. Schalter und Anzeigen blitzten und blinkten, ein stetiges Surren erfüllte den Raum. Der Geruch von arbeitender Technik hing in der Luft und es war ungewöhnlich warm.

In einiger Entfernung hatte sich der glatzköpfige Mann niedergelassen und tippte mit ernster Miene auf einem großen Touch-Bildschirm herum. In der Mitte des Saals gab es einen großen runden Tisch in Holzoptik mit mehreren Stühlen drum herum. Und am anderen Ende des Raumes – die einzige Wand, die nicht von Servern und Computern belegt war – befand sich eine Fensterfront. Ihr Herzschlag schien ins Stolpern zu geraten, als sie durch das Glas die Kuppel erkannte. Konnte es tatsächlich sein, dass …

»Du befindest dich im Steuerzentrum der Zentralstadt«, bestätigte die Frau ihre Vermutung, noch bevor sie sie gedacht hatte. »Mein Name ist Leonora und ich bin eine der höchsten Technikerinnen der Zentralstadt.«

Ungläubig musterte Crystal die Frau. Sie war gefasst und enttarnt worden, doch statt tot zu sein, saß sie hier an dem Ort, wo ihre gesamte Reise ein Ende finden sollte. Lebendig. »Warum …?« Als Crystal erneut husten musste, drehte die Frau sich zu einem Tisch um, füllte eine klare Flüssigkeit in ein Glas und reichte es ihr.

»Wasser«, sagte Leonora auf ihren bestätigenden Blick hin. »Weißt du wie lange wir dich schon suchen, Crystal?«

Crystal nahm einige gierige Schlucke und genoss es, wie die kühle Flüssigkeit ihre brennende Kehle beruhigte. Währenddessen machte Leonora sich an dem Medi-Pack zu schaffen, löste es von ihrem Arm und verschloss die Wunde mit einer Creme.

»Wir hätten so viel vermeiden können, wenn du einfach gewartet hättest, bis man dich findet«, grollte Memorio, ohne von seinem Bildschirm aufzusehen.

»Vorwürfe sind das Letzte, was sie jetzt gebrauchen kann«, tadelte die Frau ihn und Crystal verstand gar nichts mehr.

»Aber … ich dachte, dass ich sterben soll?«

Leonora antwortete nicht, sondern verzog das Gesicht nur noch weiter. Dann blickte sie zu Memorio. »*Jemand* war der Meinung, dass die drastische Suche nach dir, bei den Menschen, etwas mehr Wirkung zeigt.«

»Und das hat sie tatsächlich, oder?«, entgegnete Memorio. »Endlich ist Bewegung in die Leute gekommen. Hätte sie nicht ihr Aussehen derartig verändert und …«

»Es war nicht nötig, so eine Hexenjagt in den Videos anzuleiten. Ich habe dir gleich gesagt, dass ihr das Angst machen wird.«

»Die Ausmaße waren nicht abzusehen«, entgegnete Memorio gereizt. »Das habe ich dir aber schon mehrfach erklärt. Die Leute haben die Videos über sie gefressen wie ein Gala-Steak, es war irgendwann nicht mehr aufzuhalten. Wir hätten das gesamte System sperren müssen, um dagegen anzukommen.«

»Hätte, hätte, hätte … wir haben Fehler gemacht.« Leonora schnaubte und schüttelte den Kopf. Dann wurde ihre Miene etwas sanfter, als sie wieder zu Crystal sah. Es war merkwürdig, da man diesen Ausdruck in ihrem faltigen Gesicht nur schwer ausmachen konnte. »Aber jetzt bist du da und wir können den Fehler endlich wieder beheben. Ich hatte bereits alle Hoffnung aufgegeben.«

»Falls noch nicht zu viel zerstört ist«, wetterte Memorio.

»Ich ... verstehe ehrlich gesagt gar nichts.« Crystal hatte nicht damit gerechnet, dass irgendjemand auf sie gewartet hatte.

Leonora seufzte. »Als du verschwunden bist, hat das im System einen Virus ausgelöst, der sich seither durch alle Programme gräbt. Man könnte – einfach ausgedrückt – sagen, dass er die Lücke genutzt hat, die entstanden ist, als du anders reagiert hast als vorgesehen. Statt deine Zeit in der Zentralstadt anzutreten, bist du verschwunden. Das hat für einen Ausfall gesorgt. Wir mussten einige Programme neu starten und dadurch haben wir uns den Virus quasi selbst in das System gespielt.«

»Und ... was habe ich damit zu tun? Warum ich?« Die Frage brannte sich schon zu lange durch ihr Bewusstsein und hatte erschreckend tiefe Wunden hinterlassen. Wunden, die ihr vermutlich den Weg zurück in das System versperren würden, egal was diese Frau erzählte.

Leonora zuckte mit den Schultern. »Das weiß ich nicht. Ich weiß nur, dass es mit dir angefangen hat und auch nur mit dir enden kann. Du bist der Auslöser und zeitgleich der Code, der den Virus entschlüsseln kann.«

»Es war verdammt geschickt, den Fehler von einem sturen Weibsbild abhängig zu machen. Generell von einem Gencode abhängig zu machen. Die sind so schwer zu fassen, wie ...«

»Memorio, es reicht!«, unterbrach Leonora ihn streng. »Auf jeden Fall liegt der Schlüssel, damit alles wieder normal wird, in deinen Genen. Du bist die Einzige, die aufhalten kann, dass das System zerstört wird. Ich möchte dich an dieser Stelle nicht mit technischen Details langweilen.«

Crystal brauchte einen Moment, um diese neuen Erkenntnisse zu verarbeiten. Sie hatte schon einmal gehört, dass sie dafür verantwortlich war, was in der Zentralstadt vor sich ging. Dass sie der Auslöser für die Probleme war. Doch so gesagt, hörte es sich nicht so an, als trüge sie selbst die Schuld, sondern eher, als wäre sie benutzt worden. »Wer ist dafür verantwortlich?«, fragte sie leise.

Dieses Mal antwortete Memorio. »Das wissen wir nicht, aber glaub mir, wenn ich diesen Bastard …«

»Memorio!«

Er schnaubte und schüttelte den Kopf. »Wir sind in den meisten Bereichen schon offline, wir sollten also keine Zeit verlieren.«

»Er hat recht«, sagte Leonora. »Kannst du aufstehen?« Sie reichte Crystal die Hand. Ihre Finger fühlten sich kühl an, als sie ihr von der Liege half. Unmenschlich kühl. Aber vielleicht lag das auch an der Benommenheit, die noch immer leicht durch Crystals Geist waberte. Crystals Knie zitterten leicht, doch sie hielt sich aufrecht.

»Darf ich etwas fragen?«, flüsterte sie, als Leonora sie stützend zu Memorio führte.

»Natürlich.«

»Kann ich … werde ich wieder ins System eingepflegt? So wie es vorher war?« Genau genommen wusste sie gar nicht, ob sie das tatsächlich wollte, doch es kam einfach so über ihre Lippen. Denn deswegen war sie schließlich hier. Auch, wenn die Vorstellung abwegig war, wieder mit Menschen wie Miramay in Kontakt zu kommen. Falschen Menschen, die nicht an ihr, sondern nur an ihrem Rang Interesse hatten. Eilig schob sie diese Gedanken beiseite und versuchte erst gar nicht an K zu denken. Das alles war viel schwerer als sie ursprünglich angenommen hatte.

In Leonoras Augen blitzte es freundlich, während ihre Mimik noch immer keinen Ausdruck zeigte. »Das wirst du. Ich sehe dich nicht als die Attentäterin, ehrlich gesagt. Man scheint auch dir übel mitgespielt zu haben.«

»Das müssen wir noch abschließend bestätigen«, grollte Memorio.

»Du hast die Aufnahmen gesehen«, grollte sie und warf ihrem Kollegen einen wütenden Blick zu.

»Welche Aufnahmen?«, fragte Crystal und ließ sich auf dem kleinen Hocker nieder, zu dem Leonora sie geführt hatte. Neben ihr auf dem Schreibtisch lag ein Metalltablett mit einer Spritze, Desinfektionsmittel und einem weißen Tupfer darauf.

Memorio und Leonora tauschten einen kurzen Blick, dann tippte der Mann auf die flache Tastatur. »Wir sind durch Zufall auf ein Datenfragment gestoßen, als wir versucht haben dem Chaos auf den Grund zu gehen. Anscheinend hat jemand seine Spuren nicht gut genug verwischt oder hat nicht damit gerechnet, dass wir damit etwas anfangen können.«

»Erst als wir den Schaden an der Datei repariert hatten, haben wir gesehen, dass es sich um einen Ausschnitt einer Videoaufzeichnung handelt«, fügte Leonora hinzu.

Memorio deutete auf den großen Bildschirm vor ihnen und im nächsten Moment startete die Videosequenz. Sie war sehr dunkel, sodass Crystal einen Moment brauchte, um etwas zu erkennen. Die Aufnahme war ohne Ton und flackerte immer wieder. Doch dann erkannte sie die Szene. Sie selbst, auf einem Stuhl gefesselt, umringt von Namenlosen. Der hochgewachsene Mann mit dem kahlen Kopf stand vor ihr, ein Messer in der Hand. Zet. Und daneben K. Sein Gesicht war fahl und von Wut verzerrt, während er beobachtete, wie der Anführer der Rebellen sich ihr näherte. Sie wusste, was gleich geschehen würde und dennoch wurde ihr übel. Ihre Schreie waren nicht zu hören, aber sie erkannte die eigene Panik in ihrem Gesicht. Das Blut war im Halbdunkeln nur schwer zu erkennen, doch auch nicht zu übersehen. Dann riss die Übertragung ab. Crystal atmete angestrengt aus und fasste an die Stelle, wo ihr Chip saß. Nein, wo der neue Chip saß. Eine Hand legte sich auf ihre Schulter. Leonora. Mitgefühl stand in ihren Augen. »Ab dem Zeitpunkt war uns klar, dass du auf keinen Fall etwas damit zu tun haben kannst.«

Memorio stieß einen unwirschen Laut aus, schwieg jedoch.

»Jetzt brauchen wir nur dein Blut, und wir können diesem Chaos endlich ein Ende bereiten«, sagte Leonora und nickte in Richtung der Spritze. »Wir speisen es in das System ein und dann löst es das Problem von ganz allein.« Sie deutete auf ein Kabel, das ähnlich wie ein dünner durchsichtiger Schlauch aussah, und in einem roten Stopfen endete. Es verlief über den Tisch hinweg und endete an einem der gewaltigen Computerschränke. Dort war es mit Kabeln und Drähten verbunden, die unordentlich aus einer Klappe ragten. Als hätte jemand ein Stück des metallischen Gehäuses rausgerissen und die Innereien des Schranks hervorgezerrt, um sie mit dem Schlauch verbinden zu können.

»Hat mich einiges an Arbeit gekostet alles so umzustellen, dass dein Gencode im System entschlüsselt werden kann«, murrte Memorio, der ihren Blick bemerkt zu haben schien.

Crystal erwiderte nichts, sie musste die neuen Informationen erstmal verarbeiten und dennoch widersprach sie nicht, als die Frau nach dem Watchboard griff. Sie ließ es bereitwillig zu, dass die Einstichstelle desinfiziert wurde, und Leonora ihr eine Schlaufe um den Oberarm legte.

»Habt ihr denn gar keine Ahnung, wer es war?«, fragte sie, als die Nadel in ihre Haut eindrang. Dunkelrotes Blut schoss in die Kammer der Spritze. Es brannte leicht, doch dann war es auch schon vorbei. Leonora legte die Spitze ab, presste einen Tupfer auf die Einstichstelle und löste die Schlaufe um ihren Arm. »Hier draufdrücken«, murmelte sie und Crystal legte den Finger fest auf den Tupfer.

»Nein, aber …« Weiter kam Leonora nicht. Ein Signalton erklang und die Türen des Fahrstuhls öffneten sich.

Memorio sprang auf. »Ihr habt hier nichts zu suchen!«, brüllte er, noch bevor Crystal die Situation erfassen konnte. Und dann erkannte sie, wer den Raum betreten hatte. K. Ihr Herzschlag beschleunigte sich. Er lebte. Gefolgt von Casus, Shiva und dem Techniker, den sie schon bei Safran gesehen hatte. Doch das Wichtigste für sie war K. Sie wollte in seine Richtung stürmen, erkannte auch in seinem Blick die Erleichterung, doch bevor sie auch nur einen Schritt getan hatte, hielt Leonora sie am Arm fest.

»Lass mich, ich …«

»Weg von dem Bildschirm!«, brüllte der Techniker aus Safrans Labor unvermittelt und zog eine Waffe aus seinem Hosenbund. Leonora entfuhr ein überraschter Aufschrei. »Es macht keinen Sinn, die Sicherheit ist seit einer halben Stunde vollständig abgeschaltet.«

Memorio stieß ein Grollen aus und tat, was er verlangte. K und die anderen wirkten genauso überrascht wie Crystal. Sie kam sich zunehmend wie eine Statistin in einem Stück vor, dessen Handlung sie nicht kannte.

»Was soll das, Mischall?«, schaltete sich Casus ein, doch dann richtete sich die Waffe auch auf ihn.

»Ihr geht jetzt alle schön brav in die Ecke da«, grollte Mischall und richtete den langen Lauf der Impulswaffe auf eine

Wand, die mit den Computersäulen besetzt war. »Und wenn einer von euch Scheiße baut …« Er musste die Drohung nicht beenden. Sie gehorchten alle stumm der Anweisung.

»Wer sind Sie?«, brachte Leonora schrill hervor. Sie war so dicht neben Crystal gedrängt, dass sie das Zittern der Frau deutlich spürte. Doch das Einzige, was sie wirklich wahrnahm, war die Nähe zu K. Er hatte den Arm um sie gelegt und zog sie an sich. In seinen Augen stand Sorge, aber zeitgleich auch Erleichterung. Und auch sie fühlte sich wieder etwas stärker, wo er wieder an ihrer Seite war.

Mischall stieß ein krächzendes Lachen aus. »Ich bin ein Niemand. Zumindest in Ihrem System.« Er trat an den Bildschirm, an dem eben noch Memorio gesessen hatte. Während er die Waffe noch immer auf sie gerichtet hatte, kramte er aus seiner Hosentasche einen kleinen schwarzen Gegenstand hervor. Mit einer fließenden Bewegung schob er das Ding in einen Port in einen der massiven Schränke.

»Was soll das?«, grollte Memorio, er hatte die Hände zu Fäusten geballt.

»Jetzt kommt der letzte Schritt«, sagte Mischall und grinste boshaft. »Ich hatte eigentlich gedacht, dass es noch etwas dauern würde, aber dank des Notfalls, den diese Experten da ins System eingeschleust haben, ging es etwas schneller. Dass ich auf diese Idee nicht gekommen bin.« Seine Augen wurden schmal, während er sich auf den Hocker fallen ließ. »Wenn ihr euch von der Stelle rührt, blase ich euch den Kopf weg, noch bevor ihr bei mir angekommen seid. Alle Türen sind verriegelt, niemand kommt hier mehr rein oder raus. Niemand von euch zumindest.«

Leonora stieß einen wimmernden Laut neben ihr aus. Crystal blickte zu K, dessen Miene genauso angespannt war, wie sie sich fühlte. Außerdem fand sie in seinen Zügen noch

Wut. Er und die anderen hatten nichts davon gewusst, dessen war sie sich sicher.

Mischall hatte die Waffe noch immer in der Hand, während er sich dem Bildschirm zuwandte und seine Finger über die Tastatur glitten.

»Geht es dir gut?«, murmelte K in ihr Haar, der Blick huschte besorgt über ihr Gesicht, als suche er dort nach Antworten darauf, was in den letzten Stunden geschehen war.

»Ja, alles in Ordnung«, erwiderte sie und drückte sich unwillkürlich noch dichter an ihn. Er nickte angespannt.

»Es ist niemandem geholfen, wenn das System vollständig zusammenbricht! Die Menschen verlieren ihre Grundlage!«, rief Memorio, sein Gesicht war tiefrot angelaufen.

»Sicherlich. Das ist das, was ihr den Leuten vermitteln wollt«, erwiderte Mischall unbeeindruckt. Er drehte sich um und strahlte sie siegessicher an. »Aber für alles andere ist es nun ohnehin zu spät. Die Zeit des Rankings ist soeben beendet.«

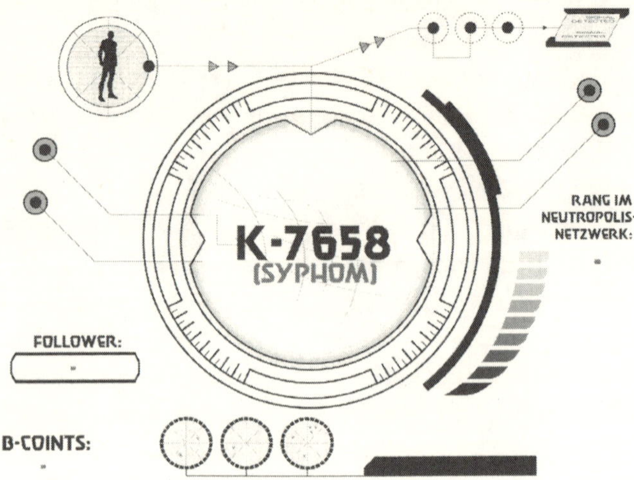

Crystals Körper spannte sich neben ihm an und obwohl er dankbar war, dass er sie wieder hatte, wusste er, dass etwas Schlimmes passieren würde. Auch er war dafür gewesen, dass das System abgeschaltet wurde, doch gerade sah er das Chaos, das dieser Schritt nach sich ziehen würde vor seinem inneren Auge. Vielleicht hatte Casus doch recht und so einfach wäre es nicht.

»Du bist vollkommen wahnsinnig!«, brüllte Casus unvermittelt.

Mischall grinste. »Vielleicht. Oder ich bin der einzige Vernünftige. Obwohl … der einzige bin ich nicht. Bevor wir weiteren Besuch bekommen, möchte ich euch natürlich nicht die Botschaft vorenthalten, die in fünf Sekunden in sämtlichen Städten der Erde ausgestrahlt wird.« Er trat grinsend beiseite und deutete auf den großen Bildschirm. Er war schwarz, doch das schlug von einer Sekunde auf die andere um. Es war ein Mann zu sehen, der an einem Tisch saß, hinter ihm eine weiße Wand. Ks Herzschlag beschleunigte sich, während er verdattert in das bekannte Gesicht starrte.

»Das ist ... Dr. Zey«, stammelte Crystal und sprach seinen Gedanken laut aus. Der Arzt, der seinen Bruder so viele Jahre betreut hatte und mit der Zeit ein Vertrauter geworden war, blickte ernst in die Kamera.

»Diese Nachricht geht raus an die Überlebenden der Erde. Seit vielen Jahren leiden die Menschen unter den Folgen des Krieges. Wir glaubten, eine Lösung gefunden zu haben, ein System, das uns vor weiteren Fehlern dieser Art bewahrt und unser Überleben sichert. Es hieß, dass die Menschen fehlerhafte Entscheidungen treffen. Entscheidungen, die uns schaden, weil sie von negativen Emotionen beeinflusst sind und dass das der Auslöser war, für den Punkt, an dem wir heute stehen. Aus diesem Grund gab es einen Wandel. Es waren nicht mehr Menschen, die die Entscheidungen trafen, sondern Computer. Die maßen uns anhand der Attribute: Gesundheit, Sympathie, Ehrgeiz und sozialem Denken. Denn das waren die Werte, die wichtig waren für das Überleben und den Fortbestand unserer Rasse, auf einem Planeten, der in der aktuellen Form keinen Lebensraum mehr für uns bot.« Doktor Zey räusperte sich. »So weit die offizielle Version. Ich wende mich an euch alle, um den Lügen ein für alle Mal ein Ende zu setzen. Vor einigen Jahren begab ich mich aus Forschungszwecken auf einen ungenehmigten Außeneinsatz. Ich stieß auf ein kleines Labor außerhalb der Stadt, etwa zwanzig Meilen entfernt. Man hat versucht alles zu zerstören, doch einige Spuren und Dokumente konnte ich in dem Chaos noch finden.« Er legte eine Hand auf einen altertümlichen Ordner neben sich. »Das, was ich Ihnen jetzt erzählen werde, wird Ihre Weltanschauung verändern und alles in Frage stellen, was Sie bisher zu wissen geglaubt haben. Das weiß ich, denn so ging es mir auch. Ich werde alle Dokumente zum Download stellen, während das System gerade seine letzten ‚Atemzüge' tut.« Doktor Zey holte Luft. »Es ist kein Geheimnis mehr, dass die Firma Bio-Inc. im Jahr 3026 das Rankingsystem schuf. Was jedoch niemand weiß ist, dass dieselbe Firma auch für den großflächigen Biowaffenangriff im Jahr 3024 verantwortlich war und der so genannte ‚gelbe Nebel' in den Laboren eben dieser Firma seinen Ursprung hat. Außerdem gibt es bereits aus dem Jahr 3015 Aufzeichnungen über den Beginn des Baus an den hermetisch abgeriegelten Häusern.« Das Bild des Doktors verschwand und Baupläne mit Datum wurden eingeblendet. »Wie vielleicht der eine oder andere erkennt, waren hier bereits Luftschleusen eingeplant, die den Zweck verfolgen, den gelben Nebel draußen zu halten. Ich denke, dass sich in dem Chaos damals niemand gewundert hat, warum statt schlichter Sammelstellen bereits fertig gebaute Häuser zur Verfügung standen. Genauso wenig zweifle ich daran, dass die Bio-Inc. Möglichkeiten hatte, die Skeptiker zum Verstummen zu bringen. Diejenigen, die übrig blieben, nahmen die dargebotene Hand dankbar an und schoben jeden Zweifel beiseite.«

Die Frau in dem goldenen Zweiteiler schnappte neben ihnen nach Luft, sonst war es vollkommen still. Er wusste nicht, ob vor Überraschung oder Empörung über diese Enthüllung. Doch er wollte sich auch nicht zu ihr herumdrehen, um die Antwort in ihrem Gesicht zu finden. K konnte nichts anderes tun, als auf den Bildschirm zu starren und das aufzunehmen, was der Doktor sagte.

»Dem kann man entnehmen, dass die Firma Bio-Inc. bereits früh plante, dass der Einsatz des ‚gelben Nebels', übrigens auch Y-32-x-Gas genannt, ein Leben auf dem Planeten unmöglich machen würde. Und genau diese Firma war es, die ein System erschuf, das das Überleben sichern sollte. Ein Leben nach ihren Regeln, nach ihren Maßstäben …« Der Doktor schüttelte den Kopf. »So absurd wie Ihnen das erscheinen mag, geht es weiter. Ich habe einige Ausschnitte gefunden, die beweisen, dass die Firma Bio-Inc. eine der führenden Waffenkonzerne in Amerika war und im Jahr 3002 beinahe die gesamte Welt mit ihren … Produkten versorgte. So erfolgte beispielsweise die Abtrennung des südafrikanischen Kontinentalabschnitts nach der Verwendung einer der Schallwaffen, die die Bio-Inc. zu Versuchszwecken an einen Warlord reichte. In Folge dieses Vorfalls hat die amerikanische Regierung im Übrigen auch ihre Verträge mit der Bio-Inc. gekündigt. Ich nehme an, dass der Ursprung unserer heutigen Situation in direktem Zusammenhang mit dieser Entscheidung steht. Es gibt keine Aufzeichnungen darüber, wie der Krieg seinen Anfang gefunden hat und es ist auch nicht bekannt, wer gegen wen Krieg führte, nur das Ergebnis sehen wir vor uns. Ich habe nicht alles rekonstruieren können, aber ich weiß inzwischen, dass die Bio Inc. massive Angriffe auf die gesamte Bevölkerung der Erde ausübte.« Seine Hand ballte auf dem Deckel des Ordners eine Faust. »Die Beispiele sind zahlreich und können alle in der Infobox gedownloadet werden. Zusammenfassend lässt sich sagen, dass die Bio-Inc. für so viel Tod und Leid auf dem Planeten verantwortlich ist, dass es abwegig ist, sich den Regeln eines solchen Unternehmens zu beugen. Und für mich machte nach meiner Mission auf einmal alles Sinn. Die Ungerechtigkeit, der Tod der Erkrankten, die Nahrungsmittelverteilung … all das hat seinen Ursprung in der Wurzel allen Übels. Ich begann einen Plan zu spinnen, um die Menschen aus den Machenschaften der Firma zu befreien.« Er lächelte leicht. »Es ist geglückt, auch wenn ich viel Geduld haben musste. Auch, wenn ich mich dem System beugen musste, um unauffällig zu bleiben. Doch jetzt mache ich das, was schon längst hätte geschehen sollen: Ich befreie die Menschen von der Herrschaft der Firma, die uns alle erst in diese Situation gebracht hat. Von dem größten Betrug, der an der Menschheit jemals verübt worden ist.« Doktor Zey machte sich gerade und nahm die Schultern zurück. »Ab heute wird es kein Rankingsystem mehr geben. Sowohl auf dem amerikanischen Kontinent als auch auf den übrigen. Wir werden überleben. Eigenständig. Frei. So wie wir es immer getan haben. Niemand wird uns mehr vorschreiben, was gut für uns ist und sich hinter der Maske eines Wohltäters verbergen, obwohl er in Wahrheit für den Tod des Planeten und unzähliger Unschuldiger verantwortlich ist!« Doktor Zey war lauter geworden und sein Gesicht war rot angelaufen. Er atmete einmal schnaubend aus und nickte dann. Der Bildschirm wurde schwarz.

Stille. Und auch K wusste nichts zu sagen. Dass was der Doktor ihnen gerade erzählt hatte, stellte alles in Frage. Ihre Existenz. Alles.

»Wo…her …?«, wimmerte die Frau neben ihnen. Ihr Gesicht war fahl, die Augen traten leicht hervor, doch sonst war in dem faltigen Antlitz keine Regung zu erkennen.

»Wusstet ihr davon?«, platzte es aus Crystal heraus.

Die Frau antwortete nicht, sondern blickte sich nur hektisch um.

»Natürlich wussten sie davon«, antwortete Mischall an ihrer Stelle. »Was meinst du, wie alt die beiden sind?« Er grinste boshaft.

Crystal starrte die Frau verdattert an.

»Leonora geht auf die zweihundert zu und auch Memorio ist nur zehn Jahre jünger. Die beiden sind gut konserviert oder?«

»Wie …?«

»Man wollte sichergehen, dass alles läuft und niemand das Geheimnis herausfindet. Da der ehemalige Firmengründer von Bio-Inc. sehr misstrauisch war und nicht auf die Weitergabe zwischen den Generationen vertraute, setzte er je zwei seiner höchsten Wissenschaftler in die Steuerzentralen. Sie sollten das System am Leben erhalten, denn leider kamen die Möglichkeiten, das Leben unbegrenzt zu verlängern für ihn zu spät.« Mischall machte einen Schritt in ihre Richtung und die beiden Älteren wichen zurück. Während der Mann mit der Glatze wuterfüllt schien, wirkte die Frau vollkommen verängstigt.

»Das ist doch alles Irrsinn«, murmelte Casus und fuhr sich durch das Haar.

»Das ist es. Und seitdem ich mit dem Doktor zusammenarbeite, bin ich mir mit jedem Tag sicherer, dass wir dem endlich ein Ende setzen müssen. Ich habe Bilder gesehen, aus diesem Krieg … die Menschen«, er stockte und wirkte einen Moment als würde er um Fassung ringen. Dann schüttelte er den Kopf und setzte wieder das schmale Lächeln auf. »Sie haben unsere Daten aufgezeichnet, wusstet ihr das? Auch noch nach dem Krieg. Wir waren weiterhin Versuchsobjekte, selbst die Daten der Kranken sammeln sie, um die Langzeitwirkung ihrer Biowaffe nachvollziehen zu können. Es gibt riesige Datenstämme darüber, wie sehr ein Mensch leiden muss, bis er an den Folgen stirbt. Dabei gibt es längst ein Gegenmittel.«

Ks Magen verkrampfte sich zu einem eisigen Klumpen. Er schluckte trocken und spürte, wie sich die innere Kälte nach und nach in seine Glieder ausbreitete.

»Das ist nicht wahr!«, rief die Frau, die Stimme flatterte vor

Hysterie. »Das Mittel ist noch nicht erprobt, wir sind nicht sicher …«

»Aber ihr habt es auch nicht versucht, oder? Das war nicht vorgesehen, nicht wahr? Ich habe die Aufzeichnungen gesehen, sie enthielten die direkte Anweisung, die Forschung in diese Richtung nicht voran zu treiben.«

»Natürlich war es nicht vorgesehen, unser System ist darauf nicht ausgelegt. Weil wir unsere Ressourcen sinnvoll nutzen müssen. Die Entwicklung von Lebensmitteln und …«

»Bullshit«, unterbrach Mischall und lachte bitter auf. »Ihr hattet das Heilmittel in der Hand, aber die vorgegebene Forschungsperiode für Y-Gas endet erst in zehn Jahren, vorher dürft ihr es gar nicht erproben. Wisst ihr, wie viele Freunde ich verloren habe durch diese Seuche?« Ihm entkam ein bitterer Laut. »Aber wenn es nur das wäre. Meine Schwester habe ich an eine von euren Sicherheitseinheiten verloren. Dafür hat sich damals niemand interessiert, sondern es als Fehler abgetan. Wie können wir unser Leben einem so fehlerhaften System anvertrauen?«

Nun schwieg die Frau und sackte leicht in sich zusammen. Ein Schuldeingeständnis stand im Raum und K spürte abermals Wut in sich aufsteigen. Es gab ein Heilmittel. Eine Chance, das B wieder gesund wurde und sie war ihnen vorenthalten worden.

»Aber das spielt jetzt keine Rolle mehr. Die Bio-Inc. hat ihren Dienst an der Menschheit erfüllt, meint ihr nicht?« Mischall machte einen weiteren Schritt in ihre Richtung und blickte zu K und den anderen. »Geht beiseite, ich will von euch nichts, mich interessieren nur die beiden Wissenschaftler.«

Keiner rührte sich und auch K war nicht in der Lage einen Schritt zu tun. Seine Gedanken rasten und nichts schien mehr einen Sinn zu ergeben.

»Bitte …«, wimmerte die Frau. »Wir haben doch alles getan, um unsere Fehler wieder gut zu machen. Das System funktioniert. Wegen uns haben … die Menschen überlebt.«

»Nein, wegen euch stehen wir erst da, wo wir jetzt sind.« Mischall stand nun dicht vor ihnen. »Los, beiseite jetzt!«, brüllte er unvermittelt und dieses Mal gelang es K, aus seiner Starre zu erwachen. Er, Casus, Shiva und Crystal wichen zurück, sodass nur noch die beiden anderen im Visier des Technikers standen. Die Frau begann zu weinen und der Mann stieß einen grollenden Laut aus. »Wenn das System versagt, dann wird nichts mehr sein, wie es war. Keiner wird das überleben.«

Mischall stieß ein freudloses Lachen aus. »Es ist ja nicht so, als hätten wir jemals die Chance bekommen, es auszuprobieren, nicht wahr?«

Crystal zuckte neben ihm zusammen, als die Fahrstuhltüren aufglitten.

»Na, endlich«, sagte Mischall, als die Neuankömmlinge den Raum betraten. Es waren der Doktor … und B. Gefolgt von zwei weiteren Männern, die mit Impulsgewehren bewaffnet waren.

»Es hat länger gedauert als angenommen«, grollte der Doktor. Doch K hatte nur Augen für seinen Bruder, er wirkte fahl, aber gesünder als K erwartet hätte.

»B«, brachte er hervor und der Kopf seines Bruders fuhr herum. Er lächelte und überbrückte eilig den Abstand zu ihm. Sie umarmten sich und Ks Kehle entrang sich ein erleichtertes Auflachen.

»Ich hab schon befürchtet, dass du es nicht geschafft hast«, murmelte sein Bruder.

»Und ich habe gleich gesagt, dass ich mir um K eigentlich keine Sorgen mache.«

K löste sich von seinem Bruder und blickte in das Gesicht von Doktor Zey. Er lächelte schräg, in seinen Augen stand Entschlossenheit, als er K die Hand entgegenstreckte. »Es tut mir leid, dass wir dich nicht einweihen konnten, aber die Sache war einfach zu groß … es war besser, dass du an ihrer Seite so wenig wie möglich erfährst.« Er nickte in Crystals Richtung.

Zögerlich griff K nach der dargebotenen Hand und schüttelte sie kurz. Er wusste nicht, was er dazu sagen sollte. Zu nichts von alledem, sein Kopf war voller Gedanken und zeitgleich zu leer, um auch nur ein Wort über die Lippen zu bekommen.

»Jetzt stellen wir die Dinge endlich richtig«, sagte Zey, hob eine Hand und im nächsten Moment erklang das zischende Geräusch vom Auslösen der Impulswaffen. Crystal stieß einen Schrei aus und zeitgleich sackten die beiden Alten zusammen. Elektronische Funken tanzten blitzend über ihre Haut, die Glieder zuckten und schließlich blieben die Körper ruhig am Boden liegen. Dunkler Rauch stieg über ihnen auf. Crystal wandte sich eilig ab und drückte sich an K. Er zog sie fest an sich.

»Kein Grund zu weinen«, grollte Mischall, ging zu den beiden Leichen und trat gegen die der Frau. »Keine Menschen, schon seit Jahren nicht mehr. Sondern nur noch ein Roboter-Ersatzteillager, über das jemand Haut gezogen hat.« Er blickte triumphierend zu dem Doktor. »Damit haben wir es geschafft. Das System ist fast vollständig runtergefahren.«

»Ihr zerstört damit das Leben der Menschen.« Es war das erste Mal, dass Casus sich wieder zu Wort meldete. Er hatte wieder diesen ernsten Ausdruck im Gesicht.

»Damit *retten* wir ihr Leben«, verbesserte der Doktor.

Casus schüttelte langsam den Kopf. »Das ist Schwachsinn.«

Mischall richtete seine Waffe auf Casus' Stirn. »Soll ich ihn auch beseitigen?«

»Nein, es stirbt niemand unschuldiges.« Zey warf ihm einen ernsten Blick zu, dann sah er wieder zu Casus. »Ich weiß, dass du aus dem System deine Vorteile gezogen hast, aber auch du wirst eine andere und neue Bestimmung finden.«

Casus schnaubte und schüttelte den Kopf. »Die Belüftungssysteme ... all das hängt zusammen. Wenn ihr das abschaltet, dann dringt der gelbe Nebel in die Häuser ein.«

»Nur in die unteren«, erwiderte Zey und K schnappte nach Luft.

»Keine Sorge, alle, die sich der Revolution angeschlossen haben, haben wir in Sicherheit gebracht, K.«

»Und der Rest?«, stieß K hervor. »Sie sterben?«

Zeys Ausdruck nahm einen schmerzerfüllten Ausdruck an. »Verstehst du das nicht? Es geschieht nun das, was auf grausame Art und Weise immer und immer wieder aufgeschoben wurde. Wir haben unter den Folgen des Krieges nie gelitten, daher hatten die Menschen keinen Grund sich zu erneuern. Die Bio-Inc. hat uns um den Fortschritt gebracht, indem sie es den Menschen so bequem wie möglich gemacht hat. Es ist an der Zeit, dass es endlich etwas anstrengender wird. Nur so können wir uns weiterentwickeln.«

K schüttelte ungläubig den Kopf, während Casus ein Schnauben ausstieß und sagte: »Damit stellt ihr euch mit der Bio-Inc. auf eine Stufe.«

»Nein, damit bringen wir Fortschritt«, grollte Zey.

»Kein Fortschritt, ihr bringt den Tod und meint auch noch, dass ihr das Recht dazu hättet.«

Statt einer Antwort, gab Zey ein Zeichen mit der Hand

und einer seiner Wachleute stürmte nach vorn und packte Casus. Shiva stieß einen unwilligen Laut aus, doch der zweite Soldat widmete sich ihr, indem er in ihre Haare griff und den Kopf zurückriss.

»Sperrt sie irgendwo ein«, sagte Zey bitter, während die beiden in Richtung Fahrstuhl geschleift wurden.

»Ihr dürft das nicht zulassen!«, rief Casus, die Augen von Panik geweitet. »K! Das ist dumm, wenn das geschieht sterben unzählige …« Der Rest wurde von den Fahrstuhltüren verschluckt.

CRYSTAL

Crystal zitterte. Das alles war nicht richtig. Es konnte kein Neuanfang sein, wenn das den Tod bedeutete. Irgendeine Lösung musste es doch geben, bei der nicht unzählige Menschen starben. Sie konnten nicht mit, aber anscheinend auch nicht ohne System.

»Was passiert mit ihnen?«, fragte K dumpf.

»Wir werden sehen, ob Casus zur Vernunft kommt. Er ist ein schlauer Junge und ich würde ihn ungern an unserer Seite missen. Falls jedoch nicht …« Zey seufzte. »Kommt mit, ich zeige es euch.«

Sie liefen hinter dem Doktor her und K musste sie stützen, weil ihre Beine sich so weich anfühlten, als wären sie aus Gummi. Ein Schauer erfasste Crystal, als sie an den Leichen vorbeigingen und schließlich vor der großen Glasscheibe stehenblieben. Unter ihnen sah man die bunten Häuser des Zentrums, die sich an dieser Stelle zu einem großen Platz weiteten. Er war gut gefüllt mit den Bewohnern, die sich eng zusammendrängten. Am Rand standen Männer mit Gewehren, die sie in Schach hielten.

»Was soll das?«, fragte Crystal leise.

»Wenn wir hier fertig sind, dann werden die Luftfilter abgeschaltet. Der Nebel dringt in die Kuppel ein und beseitigt die letzten Reste der Bio-Inc.«

Schweigen. Niemand sagte etwas und schließlich schnappte Crystal nach Luft. »Das bedeutet, sie sterben?«

Wieder verzog sich das Gesicht des Doktors unwillig.

»Glaub mir, Crystal, ich möchte das eigentlich nicht, aber diese Leute stellen ein potentielles Risiko da. Das System hat sie einer jahrlangen Gehirnwäsche unterzogen, man kann nicht jedem die Augen öffnen.«

»Aber … vielleicht findet sich ja jemand, der es ähnlich sieht, der …« Sie warf einen hilfesuchenden Blick zu K, doch auch der schien mit der Fassung zu ringen. Er war blass und starrte mit geweiteten Augen durch die Scheibe nach unten. Crystal war sich sicher, dass er das nicht gewollte hatte. Wer konnte so etwas wollen?

»Crystal, vor einiger Zeit noch hattest du selbst einen anderen Blick auf die Welt, oder? Hättest du damals irgendetwas Falsches am System erkannt?«, fragte der Doktor mit so leiser und einfühlsamer Stimme, dass Crystal nur noch wütender wurde.

»Nein! Aber ich weiß es jetzt besser! Ich habe gesehen, wie es den Menschen geht und natürlich habe ich begriffen, dass es so nicht weitergehen kann. Aber es muss eine sinnvolle Lösung geben, die nicht im Tod endet.« Und zum ersten Mal begriff sie, dass sie das auch tatsächlich so meinte. Nachdem ihr Verstand in den letzten Tagen gnadenlos von einer Seite auf die andere Seite gerissen worden war, schien sie zum ersten Mal wieder einen festen Standpunkt zu haben. Eine Meinung, die auch Sinn machte: Sie wollte nicht, dass die Leute starben. Egal welchen Rang sie hatten. Es spielte keine Rolle. Überhaupt keine. Auf einmal erschien es ihr unsinnig, jemals anders gedacht zu haben. Sie alle waren Menschenleben, unabhängig von ihrem B-Coints-Kontostand.

Die Miene des Doktors wurde ernst. »Du hast nicht gesehen, was ich gesehen habe, Crystal. Ich verstehe deinen Wunsch, aber wir haben nicht viele Möglichkeiten das hier zu beenden. Es muss schnell gehen, wie beim Ablösen eines

Medi-Pflasters. Sonst ist der Schmerz größer und am Ende reißt man die Wunde doch nur wieder auf. Diese Leute dort unten sind ein Risiko. Ihr Interesse, das System am Leben zu halten ist zu groß, als dass wir sie am Leben lassen könnten.«

»Und was ist mit den Rebellen?« Sie hatte den Glatzkopf unter den Rebellen ausgemacht, die die Menge in Schach hielten. Unbedarft. Wartend.

Doktor Zey seufzte. »Ich kann keine Aufwiegler in unserer neuen Ordnung gebrauchen. Es schadet nicht, wenn sie gehen. Im Gegenteil.« Er musterte Crystal eingehend. »Das musst du doch genauso sehen, nachdem was er dir angetan hat?«

Fassungslos musterte sie den Arzt. Er war irre. Was glaubte er, befähigte ihn dazu über Leben und Tod zu entscheiden? *Größenwahnsinnig*, kam es ihr in den Sinn. Und er wirkte dabei so unfassbar ruhig. Sie warf einen Blick zu K, der zum ersten Mal aus seiner Starre zu erwachen schien und nun langsam den Kopf schüttelte.

»Zey, ich halte das nicht für …«, begann er, doch Zey ließ ihn nicht aussprechen.

»Versteh mich nicht falsch, K. Ich schätze euren Einsatz hier sehr, insbesondere weil ihr diejenigen wart, die das alles erst möglich gemacht haben – wenn auch unbewusst. Aber ich bin nicht hier, um mit euch die Umstände zu diskutieren, das haben wir bereits unzählige Male getan. Manchmal muss man unerbittlich sein, um etwas großes Neues zu schaffen.« Er klang leicht verärgert, doch das war Crystal egal.

»Genau wie die Bio-Inc., Doktor?«, fragte sie bissig und ballte die Hände zu Fäusten.

Die Augen des Arztes wurden schmal und K warf ihr einen warnenden Blick zu. Natürlich hatte er recht, wenn sie es weiter drauf anlegte, würde sie schnell bei den Leuten da unten landen. Und dennoch konnte sie nicht anders, als den Doktor finster anzustarren, dabei biss sie sich auf die Zunge, um nicht noch mehr verfängliche Dinge auf ihn loszulassen. Eine Weile fixierten sie sich, doch dann machte sich auf Zeys Lippen ein schmales Lächeln breit.

»Weißt du eigentlich, dass du deinen Aufstieg mir zu verdanken hast?«

Crystal blinzelte verwirrt. »Was?«

»Du warst für die Top 10 noch gar nicht vorgesehen, aber ich habe dich ausgewählt. Das System zu manipulieren ist für uns inzwischen ein Kinderspiel gewesen.« Zey blickte zu K. »Es war faszinierend, wie sich alles gefügt hat, ich glaube ja eigentlich eher an wissenschaftliche Fakten als an das Schicksal, aber …« Er zuckte mit den Schultern.

»Warum ich?«, fragte sie gereizt und wusste, dass sie zum ersten Mal tatsächlich eine Antwort erhalten würde.

Der Doktor musterte sie eine Weile. »Zufall«, sagte er gedehnt.

»Was?«, zischte sie ungläubig. Das konnte nicht sein. Man hatte ihr Leben zufällig zerstört? Wie bei einer Lotterie hatte sie das richtige Los gezogen, ohne davon zu wissen?

»Es war wirklich eine rein intuitive Entscheidung, wärst du im Ranking nicht so weit fortgeschritten gewesen, hätte es auch jeder andere sein können.« Zey blickte mit einem merkwürdigen Ausdruck zu K. »Dabei waren andere Entscheidungen ausgesprochen gut durchdacht. Witzig, dass eine Hochrangige so zur Nebenfigur wird und ein Namenloser zum Schlüssel des Ganzen …« Der letzte Satz machte für Crystal keinen Sinn. Verdattert starrte sie ihn an.

»Was soll das alles?«, fragte K schließlich und löste sich von ihr.

B war neben sie getreten und lächelte verschwörerisch. »Es

tut mir leid, dass ich dir nichts sagen konnte, K, aber es war einfach zu wichtig.«

»Kann mich bitte jemand aufklären, was das bedeutet?«, knurrte K und blickte von seinem Bruder zurück zu dem Arzt. Crystals Gedanken überschlugen sich.

»Nun«, Zey räusperte sich, »ich muss gestehen, dass wir anfänglich eher den Plan verfolgt haben, dass Crystal diesen Tag nicht überleben wird. Doch dein Bruder tat sich schwer mit dem Gedanken, jemanden umzubringen. Daher musste ich eine Lösung finden und setzte dir den Floh ins Ohr mit dem geplanten Angriff auf das Hochhaus.«

»Dann war das deine Idee?« K starrte ihn fassungslos an.

»Zet war schon immer leicht zu beeinflussen. Die Details waren wie gesagt eher Schicksal. Doch ich wusste, wenn Crystal und ihr in dem Flur aufeinandertrefft, würdest du einiges tun, damit dein Bruder am Leben bleibt. Nein. Alles tun. Und wenn er es nicht schaffen würde sie umzubringen, war mir klar, dass du …« Er räusperte sich und warf Crystal einen entschuldigenden Blick zu, der die Situation noch abwegiger machte. »Gut, dass du sie mitgenommen hast, war eine Überraschung. Doch so oder so hatte es die Lücke im System geschaffen, die wir brauchten. Und zudem auch noch eine gute Ablenkung für unser Tun.«

K war sehr blass geworden. »Das alles … gehörte zu einem Plan?«

Zey lächelte voller Stolz. »Ein herausragender Plan, wenn ich das so sagen darf.«

»Und du wusstest davon?« K blickte seinen Bruder fassungslos an.

B zuckte mit den Schultern, in sein Gesicht schlich sich ein beinahe schuldbewusster Ausdruck. »Es war für die große Sache. Und als der Doktor über Zet mit mir Kontakt aufnahm, wusste ich, dass es auch funktionieren kann.«

Zey klopfte B auf die Schulter. »Und das hat es, ganz ausgezeichnet sogar.«

»Wir wären fast gestorben«, brachte K hervor. Crystal konnte nur zuschauen, sie spürte den Betrug an K so heftig, als wäre es ihr eigener. Obwohl es sie ja in gleicher Hinsicht betraf. Wenn K nicht so ein anständiger Mensch gewesen wäre, wäre sie zu diesem Zeitpunkt gar nicht mehr am Leben. Man hatte damit gerechnet, dass er sie umbrachte. Einfach so. Eine Unbeteiligte, die vollkommen willkürlich ausgewählt worden war.

»Für die gute Sache, für eine neue Zukunft.«

»Zey, ich bin soweit«, erklang die Stimme von Mischall und ließ sie alle herumfahren. Der Techniker befand sich an dem Platz, wo eben noch Memorio gesessen hatte. »Möchtest du die letzte Anweisung an das System übermitteln?«

Der Doktor lächelte breit, als er sich wieder an sie wandte. »Das Schicksal wollte, dass ihr bei dem großen Finale dabei seid.«

Hilfesuchend blickte Crystal zu K, während sie hinter dem Arzt herliefen. B folgte ihnen und sie spürte seinen bohrenden Blick in ihrem Rücken. »Wir müssen etwas tun«, wisperte sie so lautlos wie möglich und verkrallte sich in seinem Arm. Doch in seinem Gesicht stand dieselbe Ratlosigkeit, die sie auch fühlte.

Zey räusperte sich und blickte vielsagend in die kleine Runde, die nun im Halbkreis um den Bildschirm stand.

»Öffne die Luftklappen und verriegle die Ausgänge«, wies er Mischall an und der drückte einen Knopf.

»Nein!« Keiner schenkte Crystals Ausruf Aufmerksamkeit. Sie hatten es getan. Einfach so. Mit einem Knopfdruck. In

Mischalls und Bs Gesicht stand Stolz, in Ks entdeckte sie nur Abneigung. Und wenn ihr eigenes ebenfalls ein Spiegel ihrer Seele war, dann würde blanke Fassungslosigkeit darin stehen.

»Ich bin stolz, dass wir es endlich geschafft haben. Mit diesem letzten Schritt löschen sich sämtliche Spuren des Systems selbst. Es wird nichts übrig bleiben, das wieder zu retten ist.« Er tat einen Schritt vor den Bildschirm.

Die nächsten Dinge geschahen so schnell, dass Crystal kaum Zeit hatte darüber nachzudenken. Es war eine impulsartige Handlung ihres Körpers, fast wie ein Reflex oder ein letztes Aufbäumen ihres Verstandes, der genau wusste, dass das hier falsch war. Sie griff nach der mit Blut gefüllten Spritze und nach dem schlauchähnlichen Ding, das noch immer mit dem Computer verbunden war. Mit einer fließenden Bewegung durchdrang die Spritze den Kolben.

»Nicht!« Die Stimme des Arztes war laut und schrill, während Crystals Daumen auf dem Stempel ruhte. Sie hatte noch nicht abgedrückt, zögerte. Für einen Moment war ihr nicht klar was richtig und was falsch war.

»Wenn du das tust, wird alles wieder so wie vorher und alles war umsonst«, sagte Zey gehetzt. Die Mündung von Bs Waffe richtete sich auf sie, doch der Doktor gab ihm mit einer Geste zu verstehen, dass er abwarten sollte. »Das willst du nicht, oder Crystal? Du magst K doch? Du willst nicht, dass dir jemand vorschreibt, wen du zu mögen hast und wen nicht?«

Crystals Atem ging schnell und ihr Blick huschte von einem zum anderen, blieb schließlich an K hängen. Vor ihrem inneren Auge husteten die Menschen bereits unter dem bitteren gelben Nebel, der in ihre Lungen strömte. Ohne Schutz. Ohne eine Maske.

Ks Miene wirkte angespannt, unschlüssig. Das war keine

Hilfe. Besonders weil der Doktor recht hatte, sie wollte K in ihrem Leben nicht mehr missen. Doch sie wollte auch nicht, dass diese ganzen Menschen starben.

»Und Ks Bruder.« Zey legte eine Hand auf die Schulter des Jüngeren, der noch immer auf sie zielte. »Er wird nie eine Möglichkeit auf ein Heilmittel für seine Krankheit haben. Diese beiden … Dinger.« Er nickte in Richtung der Wissenschaftler. »Wird man ersetzen und das System wird sich selbst heilen. Darauf ist es ausgelegt.«

Flehend blickte sie zu K und hoffte, dass er ihr ein Zeichen geben könnte, ihr die Entscheidung erleichterte. Ein Muskel in seiner Wange zuckte, in den vertrauten Augen stand Verständnis. »Mach«, formten seine Lippen lautlos. Er würde es verstehen, wenn sie abdrückte. Sie erkannte, dass er ihr nicht böse sein würde, auch wenn sein Bruder nicht an das Heilmittel kam. Er vertraute ihr, das sprach so klar aus seinem Gesicht, dass ihr Herz sich kribbelnd zusammenzog. Und zeitgleich zerbrach es in tausend kleine Teile. Denn jede Entscheidung bedeutete Verlust. Oder eine gemeinsame Existenz in den unteren Rängen. Falls sie überhaupt überlebten.

»Du liebst ihn doch«, versuchte Zey es abermals. »Gib euch eine Chance, in meiner Welt gibt es einen Platz für euch.«

Es war verlockend, so unglaublich verlockend. Einfach bei K sein und all das hinter sich zu lassen. Unten röchelnde Menschen, die nach und nach dem gelben Gas erlagen. Wegen ihr. Weil sie zögerte. Weil ihr Körper nicht bereit für eine Entscheidung war. Als wartete er auf den entscheidenden Impuls, der nicht kam.

»Du hast gehört, was diese Menschen über dich denken, Crystal.« Zey deutete in Richtung der Fensterfront. »Du kannst keine Zukunft wollen, in der sie eine Rolle spielen.«

Crystal begann zu zittern. Das war zu viel. Keiner sollte

so eine Entscheidung treffen müssen. Kein Mensch sollte so eine Verantwortung tragen. Sie atmete angespannt aus.

»Sei keine Idiotin«, knurrte Mischall und erhob ebenfalls seine Handfeuerwaffe und ziehlte auf sie. »Wenn du das tust, werden du und dein Geliebter nicht überleben. Willst du dein Leben wirklich für diese Menschen opfern?«

In diesem Moment öffneten sich die Fahrstuhltüren und Mischall riss den Kopf herum. Casus und Shiva stürzten in den Raum, in den Händen hielten sie Gewehre. Innerhalb eines Sekundenbruchteils, verfing sich sein Blick mit ihrem. »Tu es!«, brüllte er und nahm ihr die Entscheidung ab. Crystal drückte das Blut in den Schlauch.

»Nein!« Zeys Schrei erklang zeitgleich mit dem dröhnenden Laut des ersten Impulsschusses. Crystal schloss die Augen. Wenn es vorbei war, dann wusste sie wenigstens, dass sie eine Entscheidung getroffen hatte. Die richtige. Das hatte sie in Casus Blick gesehen, auch wenn sie es nicht erklären konnte.

Es erklangen weitere Schüsse, doch Crystal spürte nichts. Sie riss die Augen auf. K hatte seinen Bruder niedergerungen und kämpfte mit ihm am Boden, während Mischall und Casus aufeinander losgingen. Shiva richtete die Waffe auf den Doktor, der nun beide Hände erhoben hatte.

K-7658

Hustend und japsend wand sich sein Bruder unter ihm, die Waffe zwischen ihnen. Mit aller Kraft versuchte er sie Bs Fingern zu entwinden, doch der kämpfte unerbittlich. K hatte sich auf ihn gestürzt, bevor er auf Crystal schießen konnte.

»Bitte B«, knurrte K.

»Sie hat es … zerstört«, erwiderte sein Bruder und versetzte ihm eine so harte Kopfnuss, dass K kurz schwarz vor Augen wurde. Es war erschreckend wie stark er war, doch der Ursprung lag eindeutig in der Entschlossenheit und Wut, die K in seinen Augen gesehen hatte.

B nutzte den kurzen Moment, schob K von sich und kam wieder auf die Beine. Er hob die Waffe und richtete sie auf ihn. »Geh weg«, knurrte er.

»B, bitte …« K hob ergeben die Hände. Sein Herz raste und kalter Schweiß bildete sich in seinem Nacken.

»Alles zerstört …«, murmelte B mit Verzweiflung in der Stimme und in seinen Augen funkelte ein unbekannter Ausdruck. Wahnsinn? K atmete zittrig aus, nahm das Getöse um ihn herum kaum noch war. Jetzt gab es nur noch ihn und seinen Bruder. Der Mensch, der ihm so vertraut gewesen war und ihn jetzt so voller Hass anstarrte, als wäre er sein Feind.

»B, wir kriegen das alles hin …«

»Nichts kriegen wir mehr hin!«, brüllte B, seine Stimme überschlug sich fast. Es klickte einmal, als er das Impulsgewehr lud. Ein leises Surren folgte, als sich der Schaft mit Energie lud.

»Das kannst du nicht wollen«, brachte K hervor und schüttelte den Kopf. B würde ihn nicht erschießen. Er sah eine Träne, die über die Wange seines Bruders lief. Unwillkürlich musste er an ihn denken, als er noch ein kleiner Junge gewesen war. Er war nervig und anstrengend gewesen, was meist an seiner Krankheit lag, doch dann gab es auch Momente die anders waren. Besonders und nicht besonders gefühlvoll, wie es bei Brüdern eben den Anschein machte, aber dennoch irgendwie tief und verbunden. Jetzt fühlte es sich an, als wäre diese Verbindung abgerissen.

»Du hast alles zerstört«, wimmerte B, hob das Gewehr leicht an und drückte ab.

K wurde von der Wucht des Impulses nach hinten gerissen. Er schloss die Augen, spürte noch den harten Aufprall und wartete auf den Schmerz. Doch vielleicht würde er den auch gar nicht mehr empfinden. Vielleicht wäre es vorbei, ehe er seine verbrannte Haut zu spüren bekam. Aber es war richtig gewesen, genau wie bei Crystal. Sie hatte die Menschen gewählt, statt des Neuanfangs. Und dabei war er sich sicher, dass ihre Entscheidung selbstlos gewesen war. Sie wollte nicht wieder Teil des Rankings sein, sondern bei ihm bleiben. Das wusste er einfach. Egal wie tief ihr Rang war und ob sie beide erkrankten. Sie würde bei ihm sein. Es hatte so deutlich in ihrem Gesicht gestanden, dass es ihn in diesem Moment schmerzte. In dem Augenblick, wo es endete. Kurz schoss ihm der Gedanke durch den Kopf, dass es das sogar wert gewesen war. Sie lebte und so viele unzählige andere auch, was wäre da dieses eine Leben. Er war kein Märtyrer, aber irgendwie gefiel ihm diese Prämisse sogar. K spürte, wie Hitze in ihm aufstieg, doch der Schmerz blieb weiterhin aus. Er fühlte sich schwach und so müde wie noch nie in seinem Leben. Es war verlockend, dem warmen Gefühl nachzugeben und sich darin treiben zu lassen. Denn darin lag Ruhe. Stille. Eine Sorgenfreiheit, wie er sie in seinem bisherigen Leben noch nicht verspürt hatte. Endlich.

»Jetzt!« Das Wort hallte durch seinen Geist und wurde von einem gleißenden Licht verfolgt, das durch seinen Körper jagte. Schmerz explodierte auf seiner Haut und ließ ihn aufschreien. Der selige Frieden war wie weggewischt und brachte ein wahres Inferno an Pein mit.

»Jetzt!«

Erneut raste diese brennende Welle durch seine Gliedmaßen und schien seine Organe zu Asche zu verbrennen.

»K … bitte …« Ein Wimmern. So vertraut, dass es direkt in sein Herz einzuschlagen schien. »Atme.«

Er tat es. Es war fast wie ein inneres Bedürfnis, das den Schmerz für einen Moment nichtig machte, diesem Wunsch nachzukommen.

»Er lebt.« Ein abschließendes Urteil, das jedoch nur noch mehr Schmerzen mit sich brachte. Die Augen zu öffnen, fiel ihm unglaublich schwer und doch tat er es. Verschwommen tauchte Crystals Gesicht über ihm auf. Ihre Wangen waren feucht von Tränen und die Augen glänzten, doch sie lächelte. Eine Hand streichelte über sein Gesicht. »Ich habe schon gefürchtet, ich hätte dich verloren.«

CRYSTAL (CLARASUE)

KAPITEL 018

Schweißgebadet erwachte Crystal aus ihrem Traum. Schwer atmend versuchte sie sich zu orientieren, erblickte K schlafend neben sich und ihr Herzschlag beruhigte sich langsam. Durch die Spalten in den Jalousien drang das erste Morgenlicht und vertrieb die Dunkelheit, die die Albträume mit sich brachten. Es waren immer wieder dieselben. Ihr Finger am Abzug von Mischalls Waffe und wie sie dann abdrückte. B, der haltlos zu Boden ging, K, der von dem Streifschuss seines Bruders durch die Luft geschleudert wurde. Wie Zey in sich zusammenbrach, als der Impulsschuss aus Shivas Gewehr ihn traf. Der Geruch von verbranntem Fleisch und Tod. Manchmal glaubte sie, ihn noch immer auf der Zunge schmecken zu können, wenn sie erwachte. Es waren die Momente, in denen alles geendet hatte. Sekundenbruchteile, die sich dennoch wie eine Ewigkeit angefühlt hatten. Genau wie der Moment, als sie geglaubt hatte, dass K nicht mehr am

Leben war. Kurz hatte es sich angefühlt wie ihr eigenes Ende. Als wäre ein Überleben ohne ihn unmöglich und ihr Herz würde ganz von allein aufhören zu schlagen. Shiva hatte ihr gesagt, dass es besser werden würde mit der Zeit, doch nach drei Wochen fühlte es sich immer noch so präsent an, als wäre es erst gestern geschehen.

»Hattest du wieder die Träume?«, murmelte K und blinzelte sie verschlafen an. Ihn lebend zu sehen, brachte sie stets in die Wirklichkeit zurück. Sie neigte den Kopf und küsste ihn, wie um sich wirklich davon zu überzeugen. K schloss seine Arme um sie und zog sie an sich. Sie atmete seinen Duft ein und genoss die Wärme, die von ihm ausging. Als sie sich näher an ihn schmiegte, sog er hörbar Luft ein und sie machte sich von ihm los.

»Shiva sollte sich das noch mal anschauen«, sagte sie und schob sein T-Shirt hoch, um die Verbrennungen des Impulsschusses und die beiden roten Punkte auf Höhe seines Herzens zu begutachten. Sie hatte jetzt keine Lust über ihre Träume zu sprechen, nicht schon wieder.

»Sie sind schon gut verheilt, Shiva sagte doch, dass die Schmerzen normal sind, die Haut ist traumatisiert. Gerade an der Stelle, wo der Herzimpulsleiter angeschlossen war, er hat mich schließlich gut unter Strom gesetzt.« Er schob sein T-Shirt wieder herunter und richtete sich halb auf. »Frühstück?«, fragte er und küsste sie. Crystal nickte. Das alles war so erschreckend normal nach dem, was geschehen war. Nachdem es geendet hatte. Sie hatten die Klappen zur Zentralstadt wieder verschlossen und Sauerstoff in die Kuppel gepumpt. Obwohl die Zeit bis zur Entscheidung ihr wie eine Ewigkeit vorgekommen war, hatte es gereicht, um die Menschen zu retten. Niemand war gestorben, einige jedoch erkrankt. Doch das waren Dinge, die sich beheben ließen. Jetzt, wo eine neue Zeit angebrochen war.

Schweigend beobachtete sie, wie K die Beine aus dem Bett schwang und aufstand. Im selben Moment erhellte die Deckenbeleuchtung den Raum sanft. Er hatte den Tod seines Bruders gut verkraftet, auch wenn ab und an dieser Schleier der Trauer auf seinem Gesicht lag. Der, den man nur sah, wenn man K kannte. Er trat an den großen Bildschirm, berührte ihn kurz und schaltete ihn ein.

»Und gleich zum Morgen gibt es eine neue Nachricht von Casus«, sagte er und lachte freudlos auf. Die Berichte über den Neuanfang kamen eigentlich einmal wöchentlich. Seit Casus das System unter seiner Kontrolle hatte, hatte sich viel verändert.

Crystal richtete sich auf und ließ sich neben K auf der Sitzgarnitur nieder. Es war ein wenig merkwürdig, dass sie sich nach dem Umbruch tatsächlich dieses Apartment in der Zentralstadt erwählt hatten. Es war klein und sie hätten sicherlich etwas Größeres nehmen können. Doch irgendwie verbanden sie mit der Wohnung von Syphom und Clarasue so viel, dass die Entscheidung letzten Endes ganz leicht gewesen war.

K legte den Arm um sie und wie immer breitete sich bei dieser Geste ein warmes Gefühl in ihr aus. »Video starten«, sagte er und das Bild von Casus war zu sehen.

»Liebe Bewohner, ich wende mich an euch, außerhalb der üblichen Nachrichtenzeiten«, sagte er. Es war noch immer seltsam ihn so seriös zu sehen, wie er ernst in die Kamera schaute. »Es gibt gute Neuigkeiten. Das Heilmittel für Strippophelie ist in die Produktion gegangen. Anhand der Daten, die wir im System gefunden haben, werden bald alle Erkrankten versorgt werden können. Außerdem gibt es beträchtliche

Fortschritte im Bereich der Beseitigung des Y-Gases, sodass ich sehr positiv in die Zukunft blicken kann.« Casus räusperte sich. »Des Weiteren verfolgen wir weiterhin den Plan, nach und nach alle Systeme abzuschalten. Wir sind jetzt mit allen anderen Kontinenten in regem Kontakt und ich kann verkünden, dass wir alle auf dasselbe Ziel zusteuern, nachdem es durch Doktor Zey auch dort zu Aufständen gekommen ist. Doch wir sind guter Hoffnung, dass wir die Krise durch gegenseitige Unterstützung meistern können. Das Videouploadportal hat den Anfang gemacht, natürlich steht es euch dennoch frei, über die Videos miteinander zu kommunizieren. Doch auch wenn das für viele noch ungewohnt ist, gibt es kein Rankingsystem mehr, die Lebensmittel sowie alle anderen Güter werden gerecht auf alle verteilt. Wir haben einen langen Weg vor uns, doch ich bin optimistisch, dass wir uns nach und nach von dem System lösen können, um eigenständig zu leben.«

Crystal fand, dass er das gut machte. Er strahlte etwas aus, dass man ihm einfach glauben wollte und auch, wenn ihr das anfänglich noch befremdlich vorgekommen war, er war eine gute Wahl gewesen, um die Veränderung unter die Leute zu bringen. Mit Safran an seiner Seite waren sie die richtigen, um das System nach und nach einzuschränken, bis sie sich schließlich alle davon lösen konnten.

»Die Stellen, an denen das Gegenmittel ausgegeben wird, findet ihr in der Infobox unter diesem Video. Wir werden genug Heilmittel für alle haben, also bitte ich euch, dass ihr euch gesittet verhaltet, die Atemmasken tragt und die Helfer vor Ort so gut es geht unterstützt. Ich danke euch.«

Als der Bildschirm wieder schwarz wurde, saßen sie einen Moment still nebeneinander. Crystals Herz verkrampfte sich, als sie Ks leeren Blick sah. »B hätte es verdient, das Heilmittel zu erhalten.«

K nickte langsam, den Blick noch immer auf das Watchboard gerichtet, das jetzt den neuen Startbildschirm zeigte. Es waren nur noch die Basisfunktionen verfügbar, die Videoplattform und das Ranking gab es nicht mehr. »Aber er wollte es so«, sagte K leise. »Selbst wenn es nicht so gekommen wäre … er wäre nicht bereit gewesen, einen neuen Weg zu gehen. B war schon immer stur.«

»Es tut mir …« Noch bevor sie den Satz beendet hatte, fuhr er herum und schaute sie ernst an.

»Du brauchst dich nicht zu entschuldigen, Crystal. Das habe ich dir schon so oft gesagt. Du selbst machst dir mehr Vorwürfe, als ich es jemals machen würde. B hat sich entschieden und zwar falsch. Er könnte leben, wenn er nicht …« Er brach ab und sein Gesicht verzog sich kurz schmerzerfüllt. Die Wunde war zu frisch, um davon auszugehen, dass er darüber weg war. Natürlich würde es Jahre dauern, doch Crystal wünschte sich nichts mehr, als dass sie sofort heilte. Sie hasste es, ihn leiden zu sehen.

»Lass uns jetzt frühstücken, ja?« Er beugte sich vor und drückte ihr einen sanften Kuss auf die Stirn, ehe er sich erhob.

K-7658

Der Wind streifte sein Gesicht und zerrte an seinen Haaren. Hier oben war es kühl, doch das spielte keine Rolle. Die Aussicht war das allemal wert. Vor ihm lag die Weite des Landes, beherrscht von der Natur, die nun immer deutlicher aus dem gelben Nebel auftauchte. Wild und grün. Bereits in den nächsten Wochen waren die ersten Expeditionen in den Dschungel geplant, um zu sehen, was aus der Erde geworden war. Es wurde Zeit, dass sie ihren Planeten wieder zurückeroberten.

K legte den Kopf in den Nacken. Der Himmel war klar und die Sonne schien auf ihn herab. Erst wenn man tief einatmete und den fauligen Geruch des Nebels neben dem der Natur ausmachte, erkannte man, dass noch nicht alles wieder gut war. Das Sprühkonzentrat, das die Shuttle über dem Waldstück verteilt hatten, hatte gute Arbeit geleistet, doch es war erst ein Testlauf gewesen. Deswegen saß er nun hier, bevor sich der gelbe Nebel aus dem Umland wieder nach und nach um die weißen Flachdächer der Zentralstadt drängte. Er würde erst verschwinden, wenn sie den gesamten Planeten mit dem Gegenmittel benetzt hatten. Das würde dauern, aber für den Moment war es ein unglaubliches Gefühl hier zu sitzen und kurz die Freiheit in sich aufnehmen zu können. Eine ganze Riege Wissenschaftler hatte sich zusammengefunden, um für das Problem eine Lösung zu finden. Seit das Videoranking und die strengen Regeln nicht mehr den Mittelpunkt des Lebens ausmachten, schienen die Menschen wie aus einer tiefen Trance zu erwachen.

»Ich wusste, dass ich dich hier oben finde.«

Er fuhr herum und sah Crystal aus der Luke steigen. Sie war noch immer wunderschön und inzwischen konnte er sich auch nichts anderes als die dunklen Haare bei ihr vorstellen. Sie war dabei geblieben, obwohl sie reichlich Möglichkeiten hatte, sie wieder blond zu färben. K hatte das Gefühl, dass sie für die Veränderung dankbar war und sich von der alten Crystal so weit es ging zu distanzieren versuchte. Doch irgendwie haftete es immer an ihr und war ein Teil, der sie ausmachte.

»Wie war die Sitzung?«, fragte er, als sie sich neben ihm auf das Dach des weißen Anbaus an der Kuppel setzte und den Kopf gegen seine Schulter lehnte.

»Anstrengend. Aber sie werden sich daran gewöhnen.« Sie blickte sich um. »Doktor Meyers sagte, dass das der letzte Tag ist, an dem wir gefahrlos hier sitzen können. Und sie wollen erst nächste Woche mit den größeren Einsätzen beginnen.«

Er streichelte über ihr Haar und ließ den Blick wieder zu den zahlreichen grünen Baumkronen streifen. Den meisten Pflanzen hatte der Nebel nie geschadet. Absurd, wenn man an die blanke Zerstörungskraft auf die Menschheit dachte.

»Deswegen dachte ich, dass ich den Tag noch mal genieße«, erwiderte er.

»Bald haben wir unzählige davon.« Crystal lächelte.

»Erzähl mir von deiner Sitzung? Meinst du, dass die Leute es akzeptieren werden …« Mit ‚die Leute', meinte er die Hochrangigen, doch diese Bezeichnung trugen sie nun nicht mehr.

»Sie hatten bisher immer alles und jetzt auf einmal nicht mehr als alles anderen. Außerdem fehlt mit den Videoplattformen auch ihr Lebensinhalt. Es ist schwer, sie in ein arbeitendes System einzugliedern«, sagte sie leise. Casus hatte ihr die Aufgabe übertragen, die Leute an ihre neue Lebenssituation zu gewöhnen. Crystal hatte inzwischen einige Helfer an ihrer Seite und dennoch war die Aufgabe groß.

»Du wirst das schaffen.« K schmunzelte. Das meinte er tatsächlich so, denn er sah, wie sie darin aufging einen wirklich wichtigen Job zu übernehmen. Als hätte sie jahrelang darauf gewartet.

»Ich habe etwas für dich.«

Er löste sich von ihr, als sie in ihrer Hosentasche kramte und etwas hervorholte. Es handelte sich um ein braunes langes Band mit zwei silbernen Anhängern daran. Als sie es ihm reichte, errötete sie leicht. Stirnrunzelnd betrachtete er es. Es war ein Chip, das Implantat, das inzwischen einem Großteil der Bevölkerung entfernt worden war. Doch dieser hier war sauber und glänzte silbern.

»Es ist dein Chip«, murmelte sie leise.

Der zweite Anhänger war ein silbernes Plättchen, mit einer Gravur darauf: Key. Schmunzelnd blickte er sie an und hob eine Augenbraue. »Key?«

»Ich dachte … also jetzt wo sich alles verändert, wird es Zeit für einen Namen. Einen richtigen Namen.«

K fühlte sich kurz so geschmeichelt, dass ihm die Worte fehlten. Er versuchte sich cool zu geben und grinste sie schräg an. »Dann hast du mir jetzt einen Namen gegeben?«

»Ich … das … es geht auch ein anderer …«

Er unterbrach ihr Stammeln, indem er sie an sich zog und ihren Mund mit seinem verschloss. Sie wurde augenblicklich weich in seiner Umarmung und schmiegte sich an ihn. Perfekt. Als er sich von ihr löste, waren sie beide leicht außer Atem. »Danke«, murmelte er. »Ich weiß gar nicht, was ich sagen soll.«

In Crystals Augen blitzte ein freudiger Funken. »Gar nichts, Key.«

Er lachte auf. An den Namen müsste er sich noch gewöhnen und dennoch klang er irgendwie vertraut. Er passte. Als er sich die Kette um den Hals legte und Crystal dankbar zulächelte, fühlte sich zum ersten Mal seit langem alles richtig an. Sie lehnte sich gegen ihn und eine Weile blickten sie raus auf die Welt, die sie bald wieder bewohnen würden. Casus hatte recht, es würde ein anstrengender Weg werden, aber es würde sich lohnen. Dessen war er sich sicher.

ENDE

DANKSAGUNG

Als erstes möchte ich meinem Mann danken, dem ich tagelang mit dem losen Plot von Perfection auf die Nerven gegangen bin und der daraufhin sagte: Entweder die Idee ist genial oder kompletter Irrsinn. Was jetzt genau draus geworden ist kann ich nicht sagen, aber ohne dich hätte ich meine Gedanken niemals sortieren und auf Papier bannen können.

Ich danke Juliane, die sich immer alle meine verrückten Ideen anhört und mich dazu antreibt sie auch wirklich aufzuschreiben. Auch ohne dich würde es diese Geschichte gar nicht geben.

Dann möchte ich natürlich Denise, meiner Verlegerin danken, für dein Vertrauen in meine Idee und deine Begeisterung für diese Geschichte. Dadurch ging sie mir noch leichter als ohnehin schon von der Hand.

Mama gehört in jede Danksagung, weil sie sich jede meiner Ideen anhört und ihr Urteil irgendwie immer darüber entscheidet, ob aus der Geschichte tatsächlich etwas wird. Diese Idee mochtest du und so wurden aus Buchstaben Sätze und aus Sätzen ein ganzes Buch.

Ich danke meiner Lektorin Laura für die tolle Arbeit. Durch dich wurden nicht nur alle Kanten und Unebenheiten geglättet, sondern ich durfte auch für mich wieder Neues lernen. Wir waren uns von Anfang an einig und so war es verdammt leicht mit dir zusammenzuarbeiten.

Mein Dank gilt auch Rica von Cover & Books, die meiner Geschichte dieses wundervolle Cover geschenkt hat.

Außerdem möchte ich mich für den wundervollen Buchsatz von Perfection bei Grit bedanken. Es ist genau so geworden wie ich mir das vorgestellt und gewünscht habe und spiegelt einfach perfekt den Inhalt wider.

Zuletzt möchte meinen Lesern danken und natürlich auch meinen grandiosen Kollegen, von denen ich viele inzwischen zu meinen Freunden zählen darf. Jay und Svenja, ihr seid einfach grandios, bleibt so wie ihr seid.

Katharina Groth ist im Jahr 1987 im südlichen Teil von Niedersachsen geboren und aufgewachsen. Geprägt durch ihre Mutter, die das geschriebene Wort genauso liebt wie sie, begleitete das Schreiben sie ihr Leben lang. Seit 2014 veröffentlicht sie im Genre ScienceFiction/Dystopie und High Fantasy.

Mawuria-Reihe:

Schattensplitter - Prinzessin von Mawuria (Bd. 1)
Schattenglas - Die Zukunft von Mawuria (Bd.2)
Schattenkraft - Das Licht des Umbrasteins

Centro-Reihe

Centro - In der Tiefe (Bd. 1)
Centro- Die Rückkehr (Bd. 2)
Centro- Dunkle Erinnerungen (Kurzgeschichte zur Reihe)
Centro- Das Ende (Bd. 3)

Beehive-Reihe:

Beehive- Calypsos Herz (Bd. 1)
Beehive - Die Wahrheit (Bd. 2)

Apokalypse-Reihe:

Apokalyptische Weihnachten
Apokylptisches Erwachen
Apokalyptischer Sturm